魅丽文化
天下同萌

一见倾心

成骨为衣 著

廣東旅游出版社
中国·广州

图书在版编目（CIP）数据

二见倾心 / 成骨为衣著．— 广州 ：广东旅游出版社，2018.9

ISBN 978-7-5570-1393-6

Ⅰ．①二… Ⅱ．①成… Ⅲ．①长篇小说－中国－当代 Ⅳ．①I247.5

中国版本图书馆 CIP 数据核字（2018）第 148485 号

出　版　人：刘志松
总　策　划：邹立勋
责 任 编 辑：梅哲坤

广东旅游出版社出版发行
（广东省广州市环市东路 338 号银政大厦西楼 12 楼）
邮编：510060
邮购电话：020-87348243
广东旅游出版社图书网
www.tourpress.cn
湖南关山美印有限公司印刷
（湖南省宁乡县金洲镇关山社区）
880 毫米 ×1230 毫米　32 开
10.5 印张　316 千字
2018 年 9 月第 1 版第 1 次印刷
定价：34.80 元

目录

CONTENTS

CONTENTS

第一章 有一种祸害叫前夫

人生里最离奇的事情是什么？

一大早就有一个萍水相逢的大神跑来向你求婚。

人生里最意外的事情是什么？

这个萍水相逢的大神在世界频道刷满了感人肺腑的誓言，然后用玫瑰雨为你铺满天下。

人生里最崩溃的事情是什么？

在你满怀感动，同意成亲之后，大神忽然说：“等等，我的求婚信息好像发错人了！”

人生里最搞笑的事情是什么？

大神发现了这个巨大的乌龙之后跑前跑后求你离婚。

这不是个笑话，而是在过去几天内发生在凌晓熙身上的真实事件。

事情还得从头开始说。

凌晓熙今年刚上大三，经过前两年课业的狂轰滥炸，一开学她就发现比前两年轻松了很多，反正闲着也是闲着，她就在死党程雪的诱拐下跟着进了网络游戏《三界 Online》里打发时间。

凌晓熙没怎么玩过游戏，操作也只能划分为天生手残那一类，幸好她的人物“浅醉微醺”是人见人爱的药师，不论是混副本还是下战场，都能混到一个位置，每次跟在人背后上上状态加加血，等级上去之后玩得也算是像模像样了。

程雪的人物“洛无双”是个白衣女剑客，肩头扛着一把差不多和她个子一样高的剑，风掀着裙子一直在走光边缘凶险地飘动，再加上她的面部造型和体形无比粗犷豪放，每每往桥头一杵，基本上没人敢从她面前过，自然也没什么桃花运。

难得有一次来了一个正太造型的小药师，居然在众目睽睽之下向她送上了一朵玫瑰花。

洛无双不禁满心欢喜，小鹿乱撞。

“给，收下吧。”小药师满怀倾慕地说，“我敬你是条汉子。”

洛无双流着宽面条泪黯然而去。

每每望着那个60多级的威武雄壮的女汉子，程雪总是无限唏嘘，如果上天能再给她一次选择外形的机会，她一定不会再因为一时犯懒而按下那个万恶的随机按钮！

因为这个“坑爹”的外形，洛无双不但吓跑了自己的桃花运，连组队也成了难题。实在组不到队伍的时候，她只好召唤专属药师凌晓熙来救场。

昨天是周五，眼看时间临近十二点，洛无双居然接到了奖励非常可观的藏宝任务，内容是杀一百只桃花水鬼。那个时间点要组队去刷肯定是没戏了，洛无双只能带上自己的小药师奔赴桃花坞。

这边刚上好状态准备开工，那边忽然来了个不到50级的小药师。

别的药师要么用剑，要么用针，而这个叫作“是明否夜”的男药师却特立独行地拿着把扇子在旁边有一搭没一搭地打怪。凌晓熙点开他的装备属性看了一眼，那一身乱七八糟的拼凑出来的新手装，再加一把属性超烂的破扇子，用这个造型打桃花水鬼完全是在自找不痛快。

凌晓熙深深记着当年无依无靠全靠一把小针走天下的痛苦，看见正在同样道路上的同行，难免也想帮个忙。

【当前】是明否夜：真巧，你们也做桃花水鬼任务？

被捞进队伍之后，那个小药师非但没有一声感谢，反而一边自来熟地跟她们套近乎，一边毫无章法地继续打怪。

【当前】浅醉微醺：你小心点，这里的怪等级高，复活点离得很远，万一挂了，你又得跑半天。

【当前】是明否夜：这不是有你吗？

药师有可以复活其他玩家的浴火重生技能，但对于这种不知死活的家伙，凌晓熙打从心里不想浪费技能来救他。

【当前】浅醉微醺：我是药师，不是神仙！再乱来我可保护不了你！

【当前】是明否夜：你保护不了我，那我保护你好了。看看，我的肩，宽广伟岸；我的臂，孔武有力；我的皮，刀枪不入！

凌晓熙简直恨不得当场冲过去把他的扇子撕了，忍了半晌，终于还是把包袱里所有的食物和伤药都翻出来交给了是明否夜。

【当前】是明否夜：什么意思？

此刻他眼神迷茫、表情呆滞，跟那身跳大神一样的混搭装简直是绝配。

【当前】浅醉微醺：双双在前面顶怪，我没空照顾你，没血的时候就自己补一口。

从满包袱补给变成两手空空，凌晓熙忍不住心痛肝痛肉痛，又冲着正在发愣的是明否夜加了一句。

【当前】浅醉微醺：你可省着点吃，这是我的全部家当！

是明否夜这回终于回过神来了，觍着脸凑到她面前。

【当前】是明否夜：别对我那么好，我会忍不住爱上你的。

【当前】浅醉微醺：给你点好脸色你就嘚瑟是吗？马上给我滚！

【当前】是明否夜：别对我那么凶，你会忍不住爱上我的。

【当前】浅醉微醺：你这到底是什么逻辑？

【当前】是明否夜：传说中的唯物主义辩证法。

凌晓熙算是彻底地服了，除非你不说话，不然是明否夜就有本事拐着弯把你绕进去。

【当前】浅醉微醺：说吧，你到底想怎样？

【当前】是明否夜：这个我还没想好。

【当前】浅醉微醺：滚！

【系统】浅醉微醺已经开启了屠杀模式。

她这身药师的50级华月套装杀怪很弱，欺负同类倒是很“给力”，三下五除二就赠送了是明否夜一个免费地铺，然后潇洒地扬长而去。

虽然今天是周六，可是凌晓熙还不到九点就习惯性地醒过来，拿着专业书看了半天也看不进一个字，干脆起来开电脑登录了《三界 Online》。

浅醉微醺的生活技能是制药，凌晓熙昨天下线之前在龙腾城摆摊区扯了个摊子离线摆摊卖药，这会儿上线一看，货架上的药物卖得差不多了，于是撤了牌子准备去仓库补货。

【私聊】明非夜对你说：怎么现在才上线？我已经等你很久了。

看到这句话，凌晓熙惊讶得半天合不拢嘴。

48 区是个出名的休闲养老区，大神不多，闲人满街，常出风头的 ID 就那么几个，就是闭着眼睛也能数出来。在这个区里，你可以不认识第一高手天风十四郎，可以不认识终极土豪金豆豆，也可以不认识 PK 狂人毒药，但你绝对不可能不认识明非夜。

明非夜一不 PK，二不惹事，三不坑蒙拐骗，可在世界频道问候其亲属的大喇叭数量堪称全服之最。

有些人天生就倒霉，有些人天生就带衰，而明非夜绝对是天生惹是生非的体质。

据说最早开区那会儿，咖啡苦和天风十四郎就在争夺高手榜上第一的位置，后来两人实在是看彼此不顺眼，打算以决战从云崖之巅来决定最终的去留。一番苦战之后，本来咖啡苦略占上风，没想到有一个路过的新手剑客手欠地朝他射了一个暗器，彻底地扭转了这场比武的结果。

虽然这场比武并不公平，但平生从未尝败绩的咖啡苦不胜其辱，果断删号走人，他的帮会昭明殿的人怒不可遏，直接开了巨额悬赏，全会上下追杀了那个手欠的新手剑客一个月。

而那个手欠的剑客就是明非夜。

事件的结果令所有人大跌眼镜，明非夜不但在诸多高手的围追堵截下照常升级刷副本、逛战场，最后居然打进敌人内部，成为了昭明殿的会长。

这件事情一度成为了困惑 48 区民众的不解之谜，直到很久以后，昭明殿长老无妄宗师离开游戏的时候才一语道破天机。

事情的经过是这样的——

某人：明非夜，你受死吧！有人花一千金雇我来杀你！

明非夜：慢着，我给你两千金，替我把雇你的人杀了吧。

世界上本没有自己人，被收买的敌人多了，自然都成了自己人。

总之明非夜这个人身上状况频出，亏得他头脑精明，加上有昭明殿的雄厚实力做靠山，不但没把自己玩死，反而越发风生水起了。

昭明殿一直在48区帮会排行榜第一第二位徘徊，而洛无双的小帮会逍遥种田人排在一百名开外，明非夜和浅醉微醺别说是有什么来往，估计连她名字都没见过。

于是今天一大早这声热情洋溢的招呼对于浅醉微醺来说，就跟见鬼没有两样。

【私聊】你对明非夜说：明大神，你确定是在跟我说话吗？

【私聊】明非夜对你说：怎么这么见外？昨晚明明把我蹂躏了一百遍啊一百遍。

【私聊】你对明非夜说：你……被盗号了？

【私聊】明非夜对你说：你还记得桃花坞畔的是明否夜吗？

【私聊】你对明非夜说：怎么是你？

一旦接受了这个设定，凌晓熙心目中高贵冷艳的男神形象瞬间碎了一地。

【私聊】你对明非夜说：你是来寻仇的还是来找不痛快的？

【私聊】明非夜对你说：这个我也没想好。

面对这样无厘头的骚扰，凌晓熙忍无可忍地屏蔽了明非夜的私聊信息。然而这远远不是故事的结局，十分钟之后，世界频道忽然飘起了红色的大喇叭，这是公告信息。

【世界】明非夜：桃之夭夭，浅浅芳华，你在我寂静又冗长的岁月里，独自盛开了一树芳华。一见钟情是种很玄妙的事情，也许你并不相信，但我已经为你准备好了一世一生，嫁给我。

此条信息一出，整个世界频道顿时进入炸锅状态，叫好的、起哄的、围观的都自动切换到了癫狂模式。

这个区叫得上名号的大神就那么几个，除了有主的就是神龙见首不见尾的，各自的感情生活也很少拿出来让别人取乐，难得今天明非夜自己先闹起来了，广大闲人怎能不掺和？

随着明非夜的公告信息刷了又刷，红色的玫瑰雨也跟着洒遍天下，目所能及的地方一片缤纷花雨，迷乱了双眼，迷乱了心境，除了够炫够酷够浪漫以外，这也是一场真实的搏杀。

就在凌晓熙盘算着这场花瓣风暴要花费多少钱的时候，屏幕中央忽然弹出了一个对话框：明非夜对您发起了求婚，您是否愿意与他共结连理？

凌晓熙差点把水喷了一屏幕。

明非夜居然向她求婚，这都哪儿跟哪儿啊！开个玩笑都能这么大手笔，明非夜是没事找事还是闲得无聊？

【世界】明非夜：我知道你还有顾虑，一见钟情很多时候都是荷尔蒙犯下的错误。但这一次我很清楚，我要的就是你。

玫瑰雨再一次洒满天下，连同夜幕下灿烂的焰火，照亮了所有人的心。

桃之夭夭，浅浅芳华，他真的不是在开玩笑？

凌晓熙忽然有种离幸福很近的错觉。

好吧，就算是被涮了也没什么损失，不是吗？

她在求婚对话框里点下“同意”按键的时候，手指甚至微微发抖。

【系统】明非夜与浅醉微醺在月老见证下结为夫妇，从此天涯海角不离不弃，共谱一段三界佳话。

红色的系统提示信息一出，整个世界频道都刷满了祝福，只是两个人的婚礼，却造就了这个世界前所未有的温馨。凌晓熙第一次惊诧地发现这个冰冷的三界里居然藏着那么多人，那些在她身边匆匆来去，跟 NPC（指电子游戏里的非玩家控制角色）一样的名字忽然都有了鲜活的喜怒哀乐。

老天，这该不是在做梦吧？如果是做梦，这个梦也真是太上道了啊！

凌晓熙解除了屏蔽，正想对明非夜发信息，没想到世界频道再次飘起了红色的大喇叭。

【世界】明非夜：等等，我的求婚信息好像发错人了！

世界频道浓烟滚滚，一排椅子四脚朝天。

【私聊】明非夜对你说：不好意思啊，刚刚求婚信息发错人了，麻烦你来跟我办个离婚可好？

【私聊】你对明非夜说：滚！

凌晓熙知道自己头顶的“明非夜的娘子”头衔本来就不是自己的，所以她从来不会把这个头衔挂出来，至于离婚，那是早晚的事。如果夫妻协议离婚，只需要一百万铜币买一把剪刀剪断缘线就行，如果单方面强制离婚，提出那一方就必须承担三百万铜币的“赡养费”。凌晓熙也不少那一点点赡养费，只是白白被明非夜消遣了一场，多少要给他点教训。

明非夜不差钱，离婚也就是点点鼠标的事，凌晓熙以为这件事一天之内肯定能了结，可她万万没想到，她的噩梦才刚开始。

57 级有个任务叫踏莎行，说白了就是到津门关沙海打一只叫作骠骑虎卫的 BOSS（指电子游戏里的大怪物）。这天恰好程雪和朋友出去逛街，没上线，凌晓熙一个人驱着浅醉微醺直奔任务地点去了。

浅醉微醺是标准的治疗药师，输出技能只有拿来糊弄人的暴雨梨花针，而那只 BOSS 近身攻击力高得吓人，防御力也不低，基本上浅醉微醺戳它一针，肉眼根本看不出效果，而骠骑虎卫砍她一刀，她的血量就直接见底，第二刀下来，连加血都来不及，直接躺下。

浅醉微醺挥舞着小胳膊小腿屡战屡败，屡败屡战，慢慢地终于看出了门道。

骠骑虎卫总是一脸不爽地站在自己的小帐篷面前，而帐篷顶那个位置是不会被攻击到的。只要配合得好，完全可以射一针，然后飞上帐篷顶，如此反复便能把 BOSS 磨死。

虽然这个方法费时费力，可凌晓熙犟脾气上来了，一门心思蹲在那里跟骠骑虎卫鏖战了近半个小时。

当浅醉微醺死了无数次，而骠骑虎卫只剩下三分之一血量的时候，眼前金光一闪，某只祸害忽然出现在她面前。

只见这货一个漂亮的侧空翻加华丽的高阶轻功三连跳，落在骠骑虎卫面前，手起刀落，直接结束了战斗。

【当前】明非夜：浅浅，你——可——以——下——来——了！

因为不是组队状态，他杀了 BOSS，浅醉微醺却捡不到任务物品，凌晓熙此刻的心情万分复杂，如果怨念可以穿破屏幕化为实体，她一定会欢快地用面前的奶茶糊他一熊脸。

忍了又忍之后，浅醉微醺一个拙劣的轻功小跳，落到了明非夜身边，直接点了组队。

【当前】明非夜：干什么？

【当前】浅醉微醺：刚才我没看清楚你雄浑威武的肱二头肌，麻烦再来一次。

明非夜“死机”了几秒，然后原地满血复活。

【当前】明非夜：如果你真的对肱二头肌感兴趣，不如咱们先把协议离婚的手续办了，胸肌、腹肌、背肌、肱二头肌、肱三头肌，随你看个够！

【当前】浅醉微醺：滚！

58 级有个解谜任务，需要在一个客栈里摸尸体。浅醉微醺在客栈楼上楼下找了半个多小时还是没找到，上官网求助之后才知道原来在客栈房顶挂着的灯笼里，必须先跑到二楼，再从窗户里跳进灯笼。且不“吐槽”那货到底是怎么死到那个奇葩位置去的，为了能用那可怜的轻功和勉强够到及格线的操作进入灯笼，浅醉微醺真是受尽了折磨，好不容易进去了，却卡在里面无法动弹了。

切屏、开官网、报错一气呵成之后，凌晓熙照例开始喝茶，等 GM（指游戏里的管理员）把她的号拖出来。

就在这一刻，眼前金光一闪，某只祸害又出现了。

只见那个白衣剑客站在灯笼下方一脸猎奇地打量卡在灯笼里的浅醉微醺。

【当前】明非夜：浅浅，保持这个姿势别动。

【当前】浅醉微醺：干什么？

【当前】明非夜：据说这个点卡人的概率就跟彩票中奖一样，好不容易撞上了，必须近距离合影留念。

凌晓熙恨得差点把手里的茶杯捏碎。

【当前】明非夜：今天是周末，就算你去报错，GM 也得后半夜才有空理你。这样吧，如果你同意把协议离婚的手续办了，我现在就把你拖出来！

【当前】浅醉微醺：滚！

【当前】明非夜：好吧，虽然你对我不仁，可我不能对你不义，等我拖你出来。

【系统】明非夜已经开启屠杀模式。

就这样，明非夜站在灯笼下面用暗器一下一下把浅醉微醺扎死了。

驱着在复活点复活起来的浅醉微醺交任务的时候，凌晓熙在心头怒吼了一万遍：明非夜，你给我等着！

周三遇到“三界”捡宝活动，为了公平起见，所有玩家进入捡宝小副本都靠系统随机匹配完成组队，等级低装备差的玩家有很大概率会被匹配到大神，于是当凌晓熙发现队伍列表里居然有明非夜的时候，整个人都不好了。

【团队】明非夜：浅浅，我们真是有缘啊。

【团队】浅醉微醺：你谁啊？我跟你很熟吗？

【团队】明非夜：我知道你不想搭理我，如果你来把协议离婚的手续办了，保证你下次看见我的时候就跟第一次见到我一样！

【团队】浅醉微醺：滚！

【团队】月亮宝贝：讨厌，著名乌龙夫妇又在当街秀恩爱了！

【团队】烈焰狂杀神：秀恩爱，死得快。

【团队】&禅&：离婚容易，赚赡养费不易，且离且珍惜啊。

因为有明非夜在，队伍推进得很顺利，凌晓熙刻意不去给明非夜加血，反正队里其他药师都在拼命朝他身上扔治疗技能，九转丹行倒在他身上跟水瓢洗澡似的，也不差她这一两下。

【私聊】明非夜对你说：浅浅，一会儿有爆炸怪出来，我这个职业搞不好会很凶险，多看着点我的血。

【私聊】你对明非夜说：我看剑客职业很逆天啊。

【私聊】明非夜对你说：高攻高爆，防御也不低，操作好点是很逆天。

【私聊】你对明非夜说：你这种操作算好吗？

【私聊】明非夜对你说：嗯，一般人看不懂我是怎么死的。

凌晓熙顿时一脸黑线。

【私聊】你对明非夜说：没空跟你闲扯，就直说吧。你又不缺那点钱，与其缠我那么久，为什么不单方面离婚？

【私聊】明非夜对你说：钱要花在刀刃上，能省一分是一分，不必要的浪费等于谋财害命。

【私聊】你对明非夜说：你能等，你准备求婚的正主也能等吗？

【私聊】明非夜对你说：哦，她啊，因为我一时错手娶了你，她一怒之下直接转服了。目前我没有新目标，暂时当挂名夫妻也没什么不好嘛。

此话一出，凌晓熙彻底阵亡了。

【系统】明非夜与浅醉微醺感情破裂，在月老的见证下剪断缘线，从此天各一方，再无瓜葛。

当天晚上，浅醉微醺向月老提交了单方面离婚申请，购买了剪刀并向“前夫”明非夜支付了“赡养费”。

此举一出，整个“三界”浓烟滚滚，一排椅子四脚朝天。

每每提及此事，洛无双总是长吁短叹。

为了给浅醉微醺风风光光地买回自由身，她一次性掏空了帮会的家底。

每每提及此事，凌晓熙总是长吁短叹。

人生里最闹心的事情是什么？

明明你什么都没做，鼠标一点，你就多了一个莫名其妙的“前夫”。

凌晓熙以为离婚之后她和明非夜的孽缘就算是彻底结束了，事实证明她远远低估了《三界 Online》有史以来最没脸没皮没下限的大神。

浅醉微醺单方面和明非夜离婚之后，他甚至一句为什么都没问过，但从那一天开始，明非夜总是人前人后毫无顾忌地喊她前妻。尽管明非夜没有再出现在浅醉微醺面前，可是以他的影响力，几天之内就连原本不知道他俩这档子事的人也知道了。或许他喊得无意，但听者有心，这不明摆着告诉别人这还是他的人吗？

可怜浅醉微醺一个家底清白、积极向上、充满潜力的高素质菜鸟，就像脖子上莫名其妙套了个圈圈，再怎么蹦跶也逃不出明非夜的手掌心，更可恨的是因为单方面离婚欠下高额债务，浅醉微醺每天都得在帮会里当不要钱的打杂员，解答疑问、带新人当“人肉”制药机，还得赔着笑脸。

每逢夜深人静，凌晓熙望着屏幕上无限重复制药动作的浅醉微醺，总是唏嘘不已：我这到底是造了什么孽啊！

星期六晚上有科举考试活动，场地就是左右两个圆台，分别代表两个答案，你认为哪个答案正确就站到哪边去，题目一共有三十道，答对越多奖励越高，答对二十道题以上还可以获得一个大礼包。而答错的玩家则会变成直立行走的肥胖的动物，直到答对题目或者活动结束才会解除变身。

凌晓熙操作不行，答题倒是很厉害，参加科举活动从来没有掉下过前十位。

这一天前面都非常顺利，她破天荒地站在了第一名的位置上。她还没顾得上高兴呢，私聊频道忽然跳出一条信息。

【私聊】明非夜对你说：前妻啊，你就放个水呗，今天第一名的奖励我用得上。

凌晓熙一看活动总排名瞬间就气炸了，下面那个位置明明白白写的是明非夜，答对的题目数量和她相同，并列第一。

因为恰好是节日活动，第一名的礼包里有一块开启特殊副本的令牌，这对明非夜来说挺有诱惑力。

凌晓熙明白，浅醉微醺即使拿到了令牌，逍遥种田人这种小帮会也绝对打不过那个副本，只能是白白浪费了好东西。如果是其他人来要，按她的性格一定会让出来，可谁让上门的是她那人见人恨、狗见狗咬、树见树倒的挂名前夫呢。

【私聊】你对明非夜说：咱俩的关系还说什么让不让，You can you up 啊！

【私聊】明非夜对你说：You can you up？

【私聊】你对明非夜说：你行你上啊！

正说着，下一道题目已经出来了：我国古代的皇帝有庙号、谥号、尊号、年号等，宋太祖这个称呼属于哪一类？请选择。A. 谥号，B. 庙号。

这一题凌晓熙拿不准，不过群众的眼睛是雪亮的，眼看着很多玩家奔向了 A 那边，她也驱着浅醉微醺跟了过去。

活动场地并不大，每当活动开启，玩家们黑压压地全部挤在一起，根本分不清谁是谁。可她挤进圆台一看，巧了，明非夜居然就站在她面前摇着扇子耍帅。

在这里很多技能是不能使用的，但每个人都会多出两个游戏技能，二踢脚技能可以把人踹飞到对面去，迷乱技能可以暂时让对手陷入混乱状态四处乱跑。

凌晓熙贼笑一声，直接开了二踢脚技能，驱着浅醉微醺朝明非夜一记狠踹。

只见明非夜腾空而起，一骑绝尘飞向了对面的圆台，就在此刻，系统公布了正确答案——B。

左边圆台上的玩家在同一时间变成了肥胖的动物，对面台子上那几个硕果仅存的人类显得格外扎眼，包括被踹飞过去的明非夜。

【世界】樱桃小玩子：嘿，好多肥胖的动物啊！

凌晓熙望着满屏的肥胖的动物和彻底被改写的排名，直有种欲哭无泪、欲杀无人、欲踹无门的感觉。

【私聊】明非夜对你说：前妻，No zuo no die why you try？

【私聊】你对明非夜说：什么意思？

【私聊】明非夜对你说：不作死就不会死。

【私聊】你对明非夜说：滚！

古琴最初有五根弦，后来新增加的两根弦分别代表什么？请选择。A. 天地，B. 文武。

这个问题以前出现过，凌晓熙知道正确答案，却没有让浅醉微醺立刻直奔右边的圆台。

因为已经比明非夜多错了一题，接下来就要更加小心。知道这题答案的人很多，这会儿活动快结束了，很多人开始不管对错，飞脚乱踹，一旦被踹就肯定没机会再跑回对的答案这边了。因为二踢脚技能一道题只能用一次，所以她宁可等到大家的技能用得差不多了再跑过去。

眼看着倒数计时还差五秒，浅醉微醺飞身朝台子上扑去。

电光石火之间，只觉得一记强劲的腿风迎面而来。

【系统】明非夜对您使用了二踢脚技能。

【世界】浅醉微醺：明非夜！你给我等着！

【世界】明非夜：前妻，我想踢的本不是你，可你非要在最后关头挺身而出，被踢的也就成了你。

【世界】浅醉微醺：滚！

【团队】月亮宝贝：讨厌，著名乌龙夫妇又在当街秀恩爱了！

她凄厉的喊声震撼了所有人的耳朵，丰富了全区大众贫乏无味的周末。

因为接连两题答错，浅醉微醺的成绩掉出了榜单前十位，这还不算是最惨的，最惨的是在以肥胖的动物形态等待活动结束的过程中恰好被洛无双撞见，那家伙一脸诧异："连这种答过一百遍的题也能答错，你真是笨蛋啊！"

凌晓熙无语凝噎，唯有泪千行，恨不得把明非夜拖来狠揍一百遍啊一百遍！

某天浅醉微醺正跟着洛无双混迷魂阵副本，进去没多久就光荣地战死，回了复活点。按理说她应该回到副本里，没想到走错了方向，地图一切换，居然又晃进了桃花坞。

长风万里，星空寂寥，花瓣纷落如雨，依稀是人间最柔美的四月天。

红花坪、桃花坞和丛云崖是"三界"景色最美的地图，也是情侣约会、杀人越货的必备场景。游戏的世界永远都是那么虚幻美好，粉色花瓣落成漫天的绚丽缤纷，平常一对对男女在树下你侬我侬地聊天，培养感情。

而现在已经是深夜了，桃林里空无一人，粉色枝头如同云霞叆叇，微风卷着花瓣，如同粉色细雪洒遍天地，好像忽然把人扯进了另一个空间，胸臆中的纷扰一时消弭无形。

周围的桃花水鬼飘来飘去，就像是完全无害的。

浅醉微醺一时兴起，朝着从面前飘过的桃花水鬼就是一记暴雨梨花针。

当头顶上忽然飘起四位数伤害的时候，她才发现面前这只桃花水鬼的头发不是黑色的，而是蓝色的。

桃花妖！

桃花妖是相当少见的精英BOSS，外形和桃花水鬼相似，只是头发的颜色不一样，玩家要是被它盯上了，就会被它追到死为止。浅醉微醺和它实力悬殊，又是治疗药师，基本上没有赢的可能，只好一边加血，一边用迟滞和封脉定身，尽量拖慢它靠近的速度来逃命。

精英BOSS本来就带着弱化技能效果的特效，浅醉微醺几度开了传送都被打断，接受了自己必死无疑的设定。

【当前】明非夜：桃花妖？前妻今年真是红鸾星动，桃花运特别旺哈。

明非夜的身影忽然出现，悠闲地骑着羊驼摇着扇子看她绝地奔逃。

凌晓熙企图空出手来怒斥他这种见死不救的无耻行径，没想到就这么一缓，人已经被桃花妖热情地扑倒。

【当前】明非夜：啧啧，半个月不见，前妻的死相还是如此销魂哈。

一道白光降落在浅醉微醺死不瞑目的遗体上。

【系统】明非夜对您使用了浴火重生，您接受复活吗？

凌晓熙点了“接受”，爬起来冲着他怒吼。

【当前】浅醉微醺：明非夜，你就不能动动手指帮个忙吗？

【当前】明非夜：哦，我在你眼里不是隐形的吗？

明非夜和他的羊驼一起回过头哀怨地看着浅醉微醺，好像在控诉她的冷漠和无情。

自从跟明非夜扯上关系，浅醉微醺就没过过一天安生日子。

“三界”说小不小，说大也不大，即使乌龙婚姻走到了尽头，浅醉微醺还是免不了会遇上这个糟心的前夫。

别的大神的坐骑不是孔雀就是飞龙，唯独明非夜骑着一只羊驼，闲着没事的时候就在主城龙腾来回闲晃，经常引发新人围观。是的，就是这一只羊驼令明非夜的嘲讽有了双倍的效果，即使他只是笑眯眯地看着你，你也会觉得“被他呵呵”了。

有时候浅醉微醺明明任务做得好好的，不远处忽然路过一个骑着羊驼摇着扇子看热闹的身影，脑袋上还不断冒出“前妻，走错路了”“前妻，开错技能了”之类欠揍到极点的话，浅醉微醺占不到理又打不过他，于是只能选择无视他。

【当前】浅醉微醺：少废话，赶紧帮忙！不然我撕了你的扇子，烤了你的羊驼！

【当前】明非夜：又欺负我。

凌晓熙恨不得当场喷他一脸血，到底是谁在欺负谁啊？

明非夜没再跟她拌嘴，策动羊驼乐颠颠地冲着桃花妖头上开了个鸿飞碧落，成功吸引了桃花妖的注意。

浅醉微醺松了口气，干脆坐下来吃吃喝喝，顺便近距离围观明非夜大战桃花妖。

桃花妖有个很变态的属性——反弹，所以遇弱则弱，遇强则强。浅醉微醺的攻击力就跟挠痒似的，所以受到的反弹伤害并不大。而明非夜一剑击出，他自己脑袋上就冒出一个巨大的伤害数字，血量立刻就去了一小半。浅醉微醺乐得看热闹，一直没有帮忙，明非夜不断地喝着药剂，但血量还是越来越危险。

【当前】明非夜：啧啧，你还真的忍心连血也不给我加一口。都说一日夫妻百日恩，保护前夫，人人有责啊。

明非夜话说完之后一个飞跃，引着桃花妖穿过小溪，一直朝城里去了。

浅醉微醺看着他飞速远去的身影，下巴差点砸脚面上。

霎时间日月无光、腥风血雨，桃花妖进城之后狂性大发，向路过的摆摊的、看热闹的玩家全部免费赠送了找阎王喝茶的“机票”。

世界频道很快飘出各种愤怒的问候语，无数受害玩家一致质疑游戏公司为什么把这么危险的 BOSS 放进城里。

凌晓熙望着世界频道不断刷新的怒骂，忍不住嘴角抽搐：拐这么强悍的 BOSS 去屠城，明非夜，你这么干真的没事吗？

【私聊】你对明非夜说：剑客不是可以断岳斩，击晕 BOSS 强行脱战吗？你干吗不脱离战斗之后直接回城？

【私聊】明非夜对你说：我要是强行脱战了，桃花妖岂不是会再去找你吗？

眼前飘花浮枝错肩，仿佛美丽和哀愁交错孳生。

云蒸霞蔚，如火如荼，桃花万丈。

凌晓熙实在不想承认那一刻真的有什么触动了她的心弦。

【私聊】明非夜对你说：亲爱的前妻，刚刚打桃花妖的时候我喝掉了化枯转荣 12 个，绛雪丹 1 组，玄灵草 1 组，麻烦都给我报销了吧。

嘭！他在凌晓熙心目中刚刚树立起来的形象瞬间崩塌。

【私聊】明非夜对你说：还有误工费、跑腿费、装备磨损费，对了，你刚才威胁我的坐骑，导致它的心理受到了无法弥补的巨大创伤，精神损失费不能少了啊。

【私聊】你对明非夜说：滚！

凌晓熙果断屏蔽了他的私聊信息。

紧接着世界频道上就飘起了一条令人无法直视的信息。

【世界】明非夜：出售新鲜热乎刚出炉的桃花靴、桃花钗，下回城里投放桃花妖不知道要过多久，过了这村没这店了！欲购从速！

如果明非夜名列浅醉微醺最讨厌的人第一位，那排在第二位的就是风雪狂刀。

说起风雪狂刀的出现也有一段故事。

逍遥种田人里百分之八十是女玩家，这就决定了这个帮会的宿命。铁打的帮会，流水的兵，不断有小号被招进来，同时有大号被风风光光嫁出去。留在会里暂时没嫁人的号基本上都是八卦属性，于是每天在帮会频道提到明非夜的次数都在一百次以上。

对别人来说这也许是闲话家常，对浅醉微醺这个乌龙前妻来说就是精神折磨。

洛无双怕她憋出内伤，干脆把她的征婚信息连同照片贴到了主城的公告板上，浅醉微醺的邮箱连续三天都容量超标，一个合适的人都没找到，倒是招来了一堆狂蜂浪蝶。

风雪狂刀就是其中之一。

药师号本来就很受欢迎，即使前夫的名号就像一座大山压在浅醉微醺头上，敢对她递出橄榄枝的人也不少，可是敢明目张胆穷追不舍的还真的只有风雪狂刀一个人。

每天九十九朵玫瑰准时送到，低俗肉麻的邮件三封不会少，见人就宣称浅醉微醺是他老婆。尽管凌晓熙再三表示对他没感觉，他可倒好，总觉得凌晓熙在故意考验他。凌晓熙越是想跟他划清界限，他就越像牛皮糖一样黏过来。闹得凌晓熙看见他就躲，真想怒问他一记："你到底哪来的自信啊？"

这天逍遥种田人集体去打咫尺天涯大副本，风雪狂刀非要死皮赖脸地跟着去。

一堆女人刷副本没有任何操作性和观赏性，加上全会基本上都是天尊、弓箭手和药师，刷副本就是不断死磕的过程。正所谓队伍前行三千里，留下的坟墓连起来可以绕地球三圈。

因为本会雄性资源不足，任何外来的资源都必须利用起来。既然风雪狂刀自愿牺牲，洛无双当然不客气。每每听到洛无双在 YY（指 YY 语音，一个游戏团队语音平台）里中气十足地指挥，说着"风雪狂刀，上"的时候，围观群众多少觉得过意不去。

【团队】昨日霓虹：老大，你这么使唤人家不好吧？搞得人跟你的宠物似的。

【团队】洛无双：哪有那么多讲究，在这种非常时期就必须把女人当成男人来用，男人当成奴隶来用！

帮会频道浓烟滚滚，一排椅子四脚朝天。

【团队】风雪狂刀：没事没事，为小醺的姐妹鞍前马后，死而后已，光荣！

一路上浅醉微醺愁苦万分，趁着风雪狂刀和别人插科打诨的工夫迅速闪进了岔道，然后迅速顶着大怪小怪飞奔而去。

【团队】风雪狂刀：小醺！你怎么往那边去了？小醺！

【团队】浅醉微醺：我不小心走错路引了好多怪，看样子是撑不住了。我尽量跑远点再挂，你们先进去吧，我不想连累你们。

【团队】风雪狂刀：大家一个团出来刷副本，说什么连累啊？等着，我这就来救你！

风雪狂刀的人物是妖族力士，黑铁塔似的身形，肩头再扛一把刑天巨斧，简直提神醒脑，戾气横生，连门神也会被他吓哭。

浅醉微醺故意躲避风雪狂刀，会里的人多半心里有数，所以故意拖拖拉拉，没有马上应和。谁知风雪狂刀在爱情荷尔蒙的刺激下竟然勇猛无敌，只见他一声怒吼，脚下生风，沿着岔道一路冲杀过来，摔碑手，蛮牛撞，加盘古开天，那气势真是鬼见鬼吓趴、人见人掉渣，所过之处，各种怪物无不望风而逃，乖乖躺倒。

看着他提着斧头在怪堆里三进三出，凌晓熙真想干脆从背后再给他撒上一把毒药。

然而风雪狂刀还是杀开一条血路来到了浅醉微醺的身边。

【当前】风雪狂刀：小醺，我来救你了，哇哈哈哈哈！

【当前】浅醉微醺：呵呵，谢谢啊。我没事了，你就快回去吧。没有你顶怪，她们的副本打不了啊。

【当前】风雪狂刀：那你呢？

【当前】浅醉微醺：今天我不想打副本，只想自己逛逛。

【当前】风雪狂刀：正好，其实我今天也不想刷副本，陪你逛到底。

【当前】浅醉微醺：算我求你了，你就回去吧！

【当前】风雪狂刀：别装了，我都看出来了，你故意引怪朝这边跑是想避开她们吧？

【当前】风雪狂刀：虽然我也很想和你二人世界，不过这个点儿大家都在，不要任性了，赶紧打完，咱们去红花坪共度浪漫周末啊。

【当前】风雪狂刀：我知道你吃她们的醋，我对她们好也是因为你啊，乖，别闹。

此刻凌晓熙的内心咆哮：苍天啊大地啊，要么就劈死他，要么就直接劈死我吧！

内心的咆哮还没平息，洛无双顺着岔路快速跑了过来。在这种欲哭无泪、欲踹无门、欲杀无人的时候居然来了救兵，凌晓熙感动得朝她扑了过去。

【当前】洛无双：呵呵，溜号可以，走之前把药剂修理费和这块耐剁的砧板给我留下！

浅醉微醺流着宽面条泪黯然而去。

风雪狂刀从来都是爱美人不爱副本，浅醉微醺一走，他就连忙跟上。

咫尺天涯副本并不大，来回就只有这几条道，浅醉微醺被追得转了好几圈，背后的风雪狂刀还是扛着斧头颠颠儿地跟着。

最终凌晓熙终于忍无可忍，停了下来。

风雪狂刀马上凑到面前。

【当前】风雪狂刀：小醺，你都转了那么多圈了，你到底想要什么？

【当前】浅醉微醺：我——要——自——由！

【当前】风雪狂刀：哟，你连洛无双的醋都吃，真是太可爱了。

他这根本就不是自信，而是自恋！

风雪狂刀的痴情对浅醉微醺来说不是桃花运，而是桃花劫，风雪狂刀追得越起劲，浅醉微醺就跑得越欢实，后来这种纠结的情况终于连外人也看不下去了。

某天刷副本后，洛无双很认真地对她提出了这个问题。

【当前】洛无双：你到底为什么那么讨厌风雪狂刀？他到底有哪点不好？

凌晓熙很认真地思索了大概五分钟。

【当前】浅醉微醺：他是没有哪里不好，可我也找不出他有哪点好。

这天浅醉微醺到底没能逃脱风雪狂刀的魔爪，只好被硬扯着回到了队伍里，在前赴后继的送死大潮中被缠了几个小时之后，她忍无可忍，干脆BOSS也不打了，退了组，一个人跑去青州看雪消气。

青州的大雪铺天盖地，月亮桥下一轮圆月衬托着她孤零零的身影，萧索得令人唏嘘。

凌晓熙忍不住感慨万千，刚出虎穴又进狼窝，别人的游戏人生都是跌宕起伏，精彩无限的，为什么到她这里就变成了一出接一出的悲剧？难道是她早上起床的方式不对？

镜头掉转。

风雪狂刀在她常去的地方转了几圈都没见人，终于在世界频道上咆哮起来。

【世界】风雪狂刀：小醺，你到底要我怎么做才肯嫁给我？只要你说，我什么都愿意做！

凌晓熙瞬间头大如斗。

她明明对这种自以为是又死缠烂打的类型完全不感冒，可不管她怎么说，这个自我感觉良好的家伙却总以为她在兜圈子抬架子，死活都不愿意接受事实。

忽然间脑中灵光一现，一个完美的计划闪现在她脑海里。

【世界】浅醉微醺：好，只要你打赢明非夜，我就嫁给你。

【世界】风雪狂刀：打赢明非夜？你不如直接让我去死啊，呜呜呜……

风雪狂刀好半天不说话，凌晓熙心中暗喜，以为他终于死心了，可还没等她松口气，风雪狂刀又冒出了一句惊天地泣鬼神的话。

【世界】风雪狂刀：征求组队狙杀明非夜，反正闲着也是闲着，就当日行一善，支持我滚烫的爱情！

一个实力平庸的普通玩家居然敢跟明非夜叫板，整个世界频道顿时乱得像菜市场，看热闹起哄的人不少，真报名参团的一个也没有。再说了，你一介草民要杀别人帮主，也要看看权倾天下的昭明殿同不同意啊！

【世界】风雪狂刀：征求组队狙杀明非夜，参团成功狙杀之后，每人奖励1000金！

1000金！世界频道沸腾了，这可是普通玩家一个月的花销！

凌晓熙一脸黑线地望着世界频道，这回风雪狂刀真是下了血本，不达目的誓不罢休啊！

【世界】寻花问柳：前妻这种生物真可怕。

【世界】一笑血槽空：冲着1000金，哥们儿顶你！在哪儿集合？还有，万一被贴了通缉令是不是还有额外补贴？

【世界】风雪狂刀：没有！

【世界】值得不值得：1000金！我也来，组我！

【世界】风雪狂刀：你ID我好像没见过，几级了？

【世界】值得不值得：36级！

【世界】风雪狂刀：早点洗洗睡吧。

【世界】洛无双：我也去！把我帮会老底掏空的仇不能不报！

重赏之下必有勇夫，有几个人跃跃欲试，准备报名，不过有勇气是一回事，得罪明非夜和昭明殿之后天天被明杀暗杀追杀又是另一回事，大多数人还是顶着“我是布景”的牌子进行无差别无厘头无下限的强力围观。

喀喀，洛无双除外。

【世界】明非夜：我自杀，那钱直接给我吧。

此话一出，世界频道浓烟滚滚，一排椅子四脚朝天。

凌晓熙的嘴角不停地抽搐，明非夜简直是她命中的煞星，现在如果给她一张桌子，她马上就能把桌子掀去外太空！

【世界】风雪狂刀：行行行，没问题！小醺，你看见没有？婚礼什么时候办？办普通的还是豪华的？婚礼会场你要中式还是西式？

凌晓熙坚决果断地一脚踹掉了电源，直接战略性掉线了。

为了躲避无妄之灾，凌晓熙果断消失了三天。

这一天，她实在忍不住想上线看看，结果画面刚刷出来就看到风雪狂刀就像出膛炮弹一样气势汹汹地朝她扑过来。

【当前】风雪狂刀：小醺，这几天你上哪儿去了？我想死你了！

凌晓熙在那一瞬间很不厚道地“脑补”了一下那个表情包，然后条件反射似的开了药师轻功翩若惊鸿扭头就跑。

药师轻功纵然拙劣，但怎么也比力士那满地乱滚似的虎跃好多了。

青州的风雪铺天盖地，目所能及的范围内一片白茫茫，各种野外怪物和NPC呼呼地掠过，凌晓熙目测浅醉微醺现在的速度，绝对已经突破了美国人格里菲斯·乔伊娜于1988年7月16日在美国印第安纳波利斯创造的女子百米世界纪录。

浅醉微醺一记飞窜从一堆积雪的矮松顶上掠过，重重地落在一个白色的人形目标物旁边。这片雪原所有的人形怪都是桃花妖那样的精英BOSS，她心里一惊，立刻劈头盖脸地送上了封脉定身和各种负面状态。

【系统】您杀死了明非夜，罪恶值 +1。

对面握着剑摆着防御造型的寻花问柳，望着呼万岁状去见阎王的明非夜一愣一愣。

寻花问柳是昭明殿的副帮主，和明非夜的关系当然非同一般，两人开起玩笑来无所顾忌，经常互砍切磋。青州这种鸟不生蛋的地方很少有玩家出没，显然他俩刚才直接开了屠杀模式大战一场，明明两人的血量都所剩无几，而明非夜还稍胜一筹，没想到半空里忽然飞过不明飞行物，几招下去把明非夜害死了。

凌晓熙看到这条系统信息的瞬间差点一口血喷出来：你俩在哪儿对练不行，非得找荒郊野外啊！

【当前】寻花问柳：上次买凶动手，这回是亲力亲为，前妻这种生物真可怕。

地上的明非夜开了个冥界之门复活，居然难得慷慨亲切。

【当前】明非夜：没事没事，这只是个意外，我知道你不是故意的。

凌晓熙愣了愣。

【当前】浅醉微醺：你为什么这么肯定？

【当前】明非夜：从结婚那会儿起你就不知道用夫妻同心技能来找我，看来，现在你也没有跟踪追杀我的智商。

【当前】浅醉微醺：滚！

浅醉微醺怒吼一声，从包袱里把刚打造好还没来得及派上用场的紫色青鹭针拿出来，在装备界面闪出来的瞬间按下了其中一个按钮。

华丽的蓝光一闪，青鹭针荡然无存。

【系统】分解操作成功，你获得了灿银 ×10，七色玄玉 ×12。

浅醉微醺犹如被一道惊雷劈中，直接在原地石化了。

敢情她刚才点的不是穿戴，而是分解？

【当前】明非夜：喂喂，你傻了？

【当前】浅醉微醺：我刚才手抽筋分解了我的武器。

【当前】明非夜：什么武器值得你悲痛得开始怀疑人生？

【当前】浅醉微醺：青鹭针。

青鹭针属于特殊装备，不会在野外掉落，只能通过生活技能打造。虽然只是50级装备，却能达到60级以上的属性。正所谓特装不是你想造就能造。打造这么一件玩意儿极度耗时耗力，洛无双足足陪着她刷了一个月的南天门外加东买西凑才终于集齐了材料，没想到还没等到初试锋芒就迎来了华丽的终结。

【当前】寻花问柳：化神奇为腐朽……节哀啊……

【当前】浅醉微醺：命运多舛……悲剧啊……

【当前】明非夜：不作死就不会死……算了哈……

凌晓熙心想，这笔账也得算在明非夜头上！

【当前】浅醉微醺：不行，你必须对我负责！

【当前】寻花问柳：老明，你到底做了什么需要负责的事啊？我鄙视你！

【当前】明非夜：我什么都没做啊！

【当前】寻花问柳：都成前妻了还什么都没做？我鄙视你！

从这天开始，浅醉微醺正式赖上了明非夜。

其实她不赖也是不行的，把洛无双好不容易给她凑出来的神器分解了，如果就这么觍着脸回逍遥种田人，势必连辩解的余地都没有就直接被那条女汉子扫地出门了。

所以这不是依赖，是无赖。

为了防止友情崩盘，凌晓熙权衡再三之后只好走上了跟着前夫惹是生非的不归路。

【私聊】你对明非夜说：亲爱的前夫，陪我去刷个南天门呗？

【私聊】明非夜对你说：来得正好，先陪我刷个副本吧。

一个小时以后。

【私聊】你对明非夜说：前夫，陪我去刷个南天门呗？

【私聊】明非夜对你说：时间还早，陪我去个战场吧。

又一个小时后。

【私聊】你对明非夜说：明非夜，陪我去刷个南天门呗？

【私聊】明非夜对你说：不要着急，我这儿还有几个帮会任务要做，很快的，哈哈哈。

又一个小时后。

【私聊】你对明非夜说：明非夜！刷南天门！

【私聊】明非夜对你说：稍等稍等，到BOSS刷点了，打了就回来。

一个小时又在凌晓熙的熊熊怒火中过去了。

【私聊】你对明非夜说：明非夜！这都几点了！说好的南天门呢！

【私聊】明非夜对你说：都这个点了啊！怪不得我这么困呢。

【私聊】明非夜对你说：睡吧睡吧，睡眠不足是美容大敌，你这样下去会老得很快的！

【系统】您的好友明非夜已经离线。

凌晓熙原本的如意算盘是让明非夜帮浅醉微醺刷南天门，明非夜刷副本效率比洛无双高得多，凑材料的速度当然也更快，等材料够了再一合成，她不就能脱离苦海了吗？可就照着明非夜这成天瞎忙的阵势，不但没能蹭上一次南天门，反倒被他消遣得东奔西跑，什么事也干不成。

思及此处，她只能仰天怒吼一声：明非夜你这个浑蛋啊啊啊啊啊……

【私聊】你对魑魅说：魅魅，怎么样才能让一个男人乖乖听你的话？

魑魅是逍遥种田人帮会负责招人的大长老，人气极高且目前还没有出嫁，身边的追求者简直都能组成一个加强连，这种问题找她再合适不过了。

【私聊】魑魅对你说：这还不简单吗？要么让他欠你情，要么让他欠你钱呗。

凌晓熙若有所思地让浅醉微醺离去。

晚上陪明非夜刷副本的时候，凌晓熙终于找到了合适的时机。

【私聊】你对明非夜说：你有化枯转荣吗？

【私聊】明非夜对你说：有。

【私聊】你对明非夜说：你有冥界之门吗？

【私聊】明非夜对你说：有。

【私聊】你对明非夜说：嘿，那你有赦免令吗？

【私聊】明非夜对你说：也有。

【私聊】你对明非夜说：你直接告诉我你没有什么好了！

【私聊】明非夜对你说：为什么？

【私聊】你对明非夜说：你什么都有，我哪有表现的机会？

【私聊】明非夜对你说：哦，前妻，你是不是又惹了什么麻烦想让我给你摆平啊？

凌晓熙无语望苍天。

【私聊】明非夜对你说：这事不难，强悍才是硬道理。只要你付得起钱，不管你占不占理，我都能给你一次性解决！说吧，你是欠了钱不想还，还是欠了情想逃婚？

【私聊】你对明非夜说：滚！

刷完副本进了战场，浅醉微醺再次捞到了和明非夜短暂独处的机会。

【私聊】你对明非夜说：你最近睡眠好吗？

【私聊】明非夜对你说：嗯。

【私聊】你对明非夜说：新陈代谢顺畅吗？

【私聊】明非夜对你说：嗯。

【私聊】你对明非夜说：内分泌正常吗？

【私聊】明非夜对你说：嗯。

【私聊】你对明非夜说：那有没有感情问题心理问题？

【私聊】明非夜对你说：没有。

【私聊】你对明非夜说：这个可以有！

【私聊】明非夜对你说：这个真没有。

消停三秒之后，明非夜恍然大悟。

【私聊】明非夜对你说：前妻，你是不是想改行搞推销啊？

凌晓熙无语凝噎。

【私聊】明非夜对你说：听我一句，搞推销一定要快准狠，绝对不能这么磨叽，你这样怎么能说服别人买你的东西？来来来，待我给你上一课，保管你的推销水平直线飙升，学费只收你 998 哟！

【私聊】你对明非夜说：滚！

凌晓熙彻底被打败了。

虽然明非夜总喜欢把钱挂在嘴上，可一个能用钱降服整个昭明殿的人，他怎么会缺钱？说白了，他只是喜欢以钱为名调戏浅醉微醺而已。

像明非夜这样一个无情、无耻、无理取闹的人，究竟怎样才能让他乖乖听话？

【私聊】你对魑魅说：如果这个男人无情、无耻、无理取闹又什么都有，怎么办呢？

【私聊】魑魅对你说：那只好让他爱上你了。

第二章 有一种缘分叫孽缘

虽然明非夜身边确实围绕着各种莺莺燕燕，小暧昧肯定是少不了的，但真正跟他牵手步入过婚姻殿堂的还真的只有他的乌龙娘子浅醉微醺。

正所谓知己知彼，百战不殆，要让明非夜真的爱上浅醉微醺，凌晓熙就得知道他到底喜欢什么样的女人。

要知道这个问题，最有发言权的无非是三个人。

金豆豆，夜夙，寻花问柳。

金豆豆是全区首富，和明非夜私交甚笃。第一次见面，凌晓熙就彻底被他的土豪气质所折服。

【当前】金豆豆：这就是老明的前妻啊？长得没啥特色啊，难怪会被甩。

【当前】浅醉微醺：注意，是我甩了他，不是他甩了我！

【当前】金豆豆：真的？干得漂亮，真是出了这些年窝在我心头的一股恶气啊！来，给你见面礼。

【系统】浅醉微醺收到了金豆豆赠送的七彩宝石。

整个服务器都飘起了红色的玫瑰花瓣。

三界里送东西可以通过交易，可以用邮件系统邮寄，也可以这样通过赠送系统进行赠送。交易完全免费，信件提取只收取少量邮费，而骚包的赠送则需要花人民币购买，其最大的特色就在于可以通告全服，还有够炫、够酷、够分量的全服光影特效，于是就成为了《三界 Online》通行的浪漫求婚方式。七彩宝石也是稀罕的东西，没有多少实用功能却贵得吓人，纵使浅醉微醺的财产处于巅峰时期也够不上这宝石的十分之一。

电脑前的凌晓熙顿时目瞪口呆。

【当前】浅醉微醺：你这是打算娶我吗？

【当前】金豆豆：一颗七彩宝石就想娶老婆，太没诚意了吧。

【当前】浅醉微醺：土豪，我们做朋友吧！

找金豆豆不用费什么力气，这货如果不是在逛市场，就是在去逛市场的路上，虽然操作出了名地手残，但是有了钱这件最可怕的武器，就算是手残党也有了主角光环和治愈的希望。

【私聊】你对金豆豆说：豆豆，我问你一件事，你要非常诚实地回答。

【私聊】金豆豆对你说：爱过。

【私聊】你对金豆豆说：我只是想问你，明非夜喜欢哪种类型的女人？

那个浑身紫光缭绕、土豪之气扑面而来的弓箭手绕着浅醉微醺转了整整三圈，最后用嫌弃的口吻做出了回答。

【私聊】金豆豆对你说：反正不是你这样的。

夜夙是明非夜的弟弟，当然不是亲生的。按明非夜的说法就是路遇夜夙觉得很对味，于是引入昭明殿，下午相谈甚欢引为知己，晚上情难自禁结拜为兄弟。

初次见面的时候，凌晓熙觉得夜夙就是个不算太懂事的孩子，他的个性没有明非夜那么轴，但是总有种说不出的阴郁不明的东西。每逢明非夜忙得没空消遣浅醉微醺的时候，就会把她交给夜夙，时间长了之后凌晓熙倒是对夜夙生出一种莫名的亲近感。

找夜夙也不难，闲着没事的时候，他就会独自默默地去练生活技能。

【私聊】你对夜夙说：夜夙，你能不能回答我一个问题？

【私聊】夜夙对你说：所有和我哥有关的问题我都拒绝回答。

【私聊】你对夜夙说：不要这样，我没什么恶意，就是想知道明非夜喜欢的女人是哪一种。

那个紫衣黑甲刺客站起来仔细端详了浅醉微醺很久，最后用无奈的口吻做出了回答。

【私聊】夜夙对你说：你现在努力已经来不及了，早点洗洗睡吧。

寻花问柳就不必说了，那么多年的朋友加兄弟，如果要问谁最了解明非夜，答案必然是他。

找他就更容易了，因为他的活动轨迹和明非夜完全相同，副本——战场——活动——下线。

【私聊】你对寻花问柳说：花花，我能不能问你一个问题？

【私聊】寻花问柳对你说：有话直说吧。

【私聊】你对寻花问柳说：明非夜喜欢哪种类型的女人？

【私聊】寻花问柳对你说：老明就站在我旁边不到三个坐标点的位置，你直接问他会不会准确点？

【私聊】你对寻花问柳说：我打算默默地改变，静静地提升。

【私聊】寻花问柳对你说：提升？

寻花问柳足足停顿了半分钟才继续说下去。

【私聊】寻花问柳对你说：算了吧。

浅醉微醺一看有戏，马上不死心地继续追问。

【私聊】你对寻花问柳说：为什么？

【私聊】寻花问柳对你说：你已经没有提升的空间了。

【私聊】你对寻花问柳说：你不要这样，你这么说我会误以为你对明非夜有意思。不跟女号眉来眼去，不跟女号花前月下，不跟女号出双入对，你说你是不是喜欢明非夜？是不是？是不是？

【私聊】寻花问柳对你说：我现在更觉得女人可怕了。

各种努力均告失败，凌晓熙觉得自己实在是没辙了，还不如直接回逍遥种田人求个痛快。

老天一定是听到了她的心声，当天晚上她从战场出来就在休息区面对面撞上了洛无双。

【当前】洛无双：咦，你最近这是怎么了？怎么老跟明非夜在一起？你不是很讨厌他吗？

【当前】洛无双：你是不是有什么事瞒着我？

【当前】洛无双：或者是你有什么把柄在他手上？

凌晓熙真恨不得挖个地洞钻进去，这么忽悠下去果然不是事啊。就在她想全盘摊牌争取宽大处理的时候，风雪狂刀的身影出现了。

原本积蓄了那么久才获得的勇气忽然间化成了泡沫，脑子里的线忽然间搭错了。只要能甩开风雪狂刀，节操这种东西偶尔碎碎也是极好的。

【当前】浅醉微醺：因为……我还爱他。

洛无双当场被雷倒在地，风雪狂刀流着宽面条泪黯然而去。

战场完了居然遇上了捡宝活动，一声礼炮响，龙腾周边出现了各种各样大大小小的礼包，全服上下陷入了狂欢状态，无论大神还是小虾米都在开心地捡拾那些意外的馈赠。

五个人的战场队出来之后就散伙了，团队里只剩下了明非夜和浅醉微醺。

凌晓熙坐在电脑面前看着明非夜如狼似虎地疯抢礼包，真是“槽点”太多，都不知道该从哪儿开始吐。

【团队】明非夜：杵着干吗？抢礼包啊！

【团队】浅醉微醺：明非夜，我能不能问你一个问题？

【团队】明非夜：不能。

【团队】浅醉微醺：你这样让我怎么接？

【团队】明非夜：没打算让你接。

浅醉微醺憋了半天，终于崩溃了。

【团队】浅醉微醺：明非夜，你爱不爱我？

【团队】明非夜：爱。

【团队】浅醉微醺：咦？

【团队】明非夜：我不这么回答怎么能知道你到底在作什么妖？

面前四处翻飞的白衣剑客忽然一个鹰扬加三连跳回了她身边，直接点开了交易按钮，然后放上了一把青鹭针。

【团队】浅醉微醺：哪儿来的？

【团队】明非夜：没有野外掉落，当然是做出来的。

打造青鹭针有多麻烦，凌晓熙亲身经历过，而明非夜居然就这么默默地刷副本凑齐了材料给她做了一把。看到这个，凌晓熙心里顿时有种莫名的惊诧和感动，平常受欺负挨挤对的郁闷一扫而空。

也许，这个人也不是那么一无是处。

【团队】浅醉微醺：你什么时候凑齐材料的？我都没能去帮帮忙，有点过意不去。

【团队】明非夜：哦，这些材料帮会仓库里垃圾似的一抓一大把，做一把青鹭针也就是几分钟的事情，你完全用不着过意不去。

【团队】浅醉微醺：那你为什么不早说？

【团队】明非夜：冤枉啊，你不是说你还爱我吗？既然如此，我就给你个机会多在我身边表现表现呗。

【团队】浅醉微醺：滚！

她刚才居然会觉得感动，只能说明她对这个挂名前夫的劣根性了解得还不够深入啊！

终于重获自由，凌晓熙驱着浅醉微醺一路欢呼雀跃着直奔逍遥种田人的会址。

【私聊】菲常完美对你说：你是不是想知道明非夜的事？

浅醉微醺停下脚步。

回过头，果然看见一个穿着90级断魂套装的萝莉药师顶着“菲常完美”的名字在桃花树下打坐恢复。

这个人是昭明殿四个执法长老当中唯一一个女孩子，也是药师流里比较偏门、专门打架用的暗蛊药师。凌晓熙跟她刷过几次副本，没有什么交情。今天菲常完美居然会主动找她说话，真是太阳从西边出来了。

【私聊】你对菲常完美说：我现在不用知道了，拜拜。

【私聊】菲常完美对你说：也对，你就是再努力，明非夜也不可能喜欢上你。

浅醉微醺再次停下脚步。

虽然对明非夜没什么想法，但好奇心人皆有之嘛。

【私聊】你对菲常完美说：为什么？

【私聊】菲常完美对你说：我觉得那货完全就是自恋的集合体，根本不会喜欢上任何人。

【私聊】你对菲常完美说：因为明非夜和我闹了乌龙，他原本想娶的姑娘不是一怒之下转服了吗？都到谈婚论嫁阶段了，那姑娘总是他心头爱吧？

【私聊】菲常完美对你说：这个版本是明非夜和你说的吧？时刻要记住，宁可相信世界上有鬼，也不能相信明非夜的嘴啊。

【私聊】你对菲常完美说：可他发错求婚信息那天又是怎么回事？

【私聊】菲常完美对你说：那是他玩真心话大冒险输了，被迫当着全服人的面向寻花问柳求婚。估计他是下不了台，又怕丢面子才随便找个人求婚模糊重点呢。你看看，这一闹不就没人管寻花问柳那茬儿了吗？

桃之夭夭，浅浅芳华，寻花问柳？

一旦接受了这个设定，浅醉微醺彻底阵亡了。

【私聊】菲常完美对你说：你在想什么？怎么不说话了？

【私聊】你对菲常完美说：我在想，明非夜到底是多么可怕的祸害。

【私聊】菲常完美对你说：不开口是男神，一开口就是男神经，你感受一下。

又是一个美好的周末，浅醉微醺带着逍遥小号团浩浩荡荡地奔赴天外神宫副本。这天大概是老天开眼，以往磕磕绊绊、屡战屡败的旅程居然顺畅无比。浅醉微醺身上胡乱地冒着九转丹行和治愈术的白光，跟着就是复活、复活再复活，新人们可怜兮兮的血槽就在怪物的群殴中起起落落，几次濒临灭团居然都奇迹般地硬给救了回来。

【团队】火火火：哇！团长好厉害！

【团队】月影传说：药师职业原来也可以这么厉害，我也想转职玩药师！

【团队】福罗伦萨的月光：就是就是，我加十几下都没反应，浅醉姐姐一个技能就满血了！

【团队】轩辕：是啊是啊，居然一次都没被灭团呢！

【团队】浅醉微醺：呵呵，也没有那么厉害啦。等一会儿进到最里面，BOSS 出来的时候一定要听我指挥，不要乱跑，那么多人我看不过来。

新人们纷纷点头表示同意。

进门到副本入口还有一段距离，这段狭窄的甬道里也有不少大怪小怪，大号们当然可以无视它们，直接冲进副本，可这群刚刚开始生长的小号肯定顶不住那么强的火力，只能选择一路打进去。

刚开始还是挺和谐的，大家就位之后主攻火火火就抡起武器开动八方风雨冲到了怪堆里，其余小号立马开始像模像样地打怪。浅醉微醺异常专业地给大家上状态、加血、解除中毒和迟缓，真是忙得不亦乐乎。

【团队】火火火：团长，前面那个大蘑菇是什么东西？

【团队】浅醉微醺：哦，那个不能碰，碰到会爆炸，大家绕开走。

【团队】火火火：哦。

【团队】火火火：团长，那几只长得很奇怪的山羊能不能打？

【团队】浅醉微醺：那是白泽，打了会掉技能书，快上！

【团队】火火火：收到！

【团队】火火火：团长，前面那个穿着白衣服的是不是 BOSS？

【团队】浅醉微醺：咦，我记得这里没有人形 BOSS 啊！

【团队】火火火：哎哎哎，它朝我们跑过来了，后面好像还召唤了一群小怪！团长，到底要不要打？那到底是个什么东西？

【团队】浅醉微醺：那是……

【团队】火火火：什么？

明非夜带着昭明殿的一堆小号浩浩荡荡地从旁边开了过去，沿途遇神杀神、遇佛杀佛，愣是把怪扫得一干二净，连一片渣都没剩下。

【当前】明非夜：哟，刚才在门口就看到你们了，我们都刷完三轮了，你们怎么还没到副本入口呢？

【当前】火火火：哇！大神，你身上的装备属性都好好啊！这莫非就是传说中的神装？

【当前】月影传说：剑客真是帅呆了，一个技能秒一片啊！我还是转职当剑客好了！

【当前】福罗伦萨的月光：哥哥，你们那边缺不缺治疗？如果可以，带我一个可好？

【当前】轩辕：是啊是啊，快带我们走吧，打个副本就跟被猪拱了十几次一样啊！

电脑前的凌晓熙气得差点把牙都咬碎了。

【当前】明非夜：浅浅，你一个药师不能打不能扛的，带团没效率啊。

【当前】浅醉微醺：好啊，你能打能扛又风流倜傥，不如连我这团小号也一起带了呗？

【当前】明非夜：没问题！那辛苦费怎么算？接受帮会转账，概不赊欠哟！

【当前】浅醉微醺：明非夜！你给我滚！

明非夜大笑着领着一堆小号呼啦啦地过去了，就剩下了一条空空荡荡的甬道。

【当前】火火火：团长，我们要跟着他们吗？

【当前】浅醉微醺：不跟！

【当前】火火火：如果不跟，我们是不是应该走快点啊？否则一会儿怪再刷出来，我们可能顶不住啊……啊！

话音未落，甬道里瞬间被各种刷新出来的大怪小怪挤得水泄不通。

全团上下仓促应战，火火火出于一个主攻的天生使命感直接朝怪最密集的地方冲了过去，可惜理想永远很丰满，现实永远很骨感，只是这一下，火火火的血条瞬间就见了底。浅醉微醺见势不好，果断来了个扭转乾坤的五气朝元。

这一针下去，所有怪物如同打了鸡血，争先恐后地向队伍涌过来，热情地把她们全部踩在脚下。

【当前】明非夜：啧啧，前妻，你灭团的形象永远如此销魂。

【当前】浅醉微醺：你回来干什么？我没钱给你！

【当前】明非夜：我刚把新人团交给寻花带着，专程回来支援你。唉，只可惜一片好心被当成了驴肝肺啊。

【当前】浅醉微醺：你能有这么好心？

【当前】明非夜：是啊，你只要再撑十秒，我就能赶上救你们了。嗯，只能说你们死得非常果断，赞一个。

浅醉微醺没等他用返生符救人，直接飞回复活石复活去了。

凌晓熙屏蔽了所有频道，让浅醉微醺在溪水边找了块大石头，然后安静地坐着无意义地燃烧点卡。

这一天不但连副本的入口都没走到，还三番五次在新人和明非夜面前出丑，她这辈子都没这么失败过。

如果能有人在身边劝着还能好点，可她屏蔽了所有频道，一个人钻牛角尖，越想越委屈，眼泪忍不住就一颗颗顺着脸颊滚落下来。

【当前】明非夜：你躲在这里干什么？

看到这句话的时候凌晓熙真是吓了一跳，稍后才反应过来，原来当前聊天频道是不可以屏蔽的。

视角扭转，那个白衣剑客果然就站在小溪对面望着浅醉微醺。

【当前】浅醉微醺：要你管？

白衣剑客顺着小石滩一路点着水轻灵灵地飞跃过来，剑尖划破空气迸溅出美丽炫目的金色火焰，就像凤凰的尾羽，华丽绚烂。

千叶海棠枝叶繁茂，如绿云铺地，一片清影。桃花坞总是一片迷离的粉，天外神宫外面却是一望无际的紫红。这里离龙腾不算太远，副本难度只比同等级的迷魂阵稍难，爆的东西也好很多。当年游戏初开的时候这里曾经比龙腾广场还要热闹，可如今这里人迹罕至，除了风和虫鸣之外，再也没了其余的声音。

【当前】明非夜：你生气了是吗？

花叶相错，月光透过树梢，把斑驳的影子温柔地搭在彼此的肩头。

那个白衣剑客微笑着朝浅醉微醺走过来的时候，就好像两条命运的线莫名其妙地纠缠在了一起。

当前频道不能屏蔽这个设定一直被诟病，可《三界 Online》的策划一直都没有进行修改。

此时此刻凌晓熙才忽然明白了此举真正的用意。

当一个人愿意为你而来的时候，你总要给彼此留下最后的机会。

【当前】浅醉微醺：我知道你是在开玩笑，有什么好生气的？

明非夜难得没有再开她的玩笑，只是轻飘飘地晃开一朵夺目的剑花，背过身子坐了下来。

【当前】明非夜：你一个不懂指挥的药师居然去带新人团，你们会没人了吗？

【当前】浅醉微醺：不关你的事。

【当前】明非夜：你自己一个人赌气跑了，你就没想过那堆小号该怎么办？

凌晓熙居然被呛得哑口无言。

【当前】浅醉微醺：她们现在在哪儿？

【当前】明非夜：安排到我们团里了。反正有寻花看着，一个也丢不了。

【当前】浅醉微醺：哦。

【当前】明非夜：你又不是仙人掌，何必那么坚强？因为一时意气用事而盲目拒绝别人善意的帮助，你傻不傻啊？

【当前】浅醉微醺：你有善意吗？除了一脸的不正经还是不正经啊！

【当前】明非夜：我这人一直都很正经，只是正经得不太明显。

【当前】浅醉微醺：不是不明显，是完全看不出来。

【当前】明非夜：你看看，你再使劲看看？

微风从小溪那边推着流水涟漪层层泛开，花瓣忽然间落成了一天一地的迷离。白衣剑客的身影隐在花叶扶苏之间，忽然演绎成月光也无法企及的温柔。

【当前】明非夜：下次需要帮忙的时候你就直说，我会尽量帮你。

【当前】浅醉微醺：你会随叫随到？

【当前】明非夜：只要你给足了辛苦费，随叫随到也是可以的。

【当前】浅醉微醺：明非夜！你给我滚！

即使只是一张空头支票，凌晓熙心里还是涌动着难言的安慰。

【当前】浅醉微醺：明非夜，我真的有个问题要问你。

【当前】明非夜：什么问题？

【当前】浅醉微醺：你到底是个花言巧语的骗子，还是个种类特殊的好人呢？

【当前】明非夜：就为了你这一不高兴，我就千里迢迢地跑来安慰你，必然是个好人啊！

当天浅醉微醺带出去的九个新人团妹子，包括混迹其中的两个“人妖号”都在那一天找到了称心如意的另一半。

【世界】赵氏司机：嘿！一次找到九个妹子，大批量地解决了我会光棍的个人问题，简直不能更赞了！老大，干得漂亮！

【世界】明非夜：替广大单身汉找到命中注定的另一半，是我义不容辞的责任。

【世界】带你去纽约：请接受全会光棍深深的敬意！顺便问一句，下一批妹子的预订开始没有？果断报名！

【世界】丁大猫：明老大！非昭明殿的会员能不能申请福利？

【世界】帅气 KK：一边儿去！我们自己会的问题还没解决呢！

【世界】Dan36：无视！前排！

【世界】二哥好帅：插队！踢飞！

【世界】明非夜：这种机会可遇不可求，下次前妻发飙甩人的时候，我一定第一时间提醒你们前去领取“萌”妹子！

【当前】浅醉微醺：明非夜！你这个骗子！

晚上闲着没事，洛无双突发奇想要去战场，浅醉微醺作为专属药师当然只能乖乖跟着。

昭明殿的队伍是菜刀队，全员都是火力，要不是浅醉微醺作为特殊编外人员硬加塞，平时他们进战场根本不需要药师奶妈。

以往蹭着明非夜的队伍混战场的时候浅醉微醺就当自己是个摆设，反正没有人指望她能成为战斗力，所以她上个状态之后就可以闲逛战场了。偶尔想起来的时候就转回来加个血，万一迷路被别的队伍狙杀，她也乐得躺在地上乘凉。

可今天不一样，逍遥种田人几乎清一色都是治疗和远程，一路游走急行军，丝毫没给她打马虎眼的机会。浅醉微醺一直提心吊胆，战场过半已经熬得疲惫不堪，积分一直不上不下，吊在排名二十左右的位置。

【团队】浅醉微醺：双双，要不咱们退出去吧？

【团队】洛无双：退什么退？没发现咱们今天气势如虹，敌人看见我们无不望风而逃？所向披靡啊！

【团队】浅醉微醺：哪个敌人望风而逃了？

【团队】洛无双：河边遇上的那个虎背熊腰的大个子不就逃了吗？

【团队】浅醉微醺：那是风雪狂刀。

这边话音刚落，一个隐身的刺客忽然现身出来，鹤立势加魁星踢斗组合成了旋风连环腿，直接把洛无双打成眩晕状态。洛无双猝不及防，挨了好几下才找着空当一记爆气把敌人弹开，浅醉微醺拼了命给她恢复，可惜治疗量不过关，加得还没掉得快。浅醉微醺一看情况不对，赶忙给洛无双猛灌一记九转丹行，然后招呼队友。

【团队】浅醉微醺：兔子，过来拖住敌人！花妹，天雷轰吸引火力啊！艳艳，魂惊鬼泣啊！下毒啊！

团队其余的妹子迅速作鸟兽散。

【团队】浅醉微醺：当我没说。

这会儿洛无双已经毫无悬念地躺倒了，那个刺客冲上来就是一个螳螂刺加镜中影，浅醉微醺一介治疗药师打又不能打，跑又跑不过，只能乖乖站着等死。

就在这时，他忽然站住了。

十秒，二十秒，三十秒。

就在浅醉微醺以为他掉线了的时候，他脑袋上忽然冒出一句话。

【当前】孤独不苦：你怎么那么弱？养小号也不能这么不上心吧。

浅醉微醺悲愤地抡起小针冲他狂放各种负面状态和暴雨梨花针。

【当前】浅醉微醺：我这是大号！

孤独不苦躲都懒得躲，直接补了个螳螂刺击晕。

【当前】风雪狂刀：小醺，我来救你！

能把门神吓哭的彪形大汉扛着刑天巨斧从斜里杀出来，照着孤独不苦来了个猛虎出林。孤独不苦开了隼连纵迅速退开，可是浅醉微醺已经被螳螂刺击晕了，于是……

【系统】你被风雪狂刀杀死了。

凌晓熙欲哭无泪。

那个刺客的装备水平明显低于风雪狂刀，于是也不敢跟他硬拼，一直缓慢地游走周旋，看样子是想伺机逃走。

风雪狂刀哪能轻易地放过他，一记轰雷连打加钢身之后直接开了大风车。

如果说洗衣服的是滚筒洗衣机，那风雪狂刀就是滚筒洗人机。

力士有个叫盘古开天的技能，俗称大风车，粗壮的力士们手持巨斧或者双锤跟个风车似的不断转圈，对周围的目标造成群体伤害，所过之处寸草不生。

眼看着风雪狂刀手里的黑色巨斧燃烧着熊熊烈焰，挥舞起来真是虎虎生风，犹如天魔降世，狂霸之气势不可当，根本不给敌人任何近身的机会。

可惜大风车威力虽猛却有明显的缺陷，没见力士转完圈，自己都要晕好几秒吗？

大风车一开，孤独不苦当然不想被当场砸成肉泥，赶紧断了自己的连招疾速后撤，小心地避开他的技能范围。

即使中途断招，大风车的副作用还是要持续个两三秒的，更何况风雪狂刀一直不歇气地疯转。

大风车刚停，孤独不苦马上就切了进去。

风雪狂刀毕竟也玩了这么久，应对的方法总是有的，只见他喝血硬撑了几刀，然后专业地虎跃，震地，轰雷连打……

然后，他跪了。

凌晓熙哭笑不得。

孤独不苦从头到尾都没用过花哨的技能组合，连强力的大技能也没有用过。山不在高，有仙则名；技不在多，有用就行。即使等级低，装备烂，技能不算华丽，只要你有足够的耐心和敏锐的洞察力，即使是琐碎的小技能也能撂倒强大的对手。

战斗结束，孤独不苦也没打算多做纠缠，收了刀奔向战场的另一头，身影在夕阳下拉长成一道神秘莫测的黯影，像极了无数武侠电影里寂寞的独行高手。

刀光剑影，腥风血雨，寂寞的未必都是高手，但高手注定了寂寞。

【私聊】你对孤独不苦说：你好厉害！我以后跟你混好不好？

话音未落，孤独不苦在夕阳下惨叫着朝这边飞奔而来，背后追杀他的是死不正经的明非夜。

凌晓熙差点把桌子掀飞去了外太空。

【当前】明非夜：前妻啊，为什么我每次偶遇你，你都是这种状态？

【当前】浅醉微醺：明非夜……

【当前】明非夜：什么事？

【当前】浅醉微醺：你是为了毁灭我的信仰才来到这个世界上的吗？

只见后面腾起一阵黄烟，寻花问柳、赵氏司机、夜夙和非常完美四个人先后来到明非夜身边。

等他们看清楚地上躺着的人，瞬间倒吸一口凉气。

【当前】寻花问柳：敢情你跑这么远就是为了过来追杀你前妻？

电脑前的凌晓熙一脸黑线，果断点了“复活”远离这堆“脑抽个体”。

复活点边上蹲着不少人，有刚刚复活起来的，也有守着复活点等着捡人头的。比较厉害的玩家从来都不屑于围着复活点捡便宜，可总免不了有几个装备技术不过关的号在这里干这种不费力气白捡便宜的事。

知道自己越躲就越会有人来找碴儿，于是浅醉微醺复活起来后并没有马上往里缩，而是马上给自己罩了个光环，唰唰地先把血补满。

一起来可热闹了，左边站着孤独不苦，右边站着风雪狂刀。

仇人相见分外眼红，剑拔弩张，气氛凝重。

【当前】浅醉微醺：太好了！既然大家都是散兵，组个队联手对敌好不好？

话音未落，两个人已经打成一团。

孤独不苦到底是技高一筹，他能赢风雪狂刀一次就能赢风雪狂刀两次，过不了三分钟，那个黑铁塔一样的汉子再次毫无悬念地倒地。

凌晓熙尴尬了，这会儿她已经不知道自己是该为孤独不苦的精彩操作点赞，还是该为自己的人身安全表示担忧。

【当前】孤独不苦：跟我走。

【系统】孤独不苦邀请你加入团队。

【当前】浅醉微醺：咦？

【当前】孤独不苦：你不是说要跟我混吗？

凌晓熙拿不准这个忽然杀出来的高手到底是什么来头，但还是犹豫着接受了他的邀请。

有了孤独不苦，浅醉微醺的战场积分好看了那么一点点。刺客可以潜行跟在她身边，好处是一旦有不知死活的菜鸟企图过来攻击浅醉微醺这个看起来肥美多汁的目标，独孤不苦就能果断现身，把猎手变成猎物；坏处是一旦遇上打不过的，孤独不苦可以潜行自保，而浅醉微醺就成了砧板上的鱼肉。

如此反复几次之后，孤独不苦终于开口了。

【团队】孤独不苦：遇到危险的时候你不用顾虑我，直接跑就行了。

【团队】浅醉微醺：你真是多虑了。我已经跑了，只是我实在是跑不掉啊……

【团队】孤独不苦：你还真是弱到了一定的境界啊。

【团队】浅醉微醺：我自横刀向天笑，感觉自己“萌萌哒”！

就这样，孤独不苦拽着浅醉微醺这个战斗力只有五的渣打完了整个战场。

战场结束鸣金收兵的时候，浅醉微醺由衷地对孤独不苦的忍耐力表示了高度赞赏。

【团队】浅醉微醺：谢谢你。

【团队】孤独不苦：谢我什么？

【团队】浅醉微醺：谢你没在最困难的时候抛下我啊。

【团队】孤独不苦：哦，我只是发现只要带着你，昭明殿那队人就会绕开我们，挺好使的。

【团队】浅醉微醺：你当我是盾牌？

【团队】孤独不苦：我当你是驱蚊器。

【团队】浅醉微醺：哭给你看。

浅醉微醺流着宽面条泪黯然而去。

没走几步，前面就出现了那个熟悉的大个子。

战场结束，没有几个人会再蹲在这里发愣，更何况妖族力士的体形和外貌让人看着就提神，就是想装作看不见都没人信。

此刻的风雪狂刀一个人孤零零地站在那里，背影无限萧索寂寥。

【私聊】你对风雪狂刀说：你站在这里干什么？

【私聊】风雪狂刀对你说：对不起，今天我没能保护好你，还误伤了你一次。

战场本来就是无情无义的地方，要保护一个人谈何容易。

这一刻，凌晓熙忽然觉得他还有那么点可爱。

【私聊】你对风雪狂刀说：没关系，我不会放在心上的。

【系统】风雪狂刀温柔地拥抱着你。

【私聊】风雪狂刀对你说：小醺，我真挺喜欢你的。

虽然只是两个人物模型的互动，电脑前的凌晓熙忽然感到一阵莫名的脸红心跳。

无论是在现实还是在游戏里，她都是第一次被异性拥抱。

她慌乱地操作了一下，浅醉微醺停止了互动，然后快速扭头离开。

就在转身的一瞬间，不远处白衣剑客的身影跃入眼帘。明非夜就站在那里，背后跟着四个呆若木鸡的金牌打手。

看明非夜那非死即伤的阵势，凌晓熙还以为他当场就会上来发飙把浅醉微醺拆块炖汤，没想到对峙了不过十几秒，他居然什么都没说，一扭头走了。

这一晚上凌晓熙睡都睡不安稳，一阵阵没来由地心慌。

第二天在食堂吃午饭的时候，凌晓熙终于忍不住把事情的经过全部跟程雪说了一遍，然后充分地表示了自己的担心：“他是不是生气了啊？双双，你怎么看？”

“哦。”此刻程雪正在毫无形象地啃着一只鸡腿，“是你想太多。”

凌晓熙哭笑不得。

“你想啊，明非夜身边最不缺的是什么？是女人！”程雪用最简练的语言直接表达了自己的意见，“有什么好在乎的？你觉得你在他心里能排第几位？”

“胡扯！我什么时候在乎过？”凌晓熙愤愤地反驳，“我只是觉得大家关系还不错，没必要闹得太僵。”

程雪目瞪口呆：“什么？你跟他都快不共戴天了，这样的关系还算不错？”

凌晓熙有些尴尬：“每天低头不见抬头见的，总还有点好感吧？”

程雪深深地叹了一口气，语重心长地对她说：“凌晓熙，你不会是真的喜欢上那个明非夜了吧？”

“胡说！谁会喜欢那个没脸没皮、没羞没臊、惹是生非、绯闻满天、无情、无耻、无理取闹、满嘴跑火车的骗子！”

程雪哭笑不得。

凌晓熙无语凝噎：“算了，当我什么也没说。”

洛无双找到了可靠的固定团，最近升级速度快了不少，在她穿齐了70级套装在龙腾小桥上横刀立马的时候，浅醉微醺才刚刚够到了60级的边。

等级的差距注定在一起练级只能彼此拖累，于是凌晓熙上官网查了查攻略，然后浅醉微醺提着那把青鹭针直奔雪狼湖副本去了。

【地区】浅醉微醺：强力青鹭药师求捡走！治疗量稳定不OT（指电子游戏里超过仇恨），会跑、会躲、会走位，肤白、貌美、会暖床！

其他职业到了这里自己开个团组满了就能出发开刷，可她一介药师，尤其是治疗药师，只能等着别人组好队之后把她捎上。在这里刷副本难度并不算太大，一支队伍只需要一个药师就足够了，而且在平台卡BUG（指电子游戏里的漏洞）刷副本的方法被发现以后，大家甚至直接摒弃药师，扛着药进去刷副本了。药师常有而队伍不常有，她今天也不求什么效率队了，能蹭到队伍就行。

求组队信息发出去十秒之后，第一条私聊信息发过来了。

【私聊】卡里托尼亚对你说：你几级了？

【私聊】你对卡里托尼亚说：65级。

【私聊】卡里托尼亚对你说：战斗力评分是多少？

【私聊】你对卡里托尼亚说：治疗药师要战斗力评分有什么用？能加上血才是硬道理！

【私聊】卡里托尼亚对你说：哦，我们满员了，你不用来了。

半分钟后。

【私聊】&花非花&对你说：你战斗力评分是多少？

【私聊】你对&花非花&说：大概三千！

【私聊】&花非花&对你说：你是不是忘了穿装备了？

【私聊】你对&花非花&说：我穿了！

【私聊】&花非花&对你说：不可能！你强化了没有？有没有镶嵌宝石？附魔呢？

【私聊】你对&花非花&说：我强化了啊，宝石没舍得镶，还有附魔是什么？

【私聊】&花非花&对你说：不好意思啊，我们带刷副本的大号掉线了，今天不能刷副本了。

再半分钟后。

【私聊】豆丁对你说：你跟团要不要工资？

【私聊】你对豆丁说：不要。

【私聊】豆丁对你说：那你要不要装备？

【私聊】你对豆丁说：不要。

【私聊】豆丁对你说：那行，进组。

浅醉微醺如愿以偿被组进了团队里。

【团队】麦兜：65级药师，三千评分，豆子你从哪儿找来的奇葩？

【团队】豆丁：啊？浅醉微醺，不好意思啊，我肚子不舒服，要去解决一下，你们不用等我了。

豆丁二话不说就退出了团队，其他人跟着稀里哗啦全部出去了。

凌晓熙气得七窍生烟。

【地区】浅醉微醺：你们这些人都怎么回事？大神不也是从小白成长起来的？大家都是来娱乐消遣的玩家，为什么还要互相鄙视？如果这个世界上的小白都绝种了，你们还摆谱给谁看？

地区频道一度冷场，鸦雀无声。

不多时私聊频道跳出一条信息。

【私聊】上弦月对你说：你有青鹭针？

【私聊】你对上弦月说：有。

【私聊】上弦月对你说：卖给我吧。

【私聊】你对上弦月说：再见。

凌晓熙大受打击，流着宽面条泪找自家老大哭诉去了。

【私聊】你对洛无双说：双双，我求组雪狼湖被嫌弃了！求安慰！求出气！求解恨！

【私聊】洛无双对你说：别叫唤了，你的那些装备和操作确实应该被嫌弃。

弱肉强食，成王败寇，大神虐小白，这真是一个残酷的世界。哪怕你喊得正气凛然，声嘶力竭，也没人有空管你啊。

【系统】明非夜邀请你加入团队。

【私聊】明非夜对你说：别在外面丢人现眼了，到我碗里来。

凌晓熙心里一暖，脑子还没转过弯，手已经自动选择了同意。

队伍里只有明非夜和她两个人，连个多余的灯泡都没带。

【团队】明非夜：你都这个级别了还打什么雪狼湖，过来，我带你去刷冰风谷。

【团队】浅醉微醺：你要带我练级啊？

【团队】明非夜：你都被嫌弃成这样了，除了我还有人要你吗？

凌晓熙顿时被噎得说不出话来。

【团队】明非夜：先去传送点等着，我带点药就来。

冰风谷是70级本，60级药师就算是跟着大团来也是拖后腿的，而他们这支队伍里只有明非夜和浅醉微醺两个人，她走了一路也没想明白这个副本到底要怎么刷。

【当前】洛无双：哎哟，你真厉害，这都找来了！这是我顶级死党，快组她进来！

刚进了冰风谷，浅醉微醺意外地发现面前竟然出现了一个十人副本团，而长相扎眼的洛无双正好就站在队伍中间。

对方的队长是个骨感的弓箭手，足足围着浅醉微醺转了三圈才恍然大悟。

【当前】扰人清梦：哦，懂了。无双，这是你女朋友吧？

洛无双和浅醉微醺同时昏死过去。

随后洛无双花了整整三分钟来说明她和浅醉微醺之间的关系，于是扰人清梦再次恍然大悟。

【当前】洛无双：搞清楚了就行，组她进来刷副本。

【当前】扰人清梦：可是现在人满了，没地儿给她蹲啊！

【当前】洛无双：你笨啊，踢出去一个不就有地儿给她蹲了？

为了防止洛无双再次拉仇恨，浅醉微醺赶紧说明自己此行的目的。

【当前】浅醉微醺：不用不用，其实我有人带的。

【当前】洛无双：装，你再接着装！我们都不嫌弃你，你还客气什么？

话音刚落，明非夜的身影就从传送点闪现出来。

【当前】明非夜：走。

十人团众人的双眼瞬间脱窗。

没等浅醉微醺回话，他已经鹰扬加轻功三连跳，快速地消失在副本门口，凌晓熙生怕跟丢了人，来不及和他们告别就驱着浅醉微醺急匆匆地跟了过去。

就在她进门的一瞬间，刚好看到了这么一段话。

【当前】扰人清梦：刚才那个人……好像是咱们服一个大神？

【当前】洛无双：哦，你看错了，那是咱们服一个大神经病。

【当前】扰人清梦：胡说，我不信。

凌晓熙哭笑不得。

【团队】浅醉微醺：就咱们两个人刷？

【团队】明非夜：嗯。

【团队】浅醉微醺：能不能顶住啊？我才刚刚65级，又是一身破装备。

【团队】明非夜：没事。

【团队】浅醉微醺：那我现在该干吗？

【团队】明非夜：门口蹲好，别引怪。

【团队】浅醉微醺：我要不要给你上状态和加血？

【团队】明非夜：随你。

说完这句话，明非夜还真就连一个字都没有多说，开好护身光环和增益效果，直接一个八方风雨冲到怪堆里去了。

现在的明非夜还真是简单干脆，非但没有平常那股坏坏的痞味，就连说话都是大神专用精简字数的，绝对肯定句。这样的明非夜在不明真相的围观群众眼里绝对是个高贵冷艳的大神，和平常那副德行简直判若两人。

虽然只有两个人，但是90级满级的大神刷70级副本就是砍瓜切菜，比那边十人团还快了一倍不止。几次进进出出都遇上洛无双他们，想到她刚才的仗义，凌晓熙觉得有点过意不去。

【团队】浅醉微醺：能不能再捎上洛无双？

【团队】明非夜：不能。

【团队】浅醉微醺：她能照顾自己，也听指挥。反正一个也是带，两个也是带，做个顺水人情呗。

【团队】明非夜：麻烦。

明非夜自顾自地打怪，三下五除二把最后的BOSS砍倒在地。

【团队】明非夜：好了，扫完东西出去，再来一次。

浅醉微醺跟着走了几步，然后停下了步子。

【团队】浅醉微醺：你是明非夜本人吗？

【团队】明非夜：是。

【团队】浅醉微醺：那你今天为什么那么奇怪？

【团队】明非夜：哪里？

【团队】浅醉微醺：你不损我，也不怎么说话，而且……很难接近的感觉。

明非夜站住了。

冰风谷的冷冽白雪反射着清冷的月光，他的衣衫颜色淡得像清澈明媚的秋水，有着拒人于千里之外的清冷。

【团队】明非夜：哦，我这会儿喝咖啡呢，一只手不好打字。

【团队】浅醉微醺：明非夜！你给我滚！

难得明非夜像勤恳的老牛一样重复同样的斩杀动作几万次，终于艰难地把浅醉微醺的等级推上了70级，然后如蒙大赦一般扔了一套云蕊套装给她。

云鬓高绾，衣袂翩跹，雪白色的衣裙如同乱云铺地，穿上云蕊的浅醉微醺连她自己都觉得惊艳。

【团队】浅醉微醺：这一套……要给你多少钱？

【团队】明非夜：我本来打算送你的，既然你这么不差钱，那我也就勉为其难地接受了。

【团队】浅醉微醺：滚！

明非夜大笑着转身坐在大石头上打坐恢复。

【团队】明非夜：我现在给你的只是一套光板装备，你得去强化，然后找铁匠打孔，接下来就是漫长的收集宝石的过程。等到宝石镶满了，你再去找有附魔技能的玩家给你的装备附魔，以后还需要淬炼和洗炼。

【团队】浅醉微醺：怎么这么麻烦！

【团队】明非夜：如果每天闲逛发呆都能成为大神，那这个世界早就没有菜鸟小白了。

浅醉微醺没吱声，故意走开了两步，然后坐了下来。

【团队】明非夜：唉，你弱成这样，到底什么时候才能成长起来啊？

面对明非夜恨铁不成钢的遗憾语气，浅醉微醺理直气壮地顶了回去。

【团队】浅醉微醺：我每天在线几个小时，你们每天在线几个小时？我玩游戏花了多少钱，你们玩游戏又花了多少钱？我只是不愿意被游戏拴住，我要是用和你一样的时间一样的钱，难保比你还厉害呢！

【团队】明非夜：这歪理从你嘴里说出来还挺像那么回事。

【团队】浅醉微醺：我说得不对？

【团队】明非夜：让自己变强，不仅是为了自己风光，更是为了能保护别人。

【团队】浅醉微醺：又在胡扯吧？

【团队】明非夜：爱信不信。

凌晓熙心里当然明白，正是因为够强，所以无论野外抢BOSS还是战场，大家都会对顶着昭明殿会徽的人多几分忌惮。正是因为够强，他们随便找个人就能带着刷副本而不用像她这样可怜兮兮地出来找野队。正是因为够强，他们才能霸占各大服务器活动榜单前几位，拿奖励拿到手软。

明非夜是昭明殿的金字招牌，有时候甚至不用明非夜真的做什么，只要他站在那里，昭明殿就有了必胜的信心。

也正是因为他站在最高点，所以更不能停下来茫然四顾。

他是所有人的目标，所有人的方向。

【团队】浅醉微醺：其实……有时候觉得你挺可怜的。

【团队】明非夜：我？可怜？我有什么可怜？

【团队】浅醉微醺：你累啊。如果当大神那么辛苦，那我宁愿永远都不用成长，就这么浑浑噩噩，自由自在，不必为了任何人又哭又笑，不必跟在别人背后拼命追赶。

明非夜没答话，依旧坐在那里，浑身光环缭绕。

看他好半天没动静，凌晓熙以为他在跟谁私聊，于是爬起来泡了碗面才回到电脑面前。此时屏幕上的那个白衣剑客坐在原地没挪窝，头上顶起了暂离的牌子。

【团队】浅醉微醺：明非夜？

那货还是没有反应，大概是直接睡死过去了。

副本、战场、活动外加带她练级大半夜，是个人都累瘫了吧。

一个人发傻总好过两个人一起燃烧点卡，凌晓熙驱着浅醉微醺一路走向门口，可到了门口，又忍不住转回来，小心翼翼地来到明非夜面前，静静地望着他。

奇怪，他到底是怎么了？

明明知道这货绝对不会有事，可她就是放心不下。

鼠标把视野拉成近距离，望着屏幕上被放大的眉眼，凌晓熙心里一阵发紧。

【系统】你温柔地拥抱着明非夜。

【当前】浅醉微醺：你不要多想，我这是为了感谢你！

明明知道不会有人看见，她还是马上就停止了互动，顺着小路一溜烟地逃了。

下线之前她照例回会址去补充药剂，整理仓库，可刚进门就遇见了洛无双。

【当前】洛无双：咦，你还没睡啊？

三秒钟之后。

【当前】洛无双：苍天啊大地啊我的神啊，一晚上从65级飙升到70级，明非夜给你吃催长剂了吗？

上次被风雪狂刀莫名拥抱了一次之后她是脸红心跳，可这次她悄悄地拥抱明非夜，只觉得脑子里轰的一声，就像烟花在夜空里绽放，然后彻底空白了。

原来抱着不同的人，感觉也是不同的。

这一晚她也不记得自己究竟梦见了什么，只知道醒过来的时候脸是红的。

明非夜带浅醉微醺单刷冰风谷那天很多人看见了，再加上她一夜飙升五级的恐怖速度，足以瞬间把一段故事变成传奇。

当浅醉微醺再次站在逍遥种田人会址的时候，立刻收到了大量善意的祝福和意义不明的羡慕嫉妒恨。

【帮会】浅醉微醺：我跟他真的没什么，你们别误会啊！

【帮会】洛无双：算了算了，复婚不丢人，复婚不成，被别人抢先了才丢人！去吧，加油，我们永远支持你！

【帮会】浅醉微醺：喂！

【帮会】洛无双：退一万步说，就算痛失风雪狂刀，换个明非夜来当砧板那也是妥妥地赚了！

为了防止流言进一步扩散，晚上她一路避开了明非夜的活动路线和区域，做做跑环任务，顺便采药，也算是自得其乐。

只可惜人不惹是非，是非自惹人，刚刚接了送信任务抵达昆仑密道，刚好不远处刷新了一朵千年灵芝。浅醉微醺一个箭步朝灵芝冲过去，刚挖了两下当头就挨了一记天雷轰，瞬间血就下去了一半。

她一开始还以为是引怪了，回头才发现是个用逍遥游飘在半空的女天尊。

虽然浅醉微醺一向不爱惹事，可这是明摆着抢东西的行为，就是佛也会发火。明知道打不过，浅醉微醺还是憋着一口气照着通行的打法扔了封脉定身过去，然后拼命给自己加血。哪知人家的目标本来就是抢灵芝而不是杀人，在浅醉微醺给自己加血的空当，人家冲上去开始挖药了。浅醉微醺一看情况不对，赶紧用暴雨梨花针抢断她挖药的进度，可一个治疗药师要和堪称远程输出王者的天尊对抗谈何容易，你戳别人半天，别人才掉那么一点血，别人轰你一记，你就得去一半血；你给自己加血就来不及抢灵芝，你要是不给自己加血，她再劈你一记，你就连命带灵芝都送了。

电脑前的凌晓熙又急又怒，偏偏一点办法也没有。

有那么一瞬间她觉得明非夜说的话还真是有道理，强大即使不是为了保护别人，必要的时候至少可以保护自己啊！

眼看着那个天尊快把千年灵芝收归囊中，浅醉微醺绝望地把所有负面状态都放了一遍，纵然不奏效，也算泄愤了。

一个黑色的影子就像从虚空里忽然幻化出来，利落的螳螂刺加镜中影，手中利刃划破空气的声音如同春天里第一块冰破裂融化般清脆犀利，只是破冰而出的并不是涓涓溪流，而是炽热的血液。

【当前】浅醉微醺：咦？想不到会在这里遇到你，谢谢！

【当前】孤独不苦：哦，不用谢。我没想救你，只是想抢这朵灵芝。

黑衣刺客三下五除二把千年灵芝收进了自己的包袱。

世界如此现实，引无数小白竞折腰啊。

【当前】孤独不苦：这都两天了，你怎么才升了五级？

【当前】浅醉微醺：已经很快了好不好？

【当前】孤独不苦：我这号刚玩了三天，我现在是 81 级，你真的觉得你很快吗？

【当前】浅醉微醺：别说了，再说我就要哭晕在厕所了！

【当前】孤独不苦：需不需要我带你？

【当前】浅醉微醺：你？你行不行啊？

【当前】孤独不苦：相信你就跟来，不信我也不逼你。

孤独不苦说走就走，浅醉微醺想了想，还是乖乖地跟在了他背后。可刚走了两步，孤独不苦忽然又停了下来。

【当前】孤独不苦：那天我看见明非夜叫你前妻，你们到底是什么关系？

【当前】浅醉微醺：字面上的关系。

【当前】孤独不苦：为什么离婚？

【当前】浅醉微醺：他求婚信息发错人了。

【当前】孤独不苦：秒懂。

两个人一前一后沿着昆仑密道向上攀爬，白云一层层漫布天际，沿途盘虬的松树、嶙峋的怪石都在云里若隐若现，就像一辈子都走不到尽头。

【当前】孤独不苦：刺客打昆仑太慢了，你在这里等，我去换号，小心别引怪。

【当前】浅醉微醺：知道了。

昆仑密道的怪并不以数量取胜，可每遇到的一个普通怪都是可以拿出当小 BOSS 用的，就是给她十个胆子她也不敢乱跑引怪啊。

孤独不苦下了线，浅醉微醺一个人挨着石阶顶端坐下，眼前浩渺云海柔柔地托举着太阳，高空里的冷风也像被染上了天空的颜色。

孤独不苦这个号的名气和实力都像热气球升空，在短短几天之内，这个服务器内大部分人都知道了这个暗杀成功率极高的杀手。杀手并不等同于赏金猎人，赏金猎人的任务有很多种，如帮别人做任务、过副本、采集物品或出头揍人。而专门接替人出手报仇任务的才能被称为杀手。

被抢怪被杀被抢装备又没本事报仇怎么办？找杀手。

妹子被挖墙脚又不好大肆张扬怕丢面子怎么办？找杀手。

看谁不爽又不方便自己出面怎么办？还是找杀手。

存在即是合理，有需求才有市场，从某种程度上来说，杀手还真是种方便实惠又敬业的服务性人才。

当然，那会儿浅醉微醺并不担心孤独不苦会对自己下手，不是因为相信他的人品，而是因为她自己实在是弱到连惹是生非的本钱都没有，就算真的招惹了别人，一般别人当场就把仇报了。

【当前】咖啡苦：换好了，走吧。

【当前】浅醉微醺：你！你！你！你是咖啡苦？

【当前】咖啡苦：你不认识字吗？

【当前】浅醉微醺：是……是那个咖啡苦？

【当前】咖啡苦：以前的事是我和明非夜之间的私人恩怨，和你无关。

【当前】浅醉微醺：可你不是删号了吗？

【当前】咖啡苦：找回来暂时用用，等小号长大就可以永远消失了。走吧，不用给我加血，照顾好你自己就行。

【当前】浅醉微醺：哦。

浅醉微醺心里当然是忐忑的，因为面前这货就是那个因为明非夜手欠射了一个暗器而不得不删号走人的大神咖啡苦。当年的事闹得沸沸扬扬，他的号是绝对删了，可他现在悄悄把号找回来，还悄悄地练小号又是什么意思？

咖啡苦这个号不知道他已经悄悄经营多久了，即使他没有打副本，没有进战场，甚至没有出现在任何人眼前，可他那身装备真不比每天在风口浪尖上晃荡的明非夜差。两个人在昆仑山顶晃荡，每次遇到怪，咖啡苦就飞上去一顿招呼，和孤独不苦一样，他摒弃了所有花哨的技能，下手只求快准狠，眼看着怪物昆仑奴一只只倒下，浅醉微醺的经验值也噌噌噌地飙上去了。

【当前】浅醉微醺：你这身装备……

【当前】咖啡苦：买的。

【当前】浅醉微醺：暂时用用的号也要弄得金光闪闪，土豪，我们做朋友吧！

【当前】咖啡苦：朋友就是用来出卖的，做朋友有什么意思？

【当前】浅醉微醺：不用这样吧？你这样子，我压力山大啊。

【当前】咖啡苦：你不用压力山大，我没把你当朋友。

【当前】浅醉微醺：那你还带我练级？

【当前】咖啡苦：你这么弱都能没心没肺地过下去，我还有什么不能忍受的？带着你在身边，除了自我磨炼以外也挺励志的。

【当前】浅醉微醺：友尽了，再见！

下午的课刚结束，程雪就飞扑到凌晓熙身边："小熙，陪我出去吃个饭吧。"

"咦，你请客？"

程雪豪爽地一拍胸脯："没错，我请！"

凌晓熙一脸疑惑，自从爱上《三界 Online》，程雪恨不得把所有的闲暇时间消磨在电脑面前，今天她居然主动请客，而且是去外面吃饭，真是太阳从西边出来了。

"你那表情什么意思，不就让你陪我见个网友吗？"程雪一掌拍上她的背，"你什么都不用干，在旁边陪着说说话，调节一下气氛就行了。"

"见谁？"

"扰人清梦。"

凌晓熙挠了挠头："哦，是那天带队那个团长？"

程雪激动地拥抱了她，说："有好感就主动要求面基（指线上网友在现实中见面），我是不是很有勇气？"

"喀喀喀！"凌晓熙被勒得差点背过气去，"其实我觉得有胆子和你面基的他显然更有勇气啊……"

到寝室进行了一番整装，两个人匆匆坐上了公交车。

约定的时间是五点半，两人四点半出门按理说完全来得及，可惜遭遇一场惨烈的大堵车之后，时间轴已经推移到了六点多。

一路小跑赶到约定地点，只看见一个大男生正抓着一个彪形大汉苦苦追问："哥们儿别玩了啊！我知道你是洛无双！你就是洛无双！"

程雪和凌晓熙哭笑不得。

程雪加快步伐冲过去拽住他的胳膊："你是扰人清梦？"

“你谁啊？”他死拽着那个彪形大汉不肯撒手，即使听到了比接头暗号还清晰的标志，还是从灵魂里拒绝承认洛无双真是女人的设定。

“洛无双！”程雪从背后狠狠给了他一掌。

“嘿……你还真是洛无双啊！”扰人清梦揉着发麻的背，确认了面前这个外表精致而内心彪悍的女子真是洛无双，瞬间就换了殷切恳求的表情，“你们有吃的吗？”

半个小时后，三个人终于坐在了某大排档的矮桌子面前。

“你们点吧，随便点，不要客气。”扰人清梦热情地招呼着，笑容满面，夹杂着肚子咕咕乱叫的杂音。

“好，烤鸡来一只，螃蟹来十只。今天这红鲷挺新鲜，烤一条吧。哟哟，那虾我喜欢吃，来一盘来一盘！啤酒一打够了吗？行，先来一打吧，不够再加。哎哎哎，那是什么，龙虾吗……”

“够了够了！我们三个人哪吃得完那么多！”眼看着程雪一点起来就收不住，凌晓熙赶紧出来给她总结陈词。

“是啊，吃不完多浪费啊。这个……我先去上个厕所啊！”扰人清梦脸都绿了，不知道是吓绿的还是饿绿的。没等凌晓熙点单，他就急匆匆地走开了。

凌晓熙疑惑地转向程雪：“不用这么狠吧，非要一顿饭就吃出深仇大恨吗？”

程雪悄悄地捅了她一下，压低声音耳语道：“一个男人靠不靠谱还得看他愿不愿意为你花钱。咱不差那点钱，待会儿结账还是我来，不过表现的机会还是要给他的。”

不多时扰人清梦就回来了，刚坐下就一脸惶急：“不好意思，刚刚来了个电话，说学校里有急事，我这就得回去了。”

“什么事这么急？吃完饭再回去啊。”程雪也不傻，当然猜出他是什么意思了。

扰人清梦生怕走不掉，急得脑门上直冒冷汗：“真的特别急，实在对不住啊。”

“难得见一面，这顿我请你好了。”这些日子一直在一起刷副本，其实程雪对他颇有好感，为了一次试探把人吓跑显然不是她的本意啊！

“不不，你们吃吧，我刚才已经埋单了。走了啊，你们慢慢吃。”扰人清梦迅速转身奔街边打车，也不知是奔哪儿找东西填饱肚皮去了。

刚才点的菜陆陆续续上来了，华丽丽地摆满了一桌。

天黑下来，外面的风大起来，隐约听到海潮阵阵上涌的声音，就像是大海深邃的呼吸声。

“男人真奇怪，你不计较吧，他们觉得你掉价，不会珍惜你。你计较吧，他们觉得你矫情，不敢接近你。”程雪端着啤酒，眼神忧郁得都快碎一地了，“小熙，他挺不错的，就这么吓跑了真亏啊！你说他也是，就不能好好了解一下我再走吗？”

“那就说明这不是属于你的那个人呗。”凌晓熙和她碰了一下瓶口，算是干杯。

程雪劲头上来，还真就咕嘟咕嘟对着瓶子一气猛灌。

“好了，别喝了。”凌晓熙把瓶子抢了过来，重新竖在桌子上，“你要是真醉了，我可没力气把你背回去。”

“喝啤酒哪能醉。”程雪没有抢回瓶子，而是把视线掉转，望向外面黑漆漆的海面，“小熙，万一我以后真的嫁不出去了怎么办？”

“胡说，怎么会？”

“小熙，找个对的人不容易，真看上了千万不要犹豫啊。”程雪眼神蒙眬地说，“你是不是真喜欢明非夜啊？”

“说什么呢？”凌晓熙又一阵没来由地脸红，“我喜欢谁也不会喜欢他啊！”

“别跟我解释，我也没别的意思。虽然经常犯抽抽，不过人家对你够好了。你要是真喜欢就赶紧下手，免得以后后悔。”

凌晓熙没有答话，因为她也不知道说什么才好。

如果关心和依赖就代表喜欢，那么明非夜身边围绕着那么多莺莺燕燕，为什么她没有吃醋的感觉呢？

没有嫉妒，没有独占欲，这样到底算不算喜欢？

窗外的潮音越来越澎湃，黑漆漆的海水裹着白浪层层扑上沙滩，潮湿的水汽充溢着浓厚的咸腥，冲得鼻子有些难受。

凌晓熙开始神游天外，一会儿想到一袭白衣的明非夜站在月光下的模样，一会儿想到他一次次要弄自己的可恶论调，忽然间脑子里跳出一个问题，真正的明非夜，到底会是什么样子呢？

第三章 有一种大神叫神经病

时间向前推进，当浅醉微醺在龙腾城给摆摊小号上新货的时候，身边忽然出现了一个熟悉的影子。

【私聊】明非夜对你说：昨天怎么没上线？

凌晓熙头脑一热，忍不住打出了一句话。

【私聊】你对明非夜说：你想我啊？

【私聊】明非夜对你说：嗯，我在想你那天趁我睡着偷偷抱我是什么意思。

【私聊】你对明非夜说：你怎么知道？

【私聊】明非夜对你说：不是有互动记录吗？

【私聊】你对明非夜说：那我说的话你没看见吗？

【私聊】明非夜对你说：你还说了什么话？我开着那么多聊天频道，你就是真说了，十秒钟以后也被刷没了。

【私聊】明非夜对你说：你说了什么，麻烦重复一遍。

此刻的凌晓熙真恨不得当场挖个地洞钻进去。

【私聊】明非夜对你说：别装死，我知道你还在。连个理由都不给就凭空污人清白，这可叫人怎么活啊？呜呜呜……

她把心一横，水至清则无鱼，谁怕谁啊！

【私聊】你对明非夜说：你不是我前夫吗？抱一下犯法啊？

难得暂时镇住了这个妖孽，浅醉微醺扭头就溜，那边却忽然扔了个组队邀请过来。她满怀疑惑地点了“接受”，忽然发现自己居然挤进了一个昭明殿四十人的大团队里。

【团队】浅醉微醺：怎么回事？

【团队】明非夜：什么也别问，跟着我就行了。

【团队】浅醉微醺：为什么要跟着你啊？

【团队】明非夜：跟着我有肉吃啊。

【团队】白日做萌：老大，冲不死魔境的队伍，你居然带滑水的，你这不明摆着因公肥私吗？

【团队】赵氏司机：抗议！强烈抗议！

【团队】罪恶晚香玉：是的，大家联合起来，抵制老大这种带个拖后腿还要悄悄分走战利品的行为！

【团队】明非夜：我从来不做那种悄悄分赃的猥琐事，我的风格一向都是明抢。

【团队】带你去纽约：给老大跪了！

【团队】菲常完美：老大，你的节操这辈子都不打算捡起来了是吧？

【团队】夜夙：哥，稳住啊！

【团队】明非夜：少废话，都上 YY ！准备出发！

凌晓熙按照发布的频道号码进去了，立刻听见一个男声正在做着战前动员：不死魔境的首杀必定属于我们！等拿下了首杀，大家的月底分红都加一成，在仓库提一颗完美宝石！

不死魔境是新开的 90 级副本，难度高到近乎变态，开荒时期就是大家一起用命来探索打法，这一探没有两三个月肯定不能见成效，那么久远的奖励就等于望梅止渴、画饼充饥、驴子面前永远也吃不到胡萝卜，所以频道里应者寥寥，显然大家都兴致不高。

明非夜：好吧，所有参加成员都颁发一张优惠卡，明氏旗下各种产业消费通通七折，不设消费门槛哟！女士们和乡亲们，你们满足吗？

众人：满足。（有气无力状）

明非夜吼道：声音太小了，我没听清楚，麻烦你们再说一遍，你们满不满足？

众：不满足！（群情激奋状）

明非夜：好的，那就哪儿凉快哪儿待着去！

A：晕！

B：去你的！

C：呵呵！

D：哼！

凌晓熙哭笑不得。

很意外，明非夜的声音并不像他给人的感觉那么不正经，干净温柔，低沉里带着一丝笑意，虽然跟自带低音炮啊深沉烟嗓啊超男人秒人魔音啊不搭边，但有种很想让人靠过去的亲和力。

老天真不公平，你给一个没脸没皮、没羞没臊、惹是生非、绯闻满天、无情无耻、无理取闹、满嘴跑火车的骗子配上这种声音，是打算让他骗多少无知少女啊？

自从听到了明非夜的声音，凌晓熙对他真实的模样更加感兴趣了。

虽然不死魔境的推进过程足以写出三部以上《悲惨世界》，可每天有经验拿，有装备分，有各种八卦可以听，偶尔还有妙趣横生的真人小剧场，简直满足了小女生对于美好生活的全部憧憬和向往。副本进度什么的，谁在乎啊！

这一天又是从头灭到尾，四十人大团屡败屡战，屡战屡败，不得解脱，被BOSS辱了又辱，全队差点集体哭晕在厕所。

【团队】寻花问柳：老明，我刚接了个电话，有事要出去，十万火急！先请个假，明天再陪你刷哈！

【团队】明非夜：什么事？

【团队】寻花问柳：我家老猫要生小猫了。

【团队】明非夜：滚！你家猫不是公的吗？

【团队】寻花问柳：嘛，臣告退。

【系统】寻花问柳已经退出了团队。

【团队】菲常完美：小明，我不舒服，必须请假！

【团队】明非夜：哪儿不舒服？

【团队】菲常完美：每个月总有那么几天……

【团队】明非夜：一个月二十几天你还真辛苦啊！

【团队】菲常完美：内分泌失调，你懂的。

【系统】菲常完美已经退出了团队。

【团队】夜夙：哥，其实我也有不得不请假的理由。

【团队】明非夜：我不想听任何借口。

【团队】夜夙：哦，好吧。

【系统】夜夙已经退出了团队。

有人尿遁，有人病遁，有人电话遁，还有人没事找事遁。十几分钟之后，团队里就只剩下了几个颇具代表性的老弱病残。

【团队】明非夜：算了，散了吧。

刚才乱成一团，浅醉微醺干脆切出去看网页了，切回来的时候赫然发现现场只剩下了她和明非夜两个人。

【团队】明非夜：你怎么不走啊？

【团队】浅醉微醺：我……担心你。

看见明非夜这么悲催，她实在不好意思说自己其实只是还没来得及走。

【团队】明非夜：在这种大是大非面前，前妻的立场还是很坚定的！

【团队】浅醉微醺：我走了。

明非夜没有留她，和平常一样坐下盘腿，开始打坐恢复。

浅醉微醺停下了脚步，转了回来。

【团队】浅醉微醺：要睡就回床上去睡，别又坐在这里睡着了，点卡不要钱啊？

【团队】明非夜：知道了，整理完包袱就下线。

浅醉微醺走出去几步，然后转了回来。

为什么这么奇怪呢？“三界”芸芸众生数以百万计，明明都是3D模型，偏偏她对其中的一个莫名地难以割舍。

【团队】明非夜：你是不是还有事？

【团队】浅醉微醺：我在想……你到底长什么样子。

明非夜真是个很奇怪的人，他为人处事那么高调又到处惹是生非，偏偏凌晓熙找遍了所有可能有他照片的地方居然还是一无所获。

【团队】明非夜：长相很重要吗？

【团队】浅醉微醺：我就是有点好奇，你们帮会版板连刚刚进会三天的新人都会爆照，为什么偏偏没有你的照片呢？莫非你长得很磕碜？

【团队】明非夜：我十二岁的时候家里发生火灾，烧伤了脸。

浅醉微醺彻底惊呆了，问出这个问题的时候，她根本没有想过会得到这样的回答。

【团队】浅醉微醺：对不起。我不知道，我真的不知道。

知道了真相，她并不觉得厌恶或者恐惧，对面前这个人反而多了一分难言的好感和疼惜。

经历过这样的伤害还能死不正经地面对人生，那他有莫大的勇气。

从那天开始，浅醉微醺刷副本格外努力，明非夜再带她练级的时候她也格外上心，无论刷副本、战场还是活动，她都随叫随到，言听计从，就连重话也不敢说他一句。

这种反常的状况很快引起了大家的注意，菲常完美终于忍无可忍前来问个究竟。

【私聊】菲常完美对你说：浅浅，你最近为什么对明非夜这么好？

【私聊】你对菲常完美说：他遭遇了那么大的不幸，身为朋友不是该对他好点吗？

那时候她正在忙着把刚刚采来的药做成化枯转荣，满足明非夜第二天的战场需求。

【私聊】菲常完美对你说：什么不幸？

【私聊】你对菲常完美说：他不是在火灾里烧伤了脸吗？

菲常完美立刻发过来一个四脚朝天的表情。

【私聊】菲常完美对你说：这又是明非夜和你说的吧？你还是太年轻了，要时刻记住啊，明非夜说的话，你最好连一个标点符号都不信。

【私聊】你对菲常完美说：连这种事情也可以开玩笑吗？

【私聊】菲常完美对你说：上一个版本是车祸毁容，上上个版本是童年被狗咬，对了，还有个最搞笑的，他说他整容失败。

【私聊】你对菲常完美说：可是他到底为什么不愿意让别人知道他长什么样？

【私聊】菲常完美对你说：那是因为瞎话说多了，怕遭天谴啊。

浅醉微醺气得手一抖，包袱里宝贵的药材瞬间灰飞烟灭。

【团队】浅醉微醺：明非夜！你这个骗子！我要杀了你！

【团队】寻花问柳：老明，你又做了什么伤天害理的事啊？

【团队】明非夜：每天都做那么多伤天害理的事，我哪记得这么多？

团队频道浓烟滚滚，一排椅子四脚朝天。

受了刺激的浅醉微醺退出团队，一溜烟小跑出了城，蹲在西门外的岔路口发呆。

面前的路分成两边，一边通向天外神宫，一边通向昆仑密道，一边她不想去，一边她去了也打不过，都是悲剧。

浅醉微醺无限悲催地在路边的大青石上坐了下来。

人生真是一场修行，到处都充满了无情无耻无理取闹的剧情。

【当前】孤独不苦：你坐在这里干什么？今天不刷副本吗？

【当前】浅醉微醺：烟笼寒水月笼沙，感觉自己“萌萌哒”。

【当前】孤独不苦：不要放弃治疗。

幸亏天无绝人之路，要瞌睡来枕头，明非夜传说中的宿敌就这么出现了。

浅醉微醺站起来，蝴蝶一样扑到孤独不苦身边。

【当前】浅醉微醺：你还接不接暗杀委托？

【当前】孤独不苦：你要杀谁？

【当前】浅醉微醺：明非夜，可不可以？

【当前】孤独不苦：可以，只是你付不起赏金。

【当前】浅醉微醺：能不能分期付款？

【当前】孤独不苦：他的赏金太高，我怕你到《三界Online》关服倒闭那天也还不上。

孤独不苦把话说完，自顾自地朝昆仑密道那边走了。

凌晓熙忍不住感叹，这个人每天除了练级就是折腾装备，连一句多余的话都不肯说，还真的是冷到没朋友。这一天天下来，都不知道是他在玩游戏还是游戏在玩他。

孤独不苦走到快离开她的可见范围的时候忽然停了下来。

【当前】孤独不苦：要不要我带你练级？

【当前】浅醉微醺：又拿我当驱蚊器、沙包和励志格言？

【当前】孤独不苦：不愿意就算了。

【当前】浅醉微醺：愿意！愿意！

浅醉微醺连忙跳下石头捣着小步跟在他背后。

孤独不苦真是人如其名，进了昆仑密道之后就埋着头奋力地打怪，几个小时枯燥练级，浅醉微醺看得差点睡过去，可孤独不苦甘之如饴，越打越来劲。更何况孤独不苦操作好身法快，浅醉微醺稍稍一走神就会把他跟丢。幸亏他打一会儿找不到人还会停下来等等，要不然就是神也无法阻挡他俩失散的脚步啊。

【当前】孤独不苦：扫地。

是的，对他来说浅醉微醺唯一的用途就是扫地。

他一路走来杀得寸草不生，偏偏不愿意弯腰捡一下战利品，包括撂倒精英 BOSS 之后摸尸体的事情都由浅醉微醺全权代劳。浅醉微醺拿走零钱和用得上的装备，然后把值得拿去卖的东西打包给他。当然，所有的垃圾属于浅醉微醺。

于是浅醉微醺就这么一直捡捡捡，仿佛要捡到地老天荒，孤独不苦也就那么看着，死活不肯低头收拾一下残局。浅醉微醺一度觉得很迷惑，她不在的时候，难道孤独不苦都是用意念扫地的吗？

【当前】浅醉微醺：我怎么觉得我就像个捡破烂的？

【当前】孤独不苦：不是像个捡破烂的，你就是个捡破烂的。

【当前】浅醉微醺：还能不能愉快地玩耍了？

孤独不苦压根不搭理她，提着匕首又奔下一只怪去了。

【当前】浅醉微醺：你一直都这么独来独往，连个说话的人都没有，难道不会觉得难受吗？

【当前】孤独不苦：不会。就是被一堆人围着，我还是不知道该说什么。

几个小时过去，小药师的等级稳稳地攀上了73级，时间也已经过了凌晨1点，于是哈欠连天的凌晓熙准备下线。

【当前】浅醉微醺：明天还有课，我得去睡了。

【当前】孤独不苦：哦。

话音刚落，孤独不苦就一脚把她踹出了队，跟着一个潜行消失了。可怜浅醉微醺头上顶了一行刚刚发出来的“谢谢你今天带我练级”，被感谢的对象却无影无踪，连根毛都没有剩下。

正准备下线，私聊频道忽然又冒出了一条信息。

【私聊】风雪狂刀对你说：小醺，你现在来一下月老庙好吗？

凌晓熙看了看时间，又揉了揉眼睛，确实累得快不行了。

【私聊】你对风雪狂刀说：我准备睡了，如果不是急事，明天再说好不好？

十秒钟的风平浪静，就在凌晓熙准备当他默认了的时候，回复信息终于来了。

【私聊】风雪狂刀对你说：我要走了。

看到这几个字，凌晓熙忽然精神了。

【私聊】你对风雪狂刀说：走？上哪儿去？

【私聊】风雪狂刀对你说：离开这个游戏。

凌晓熙驱着浅醉微醺一路奔行杀向月老庙，远远地就看见那个黑铁塔似的妖族力士孤零零地站在门口那棵繁盛的花树下面，一个接一个地放着烟花。在天空绽放开来的五彩斑斓的花朵和地上孤单的身影形成了强烈的反差，看起来莫名落寞萧索。

【当前】风雪狂刀：小醺，你终于来了。

看到浅醉微醺出现，风雪狂刀也顾不上再点烟花了，三步并作两步迎了上来。

【当前】浅醉微醺：你什么意思，为什么要离开游戏？

【当前】风雪狂刀：你不想我离开？

浅醉微醺白眼望天，她并不吝啬于说一句挽留的话，只不过按照她对风雪狂刀一贯的了解，只要她表现出了那么一点点的动容，那货马上就能曲解，然后情难自禁，别扭“傲娇”，能把人气死。

风雪狂刀倒也没追问什么，只是点开了交易界面，把身上值钱的装备、道具和金币一样样朝上添加。

【当前】浅醉微醺：给我这些干什么？

【当前】风雪狂刀：我人都走了，留着这些也没用，就送给你吧。只要你将来记得曾经有过这么一个人掏心掏肺地对你好。

浅醉微醺立刻关闭了交易，心里却像压了块石头，憋得喘不过气来。

【当前】浅醉微醺：拿回去，我不想一辈子都欠你人情。

【当前】风雪狂刀：拿去，这样我心里会好受点。

【当前】浅醉微醺：你好受了，那我怎么办？你到底为什么要离开游戏啊？

风雪狂刀沉默了好一会儿。

【当前】风雪狂刀：因为我喜欢你，每次看见你跟明非夜在一起恩爱和美，我就觉得心里跟针扎了似的。

浅醉微醺真恨不得当场喷他一脸血。

【当前】浅醉微醺：你哪只眼睛看见我跟那个骗子恩爱和美了？为这种事情跟自己过不去，你傻不傻？喜欢了就非要在一起吗？做不了情人，做朋友也许更轻松呢？

风雪狂刀又是一阵沉默。

【当前】风雪狂刀：不能。做不了情人，就连做朋友也没必要了。

男人一旦钻起牛角尖来真的不是一般难缠，就连粗线条的风雪狂刀也不能幸免。

【当前】风雪狂刀：最后一次见面了，你抱我一下行吗？

浅醉微醺一愣，整个人就僵在了他面前。

【当前】风雪狂刀：果然还是不行吧。

风雪狂刀自嘲着，化作一道白光下线了。

【系统】你的好友风雪狂刀已经删除角色。

风雪狂刀走得那么突然，凌晓熙多了莫名的负罪感。

游戏不过是游戏，每天都有人悄悄地来，也有人默默地走，不知道什么时候一句不经意的再见，以后就真的再也见不着了。那些来去匆匆的身影点缀了游戏的风景，丰富了人生的阅历，然后在记忆的海洋里越磨越淡，直到连名字都不再具备意义。

其实感情的付出和获得永远是不成正比的，有些时候倾其所有也换不来一句谢谢，看开了就是一段故事，看不开就是一个事故。这些道理凌晓熙都明白，只是说起来容易，做起来难，真的要走出来，多少还得花点时间。

从那天开始浅醉微醺就再也不参加昭明殿的四十人“去死去死团”了，苍茫“三界”又多了一个不知道该往哪里走的小药师。

花开两朵，各表一枝。

在同样的时间轴里，明非夜也没闲着，夜夙前些日子终于找到了合适的伴侣，宣布准备成亲，身为兄长兼帮主的明非夜当然义不容辞地挑起了组织婚礼的重担，从筹备婚礼程序到场景、布景烟花特效，事无巨细一手包办，就连红包也全权代收，然后雁过拔毛，提取 20%，并美其名曰帮会建设费。

更为贴心（无耻）的是，为了让大家的红包给得更顺畅，递送得更快捷，他直接省去了中间环节，为大家提供专项上门收款服务，把本服叫得上名号的人全搜刮了一遍。

明氏有云：承蒙大家厚爱，自从吾弟婚讯公布以来，服务器上下一片欢欣鼓舞，喜大普奔，红包犹如滔滔江水连绵不绝，犹如黄河泛滥一发不可收拾。只可惜部分亲朋好友苦于各种理由无法亲自送上祝福，颇为遗憾。现在好了，为了方便广大无法到场、无力到场和不想到场的亲朋好友，昭明殿特意为你们开辟了全程无障碍绿色通道，给红包可以享受免费上门收取服务，远程寄送也可以包邮哦！妈妈再也不用担心你的红包了，亲！

遥记当时乌云蔽月，天地无光，服务器上下哭声震天，哀鸿遍野——“明非夜，你这哪是要红包，你这明明就是抢劫啊啊啊啊啊……”

眼看婚期就在眼前，明非夜也赚了个盆满钵满。当夜他突发奇想，夜观天象，忽然想起一件很重要的事情，于是满怀诚意直奔天外神宫。

那会儿小药师浅醉微醺正蹲在一个刷点上等着灯芯草刷新，没想到一抬头就看见了明非夜一袭白衣站在自己跟前。

【当前】明非夜：前妻，好巧啊。

【当前】浅醉微醺：巧什么巧？进了地图连弯都不转就直奔我这儿，明摆着是专程来找我的，还装什么邂逅啊！

【当前】明非夜：几天没见，前妻果然有所进步啊。我看你最近都没跟着刷副本，平日也很难见面，如果能有机会聚一聚，热闹一下，那也是极好的。

【当前】浅醉微醺：说人话。

【当前】明非夜：跟我去参加夜夙的婚礼。

凌晓熙心头一颤，竟然冒出一丝淡淡的欣喜。

【当前】浅醉微醺：我是你的女伴吗？

【当前】明非夜：不，你是花童。

凌晓熙当场掀了桌子。

【当前】浅醉微醺：那鬼才跟你去，滚！

浅醉微醺到底还是参加了夜夙的婚礼，不是以明非夜女伴的身份，更不是以搞笑的花童的身份。那是因为洛无双这样小门小派的会长也遭遇了明非夜无差别地抢红包，这一天当然也获得了携伴参加婚礼的资格。

当天的婚礼堪称规模宏大，规格款式都是“土豪”标配。

金币、鲜花、红烛、果盘、烤鱼、乳猪乱七八糟地扔了一地，还有十几个人被安排在外围不停地燃放大型烟花，各种颜色的光焰闪得人眼花缭乱，一阵阵华丽的飘花和飞雪效果不时遮蔽视线，前来凑热闹的玩家太多，导致现场卡得异常销魂，恭贺的信息和问候三界开发公司宏宇网络的消息在世界频道刷个不停，电脑和网络稍微差点的玩家已经提前退化到了看幻灯片的时代。

浅醉微醺一进月老庙就差点卡死，赶紧关闭了特效，可还是卡得不行。眼前的人似乎也都卡得动不了，只是里三层外三层地围着看热闹，把这里当成了大型在线群体聊天室。

等电脑稍微缓过来一点，她立刻发现自己和洛无双走散了。婚礼还有半个小时才开始，现在挤进去也没什么意思，干脆倒退出来绕到周围的小山上透气。

沿着小道一路前行，随着地势升高，月老庙逐渐变成了一个遥远的虚影，漫天烟花开在头顶，洋溢着浪漫喜庆的气氛。

视角太高，一个白衣剑客忽然出现在屏幕里。

她蒙了一会儿，第一反应觉得是明非夜，仔细看过才发现是夜夙。

《三界 Online》里的衣服有许多种搭配，就是简单的 90 级剑客套装也有云傲和天罪两种不同的路线，如果自己搭配属性，那就更是千变万化，数不胜数，可夜夙真就穿得和明非夜一模一样，除了人物的脸和发色不同之外，简直无法分辨。

发现不是明非夜，浅醉微醺算是稍稍松了口气，可转念一想，更不对啊，今天是夜夙的大喜日子，他一个新郎不去婚礼上待着，杵在山顶上吹风算怎么回事？

【当前】夜夙：你怎么跑到这里来了？

【当前】浅醉微醺：这个问题应该我问你才对吧！你把新娘子撇在月老庙，自己一个人跑出来看风景真的没关系吗？

夜夙晃了个剑花，盘腿坐了下来。

【当前】夜夙：反正有我哥顶着，我在或不在都一样。

浅醉微醺忍不住乐了。

【当前】浅醉微醺：这是什么逻辑啊？今天是你成亲，又不是他成亲。

夜夙发了一个苦笑的表情算作回答，更让她莫名其妙。

【当前】浅醉微醺：你好像不太高兴？

【当前】夜夙：娶的不是我喜欢的人，我为什么要高兴？

【当前】浅醉微醺：奇怪了，求婚的是你，宣布结婚的也是你，难道你们不是两情相悦才成亲的吗？

【当前】夜夙：哦，当时队伍里有两个女生，我想求婚的是另一个，但是不小心发错人，而且她答应了。既然答应了，那就将错就错吧。

一旦接受了这个设定，浅醉微醺彻底阵亡了。

连犯糊涂的桥段都惊人地相似，说他俩不是兄弟还真没人相信啊。

【当前】浅醉微醺：可是这样不是对不起你本来想求婚的那个吗？

【当前】夜夙：如果满世界喊“我发错了求婚信息”，不是对不起现在在婚礼上的那个吗？

【当前】浅醉微醺：将来真相大白的时候，新娘子的表情一定很崩溃。

【当前】夜夙：只要我不说，谁都不会知道。

【当前】浅醉微醺：可是现在我知道了。

【当前】夜夙：我相信你没那么八卦。

夜夙站起来，麻利地换上一身红喜服，在漆黑夜空的背景下，明艳得像一朵鲜血开成的花。

【当前】夜夙：时间差不多了，走了。

【当前】浅醉微醺：你先去吧，反正我是来看热闹的，晚点去也没差。

夜夙飞身朝山下赶去，纵横飞掠的时候有了那么几分明非夜的潇洒，却没有他炫技似的放肆张狂。

从他的举手投足间，多少能看出他对明非夜是崇拜和敬畏的，所以他才会有意无意地模仿明非夜。但纵然学得再像，他依旧不是明非夜。

撇去原本的动机不说，面对同样的选择，夜夙选择隐瞒真相，任事态发展，而明非夜宁愿沦为全服笑柄也要把自己的错误公之于众。

从旁观者的角度来看，浅醉微醺无法断言到底谁比较冷酷无情。

不在乎，太在乎，对旁人来说都是一种伤害。

浅醉微醺望着夜夙飞快消失在夜幕中的背影，忽然间冒出一个疑问。

错失了那个人，你真的不会觉得遗憾吗？

坐在山顶上吹冷风大半个小时，看着世界频道上越来越热闹，浅醉微醺知道婚礼已经开始了，这才爬起来开了药师轻功翩若惊鸿，慢悠悠地朝山下晃。

大家被明非夜狠狠宰了一顿，都想在今天的婚礼上抢几个福利礼包稍稍安慰自己受伤的钱包，于是乎各路亲朋好友被无辜盘剥的、等着报仇的，连同过路的、看热闹的、瞎起哄的都塞在月老庙并不算宽敞的空间里，比新年活动哄抢大礼包的时候还要热闹。

果不其然，浅醉微醺刚踏入月老庙的范围就是一阵卡。关特效，屏蔽周围玩家，外加调低分辨率，情况才算是稍微好了一点点。

【团队】洛无双：你上哪儿去了？我们都找你半天了！

【团队】浅醉微醺：这个说来话长，不说了。

因为周围的玩家都被屏蔽了，她只能看到身边飘着洛无双的名字。好吧，无论如何也算是胜利会师了吧。

【团队】洛无双：等会儿就要发布福利了，记得手快点，一定要把我的红包礼金抢回来！

话音才落，明非夜就把第一拨福利礼包撒下来了。

她乱点了一阵鼠标，打开包袱一看，居然还真让她抢到一个。

能在人山人海的宾客中，万千鼠标的疯点之下抢到礼包，足以让她的自信心瞬间爆棚。等她满心欢喜地拆开礼包一看，瞬间傻眼了，里面居然只有 166 枚铜板！

浅醉微醺无语望苍天：明非夜，你到底是在闹哪样？

【团队】洛无双：晕，手这么快！你们有谁抢到了？

【团队】浅醉微醺：我抢到一个。

【团队】洛无双：啊！赚了赚了，发财了！里面有多少钱？

【团队】浅醉微醺：166。

【团队】洛无双：金？

【团队】浅醉微醺：铜。

遥望前台，明非夜还在主持着婚礼，虽然礼包寒碜，气氛却十分热烈，一对新人站在台上，倒像成了他的陪衬。作为本场婚礼最大的赞助商和受益者，明非夜不像平常那样一身白衣，而是换了一套红黑相间的外装，倒也挺应景。

浅醉微醺朝明非夜身上点了一下，本意是想点开详情看看他穿的外装属性，没想到人物还处在战斗模式，没换回来，于是一记翩若惊鸿凌空而起，从半空里径直杀向明非夜！

电脑前的凌晓熙傻了，手忙脚乱地企图打断自己的攻击，但此时卡成这样，点个鼠标都要等好几秒才会有回应，于是等幻灯片一样的画面缓过来的时候，浅醉微醺正在画面中央用小针一下下地朝明非夜猛扎。

月老庙内浓烟滚滚，所有椅子四脚朝天。

【世界】赵氏司机：竟敢在这种场合袭击我们老大，英雄受我一拜！

【世界】菲常完美：连技能都不用，就这么空手乱扎！刷存在感，你真的很专业！

【世界】寻花问柳：居然挑在全服最盛大的婚礼上动手，多大仇啊？

【世界】明非夜：浅浅，别闹，先下去。

【世界】月亮宝贝：讨厌，著名乌龙夫妇又在当街秀恩爱了！

【世界】浅醉微醺：我不是那个意思，我真的不是那个意思啊啊啊啊……

浅醉微醺一战成名。

知道他俩以前那一段的更加津津乐道，不知道他俩以前那一段的也都知道了。别说其他人，就是浅醉微醺自己也觉得那像一场对整个服务器宣布自己拥有明非夜的拙劣戏码。

俗话说谣言要传一个月，绯闻只能持续十天，她也只能硬着头皮等这段时间过去了。

就在她愁苦万分的时候，事情终于出现了转机。

【私聊】洛无双对你说：小熙，帮我个忙。

【私聊】你对洛无双说：我现在正在装死躲避绯闻，你找别人去吧。

【私聊】洛无双对你说：不行，这件事只有你能帮我。

【私聊】你对洛无双说：到底是什么事？

【私聊】洛无双对你说：我又喜欢上一个人，但是情况比较特殊，我自己不好意思去表白，只好拜托你了。

【私聊】你对洛无双说：嗨，真是太阳从西边出来了！你也会不好意思？

【私聊】洛无双对你说：所以才说是情况特殊啊，探听清楚敌情之前，矜持一点总是没错的。

洛无双一向不会拐弯抹角，如果真的有意思，她通常都会主动出击。可这一回她居然闹起了小女儿的羞涩矜持，凌晓熙的第六感告诉她，这回一定很特别。

【私聊】你对洛无双说：谁？

【私聊】洛无双对你说：寻花问柳。

知道真相之后，她整个人都不好了。寻花问柳是出了名的“女性恐惧症”患者，还没等你靠近，他早就退到三十里开外了。对明非夜下手也比对寻花问柳下手容易！

【私聊】洛无双对你说：上吧，加油，我看好你哟！

【私聊】你对洛无双说：臣妾做不到啊！

要说这段感情的开始实在很像言情小说，洛无双和扰人清梦闹翻之后固定团的位置也泡汤了，她只好游走于山野四处求组。高级副本很少有人愿意带不认识的人，浅醉微醺作为药师组野队都那么难，她一个刻意堆防御和血量的剑客又怎么会轻易得逞。

洛无双蹲在副本门口求带求捡的时候被一个叫飞渡的嘴欠妹子恶意讽刺了，于是她本着为三界净化空气的美好愿望碾上去了。一个人打一堆人当然是打不过的，所以她专门找大家打怪打得无暇分身的时候跑去打断妹子的治疗，让妹子引以为傲的治疗量连续几次掉到了全队垫底。妹子很生气，后援团不得不“给力”，一大堆汉子妹子倾巢而出，追着洛无双绕着山头跑了好几圈。洛无双阵亡了十多次，身上装备也爆掉了几件，可她就是咽不下这口气，一个人跟那一团人不要命地死磕。

就在这种悲情时刻，寻花问柳出现了。

那群人追着洛无双乱放技能，路过的寻花问柳恰好被殃及了。

一声怒吼，青峰在手，面对这种不知死活的挑衅，他表示非常不爽。

洛无双招惹的毕竟是小门小派，面对寻花问柳多少有些忌惮，一开始领头的试图用道歉来化解双方的纷争，所以对洛无双的追杀也就暂时搁置了。

洛无双那时已经山穷水尽，即使帮不上忙，只要有一个人愿意站在她身边于她来说都是莫大的精神支柱。然而她还没来得及感谢寻花问柳，那货居然从山头上引了一只稀有 BOSS 下来，把所有人一起送上了西天。

【地区】飞渡：你干什么？不是说了是误伤吗？我们都道歉了，你怎么还没完没了呢？

【地区】寻花问柳：原谅你们是上帝的事，我的责任就是送你们去见上帝。

此话一出，众人皆倒。

飞渡妹子平常是全会的宠儿，哪受得了这种气，立刻又叫嚣起来。

【地区】飞渡：昭明殿仗势欺人算什么本事！有种你等着！

【地区】寻花问柳：我出了事，昭明殿所有人会为我撑腰；你出了事，你们帮会有没有人肯为你出头？你要真有种，我愿意陪你玩到底。

虽说两边都是仗势欺人，飞渡恶劣，寻花问柳也不见得真的占理，可是有些时候力量真的可以代表一切。

此时此刻，洛无双眼睛里已经冒着粉色的桃心泡泡，整个人沦陷在了爱情的错觉里。

知道这个故事之后，浅醉微醺更加哭笑不得。寻花问柳讨厌女人，尤其讨厌自以为奇货可居还到处“卖萌”撒娇的女人，这个飞渡刚好撞到枪口上，不整她整谁？

有了这种宿命邂逅作为铺垫，浅醉微醺真的无法拒绝了。尽管叫嚣着做不到，为了好友的终身幸福，她还是本着我不下地狱谁下地狱的觉悟硬着头皮踏上了替人表白的不归路。

为了方便会员跑商，很多有一定规模的帮会选择靠近主要商路的地方作为会址，清润原石虎关边界城什么的就挺好走，再不济的选个南海或者长白雪原也就罢了，偏偏昭明殿的会址刚刚搬到新开的地图蓬莱岛中央。

蓬莱岛地图设置了一个传送阵，虽然官网上详细描述了每个传送点的具体位置，但是整个岛的地图看上去都差不多，就是熟人也经常走错，更何况浅醉微醺是第一次造访。一开始照着官网地图走，走着走着她也分辨不出自己到底是在哪张地图了，硬着头皮乱走一气之后，前方忽然出现了一个显示地图出口的光圈，她兴奋地扑上去，然后——出现在了刚刚进岛的出发点。

【私聊】你对明非夜说：出来接我一下，我在你家门口迷路了。

【私聊】明非夜对你说：你跑到蓬莱岛去了？

【私聊】你对明非夜说：没错，赶快出来接我，我看不懂这张地图！

【私聊】明非夜对你说：不好意思，那个传送阵我也迷路。

【私聊】你对明非夜说：别闹！

【私聊】明非夜对你说：我是认真的。

【私聊】你对明非夜说：决定搬会址的人不是你吗？你会迷路你还把会址往那儿搬？

【私聊】明非夜对你说：搬之前我也不知道自己会迷路啊。

夜幕低垂，潮声涌动，转瞬之间漫天大雾，如同海平面上的另一层水面在夜幕下蜿蜒流淌，很快就什么都看不到了。

浅醉微醺蹲在路边火冒三丈，这张地图本来就难走，还要弄什么大雾，真是存心不让人进去了！

【当前】魑魅：小醺，你蹲在这里干什么？

在这种走投无路的时候居然见到了老乡，浅醉微醺真是喜出望外，可她刚掉转视线就发现魑魅身边多了个人。

明非夜。

【当前】明非夜：快过来，你不是要进岛吗？

浅醉微醺刚靠过去，想了想又故意拉开了点距离。

【私聊】你对魑魅说：你们怎么会一起出现？

【私聊】魑魅对你说：刚好坐了同一艘船。奇怪，这个人其实挺好相处的，没你说的那么糟糕吧？

魑魅跟得很近，从浅醉微醺的视角看过去，他俩就像并肩走在前面。魑魅穿了一身 90 级天尊涅槃套装，水袖飞扬舞动，从腰肢上缠绕到臂弯上的金色飘带展成翅翼翩跹飘飞，腰际的彩羽装饰绚丽夺目，整个人就像一只浴火的彩凤自金红色的火焰中升腾飞旋，漂亮得让人挪不开视线，即使站在明非夜身边也毫不逊色。

【当前】明非夜：该往哪边走？

【当前】魑魅：别开玩笑了行不行？

【当前】明非夜：平常点个帮会技能直接就回来了，我哪知道外面这个传送阵到底怎么走？

【当前】魑魅：好吧，我去查地图。

【当前】明非夜：顺便查查这里药材和矿石的刷点，既然进来了，白走一趟不划算啊。

【当前】魑魅：逗不死你！

【当前】明非夜：我明明很认真！

看着那两人欢畅地聊着天，电脑前的凌晓熙心头像塞了一块棉花，憋得她透不过气来。

魑魅身边一直不乏追求者，明非夜身边显然更多。

原来明非夜这么受欢迎，为什么她从来都没意识到？

【当前】明非夜：现在怎么走？

【当前】魑魅：我也蒙了，随便走吧，我们跟着你。

越接近蓬莱岛中心传送阵里的怪物等级越高，浅醉微醺是没有自保能力的药师，魑魅攻击力虽高却不能让怪物近身，能依靠的就只剩下明非夜了。

【当前】明非夜：浅浅，跟紧点，要不然我来不及救你。

浅醉微醺一听这个称呼就窝火，平常不是一口一个前妻叫得欢吗？怎么今天美色当前就改叫浅浅了？

【当前】浅醉微醺：你不是很厉害吗？你不是号称神一样的玩家吗？

【当前】明非夜：这么多怪，我还得照顾你们俩，别说神一样的玩家，就是神也挡不住啊。

【当前】浅醉微醺：我是药师，你不用管我。

其实浅醉微醺做事还是有分寸的，虽然一直吊在最后边，该躲避的时候她还是会躲，该加血上状态的时候她也一点没含糊，只是闷闷不乐罢了。

明非夜多少也看出她不太高兴了，可惜实在没空去问她。

其实在这件事上明非夜完全无辜，叫浅浅还是叫前妻，全看他心情，根本不以是否有外人存在而改变。

瞎跑乱撞又过了两张地图，远处总算出现了房屋建筑等的影子。

明非夜松了一口气，带着她们走进了两块巨石中间的传送点，场景刷出来的时候他忽然发现里面居然刷新了一只稀有 BOSS 堕天妖神。

蓬莱岛中心的怪达到了 90 级，明非夜的等级和装备都不能形成压制，更何况是精英 BOSS，他在自保基础上还能打怪就算是神级操作了，至于带着的两只包袱，只能自求多福了。

堕天妖神的技能堕天印罩下来的时候，魑魅眼明手快，迅速跳到了一堆石头前面，技能特效狂风袭来，她只是被推得撞上石头，头上冒出了一个巨大的伤害数字，万幸没有当场送命。浅醉微醺刚刚跟孤独不苦见识过70级的精英BOSS，心里根本就没把这当一回事，没想到技能扫过来，那阵狂风直接把她从刚才进来的传送点又给卷回去了。

传送阵的传送规律并不对等，从A场景可以进入B场景，但你如果试图从B场景的同一个传送点返回A场景，就会发现自己去了C场景。

浅醉微醺发现自己被推进了传送点，面前出现的并不是刚刚扫清了怪物的地图，一大堆怪物张牙舞爪地朝她扑了过来，她灵机一动，又从面前的传送点穿了进去。

她正在为自己的机智欢呼，没想到眼前出现的并不是明非夜和魑魅，而是更多的怪物。

浅醉微醺就这么躺在怪物的脚下，静静地等待时间流逝。

一分钟，两分钟……

她不甘心地想，难道那两个人正在为超大号灯泡的消失而拍手称快？

五分钟，六分钟……

随着时间流逝，她只觉得心越来越冷。

八分钟，九分钟……

她忽然意识到那些令自己都感到恐惧的愤怒和失望竟然是来源于嫉妒。

吃醋了？

对，就是吃醋了。

十几分钟之后，那厢的明非夜终于撂倒了堕天妖神，然后使了个返生符把魑魅拖了起来。在战场上仔仔细细扫了三遍之后他才发现浅醉微醺神秘失踪了。

【团队】明非夜：浅浅，你阵亡到哪儿去了？报个坐标，我来救你。

【团队】浅醉微醺：算了，你们玩吧，反正马上就到岛中心了。

【系统】浅醉微醺已经退出了团队。

明非夜差点当场昏死。

他千里迢迢又是坐船又是走迷宫就是为了来带她进岛啊，要不他直接一个技能就回去了，用得着这么辛苦地在传送阵里乱转吗？

【团队】明非夜：她怎么了？

【团队】魑魅：女人嘛，每个月总有那么几天……

【当前】孤独不苦：扫地。

【当前】浅醉微醺：来了！

因为蓬莱岛上的意外，浅醉微醺替洛无双表白的进程不得不朝后拖延。反正寻花问柳也不能插翅膀飞了，女性恐惧症绝对需要长期治疗，就那么一两天肯定好不了，能拖就拖吧。

这天早上刚好在城门口又遇上了孤独不苦，浅醉微醺照例搭上了他的车，开始了无休止的捡破烂生活，唯一的区别是捡垃圾的地区从昆仑密道变成了从云密道。反正孤独不苦走的就是深山成仙路线，越难走玩家越少的地方，他越喜欢，就跟见不得光的土拨鼠似的。

刚才那一拨扫过去，从云散仙掉落了一个叫君不语的头饰，中间一朵黄金打造的花朵，四周缀着串串火红的珊瑚珠，戴起来分外可爱。浅醉微醺一看就喜欢，干脆把自己云蕊套装的头饰卸了，戴上了君不语。

【当前】浅醉微醺：我的新头饰怎么样？

【当前】孤独不苦：紫色装备，属性一般般，但是你戴这个就没有云蕊的套装加成了。

【当前】浅醉微醺：我问的是看起来怎么样。

孤独不苦压根就没搭理她，提刀冲向了下一拨怪。

浅醉微醺顿时觉得很没趣。

大神就是这么无聊，整个人生似乎都在忙着变强，无论四季是否变换，无论天晴还是雨雪，他要做的事就那么几件而已。当年的咖啡苦是这样，现在的孤独不苦还是这样。

【当前】孤独不苦：扫地。

【当前】浅醉微醺：哦。

无聊的一天就这么过去了，浅醉微醺的等级已经跨入了77级的门槛。当她打着哈欠准备告别下线的时候，孤独不苦脑袋上忽然冒出一行字。

【当前】孤独不苦：挺不错的，很可爱。

【当前】孤独不苦：我是说你头上的君不语。

他这个人从来话不多，就是必须说的话，他都能省则省，更何况是这种没什么意义的评论。

浅醉微醺顿时萌发出了无限的成就感。

【当前】浅醉微醺：那我以后就戴着啦？

【当前】孤独不苦：喜欢就戴着吧，反正你也没什么战斗力。

【当前】浅醉微醺：你夸人的时候诚恳点行吗？连褒带贬的多伤人。

【当前】孤独不苦：我说的是实话。

告别孤独不苦之后浅醉微醺回到龙腾城整理仓库，然后给自己的小号补货。不经意间视角一晃，正好看到明非夜就站在不远处，估计也在倒腾仓库里的东西。

浅醉微醺开着和平模式上去扎了他两下，想炫耀一下自己的新头饰。

【当前】明非夜：你大半夜的顶着朵菊花干什么？

浅醉微醺瞬间泪流满面。

【当前】明非夜：我不是给你凑了云蕊套装吗？你的云蕊发冠呢？难道跟人打架爆掉了？

【当前】浅醉微醺：没有，放在仓库里呢。

【当前】明非夜：怪不得两天不见，你的战斗力评分再创新低啊。

【当前】浅醉微醺：你难道不觉得这个君不语很漂亮吗？

【当前】明非夜：说实话会影响好感度吗？

【当前】浅醉微醺：那你最好还是别说了。

明非夜果然没有继续打击她，过了一阵忽然点开交易，递过来一个叫水龙吟的琉璃簪。

【当前】明非夜：如果你不穿云蕊就戴这个吧，属性比那朵菊花好多了，样子也更好看。

浅醉微醺迟疑着戴上了水龙吟，赫然发现那支簪子固然华丽无比，前面却无端多了一块紫色的面纱，人物的整张脸被面纱遮了个严实。

【当前】浅醉微醺：跟顶着个罐子似的，这……真的好看吗？

【当前】明非夜：相信我，顶着罐子也比顶着菊花好看。

【当前】浅醉微醺：滚！

浅醉微醺虽然嘴上喊得凶残，可心里还是有那么一点说不清道不明的东西，水龙吟就这么一直戴到了第二天和孤独不苦相约的时间。

【当前】孤独不苦：扫地。

【当前】浅醉微醺：是！

浅醉微醺认真扫地的时候，孤独不苦照例在旁边的花树下面盘腿打坐。

他们俩总是这样，孤独不苦打怪的时候，浅醉微醺就坐在一边等着；浅醉微醺扫地的时候，孤独不苦就坐在一边恢复。

一两分钟后孤独不苦脑袋上忽然冒出一句话。

【当前】孤独不苦：怎么不戴君不语了？你不是喜欢吗？

【当前】浅醉微醺：我被嘲笑了，有人说我顶着朵菊花。

【当前】孤独不苦：谁嘲笑你了？明非夜吗？

浅醉微醺没有回答，就算是默认了。

【当前】孤独不苦：戴着吧，玩游戏就是为了自己开心，别人喜不喜欢有什么关系，你喜欢就行。

【当前】浅醉微醺：难得你说句好话，给你32个赞！

浅醉微醺开心地把水龙吟拿下来，换上了君不语。

【当前】孤独不苦：但是这个发饰的属性真的很差。

【当前】浅醉微醺：快滚！

孤独不苦手中利刃划破空气的姿态就像一只黑色的蝴蝶在花丛中飞舞，温柔而致命。

有些时候浅醉微醺也会为那过程着迷，不是仰望杀戮本身，而是对艺术般的战斗过程单纯地崇拜。都是那几个技能，为什么有的人用起来就那么张皇失措又生涩别扭，有的人却能那么圆滑流畅，就像只是用画笔描绘了一幅美妙无比的画。

明非夜和孤独不苦一白一黑，恰好就代表了两个极端。

孤独不苦就像君不语，表面上冷淡阴郁，实际上却有着不为人知的细腻温柔。

明非夜就像水龙吟，看似放肆张狂而无所顾忌，却把自己的真实面目藏在面纱后面。

【当前】孤独不苦：你今天能不能晚点下线？

【当前】浅醉微醺：有事吗？

【当前】孤独不苦：看你经验也差不多了，今晚带你到 80 级，明天我们换地方刷。

【当前】浅醉微醺：你不累吗？

【当前】孤独不苦：就因为累所以才要赶快把你带出来，这样我就省力多了。

凌晓熙也不知道自己什么时候趴在电脑面前睡着了。

当她从腰酸背痛的睡姿里解放出来的时候，电脑上的时钟正显示着三点四十五分。

夜深人静，寝室里的姐妹们早就进入了梦乡，电脑风扇和蚊子的细微嗡嗡声成了寂寞夜里唯一的背景音乐。坐在屏幕边上发愣的那个药师顶上了暂离的牌子，等级也已经超过了 80 级，而屏幕中央那个黑甲刺客还在挥刀奋战，仿佛永远都不知疲惫。

【当前】浅醉微醺：不好意思，刚才我睡着了。人物等级已经超过 80 级啦！

孤独不苦三下五除二解决战斗，然后打开交易塞了一套 80 级套装给她。

【当前】浅醉微醺：咦，哪儿来的？

【当前】孤独不苦：刚才运气不错，打 BOSS 出了三件，仓库里原来也存着几样。

80 级套装和 70 级套装当然不可同日而语，虽然都是光板装备，她的战力还是瞬间上了一个大台阶。

【当前】孤独不苦：这个只是光板，淬炼和洗炼可以暂时缓缓，不过强化和镶嵌必须做。等到宝石镶满了，你去随便附个魔就能混到 90 级满级了。

【当前】浅醉微醺：这句话怎么听起来那么耳熟呢？

【当前】孤独不苦：你身上这套战力评分已经差不多及格了，发饰你如果喜欢就继续戴君不语，战斗力依然在及格线上。

望着身上那套装备，浅醉微醺忽然有种受宠若惊的感觉。

除了谢谢，她也找不出其他更合适的话来表达自己的心情了。

【当前】孤独不苦：睡吧。

一句谢谢还没来得及出口，孤独不苦已经一脚把她踹出了团队，跟着一个潜行消失了。

浅醉微醺无语望苍天：你敢不敢听完别人的话再消失啊？

程雪发现浅醉微醺的等级最近就像坐了火箭噌噌飙升的时候并没有表示出太多的诧异，毕竟她有自己的事情要忙。按她自己的话来说，那叫“开始就知道是场苦恋，却还是忍不住泥足深陷”，可她并没有跟其他小女生似的跟着自己心仪的对象，更没有照往常的作风彪悍表白，而是听信谣传，开始折一千颗彩色星星。

眼看着程雪几乎把全副精力都投入了绝对没有回报的事业，凌晓熙实在是于心不忍，于是再次把表白这件事提上了日程。

为了这件事，她其实做了不少功课，要说的话都反复写了好几遍，最后把满意的稿子存成文档，就等着到时候直接对寻花问柳进行排山倒海式的轰炸。

这一次她学乖了，既然蓬莱岛那么难进，她只需要直接在龙腾城仓库蹲守目标就好啦！

经过一整天的蹲守，瞪着眼前来往的人潮直到眼前发黑，浅醉微醺终于等到了来仓库整理战利品的寻花问柳。

【私聊】你对寻花问柳说：我有话跟你说。

【私聊】寻花问柳对你说：长话短说，我快死了。

不死魔境副本真是名不虚传，人进去一趟就跟被猪拱了十几次一样，连寻花问柳也不例外。

【私聊】你对寻花问柳说：好吧，有个人托我跟你说，她喜欢你。

【私聊】寻花问柳对你说：什么？

看到寻花问柳发过来那个惊恐的表情，她忽然觉得自己正在做的事情十分不人道。足足过了半分钟之后，她终于重新鼓起了勇气。这件事已经折腾得够久了，如果说了，是对寻花问柳不人道，如果不说，那就是对程雪和自己不人道了。

“也许你不记得她曾经在你生命里出现过，但她记得你带给她每一点每一滴的感动。你不要把这当成一场灾难，而应该当成一场幸运的降临。给彼此一次机会，也许你就会感受到不一样的自己……”

凌晓熙忙着复制粘贴，当她刚贴好这段话还没发出去的时候，世界频道忽然飘出了一条大喇叭信息。

【世界】心如柠檬自然酸：寻花，我不要你的承诺也不逼迫你现在接受我，我只要我们一起好好的。给自己一次机会好吗？

连表白也有人抢先，电脑前的凌晓熙立刻傻眼了。

【私聊】寻花问柳对你说：浅醉微醺，你跟这个柠檬什么关系？

任何事情都有两面性，表白被人捷足先登固然遗憾，但也有令人意想不到的好处。

心如柠檬自然酸每天在世界频道表白不止，尾随，送礼，无所不用其极，追得寻花问柳鸡飞狗跳、东躲西藏。偶尔被追得太紧，寻花问柳也会拉下脸来说几句不好听的，可这个柠檬就是不死心，照样缠着跟着。

那段时间洛无双简直成了苦情戏女主角，那两个人天天在世界频道演出“狗血”大戏，她就只能苦苦地看着等着，却什么也做不了。

浅醉微醺不止一次看见那个长相磕碜的女剑客矗立在蓬莱岛岸边或者不死魔境外面，什么也不做，只是顶着暂离的牌子静静地站着。

这件事成了她心里的一块大石头，总觉得很对不起洛无双。洛无双本人倒还好，每天看着那两个人一追一逃，时间长了之后，就连洛无双也不得不佩服这个情敌了，扪心自问，换成她自己，她未必能有这种不撞南墙不回头的决心和天塌不怕雷打不穿的脸皮。

目前寻花问柳最受困扰的事情除了柠檬就是不死魔境。

而不死魔境同样是困扰着明非夜的问题。

昭明殿的精英团每天都泡在不死魔境副本里，那帮人为了抢服务器首杀都上了火，除了偶尔出来买药、修装备、倒空包袱之外，完全不见人影。

浅醉微醺每天照常上线，除了采药制药和陪洛无双做活动之外就跟着孤独不苦升级。

升级本来就是枯燥乏味的，孤独不苦也不是个爱热闹的人，常常两个人打个招呼之后马上就开工，打到凌晨1点就散伙下线，中间偶尔说说话，也是瞎侃。

她早就习惯了在孤独不苦收招的瞬间就自动地冲出去扫地，别的不行，捡东西的速度倒是越来越快了。

时间像尘沙从指尖飞快地流走，最初她还会在等待孤独不苦打怪的间隙猜想明非夜在干什么，又是和什么人在一起，时间久了之后，她心里曾经有过的悸动也凋落成了一段可有可无的影子，不知什么时候蒙上了一层黯淡无光的灰尘，变得不再鲜明。

但是很奇怪的，在明非夜的影子变得模糊之后，游戏对她的吸引力也开始慢慢减退。

有些时候她甚至在想，每天在电脑面前所做的到底有什么意义。做了是一天，不做还是一天，用无聊打发无聊而已。

就在她考虑要不要离开的时候，忽然在天外神宫门口遇上了明非夜。

那时候明月当空，微风从小溪那边推着流水，涟漪层层泛开，花瓣落成了一天一地的迷离。白衣剑客坐在缤纷花雨当中，演绎成月光也无法企及的温柔。

浅醉微醺开了翩若惊鸿飞落到他对面，轻柔得像唯恐打碎了这玻璃纸一样的夜色。

【当前】明非夜：哦，怎么是你啊？

浅醉微醺站了多久，连她自己也没意识到。反而是明非夜先站了起来，顺着小石滩一路点着水轻灵灵地飞跃过来，剑尖划破空气迸溅出美丽炫目的金色火焰，就像凤凰的尾羽华丽绚烂。

这一跃惊碎了月光，好像整个世界再次变得色彩斑斓。

【当前】浅醉微醺：我认识你吗？

她忽然间有些心慌，开着轻功与他错身而过，沿途踩着石滩上的石子一路连蹦带跳，华丽丽的三连跳起手带半空侧翻倒脚，然后啪一声准确地落进水里。

【当前】明非夜：你真是卖得一手好萌啊。

浅醉微醺以头抢地，每次都在明非夜面前出丑，难道她是被诅咒了吗？

【当前】浅醉微醺：刚才什么都没发生，你什么都没看见，听见没有？

明非夜就这么站在岸上看她在溪水里狼狈地挣扎着，好半天才冒出一句话。

【当前】明非夜：虽然我也想继续装不存在，但你要是再不换气，可能会当场淹死。友情提示，你左边两个坐标点之间有一个可以露出水面换气的地方。

那个时候她的气已经耗尽了，血量也迅速下降，只好赶紧照他说的挪了过去，这才听到一声畅快淋漓的透气音效，呼……

明非夜已经落到了不远处的另一块大石头上，用俯视角度看着她。

【当前】明非夜：前妻，你咋这么逗呢？

浅醉微醺把心一横，索性把最后的矜持扔到了九霄云外。

【当前】浅醉微醺：从来只见新人笑，何时听闻旧人哭。作为前妻，必然要逗一点才能获得宠幸啊。陛下，今夜要不要翻臣妾的牌子？

明非夜在那一头直接笑喷。

【当前】明非夜：走吧，我带你去刷副本。

【当前】浅醉微醺：好。

浅醉微醺爽快地答应之后才忽然想起已经和孤独不苦约好要一起刷副本来着，于是站在原地迟疑了一会儿。

【当前】明非夜：你还有什么事吗？

【当前】浅醉微醺：没事！

虽然一诺千金，可惜美色当前，很多人都会果断选择为了异性而放弃人性。

【私聊】你对孤独不苦说：我今天有事不能陪你了，不好意思啊。

【私聊】孤独不苦对你说：哦。

这些日子浅醉微醺的倦怠，孤独不苦当然也看得出来，不过平常她再怎么不想打，还是会应约上线去扫地，今天这种临时爽约的情况显然很反常，可孤独不苦压根没心思去过问。

浅醉微醺松了一口气。

大神的世界就是这样，除了变强之外再也容不下任何多余的东西，更何况只是一个只有扫地功能还要平白分他经验值的包袱呢。

明非夜和孤独不苦的风格完全不一样，专喜欢朝人多的地方去。

一整晚在血色荒野小副本进进出出，看到他俩同进同出的人还真不是一般多。不多时就连逍遥种田人这边都开始了大范围的讨论，令作为当事人的浅醉微醺感到压力很大。

【团队】浅醉微醺：能不能换个副本？

【团队】明非夜：这里门口就有卖药和修装备的NPC，附近还有可以刷环的任务NPC，升级速度比纯打怪更快，有什么问题？

【团队】浅醉微醺：当我没说。

在这里打怪当然没有什么不好，尤其是看着明非夜引着浩浩荡荡的一大群怪冲过来，然后不断地八方风雨加风卷残云，那些张牙舞爪的大怪小怪就像被收割的麦子一层层在他脚下躺倒。这样练级升级的速度和跟着孤独不苦差不多，虽然说不上有多少观赏性，至少很有娱乐性，不会像单砍一只怪那么枯燥。更何况一堆堆怪来势汹汹，明非夜又不能一次性秒杀，于是只要他转移，浅醉微醺就得跟着他一起跑，演出了一场绝对真实的夺命狂奔。

【团队】明非夜：前妻，左边去！快跑！

【团队】明非夜：浅浅，绕石头后边去！快快快！

【团队】明非夜：那边漏怪了，爱妃快跑，右边右边！

浅醉微醺被他指挥着东跑西颠，累得头晕眼花。

【团队】明非夜：跟上！快跑快跑！

【团队】浅醉微醺：明非夜，你耍我呢？都没怪了还跑什么？！

【团队】明非夜：哦，你没觉得我跑起来特别帅吗？

【团队】浅醉微醺：滚！

明非夜从层层叠叠的怪身上华丽丽地掠过，象征性地在地上扫了几下，然后倒着飞回来，稳稳地落在浅醉微醺身边。

【团队】明非夜：你什么时候成亲？

浅醉微醺顿时一头雾水。

【团队】浅醉微醺：成什么亲？和谁成亲？

【团队】明非夜：你这一身行头价值不菲，难道还有人学雷锋做好事，随手施舍你一套？

【团队】浅醉微醺：人家就是道德楷模！你以为谁都跟你一样？

【团队】明非夜：咱俩谁跟谁啊，再装下去就没意思了。

电脑前的凌晓熙望着屏幕上的白衣剑客，忽然气得不知道该说什么才好。

【团队】浅醉微醺：是啊，咱俩谁跟谁啊，手牵手像狗咬狗，心连心像瘤长瘤！

【团队】明非夜：不想说就不说嘛，反正早晚都要发喜帖，犯不着诅咒我吧？

明非夜坐下恢复了片刻，然后又不知死活地开了口。

【团队】明非夜：身上的装备全换了，为什么还戴着水龙吟？是不是缺头饰，我给你找一件去？

【团队】浅醉微醺：用不着，我全有！

她气呼呼地把套装的头饰戴上以证明自己确实啥都不缺，然后又把它撤了，戴上了水龙吟。虽然之前明非夜送的那套云蕊已经用不上了，可她还是都仔细地收在了仓库里。

【团队】明非夜：既然齐了就戴着，水龙吟的属性已经跟不上你的等级了。

【团队】浅醉微醺：我喜欢，你管得着吗？

这句话出口的同时，她心里却被自己刺了一下。

始终戴着水龙吟，不是因为她喜欢，而是因为明非夜喜欢啊。

【团队】明非夜：看着眼熟，是我送你的那个？

浅醉微醺干脆保持沉默，不想理他。

明非夜再次站起来，缓缓朝她靠近。

游戏里的浅醉微醺无动于衷，电脑前的凌晓熙却忍不住忽然乱了心跳。

他看出什么来了吗？

明非夜到了她跟前，好像马上就会抱过来的样子。

他的面容幻变成了银色的精魂，眉眼都染着月色。

【团队】明非夜：女人都是外貌党，为了好看就不要属性了？我刚捡了一个新头饰，属性比水龙吟好，你要不要？

【团队】浅醉微醺：滚！

浅醉微醺怒气冲天地蹦跳着朝副本外面走，明非夜跟在后面，一头雾水。

【私聊】孤独不苦对你说：你所谓的有事，就是去陪明非夜？

私聊频道忽然飘出一条信息，她愣了愣。

掉转视角的时候，那个早已经熟悉得不能再熟悉的刺客就站在上一层平台边缘朝他们这边眺望，那一身黑甲就像是撕裂了隆冬的冰风，寒冷彻骨，拒人于千里之外。

【私聊】你对孤独不苦说：我已经和你道过歉了。再说你不也说过，你和明非夜之间的私人恩怨和我无关吗？

浅醉微醺自问没做错什么，居然被他用这种口气质问，当然气不打一处来。还没等她打完下一句话，系统栏又飘出了一条信息。

【系统】您的好友孤独不苦已经离线。

第四章 有一种红颜叫祸水

第二天，孤独不苦居然破天荒一整天都没有上线。对于他这种视变强为最终目标的人来说，这简直反常得不能再反常了。浅醉微醺这时候才察觉孤独不苦是真的发火了，虽然不知道究竟是为了什么，可还是有些惴惴不安。

吃过晚饭，浅醉微醺照例在龙腾广场上给自己的小号上货，忽然看到寻花问柳就站在她背后，半晌也没有动静。

【私聊】你对寻花问柳说：花花，你看什么呢？

【私聊】寻花问柳对你说：等你上完货，看看有没有我要的。

浅醉微醺差点当场喷他一脸血。

【私聊】你对寻花问柳说：你要什么？

【私聊】寻花问柳对你说：化枯转荣有多少要多少，外加凝血散两组。

浅醉微醺开了交易直接把药给他，寻花问柳倒也挺实在，除了按市价付款，还给了点辛苦费。

【私聊】你对寻花问柳说：下次要什么就直接问我，不用在旁边站桩。

【私聊】寻花问柳对你说：哦，我还是不太习惯和女人打交道。

【私聊】你对寻花问柳说：胡扯的吧，一起刷副本的时候你不是挺自在的吗？

【私聊】寻花问柳对你说：那是因为只要有明非夜在场，你就表现得完全不像个女人。

【私聊】你对寻花问柳说：滚！

浅醉微醺的视角一转，明非夜和魑魅一起飞跃而来，一个逍遥游加飞仙纵流光溢彩，一个乘风加鹰扬疾若惊电，一红一白，格外明艳耀眼。

【当前】明非夜：浅浅，来两组玄灵草，两组绛雪丹！

【当前】浅醉微醺：没有！

【当前】明非夜：那来两组清灵药剂。

【当前】浅醉微醺：也没有！

【当前】明非夜：有化枯转荣也行啊，有多少要多少。

【当前】浅醉微醺：这个真没有！

明非夜瞬间泪流满面，完全不知道自己又怎么惹她不开心了，于是试探性地问——

【当前】明非夜：那你有什么？

【当前】浅醉微醺：我这里有几把好剑，你带上吧，在不死魔境里一定用得上。

【当前】魑魅：你俩不用见面就吵架吧？我这里还有不少药，分点给你算了。

【当前】明非夜：还是小妖贴心啊！

【当前】寻花问柳：呵呵，我分你那么多药，怎么也不见你谢我啊？

【当前】明非夜：你不给我药也行，不死神魔你自己顶？

眼看着那三个人相携而去，浅醉微醺心里满不是滋味。

视线掉转，洛无双彪悍的身影映入眼帘。于是她一个飞跃落到洛无双身边，对着她来了个热情的拥抱。

【私聊】洛无双对你说：你是从哪里冒出来的？

浅醉微醺当场昏死，敢情她站在这里发呆半天，洛无双居然连她这么个大活人都没看见？

【私聊】你对洛无双说：你连我都没发现，那你站这里半天到底在看什么？

【私聊】洛无双对你说：寻花。

【私聊】你对洛无双说：你还惦记着他呢？你看看那个柠檬死得多惨，还敢硬着头皮朝上撞啊？

【私聊】洛无双对你说：我知道没戏，只是习惯了。

浅醉微醺忍不住摇头叹息。

洛无双这种女汉子一旦陷进去了就无法自拔，果然是问世间情为何物，直教人生死相许啊。

【私聊】洛无双对你说：对了，刚刚明非夜也在啊，你没上去打招呼？

此话一出，刚刚还在看别人热闹的浅醉微醺又开启了别扭模式。

【私聊】你对洛无双说：明非夜是什么，能吃吗？

洛无双跟着沉默了一阵。

【私聊】洛无双对你说：别跟我打哈哈，你是不是真的喜欢上明非夜了？

【私聊】你对洛无双说：没有。

【私聊】洛无双对你说：别嘴硬了，你那个乌龙前夫桃花泛滥，你又不是不知道，如果真的有感觉那你就早点下手，免得像我现在这样，想说也说不出口了。

【私聊】你对洛无双说：他身边有魑魅了。

【私聊】洛无双对你说：什么逻辑？要论先来后到也是你先啊。

洛无双一语惊醒梦中人。

上课的时候凌晓熙忍不住走神了。

前排的座椅背后用小刀刻了这么一句话——

爱情是心中的暴君，它使理智不明，判断不清；它不听劝告，径直朝痴狂的方向奔去。

——约·福特

她反复摩挲着那些字迹，心里泛起一丝微妙的苦涩。

不知不觉间进入《三界 Online》已经一年多了，和明非夜相处的时间竟然如此寥寥，就是跟孤独不苦在一起的时间也长得多吧。可就是在屈指可数的时间里，每一个微小的片段都在她的记忆里放大成五彩斑斓的画面。

明非夜这个人到底是什么模样，是干什么的，多大年纪，这些之于她都成了无关紧要的问题，他是明非夜就够了。

有时候人的感情就是这么不可理喻。

在她自已完全没意识到的情况下，明非夜居然就住进了她心里。

所以她不敢靠近，也不想远离。

晚上上线的时候昭明殿的死磕大队已经进驻不死魔境，浅醉微醺无事可做，蹭野队刷了几次副本，灭得人仰马翻。从副本出来，脑袋一热，居然直接跑到了不死魔境的副本外面。

不死魔境外面是一片广袤的荒原，浅醉微醺抵达目的地的时候正好夕阳西下，嶙峋乱石和无边荒草从眼底一直铺到天边，血色夕阳挂在近前，把漫天云霞都染成惊心动魄的红。

她在副本外面捡了个地方坐下，把视角转向副本门口。

里边副本打得如火如荼，如果不是有特殊情况必须回城，那帮人完全可以在里面待到地老天荒。

这里已经是顶级地图，随便过来一个野怪都能一巴掌了结她，到这里来闲逛绝对不是个明智的选择。但除了这里，她也想不出自己究竟应该上哪儿去。

浅醉微醺刚盘腿坐下恢复，魑魅就从副本门口出来了。

【当前】魑魅：小醺，你一个人坐在那里干什么？

【当前】浅醉微醺：我迷路了。

【当前】魑魅：迷路？从龙腾城附近一直迷到这里，你得有多迟钝的洞察力啊？不撞南墙不回头，你得多固执啊？

魑魅站在她身边，金红色的衣裙在晚霞的映衬下格外耀眼，顿时浅醉微醺产生一种自惭形秽的感觉。

【当前】魑魅：别装了，双双早就告诉我了。真不知道那个渣到底有哪里值得你喜欢。你等等，我让明非夜出来接你。

【当前】浅醉微醺：不用不用，我就是没地方去，在这里看会儿风景。

话音才落，明非夜的身影已经在副本门口出现了。

【当前】明非夜：亲爱的前妻，小妖说你有事找我？

浅醉微醺本来有一肚子的话要说，真看见人了却连一句话都说不出来。憋了好半天之后终于冒出一句——

【当前】浅醉微醺：我刚做了十几个化枯转荣，你要不要？

【当前】明非夜：今天这是太阳从西边出来了？

【当前】浅醉微醺：你到底要不要，不要我拿走了。

【当前】明非夜：要啊，当然要！

浅醉微醺怀着一肚子的闷气把药塞给了他，然后扭头就走。

【当前】明非夜：喂，不用我给钱吗？

【当前】浅醉微醺：给钱多见外，只要你记得欠我人情，多少说声谢谢就行了。

【当前】明非夜：那怎么行！说谢谢多见外啊。

【当前】明非夜：既然来了就别忙着走，和我们一起刷副本吧。

【当前】浅醉微醺：不怕我拖后腿？

【当前】明非夜：拖也是灭，不拖也是灭，没差别。

浅醉微醺以头抢地，魑魅说得没错，她到底看上这个没脸没皮、没羞没臊、惹是生非、绯闻满天、无情无耻、无理取闹、满嘴跑火车的骗子哪一点了？

视角转换的时候，她忽然发现孤独不苦站在不远处的乱石后面，那身黑甲就像是撕裂了隆冬的冰风，寒冷彻骨，拒人于千里之外。血色夕阳给他的轮廓镀上了一层夺目的红，就像铺着一层浓重到令人透不过气的血。

因为他和明非夜之间那点说不清的仇怨，他并不愿意暴露自己的身份。只要是有可能被揭穿的场合，他是绝对不会出现的。更何况以他的个性他一向是独来独往的，连帮会都不肯加入，更没有过来一起打副本的可能。

浅醉微醺彻底蒙了。

那他到底为什么会出现在这里？

还没等她想明白，孤独不苦已经使了个隼连纵加血刃追魂，径直飞了过来。

有那么一瞬间浅醉微醺还以为他按捺不住，现在就打算找明非夜报仇，没想到他只是开了个互动，牵住了浅醉微醺的手。

【当前】孤独不苦：跟我走。

浅醉微醺吓了一跳，忙不迭地点了停止互动。

【当前】浅醉微醺：孤独，你找我什么事？

孤独不苦再次点互动握住她的手，强横到不容拒绝。

【当前】孤独不苦：跟我走，现在。

看见他表现得这么反常，浅醉微醺大概知道一定出了什么事。想想上次闹得不欢而散，多少觉得对不起他，于是只好向明非夜和魑魅告别，乖乖跟在孤独不苦背后。

两个人一前一后在荒原上前行，都默不吭声。

孤独不苦的行进速度很快，可惜浅醉微醺的轻功不行，操作又不过关，常常会引到很凶险的野怪，所以他不得不经常停下来等她或者给她解围。

【当前】浅醉微醺：孤独，你有什么事就直说吧，别带着我绕弯子了，我真的跟不上啊！

孤独不苦沉默了一阵才终于开了口。

【当前】孤独不苦：没什么。只是你不在，没人给我扫地而已。

浅醉微醺当场阵亡。

【地区】浅醉微醺：83级药师求组龙宫副本，装备好，懂跑位，求快速捡走！

第二天，浅醉微醺照常蹲在龙宫副本外面求组野队。

【地区】麦兜：嗨，这不是那个65级三千评分的药师吗？现在这身装备，啧啧，发了？

【地区】红袖招：不就是专业傍大神的那个谁吗？人家现在金贵着呢，要什么装备没有啊？

【地区】笨笨猪躲猫猫：哦，我也想起来了，她是明大神的前妻吧？

【地区】红袖招：别逗了，她现在傍上的是孤独不苦。

【地区】笨笨猪躲猫猫：哇！

【地区】浅醉微醺：你们不是只要求装备好、懂跑位吗？再说我的私人生活和刷副本效率有关系吗？

【地区】麦兜：你等级高、装备好是没错，但是你等级高抬高了副本的平均等级，装备好却是只能加血的治疗药师，对不住，麻烦你另谋高就吧。

就连浅醉微醺也没注意过，孤独不苦这个名字什么时候已经跻身服务器高手榜前十位。这个人行踪诡秘、神出鬼没，经常在他身边晃的人有且只有一个，那就是浅醉微醺。

人一旦出名了，各种麻烦自然会找上门来。

除了上门寻仇的、找碴的、挑战的，各种爱慕者也频繁出现在他日常活动的路线上。

明非夜的活动路线是这样的：副本——战场——活动——下线。

孤独不苦的活动比明非夜的更枯燥，除了副本和战场之外就是无限刷怪，遇上活动时间，如果浅醉微醺能够应付，那就带她去转一圈权当自我修炼。如果浅醉微醺实在顶不住，那他也绝对不会浪费时间，马上扭头继续刷怪去。

孤独不苦从明非夜手上硬把浅醉微醺拖走之后，那天的场景已经被各路八卦人士分五章四十回掰扯出了各种版本。她作为明非夜的乌龙前妻，势必变成明非夜拒绝很多人的借口，光这一点就非常拉仇恨了。现在加上孤独不苦的垂青，无端地又给她招来了更多的仇恨。

面对莫名的排挤和疏远，浅醉微醺只能无语望苍天，哀号一声：臣妾冤枉啊！

每当她吐槽这些事，孤独不苦总是满不在乎地说：“你安心跟着我刷怪就行了，其他人说什么做什么都不用理会。”

而明非夜的态度完全相反：“我说得没错吧？你都被嫌弃成这样了，除了我，还有人要你吗？”

浅醉微醺泪流满面。

浅醉微醺曾经自嘲地想，她对孤独不苦来说只是一台扫地机，对明非夜来说或许只是一个闲着没事才拿出来解闷的玩具。

就在这件事逐渐淡出人们视野的时候，逍遥种田人忽然出了一件大事。

扰人清梦，对，就是那个第一次面基就被洛无双吓跑的可怜家伙。因为洛无双的个性豪爽仗义，于是两人虽然做不了情人，却还是做了朋友。

扰人清梦和原来的帮会闹翻，一怒之下退会走人。洛无双看他没有落脚处，干脆把他收进了会里，并且大方地给了个副会长的职务。（其实是那会儿原来的副会长刚嫁出去，剩下的妹子们里又很难挑出堪当重担的人，于是……）

扰人清梦来会里的时候自带了一个妹子，那天洛无双还特意为他们准备了欢迎仪式。浅醉微醺第一次看到那个叫蓦然天晴的妹子，只觉得她除了说话比较直之外还挺亲切。

然而麻烦正是这个蓦然天晴带来的。

有一天，蓦然天晴路过黑石滩，刚好看到一群精武团帮会的小号正在打一只稀有 BOSS。她一时好奇点了上去，于是放出了默认技能天雷轰，硬把怪的仇恨拉了过来。几个小号一看打了大半天的战斗成果就这么被抢走，于是奔自家会里告状。对方一听，嘿，谁没有大号啊！于是拉了几个大号过来把蓦然天晴撂倒了。蓦然天晴哪受得了这种气，奔逍遥种田人拖了一群人来把对方一锅端了。对方一看这阵势，小样，野外团 PK 呗，谁怕谁啊！

当夜乌云盖顶，腥风血雨，两个都排不上号的小帮会在苍莽山打出了一场足以媲美大型帮会战的野外互殴大战。

一开始逍遥种田人只觉得对方咄咄逼人，于是打得十分顽强，等到弄清楚了事情的原委，无数参战人士忍不住扪心自问：我到底是为什么战斗啊？

【世界】扰人清梦：不好意思，小晴儿她其实只是无心点错了，一场误会。我让她出来给你们道个歉，这事就算了吧。

众所周知，野外 PK 是要计算罪恶值的。

杀死其他玩家之后角色会获得一点罪恶值，名字也会跟着变成红色。红名状态的人物无法进入城市，因为一旦被系统 NPC 捕快发现就会被抓进天牢关到红名消退之后才会放出来，如果被其他玩家或者怪物杀死，则会被流放到红沙岛无意义地看风景好几天，所以野外 PK 伤人伤己，毫无益处。

对方伤了这一晚，有什么气都消了，于是也乐得息事宁人。

【世界】狼族首领二代目：既然是误会，早说不就行了！让惹事的出来道个歉，我们也懒得计较了。

【世界】蓦然天晴：凭什么要我道歉啊？一群废物，自己的 BOSS 都守不住还怪别人。谁说是点错了？我就是故意的，有种开帮会战啊！

此话一出，一个小误会就这么上升成了两个帮会的恩怨。

精武团老大在三分钟之内就向逍遥种田人提出了帮会战申请。

洛无双曾经三令五申不要主动出去挑事，可碍于扰人清梦的面子，外加精武团已经被得罪得彻彻底底，这场帮会战不可避免。

时间已经过了午夜，大家都疲惫不堪，更何况师出无名，就算是赢了也不光彩。洛无双不想打，底下的会员们更不想打，就剩下蓦然天晴一个人在帮会频道来回蹦跶做战前动员。

【帮会】蓦然天晴：加油！精武团算什么？我们这么大的帮会，随便过去踩踩就能打得他们翻不了身！

【帮会】蓦然天晴：第一次参加帮会战，我真是太激动了！清梦哥哥，你是不是也很激动？

【帮会】蓦然天晴：哎，咱们的长老为什么下线了？临阵脱逃，一点集体荣誉感都没有！老大，踢他出会！

【帮会】洛无双：清梦！

洛无双的意思扰人清梦当然明白，人是他带来的，他出面控场当然比洛无双当面训人要好。

【帮会】扰人清梦：小晴儿，老大要做阵型部署，你就暂时消停一会儿，别闹了好不好？

【帮会】蓦然天晴：你也嫌弃我？你也觉得是我不对？

【帮会】扰人清梦：我不是这个意思。

【帮会】蓦然天晴：那你什么意思？你说啊！你说啊！

随着他们的吵架升级，会里在线的人数也跟着急剧减少。浅醉微醺一头黑线地望着快速变灰的会员列表，心说要不是为了洛无双和这个辛苦建立起来的家，她也早就撒丫子投奔枕头被褥去了。

【帮会】浅醉微醺：你们别吵了，要打帮会战，药剂、增益药水、返生符、冥界之门都不能少，先去做准备吧。

【帮会】蓦然天晴：你算哪根葱，我和清梦的事情用得着你插嘴？

浅醉微醺试图劝架却无端被炮火波及，揣着一肚子的郁闷，可又不好在洛无双面前发作，只好强忍着把话硬憋了回去。

过不了两分钟，洛无双的私聊信息忽然从对话框里跳出来。

【私聊】洛无双对你说：这姑娘真是极品，刚刚私聊问我你是不是对清梦有意思。

电脑前的凌晓熙差点把血喷了一屏幕。

【私聊】你对洛无双说：这都哪儿跟哪儿啊！

【私聊】洛无双对你说：这事真糟心透了，你下线吧，我随便应付一阵也跟着撤了。

【私聊】你对洛无双说：你就带着这几个人和精武团打帮会战？

洛无双并没有马上回话。

帮会战战败会影响帮会的排名，如果战败次数太多甚至会强制解散帮会。洛无双从来不会故意开帮会战去欺负小帮会刷声望，于是帮会战记录上清一色是被大帮会刷声望的记录。

逍遥种田人是她们辛辛苦苦建立起来的家，谁都不愿意看见强制解散的那一天。

【私聊】你对洛无双说：别担心，我会陪你到底。

说干就干，这条信息发出去，她立马就奔龙腾城想去把小号上挂着售卖的药水全部撤下来应付帮会战。等她跑到摆摊小号面前才发现货架上高等级的药已经一扫而空，交易记录显示买家都是明非夜。把附近几个卖药的号都看了一圈，居然全体缺货。

浅醉微醺一跺脚，给明非夜发了一条私聊信息。

【私聊】你对明非夜说：你买那么多药干什么？全部拿回来还我！

【私聊】明非夜对你说：你挂在货架上，难道不是要卖的？一次性帮你清空存货，你应该谢我才对。

【私聊】你对明非夜说：少废话，快点送回来！要不我出双倍价钱买回来也行！

半分钟之后，白衣剑客终于出现在了长街对面。

浅醉微醺迎着他跑过去，直接点开交易，放上了双倍的药钱。

明非夜关了交易，又朝她靠近了一步。

【私聊】明非夜对你说：出什么事了？

【私聊】你对明非夜说：关你什么事？快还我！我有急用！你不要钱的话，我通宵采药做两倍的药水补偿你！这样总可以吧？

【私聊】明非夜对你说：是不是为了帮会战？我刚才看见系统广播了。

浅醉微醺刚才只是一个劲地着急，还没来得及觉得委屈，明非夜这么一说，她忽然觉得一阵心酸，眼前慕名奇妙地就蒙上了一层水雾。

【系统】明非夜温柔地拥抱着你。

苍茫夜色笼罩三界，浓的影淡的光交缠在一起，成就了一场月色也无法企及的温柔。

【私聊】明非夜对你说：没事，有我呢。

洛无双准备进场迎战的时候竟然发现了明非夜，惊得差点从传送石上栽下去。

【当前】洛无双：这……什么意思？

【当前】明非夜：救兵。

明非夜把会长职务转给了寻花问柳，然后毫不犹豫地退出帮会。浅醉微醺眼睁睁地看着他头顶上昭明殿的红色龙形会徽变成了逍遥种田人的“田”字会徽，忽然不知道应该说些什么才好。

【系统】明非夜加入了逍遥种田人帮会。

逍遥种田人在线的会员都看到了那条见证奇迹的信息，一半人极度震惊之后接受了现实，一半人表示死都不相信这个事实。

而此刻，第二次经历老大消失这一灵异事件的昭明殿帮会已经集体炸锅并表示放弃治疗。

【当前】明非夜：怎么样？

明非夜顶着会徽转过身来，衣袂飞舞，放肆张扬，掩不住地狂傲。

有那么一瞬间，浅醉微醺产生了一种他们彼此很亲近的错觉。

【当前】浅醉微醺：“田”这个字很配你，很接地气。你说洋气吧，洋里面带着土；你说土吧，土里面还带着那么点洋。

【当前】明非夜：现在你知道我平常是怎么看你的吗？

大家还没回过神来的时候，明非夜已经飞快地转移了阵地。

【帮会】明非夜：所有在线的会员到会址集合等待发药，进场之后听我指挥。

【帮会】蓦然天晴：你谁啊？我们凭什么听你的？

【帮会】明非夜：不听就滚。

一句话出了大家一晚上不敢出的气，帮会频道顿时鸦雀无声，浅醉微醺知道此刻一定有很多人正在默默为他点赞。

【帮会】蓦然天晴：你敢让我滚！知不知道我清梦哥哥是副会长啊？

【帮会】明非夜：你再多说一句，我就让你彻底滚出这个服务器。

电脑前的凌晓熙忍不住笑出声来。

明非夜在她面前一直是死不正经的样子，总是让她忘了他是本服叱咤风云的大神。他死不正经的时候固然可恨，可只要他拿出气势来，还是能唬住不少不明真相的围观群众的。

蓦然天晴彻底不吭声了，不知道是被吓住了还是被镇住了。

【私聊】明非夜对你说：告诉我你们帮会的 YY 号，我要进去指挥。

浅醉微醺乖乖地报了号，想了想又叮嘱了一句。

【私聊】你对明非夜说：别板着脸训话，有点吓人。

【私聊】明非夜对你说：那我板着脸怎么没吓住你啊？

凌晓熙进了 YY 频道，立刻就听到了明非夜的声音。干净温柔，低沉里带着一丝笑意。

难得大神光临，沉寂已久的 YY 频道忽然间热闹非凡。

明非夜：都到会址集合，十分钟后就开战。

这一次没花多少工夫，大家就自觉自愿地出现在了会址。

明非夜：洛无双，你们会的人你比较清楚，队伍分配的事情你自己搞定。浅浅，把药分下去。

洛无双：那你干吗呢？

明非夜：先去冲杯咖啡，困了。大半夜打帮会战，亏你们想得出来。

洛无双：正所谓是福不是祸，是祸躲不过。人背起来，就是躺在地上也会中枪啊。

蓦然天晴：洛无双你什么意思？现在你是在怪我给你们惹麻烦了？

洛无双没有回话，就算是默认了。

在扰人清梦还没来得及出来调停，蓦然天晴还没来得及发飙之前，明非夜居然先说话了：我刚才说过的话你又忘了？

明非夜一点没含糊，利索地把蓦然天晴从YY和队伍里踹出去了。

扰人清梦：哎，你干什么？

话音刚落，明非夜已经用临时副会长的职权把蓦然天晴踹出了帮会。

不多时世界频道就飘起了蓦然天晴的各种骂人大喇叭，骂明非夜，骂个不停。

扰人清梦不乐意了，在YY里怒气冲冲地质问：明非夜，你太过分了吧？这又不是你的地盘，哪里轮得到你撒欢？

他的语气已经很不客气了，可明非夜一点也不动气，只是轻描淡写地问了一句：你也想出去？

扰人清梦也算有骨气，立马就退出了帮会。

洛无双：嘿，明非夜，你闹过了吧！连副会长也气跑了，这不合适。

明非夜：哦，是不太合适。我去加他回来。

【系统】扰人清梦加入了逍遥种田人帮会。

【帮会】扰人清梦：怎么，没有我打不了？

被明非夜亲自请回来，扰人清梦当然多了几分傲气。

【系统】扰人清梦被副会长明非夜请出帮会。

明非夜：要走也只能是被我踢出去，自己走的确不合适。

YY内外浓烟滚滚，一排椅子四脚朝天。

明非夜：走，准备进战场。

浅醉微醺：你确定真要打？

连惹是生非的源头蓦然天晴都被赶出去了，这场架还真是没有打下去的必要了。

明非夜：当然要打，还得好好打。这回你们不是为了给人看热闹，是为了给你们自己赚帮会声望。

他这么一说，大家的心情顿时阳光灿烂，有几个挂着YY没上线的人也上线了。

明非夜：进场吧。浅浅，你去洛无双那队，相互有个照应。

浅醉微醺：不，我就跟着你。

明非夜：我去杀对方的老大，你跟着我干什么？

帮会战的胜负由积分决定，而击杀对方的会长可以获得大量的积分，系统还会即时向全服公告战况。

某某帮会领袖在帮会战中被对方杀死，某某帮会群龙无首，霎时溃散。

这哪里是帮会战，明明就是《某某电视台丢人大赏》。

身为会长，在每次帮会战都注定变成众矢之的，所以每家会长身边总得围上一大群人保护着，不然一不小心就上了《某某电视台丢人大赏》娱乐大众去了。

今天的帮会战地图是沙漠，传进地图的瞬间耀眼的金色就晃得人一阵头晕目眩。

这张地图不像森林平原什么的还有遮蔽物，这里只有新月形的巨大沙丘，人走过的地方还会留下脚印，远程职业在很远的地方就能发现目标，而像剑客这样的近身职业就会处处受制于人，刺客即使潜行过去也很难得手。

明非夜显然是应付帮会战的老手了，他并没有站在原地等敌人出现，而是马上开了轻功飞身而起，惊雷一般快速地掠过沙丘去搜寻目标。

浅醉微醺明知道自己帮不上什么忙，还是开着翩若惊鸿执拗地跟在他背后。

明非夜连头也不回，几个起落之后就消失在了她的视野里。

洛无双：浅醉微醺，你给我回来，你一个药师没头没脑地朝哪儿跑呢？

浅醉微醺还没来得及打字，屏幕正中已经飘出一行红字。

【系统】精武团帮会领袖狼族首领二代目在帮会战中被明非夜杀死，

精武团帮会群龙无首，霎时溃散。

这一行红字不但振奋了逍遥种田人的士气，也彻底击碎了精武团求胜的意志。

看见这条信息的同时，精武团就知道没有胜利的可能，但还是憋着一口气硬撑了半个多小时，狼族首领二代目被击杀的消息不断刷屏，这场帮会战已经成了明非夜的个人表演赛。

【地区】狼族首领二代目：洛无双，你还是不是男人？有种就公平点打，搬救兵算什么本事？

【地区】洛无双：我就是喜欢搬救兵，不服啊？来啊来啊，咬我啊！

帮会内外浓烟滚滚，一排椅子四脚朝天。

【帮会】浅醉微醺：双双，你够了。

【帮会】明非夜：搞定，我闪了。

【系统】明非夜已经退出帮会。

明非夜退出了帮会，就成了与这场帮会战完全无关的人。作为无关人士，他会在半分钟之后被传送回龙腾城。

明非夜的身影刚刚消失，地区频道就冒出了一条信息。

【地区】狼族首领二代目：看看你们恶心的小比分，全靠明非夜暗算我赚积分才赢的。今天我们是输了，但并不是输给你们这群渣滓。你们搬救兵你们牛，我只想问问你们，浅醉微醺到底跟了明非夜几次？

此话一出，整个帮会战地区鸦雀无声。

【地区】洛无双：这话你有种当着明非夜的面说吗？没种就滚！

逍遥种田人能请动明非夜当救兵，每个人都知道是浅醉微醺的缘故。退出帮会之前积累的帮会积分和贡献都会清零，更何况明非夜还是会长，要是没有过硬的交情，他怎么可能抛下整个帮会来帮忙？

也许很多人肚子里都犯过嘀咕，只是这个问题从来都没有被搬上台面而已。狼族首领二代目这么一喊，连浅醉微醺本人都没站出来否认，无形中就被当成默认了。

精武团的人纷纷退出战场，逍遥种田人这边的人也算识趣，三三两两地离开了。

帮会频道在线的人数和YY房间里的人数都在飞快地减少。

过了一会儿，浅醉微醺忽然发现YY里只剩下了明非夜和她。

传送出战场的时候，她一眼就看到明非夜盘腿坐在不远处，头上顶了暂离的牌子，估计又睡了。有不少精武团的人从他身边路过，却没有人敢上去捅一刀帮自己快速出名。

【帮会】洛无双：小熙，那群浑蛋还没走远，要不要叫点人再揍他们一顿给你出气？

【帮会】浅醉微醺：不用了。清者自清，越辩白他们越来劲。

【帮会】洛无双：那好吧，刚才的截图我就直接发给夜夙好了。诋毁他们老大的仇就让他们自己去报吧。唉，我就是这么心软，我就是这么宽宏大量。

【帮会】浅醉微醺：给人家留条活路吧！

浅醉微醺来到明非夜身边安静地坐下来。

因为坐得很近，浅醉微醺就像紧紧依偎明非夜，就连发丝都亲昵地触碰在一起。

恰好是游戏里的晨昏更替时，夕阳金红色的光从西边斜射下来，就像一道光圈把他们两个人围在当中。

整个世界都被铺上了一层魔幻的色彩，绮丽缤纷，怪诞乖张。

也许这就是一场梦吧。

即便这只是梦，她也希望这一瞬间变成指尖永远看不到尽头的流年。

【私聊】洛无双对你说：精武团刷屏刷了一整天，你俩的截图也都发上论坛了。你到底什么时候才表白啊？

长风万里，星空寂寥，花瓣纷落如雨，依稀是人间最柔美的四月天。

浅醉微醺静静地站在桥头，雪白衣袍纤尘不染，一条红绳系在腰间，就像一道渗血的伤口。

【私聊】你对洛无双说：不知道。

【私聊】洛无双对你说：不知道是什么意思？

五大三粗的女剑客坐在桥头，肩头扛着一把差不多和她一样高的剑，风掀得裙子一直在走光边缘凶险地飘动，路过的各种雄性生物都不禁向她投去“请自重”的眼神。

【私聊】你对洛无双说：我不知道他是怎么想的。

那天她靠着明非夜坐下来的时候并没有什么别的意思，没想到说者无心，听者有意，不知道哪个好事者居然截图了发到论坛上，再加上这几天精武团闹腾，明非夜和浅醉微醺的事情就越发传得沸沸扬扬了。

这个年头因为网络结缘的人实在很多，因此步入婚姻殿堂的也不在少数，你情我愿，原本没什么稀奇，只是这段关系并不是由当事人公布的，而是被旁人揭出来的。这些日子明非夜和昭明殿得罪的人难得抓到了这个机会，当然趁机添油加醋，煽风点火，炮制出了各种各样令人啼笑皆非的版本，让浅醉微醺这个当事人都吐血不已。

事情闹到这个地步，总得站出来澄清吧。

可明非夜就是不为所动，从头到尾都没站出来辩白过一句。当然，在此期间昭明殿对精武团的毁灭性打击一直没有停止过。

【私聊】洛无双对你说：不知道你就去问他啊，无论如何总得有点表示吧！一直装死算怎么回事？你不敢问我帮你问！

【私聊】你对洛无双说：等一下！

洛无双是绝对的行动派，哪还有等一下的余地。话音才落世界频道已经飘出了一条红色的大喇叭信息。

【世界】洛无双：明非夜，你给我滚出来！你惹的破事儿还要不要负责了？

【世界】寻花问柳：老明，消停一下行不行？打着副本你还有空去做需要负责的事！

【世界】洛无双：你是不是应该对我们家浅浅有个交代啊？你是什么事没有，可浅浅小姑娘家的被说得那么难听，你起码也得站出来澄清一句吧！

【世界】明非夜：我需要澄清什么？

一阵沉默。

显然就连洛无双也说不清他到底需要澄清什么。

【世界】洛无双：你自己看着办吧。

浅醉微醺望着明非夜在世界频道发出的那个表情逐渐被叫卖、组团和帮会招人的消息刷掉，心就像进了水，咕噜咕噜冒着泡，沉甸甸地痛。

【当前】明非夜：你没事吧？

她回头，看见那个白衣剑客安静地站在她身后。

看到明非夜出现，洛无双立刻知情识趣地消失了。

【当前】浅醉微醺：你们不是在打不死魔境吗？你跑出来干什么？

【当前】明非夜：谣言没办法澄清，只会越描越黑。过几天等他们腻了自然就消停了。

【当前】浅醉微醺：我懂。

【当前】明非夜：要不重新嫁给我算了？

【当前】浅醉微醺：为什么？

【当前】明非夜：给你一个可以正大光明地站在我身边的理由。

【当前】浅醉微醺：说这种话！谁要嫁你！快滚！

【当前】明非夜：那就当给我一个可以正大光明对你好的理由吧。

【当前】浅醉微醺：真心的？

【当前】明非夜：玩个游戏而已，别那么认真嘛。

浅醉微醺顿时气得七窍生烟。

【当前】浅醉微醺：你玩什么认真呀！滚！

【当前】明非夜：浅浅，人不用活得太明白。越明白越累。

浅醉微醺总算明白过来了，她的那点小心思其实明非夜早就看明白了。能在昭明殿那群如狼似虎的人渣环伺下坐稳会长的宝座，明非夜怎么可能这么迟钝。他不是糊涂，只是一直在装糊涂。

【当前】浅醉微醺：胡扯什么！我就当你是普通朋友，对你一点别的想法也没有，别自我感觉良好了！稍微对你好点，你就觉得别人喜欢你，你到底哪儿来的自信啊？

【当前】明非夜：我还什么也没说呢。

没等他再说什么，浅醉微醺迅速用了个技能返回会址去了。

浅醉微醺真是说不出地心塞。

明非夜的回答不算是拒绝，可如果他根本没那个意思，为什么不在她动心之前远远地躲开？等到她眷恋上他的温柔他的好，才来嘲笑她的认真，那比拒绝还要残忍。

就在她对自己发火的间隙，一只小 BOSS 被孤独不苦撂倒在地。

【团队】孤独不苦：去扫地。

浅醉微醺站起来，杀气腾腾地冲过去对着 BOSS 的尸体一通摸。

【团队】孤独不苦：你在心烦些什么？又是为了明非夜？

【团队】浅醉微醺：别跟我提这个名字！

【团队】孤独不苦：烦恼都是你自找的，我知道明非夜昨晚帮你打帮会战了。

浅醉微醺傻眼了。

【团队】浅醉微醺：你怎么知道的？难道你上官网论坛看那些瞎掰乱盖的帖子去了？哎，我从来不知道你有这么八卦啊！

【团队】孤独不苦：虽然我对八卦没兴趣，但是精武团的人就站在四个城门口刷屏骂你们，想不知道也难。

【团队】孤独不苦：他为什么要帮你打帮会战？退出帮会，积累的帮会积分和贡献都会清零，何况他还是会长。他这么不计后果地帮你是为什么？

【团队】浅醉微醺：我怎么知道？

不提这个还好，提起来她更是气不打一处来。这个问题不仅仅孤独不苦想知道，就连她自己也想知道。

【团队】孤独不苦：他是真的对你动心了吧。

【团队】浅醉微醺：说了别再提他，再提信不信我当场翻脸啊？

孤独不苦确实说一不二，不但不提明非夜，就连其他话都省了。两个人就这么默默不语地刷足了四个小时怪。

【团队】浅醉微醺：困死了，我要下线了。你也早点休息吧，没人给你扫地，打出来的东西都浪费了。

孤独不苦三刀两刀结束了战斗，然后一个隼连纵加燕双飞落到她面前。

【团队】孤独不苦：知道了，你走吧。

浅醉微醺欢快地蹦下石头，开了翩若惊鸿朝副本门口窜过去。刚走了两步，想想又绕了回去。

【团队】浅醉微醺：你是不是还有话跟我说啊？

【团队】孤独不苦：没有。

【团队】浅醉微醺：你要真没事不早就把我踹出团队了吗？说吧，咱俩这么久以来累积下的扫地情谊，还有什么不能说的？

【团队】孤独不苦：没事。

【团队】浅醉微醺：真没事？

【团队】孤独不苦：下次如果再需要人帮忙打帮会战，你可以找我。

【团队】浅醉微醺：哎！今天这是太阳从西边出来了吗？

还没等她感叹完毕，孤独不苦就一脚把她踹出了团队，跟着一个潜行消失了。

今天这到底是怎么了，一个个都那么阴阳怪气的？

第二天系里篮球队和中文系那边打友谊赛，程雪和凌晓熙都被临时调去当啦啦队员。夏天的酷暑还没褪尽，两个人合力搬着一整箱矿泉水在路上慢慢前行，从食堂到操场，愣是折腾出了一身大汗。

“咱们班男生呢？为什么要我们来搬？”程雪一声怒吼，“这要是在三界……”

凌晓熙乐了：“这要是在三界，你只要平地一声吼，他们就得吓得乖乖去搬东西是吧？”

程雪一声冷笑：“这要是在三界，老娘早就提刀把他们全劈了。”

虽然今天已经提前说明是友谊赛，可是两大著名体育废柴系的友谊赛居然打得出奇认真。双方你来我往，比分一直咬得很紧，就连平常宁愿宅死在寝室也不肯出来透口气的班长大人也异常活跃，脸上因为不慎摔倒挂了彩，居然还跟没事人似的继续朝着夕阳奔跑。

凌晓熙看得一头雾水：“今天这帮人是不是都拿错剧本了？”

“喏，校花坐那儿看热闹，他们能不拼吗？”程雪朝左边一努嘴。

就在这个时候，班长大人又在球场上摔了一跟头，明明摔得很实在，可他连哼都不哼一声，马上就爬起来，跟球神附体似的又杀进人堆里拼抢去了。

凌晓熙伸头看了一眼，也跟着乐了："为了能在喜欢的人面前出风头，咱班长还真是蛮拼的。"

程雪摇头晃脑地感慨道："问世间情为何物，直教人生死相许。"

凌晓熙喝着可乐看着热闹，忽然间没头没脑地来了一句："扰人清梦和蓦然天晴的事儿处理好了吗？"

程雪大大咧咧地一摆手："人都赶出去了，还有什么好处理的？"

"扰人清梦不是你朋友吗？"凌晓熙回答道，"明非夜二话不说就把他们赶走了，你的面子也不好看吧。论坛上也有人拿这个说事……"

"什么叫有人，根本就是他们。大家相处了这么久，摸着良心说，我没有一点对不起他们。就是因为对他们睁一只眼闭一只眼，到最后才会让他们这么有恃无恐。"程雪无所谓地朝椅子上一摊，"就算明非夜不动手，我早晚也要赶人，他这就算是为民除害，顺便把黑锅也背了。"

凌晓熙白了她一眼："说得那浑蛋跟功臣似的。"

"明知他是浑蛋，你还那么喜欢他。"程雪就跟揪住了她的小辫子似的，忽然笑得前仰后合。

凌晓熙厚着脸皮来了一句："这有什么好奇怪的，自古浑蛋有人疼，温柔善良皆炮灰嘛。"

"哎哟！我家专业卖萌吉祥物居然也练出来了！"程雪大喜，"就冲你这一句，我刚刚打听到昭明殿线下聚会的时间和地点，你要不要去？"

精武团在控诉帖里气势汹汹地说要报仇，眼看着是不可能善罢甘休的。洛无双提前在帮会通告里郑重其事地写了友情提示，让大家练级刷副本的时候要小心暗算和报复，搞得大家如临大敌，都做好了打持久战的准备。

然而再次上线的时候，浅醉微醺惊奇地发现站在四个城门口反复刷屏骂他们的小号已经不见了。一开始她还以为是GM清场封号，可当她玩了一整晚都没发现一个顶着精武团徽标的人之后，终于开始觉得不对劲了。

下线之前在会址里遇见了魑魅，浅醉微醺实在是忍不住了。

【私聊】你对魑魅说：魅魅，精武团那些人都上哪儿去了？

【私聊】魑魅对你说：全体撤丫子撤了。

【私聊】你对魑魅说：为什么？

【私聊】魑魅对你说：如果明非夜真心不想让他们混下去，他们就真的混不下去。

她曾经在各种网游小说里见过用各种方式把人逼走的案例，没想到这一次可算是见着真事了。可这种事情写在小说里那么美好，当真的发生在自己身上，却有种莫名闹心的感觉。

【私聊】你对魑魅说：服务器又不是他开的，凭什么把人都赶走啊？

【私聊】魑魅对你说：因为不想让你难受。

浅醉微醺忽然说不出话了。

有太多的话想说，反而千头万绪乱成一团，不知道该说什么才好。

【私聊】魑魅对你说：当然，精武团撤走的时候贱价处理装备和材料，他拿小号过去趁机赚了一笔。

【私聊】魑魅对你说：他对你真的挺好的，别再闹小脾气了。

【私聊】你对魑魅说：我知道。

她当然知道明非夜对她好，可就是因为她找不到明非夜对她好的理由，所以心才更加靠不了岸。他的温柔他的好就像是毒药，点点滴滴深入骨血，变成再也戒不掉的习惯。中毒过深固然没命，但有朝一日没有了他的毒，她也会无法呼吸。

喜欢一个人不是最美好的事情吗？为什么她会觉得那么辛苦？

凌晓熙本来准备下线了，经历了这段插曲之后她却忽然间睡意全无。没等到脑子反应过来，手已经自动驱着自己的药师一路奔向不死魔境。

她抵达那片广袤荒原的时候，那片地图正下着雨，荒烟蔓草，一片凄迷。耳机里传来凄清的配乐《冰封前尘》，和着淅淅沥沥的雨声，格外空旷寂寥。

浅醉微醺静静地站在漫天细雨之间，雪白衣袍纤尘不染，一条红绳系在腰间，就像一道渗血的伤痕。

就在她兀自发愣的时候，不远处忽然刷新了一只不死魔狼。她知道自己不是这货的对手，立刻点了传送卷轴逃跑，可惜读条读到三分之二的时候魔狼已经热情地扑了过来，一爪子下去，她的血条就被砸掉了一半，回城的读条也被打断了。

她手忙脚乱地给自己加了几下血，放了个暴雨梨花针，打算死磕到底，没想到狼皮的厚度远远超过她的想象，只见它脑袋上冒出华丽丽的 MISS（指电子游戏里的攻击无效），竟然毫发无损。

连防御都破不掉，想撂倒它简直是天方夜谭。

浅醉微醺彻底绝望了。

自己包袱里装了那么多药，这一死不知道要爆出多少，想想都觉得心痛。

就在她安心等死之际，斜里忽然杀出一个白衣剑客，一记断岳斩直砍狼头，瞬间就把仇恨拉了过去。

凌晓熙的心瞬间不争气地乱跳起来。

【当前】浅醉微醺：明非夜？

【当前】夜夙：是我。

她对着自己苦笑一声，命运好像总喜欢和她开玩笑啊。

夜夙三下五除二撂倒了不死魔狼，然后转过头来跟她打招呼。

【当前】夜夙：你是来找我哥的吧？有什么事直接私聊就好了，你犯得着跑这么远在副本外面站桩吗？

【当前】浅醉微醺：这个说来话长。

话音刚落，地区频道已经飘起了醒目的红色信息。

【地区】夜夙：哥，你前妻站副本门口等你呢！你再不出来就见不着活人了！

这熊孩子，用不着这么高调吧！

果然不出所料，夜夙此话一出，不只是明非夜，不死魔境“去死去死团”的成员都奔出来了。重复屡战屡败、屡败屡战的悲剧，哪里会比围观老大亲身出演豪门恩仇有意思？

【地区】赵氏司机：对于这种曲折离奇动人心魄喜闻乐见的戏码，我只想说五个字：坐标在哪儿？

【地区】带你去纽约：楼上请反省自己的言行，在此我警告你一声：探明坐标请带上我！

【地区】帅气KK：楼上两位太无耻！这种事情怎么可以公开谈论！顺便说句：我还有定点速传卷轴……

【地区】寻花问柳：无耻！败类！你们太无耻了！速传卷轴给我来一个。

【地区】菲常完美：看看你们四个无耻之徒，这事儿也组团？我只能叹息，来一组卷轴，多加奶，不加糖。

【地区】明非夜：都给我滚回去！

【地区】浅醉微醺：我走了。

面对这么一群浩浩荡荡的围观群众，什么话也说不出口了。

她自己跑出去一段，明非夜已经赶上来从背后一记鹰扬加三连跳，直接落到了她面前。

【当前】明非夜：要走就直接用卷轴，跑来跑去不怕又引到怪？

【当前】浅醉微醺：哦。

屏幕上重新读条的时候，电脑前的凌晓熙攥着那张写着昭明殿线下聚会地址的字条，手心里微微冒汗。

【私聊】明非夜对你说：你找我到底什么事？

【私聊】你对明非夜说：谢谢你替我解决了精武团的事。

【私聊】明非夜对你说：说谢谢多见外啊，给点实质性的谢礼吧。

【私聊】你对明非夜说：滚！

凌晓熙把字条揉成一团，然后又仔细地展开。

【私聊】你对明非夜说：我可不可以去见你？

明非夜那边一直没有回音。

她好像又听到自己的心咕噜咕噜进水的声音。

【私聊】明非夜对你说：好。

第五章 有一种认真叫糊涂

既然决定了要去见明非夜，凌晓熙就得把这件事情提上日程。原本她总觉得这大半个月的时间不知道怎么样才能混过去，当这一天步步临近的时候，她才恍然察觉时间竟然过得这么快。

【当前】浅醉微醺：孤独，男人一般都喜欢什么样的女人？知性？性感？温柔？活泼？

晚上跟着孤独不苦刷怪的时候，她终于问出了这个问题。

【当前】孤独不苦：别问我，我对这些不感兴趣。

【当前】浅醉微醺：好吧，换个问题。如果想给初次见面的男人留下一个好印象，我应该穿什么？小礼服吧，太夸张了；牛仔T恤吧，不够庄重。

【当前】孤独不苦：没区别吧，都一样。

浅醉微醺一脸黑线，这个问题果然不应该问孤独不苦，因为这货压根就不是地球上的生物啊。

想来想去，她觉得还是问正主比较保险，于是把洛无双派出去打探消息了。

十分钟后，洛无双做着喷饭造型回来了。

【私聊】你对洛无双说：怎么样？问出来了吗？

【私聊】洛无双对你说：你想听实话吗？

洛无双越是吞吞吐吐，浅醉微醺就越是心急如焚。

【私聊】你对洛无双说：快说啊！喂，你是不是压根没有问啊？

【私聊】洛无双对你说：我问他，男人都喜欢女人穿什么衣服啊？

【私聊】你对洛无双说：那他怎么回答？

【私聊】洛无双对你说：喀喀……你站稳喽。他说，男人最喜欢女人什么都不穿。

浅醉微醺果断切换到世界频道，冲着全服人民一声怒吼。

【世界】浅醉微醺：明非夜，你这个浑蛋！色狼！流氓！

【世界】寻花问柳：老明，你又把人家怎么了？

【世界】明非夜：你想知道，我也想知道啊。浅浅你说说，我到底把你怎么了？

【世界】浅醉微醺：你还好意思问！滚！

世界频道这一闹腾，浅醉微醺果断把扫地这事忘了。

默默搞定一堆怪之后，孤独不苦一个隼连纵加燕双飞落回她身边，她这才想起了自己存在的意义，于是站起来一路小跑着直奔 BOSS 的尸体。

【当前】浅醉微醺：不好意思，稍等一下，我现在就去扫地啊！

【当前】孤独不苦：你打算去见明非夜？

【当前】浅醉微醺：嗯，没错。

浅醉微醺时常和孤独不苦混在一起，要说跟她亲近的人，除了洛无双就是孤独不苦了。在他面前，她也不必隐瞒什么，于是大大方方地承认了。

【当前】孤独不苦：明非夜让你去见他？

【当前】浅醉微醺：是我自己想见他。

【当前】孤独不苦：你知道他是什么样的人吗？你了解他吗？你对一个男人一无所知就敢去见他，不怕发生意外？

【当前】浅醉微醺：昭明殿线下聚会那么多人，他还能吃了我啊？别担心，我只是想满足一下自己的好奇心，大不了带上洛无双一起去喽。

浅醉微醺不以为意，快速地收拾着战场上的战利品。

孤独不苦忽然一记燕双飞加血刃追魂，杀气冲天地飞落在她面前。

【当前】孤独不苦：如果我让你别去呢？

【当前】浅醉微醺：咦？为什么？

孤独不苦沉默了一阵。

【系统】您的好友孤独不苦已经离线。

浅醉微醺一脸黑线：有什么话你倒是直说啊！

线下聚会的日子飞快逼近，在凌晓熙还没完全做好准备的时候忽然来到了她面前。

C 城说远不远，说近也不近，两个女人火车倒大巴，大巴倒中巴，中巴倒的士，奔波了十多个小时才抵达目的地。

深秋的寒气在车窗外拼凑着秋天的形状，凌晓熙隔着窗户好奇地打量着这个城市。

窗外下着雨，不过雨势不大。

西边淡淡的云霞笼罩着夕阳最后的一层余晖，湿冷的雨水里还裹着一层暧昧的暖意。

路上的行人三三两两，撑着伞匆匆前行，车辆碾着水洼里枯黄的金色梧桐叶，掀动着叶片之下躲藏的萧瑟秋意。

整个世界就像一块正在融化的巧克力糖。

这就是明非夜生活的地方。

“晓熙，你一路都没睡？”程雪打着哈欠醒过来，惊讶地发现凌晓熙跟壁虎似的贴在车窗上，眼睛下面多了一对浅灰色的眼袋。

凌晓熙不好意思地笑笑：“我睡不着。”

程雪无奈地从包里掏出粉底：“要不要给你遮一遮？”

“就这样挺好的，原汁原味。”凌晓熙摇摇头，笑得欢畅，“没准他喜欢能激发男人保护欲的柔弱妹子呢。”

程雪也乐了：“万一他喜欢健康活泼阳光欢脱那类呢？”

凌晓熙思考了半秒钟才说：“我说我上车之前赶着去跑了个晨跑，打了个网球，顺便扶了个老奶奶过马路，他会信吗？”

下了车，冷风裹着细雨迎面吹过来，穿着短裙加小羊毛衫的凌晓熙立刻打了个喷嚏。背后全副武装的程雪连连摇头，真是问世间情为何物，直教人伤风感冒上吐下泻啊。

聚会地点在城西水云间，名字风雅，装修上档次，消费当然也不会低。

这一天显然整家酒楼都被昭明殿包下来了，门口直接放着一张桌子，上面放着花名册，一男一女守在旁边催促来人签名。程雪装作散步去扫视了一圈这里的酒水牌价，然后挤到凌晓熙身边低语："不知道今天到底是谁埋单，这消费……不是土豪，是冤大头啊。"

挤到跟前的时候凌晓熙才发现本子早已经签了十几页，看来今天真是盛况空前，昭明殿能来的人几乎都来了。虽然这么干很唐突，可她还是忍不住在本子上翻了又翻，果然引起了那一男一女的注意。

"妹子，你这是在等谁？这两个妹子以前没见过，新入会的？"女的年纪比她俩大一点，看起来也是在校大学生，打扮得清爽干练，简单的马尾率性十足。

"不……不是。"毕竟这是昭明殿的聚会，外人忽然跑来参加多少有点不礼貌。凌晓熙也拿不准这人到底是谁，一时间没敢马上自报家门。

"你别多心，我是非常完美……他是寻花……"女的还没介绍完毕，男的却先认出了凌晓熙。

"你是浅醉微醺？"那个男人打扮得时尚帅气，一脸惊诧地指着凌晓熙，手指微微发颤。

凌晓熙此刻也感觉天雷灌顶："你就是花花？"

"我一直觉得你应该是彪悍少妇，没想到居然是变种萝莉！"

"我一直觉得你应该是阴郁型男，没想到居然是斯文败类！"

相看无言，唯有泪千行。

说句良心话，寻花问柳确实很帅气，但他和网络上的形象完全不是一个人啊！

这就是网络到现实的距离。

隔着千山万水，网络会把所有现实都幻化成最美好的模样——然后彻底摔碎给你看。

"浅醉微醺？"非常完美打量着眼前这个一脸幻灭表情的女孩，"你是来看咱们老大的？"

"嗯。"凌晓熙点了点头。

“老大真的答应要来？”非常完美眼睛亮了起来，“太好了，你快跟我来！”

凌晓熙一头雾水，跟着非常完美进去，一楼的十几张桌子都坐满了，看样子二楼应该也差不多坐满了。

非常完美迎着正面第一张桌子走过去，那张桌子首座上坐着一个男人，一下子就吸引了凌晓熙的注意力。

这个男人年纪和凌晓熙相仿，T恤加九分裤，短发简单清爽，外形十足阳光大男孩，只是脸色透着不甚健康的苍白，脸上也没有丝毫的笑意，看起来总觉得有些阴郁。

凌晓熙有些迟疑，一时间竟然迈不开步子。

这个人确实给她一种熟悉的感觉，但那种感觉始终太浅了。

他哪里像是那个没脸没皮、没羞没臊、惹是生非、绯闻满天、无情无耻、无理取闹、满嘴跑火车的明非夜？

“你不是在迎宾吗？怎么进来了？你是把寻花逼疯了还是寻花把你逼疯了？”那个男人主动和非常完美开玩笑，看样子彼此相熟，毫无顾忌了。

“滚，信不信我当场把你逼疯啊？”非常完美指了指身后的凌晓熙，“看见没，浅醉微醺居然来了。”

男人上下打量着凌晓熙，乐了：“你是来见我哥的？”

这句话问出口，凌晓熙居然松了一口气。

原来他是夜夙，不是明非夜。

非常完美显然经常主持线下聚会，对这一套早就轻车熟路，完全习惯了，可凌晓熙还是第一次参加这种活动，被那么一大群陌生人注视着，难免会有些局促不安。

非常完美清清嗓子，说道：“女士们乡亲们，感谢你们光临今天的线下聚会。今天除了固定节目以外还有意外大惊喜，请大家期待！”

果不其然，此话一出，唯恐天下不乱的昭明殿群众都有了兴趣。

“安静！安静！”非常完美吊够了大家的胃口，跟着正色道，“曾经多少次，你出生入死、浴血奋战、战死沙场却被老大无情地遗忘！曾经多少次，你眼睁睁地看着BOSS倒在面前，你却因为风头太劲、说话太冲、跟妹子搭讪过多被老大剥夺了分装备的机会！曾经多少次，你全身装备烂透却因为月度贡献不够只能缩在墙角无助地哭泣！曾经多少次，你费尽心思好不容易骗进会的妹子却跟老大眉来眼去！曾经多少次，你为帮会鞠躬尽瘁死而后已却只能换来一张不痛不痒的七折消费卡！女士们乡亲们，你们满足吗？”

众：“满足。”（有气无力状。）

菲常完美：“声音太小了，我没听清楚，麻烦你们发自内心地告诉我，你们满不满足？”

众：“不满足！”（群情激奋状。）

菲常完美：“好的，你们期待已久的复仇机会终于到了！今天老大即将亲临现场，请大家毫无保留地侮辱……呸，欢迎他！”

她这一席话，就像在熊熊烈火上无情地浇了整整一盆油，在场所有人都开启了狂欢模式。

A：待会儿让他给咱跳钢管舞！

B：此计甚好，让他跳《小苹果》！无限单曲循环！

C：不要侮辱钢管！让咱老大对钢管乱来，你们考虑过钢管的感受吗？

D：别介，万一老大不堪受辱跳天台去，那咱们这个月的分红怎么办？要不要把天台封了？

E：不用，只要把咱钱结了，立马就开大脚送他下楼，免得他搁这儿零碎受苦。咱真是太善良了，我都快被自己感动了啊。

菲常完美：“算了，咱们还是得顺应主流，选点健康向上的娱乐项目啊。这么着，送他一杯开胃酒吧。”

话音刚落，她庄严肃穆地往酒杯里加了一勺糖醋汁。

这个想法马上得到了群众的热烈响应，大家纷纷向里面加料，雪碧、芬达、葡萄酒、二锅头、凉茶，外加各种菜汤、卤汁、酱料，小酒杯换成高脚杯，高脚杯换成饭碗，饭碗换成汤碗……

凌晓熙看得直反胃：你们这哪是开胃酒，明明就是拌猪食吧！

夜夙一直坐在旁边静静地看着，等到众人闹够了才离座起身。

果然是兄弟，闹到这个份上，别人不管，夜夙必须出手管一管了。

凌晓熙凑过去问：“你打算怎么做？”

“哦。”夜夙毫不犹豫地回答，“再去加一勺辣酱。”

明非夜平常到底是有多无情无耻、无理取闹，才会让这堆人对他如此“热情”啊？凌晓熙在心里感叹道。

夜夙加完酱料回来，顺便给凌晓熙加了张凳子：“你第一次来，跟谁都不熟，就坐我旁边吧。”

“谢谢。”虽然以前明非夜忙不过来的时候常常把浅醉微醺托付给夜夙，可现实里的凌晓熙和面前这个人，说到底还是第一次见面的陌生人啊。她这会儿才想起拉程雪来减少尴尬，可程雪居然一脸无辜地溜到给寻花问柳留的那桌上去了。

“不用客气，吃的喝的你自便。”

“那个……夜夙？我就叫你夜夙可以吗？”凌晓熙夹了一筷子菜却迟迟没往嘴里送，“或者你告诉我你的真名也行。”

“随你，在这里百无禁忌，你想怎么称呼都行。大家都叫习惯了，其实叫游戏里的名字更顺口。”夜夙给她碗里扔了一个肉包，“多吃点，积攒体力。等着见我哥的人太多了，我怕你一会儿挤不进去。”

望着夜夙严肃的表情，凌晓熙也拿不准他是不是在开玩笑，只好乖乖埋头吃包子，差点把自己的脸埋进碗里。

夜夙被他的鸵鸟表情逗乐了：“别紧张，就当我在带你打副本吧。”

“嗯……夜夙，明非夜真的会来吗？”现实是把杀猪刀，经过一场接一场的打击，凌晓熙基本上不对明非夜抱希望了。只是千里迢迢走一遭，无论如何都要见见他，哪怕就是看一眼，至少也能断了自己心里藤蔓一样不断滋生的好奇心。

“他答应过你要来吗？”看到凌晓熙点头，夜夙也感慨不已，“他会答应来线下聚会，这是太阳要从西边出来了？”

“他不参加线下聚会的吗？”

“嗯。”夜夙点点头，“来的次数真的很少，我也只见过他两次。”

凌晓熙彻底无语：“他长得真有那么见不得人吗？”

夜夙哑然失笑，半晌之后才回答：“这个还真不好形容，不过一定不在你的意料之中。”

“你看见这群人了吗？”夜夙眯起眼睛笑出了事不关己高高挂起的超脱，“他要是出现，真会遭真人围攻的。所以我也想看看，他会不会真的为了你赴汤蹈火。”

“我以为是简单模式，没想到却是错进了地狱模式啊！”凌晓熙望着那盆猪食和昭明殿群众，忽然开口，“夜夙，我现在能不能申请重置副本？”

事实证明明非夜真的没胆子冒着被真人围攻的风险出现在昭明殿群众面前。凌晓熙吃着喝着，眼看着酒宴过半，起码有三分之一的人已经趴在了桌面上，可明非夜一直没有出现。虽然水云间的菜色很好，可她吃起来总是心不在焉。

手机忽然响起，显示是一个陌生号码的来电。

凌晓熙接起来，立刻听到对方大大咧咧地跟她打招呼：“浅浅，从后门出来，我等你。”

也许电话里的声音多少和YY里听到的不同，但那分明是明非夜的声音。

“你怎么会知道我的号码？你从哪儿打听到的？”凌晓熙望着屏幕上的陌生号码，忽然觉得很神奇。

明非夜诚实地回答：“不是你自己写在花名册上的吗？”

想象总是很丰满，现实总是很骨感。

每个误以为自己是小说女主角的女孩子，最后都会被无情的现实打回原形。

“快出来，别引起别人的注意，尤其是非常完美和寻花问柳。”明非夜在那头仔细地叮嘱。

“那夜夙呢？”凌晓熙挡着自己的嘴，这个地方确实嘈杂，夜夙未必能听到她在说什么，可搞不好能认出她的口型呢。

“也一样。”明非夜毫不犹豫地回答。

凌晓熙起身离席：“我去一下洗手间。”

夜夙撑着下巴，用一种似笑非笑的狡黠表情仔细打量她：“不用急，就算你一去不回也不会有人注意到的。”

凌晓熙对着天花板无语凝噎：我的演技有那么差吗？

绕过那堆醉醺醺的人其实并不需要花费太多力气，即使缺少了原定要恶整的对象，也没有影响大家高涨的热情。一拨人倒下了，另一拨人立刻开始了有组织、无纪律地“自嗨”，显然都没打算竖着回家啊。

水云间前门正对着熙熙攘攘的大街，后门却通向一条阴暗的小巷。这会儿天已经黑了，昏黄的灯光从沿路住家的围墙顶上透出来，却没法照亮巷子深处的阴霾。凌晓熙心里多少有点发毛，到底没敢毛毛躁躁地朝里冲。

就在她左顾右盼的时候，忽然注意到拐角那里有一点红光一明一暗。

原来有个男人正坐在那里，有一搭没一搭地抽烟。

凌晓熙鼓起勇气进了巷子，一路朝那边靠过去：“请问……”

男人回过头来的瞬间，凌晓熙倒吸了一口凉气。

这提神醒脑、戾气横生的长相，这五大三粗、魁梧彪悍的身形，这连门神都能吓哭的造型……你说是风雪狂刀还凑合，说这是明非夜，有人信吗?

凌晓熙迅速“脑补”了眼前这个大汉身着白衣在天外神宫的无边落花里一步步向自己走过来的情景，所有的美好幻想都在一瞬间噼里啪啦地碎了个彻底。

“小妹妹，找我有事？”那个男人一开口，沙哑的烟嗓混着浓浓的酒精味和烟草臭气。

凌晓熙被熏得差点吐出来，忙不迭地退了一步。

“别走啊，有什么事，过来跟哥说说。”男人站起来，伸手就来拽她的胳膊。

“不好意思，她认错人了。”背后忽然伸过一条胳膊，顺着腰一拉把凌晓熙拽了过去。

凌晓熙到底没穿惯小高跟，硬给扯了一个趔趄，失去平衡直摔进那人怀里。可她还没站稳，惊愕之下伸手乱抓，正好把那人抱了个满怀。

“跑啊，你再跑啊！说了在后门等你，你跑到巷子里面去干什么？”

凌晓熙根本没空去思考现在到底是什么状况，只是在七荤八素的情况下被扶着拽着朝反方向前进。那家伙的步子很大，她只能不断捣着小步凌乱地跟着，有时候她甚至感觉不到双脚的存在，还没来得及绊倒自己，就被那家伙硬拽过去了。

“明非夜？”凌晓熙努力想看清楚那个人的长相，却只借着昏暗的光源勉强分辨出他侧脸的轮廓。

“嗯。”那人低低地应了一声，却忽然让凌晓熙的心雀跃起来。

远处响着澎湃的潮音，院子转角的地方伸出来一丛碧绿的素馨花，几朵白色的花朵静静躺在地上。

从围墙里透过来的光交错在两个人的影子之间，深深浅浅，就像是散落在记忆里的时光。

连同飞蛾绕着灯泡胡乱飞旋的姿态，都变成了一段温柔绮丽的独舞。

他不说话，凌晓熙也就跟着保持沉默。

短短的一条小巷，就像是走过了一世那么长。

“行了。”从小巷里出去，外面的路灯亮了很多，明非夜也终于放开了她的胳膊。

晚风吹散了阴霾，夜空仿佛被水洗过，璀璨群星就像被笼在轻纱里的珠宝。空气都像被染上了一层梦的颜色，浓的影，淡的光，依稀交错回三界中的天外神宫，白衣剑客的身影隐在花叶扶苏之间，静静地演绎成月光也无法企及的温柔。

凌晓熙彻底呆了。

“你是明非夜？你真的是明非夜？”她无意识地想去触摸他眼角的褐色泪痣，好像这样能把她从这场梦里拖回来。

这就是她想象中的明非夜，但又和她想象中的完全不一样。

“浅浅？”

明非夜的呼唤终于唤回了她的神志，直到此时她才察觉到自己刚才的表现简直像个花痴，于是只好佯装镇定地问：“你不是说你在火灾里烧伤了脸吗？”

“哦，你能看出我整过容吗？”明非夜开口就来，完全不用打草稿。

他在凌晓熙心目中刚刚建立起来的高贵冷艳男神形象瞬间碎了一地。

就算脸能迷惑人，可他骨子里依旧是那个死不正经的明非夜啊！

明非夜压根没理会她抽搐的嘴角，热情地握住了她的手：“比起这个，有一件事更重要。”

“什么事？”凌晓熙的目光不由自主地落在他们交握的双手上，心跳忽然间漏了一拍。

明非夜认真地望着她，眼中深情款款：“你有吃的吗？”

凌晓熙差点当场昏死。

“你还没吃晚饭？那刚才你为什么不进去？”

“上次我就跟寻花他们几个单独聚聚，这回这么多人，我还有命回家吗？”对于上次的聚会，明非夜显然心有余悸。

“你到底对昭明殿的会员做了多少伤天害理的事啊？”凌晓熙回忆起那碗猪食一样的开胃酒，终于意识到昭明殿群众是真的打算大义灭亲啊。

“实在太多，一时半会儿也说不完。如果从现在开始说，说到明天早上就差不多了。”

凌晓熙绝望地捂脸：“你真是够了……”

海边都是卖海鲜的大排档，海水一层层朝岸边推过来，风里夹杂着木炭和调料热辣辣的味道。原本已经变得寒冷的秋夜，却在这一片遮天蔽日的烧烤浓烟里氤氲出了夏夜的热情。

店面虽小，海鲜倒是做得不错，凌晓熙对那盘油燃大虾表现出了极大的热情，左右开弓吃得不亦乐乎。明非夜说他很饿，其实也没吃多少，后边干脆停了筷子，戴了个手套开始专职剥虾。

“吃慢点，没人跟你抢。”

又一个剥好的虾送进碗里的时候，凌晓熙终于从美食的诱惑里清醒过来，于是不好意思地把自己面前的两串烤鱿鱼送回了他碗里：“你不是很饿吗？你也吃啊。”

“我饱了。”明非夜用三个字概括了自己此刻的状态。

“吃饱了你也别这么盯着我好吗？我压力很大。”凌晓熙欲哭无泪，作为一个标准的吃货，永远是以美食作为最高追求的，于是一路上辛苦维持的小淑女形象就在刹那间碎得连渣都不剩了。

明非夜笑眯眯地望着她，一副赖皮又深情的样子：“我就喜欢看你吃东西的样子，你有意见吗？”

凌晓熙的手微微一颤，手里拈着的虾跟着滑落碗底。

视线相对的瞬间，满肚子“吐槽”的才华忽然间全部蒸发，明明有千言万语竟只能无语凝噎。

“你们住哪儿？明天想去哪里玩？在本地有其他朋友吗？”

明非夜每问一个问题，凌晓熙就摇一次头，到后来明非夜也跟着无语了："什么计划都没有，你们到底是来干吗的？"

"人生总要有一次说走就走的旅行，何必想那么多？怕这怕那，就什么也做不成了。"凌晓熙心虚地掩饰着，只在肚子里给出了诚实的回答——

我只是想见你而已。

"女孩子出门还是得当心点，万一出了事怎么跟你父母家人交代？"明非夜破天荒地皱起了眉头，"我给你们找个地方住下吧。"

"好。"

"晚上回去之后就好好休息，不要再出来乱跑了。"

"嗯。"

"明天睡个够，我和寻花十点来接你们出去玩。"

"知道了。"

"这么听话？"明非夜万分诧异。

"人在屋檐下，不得不低头嘛。"凌晓熙倒是很想得开，"反正这是你的地盘，我蹭吃蹭喝蹭住的还敢有什么意见？"

明非夜上下打量她一阵之后感慨万分："这还是我那指东非打西、让捉鸭非捉鸡、永远叛逆、各种找碴、状况层出不穷的前妻吗？"

凌晓熙白了他一眼："想不到我在你心目中的形象居然这么高大。"

明非夜埋头又剥了一只虾，跟着抬起头："回去记得把这身衣服换了，明天别穿了。"

凌晓熙心里一沉："不好看吗？"

"裙子短，风又大，这一路都走光几回了，当然好看。"明非夜诚实地回答，"我觉得吧，这福利我自己一个人享受就够了，让路人分享了多不值啊。"

凌晓熙迅速把裙摆紧紧压在腿下面，跟着怒吼一声："明非夜，你这个浑蛋啊啊啊啊啊……"

几个小时之后，凌晓熙和程雪终于在酒店实现了胜利会师。唯一的区别在于，凌晓熙站着，程雪躺着。

"唉，怎么不知道收着点，在一群陌生人面前喝得那么醉。"凌晓熙一边给程雪擦着汗，一边试图帮她把衣服换了。

“晓熙……我好难受……救救我……救救我……”程雪整个身体都在发烫，泪水从眼角滑落进头发中间，泪痕就在转瞬之间失去了曾经存在过的证据。

程雪很少在别人面前表现出自己的脆弱，她虽然个性强硬，作风彪悍，可做事向来很有分寸，她们是第一次来参加聚会，又是女孩子，昭明殿那群人再怎么狠也不会对她下狠手。她今天烂醉，肯定是出了什么事。

“我知道你难受，要不我再扶你去吐一阵？”

程雪拼命摇着头，然后紧紧拽着自己的衣襟大哭出声：“我胸口好痛，喘不过气来……救救我……”

“是不是出了什么事？”

“那个柠檬来了……一直追着寻花的那个柠檬……她跑到现场来表白了，居然当场亲了他一下……”

凌晓熙一愣：“然后呢？寻花当场发飙了？”

“所有人都在起哄……他说……那就试试吧……”程雪侧过身，抱着枕头爆发出一阵说不出是哭还是笑的声音，“他说试试吧……他答应了……”

“好了好了，不哭啊。”凌晓熙拍着她的背劝慰，“睡吧，明天醒过来就好了。”

她知道自己的安慰对程雪来说有多么苍白无力，可这已经是她所有能做到的。

“其实我一直觉得柠檬很可笑，她明知道寻花不喜欢自己，非要一路追着赶着让别人看笑话。可是……她才是最后的赢家。晓熙、晓熙……你千万不要和我一样傻……喜欢他就一定要告诉他……一定要……”程雪抱着枕头号啕大哭，哭着哭着声音低下去了，终于睡了。

凌晓熙给她掖好被子，爬起来想把脏衣篮送去洗衣房，可当她瞥见下面那张价目表的时候，又毫不犹豫地把衣服拿了出来。

程雪的外套上沾了不少污物，酒店房间里又没有洗衣粉，她只好尽情地折腾那块小小的肥皂，洗一件衣服就已经累得满头大汗。

在这种高档酒店干这事确实不太适合，可想过少爷的生活就得有当财主的爹啊。

水从指间流过，带着白色的肥皂泡温柔地滑向下水道，仿青花瓷造型的水槽在耀眼的灯光下却依旧固守着古朴和温润。

关了灯躺在床上，偶尔还能听到程雪在梦里轻轻地抽泣。

少男少女的情怀，很多时候未必是非要不可的执念，而是求之不得的遗憾。

你想要的，我不给。我给你的，你不要。

正是因为这样或那样的遗憾，人们回顾年少懵懂的感情时，才会觉得如此美好。

凌晓熙也曾经想过，自己不顾一切地跑来见明非夜到底是为了什么。

有时候她也觉得自己的勇气简直是一场笑话，有时候她也会想自己和明非夜见面之后除了问好以外还能说些什么，有时候她会“脑补”一个大腹便便、头顶发亮的猥琐大叔穿着那身骚包的剑客装。

可即使面对那么多不可知的变数，她仍然愿意千里迢迢跑来见他一面。

现在她得到了答案。

即使美好的回忆会因此变得破败不堪，她也不想让自己留下任何遗憾。

程雪九点多的时候就醒了，睁开眼之后的第一件事就是追问凌晓熙：“见着明非夜真人了？”

“嗯。”

“快给我形容一下，是哪种类型？”

凌晓熙对着天花板思考了半天才总结道：“不开口你想把他摁到床上，一开口你想把他糊到墙上那种。”

上午十点，车子准时出现在了酒店门口。

原本说好只有明非夜和寻花问柳，可到了跟前凌晓熙才发现多了陌生的女孩子。她大概比程雪和凌晓熙大个三四岁的模样，一大早起来妆容精致，艳光照人，和她一比，这两个牛仔裤配运动鞋的小姑娘真是弱爆了。

“这是柠檬，这是浅浅，那是洛无双，你们先相互认识一下吧。”

其实用不着明非夜介绍，光看那个女孩子黏着寻花问柳的亲热劲，凌晓熙就猜到了她的身份。

寻花问柳打量了一下队伍配置，完全不经过脑袋就冒出一句：“老明开车，那浅浅去前边坐吧。”

程雪当场崩溃，明非夜和凌晓熙坐在前边，那后座上这两情敌夹着寻花问柳算怎么回事？

凌晓熙连忙提出改进意见：“要不寻花去前面吧，我们三个女孩子坐在后面也方便点。”

“我才不要！”柠檬望着寻花问柳，一脸的无辜加哀怨，“我千里迢迢跑来就是为了见寻花，说什么我也要和他在一起！”

寻花问柳直接打了个冷战。

程雪有些不忍心，于是提出了第三个方案：“要不寻花来开车，柠檬坐旁边，我们三个坐后边吧。”

这个方案其实最好，柠檬不用和寻花分开，又不至于连命都不要去骚扰司机，寻花正好可以喘口气，明非夜和凌晓熙还能坐在一起。

“行，就这么办！”寻花问柳直接拍板。

“滚！”明非夜嘴角抽搐，“你想躲债，哥还想要命呢！连驾照都没考到，你倒是敢开出去试试？”

再三权衡了生命安全和争风吃醋之间孰轻孰重之后，五个人最终还是按照第一个方案上了车。

C 城并不算旅游城市，开放的风景区并不多，更何况这群人多半醉翁之意不在酒，上哪儿去玩根本不在纠结的问题之列。

巫湖景区原本就不大，山上有几处亭台和两座道观，湖区也是最常见的划船观景和野外烧烤，并没有什么新意。入秋之后，湖边的气温也变低了许多，一路走来所见的游客寥寥无几。

明非夜停好车回来寻找他们的时候，凌晓熙就坐在湖畔长廊的石凳上。

这个季节的水温已经不适合戏水了，有几个孩子提着小桶拿着小网在水边捉那些还没长成的杂鱼小虾。即使并不是什么宝贝，甚至连食用价值都没有，在孩子眼里却是骄傲无比的收获。

秋日的晴天天高云淡，整个湖面像一块透明澄澈的蓝宝石，孩子们银铃一样的笑声裹在风里顺着湖面送过来，摇碎了时光，明媚了年华。

明非夜坐在凌晓熙身边不远处，并没有打算喊她，可她马上就回过头来望他："这里就这么大，你打算躲哪儿去啊？"

明非夜顿时觉得有些不可思议："你脑袋后面长着眼睛吗？"

"呸！"凌晓熙冲他做了个鬼脸，"我闻到味道了。"

明非夜乐了："你闻到了什么味道？"

"你的味道。"

明非夜身上的味道很特别，最初闻起来是微微的木香，像是开启了一扇充满了历史感的门，迎面而来的气息温暖而安详，里面偶尔透出明亮的味道，说不出是雪松还是薄荷，掺杂着清晰可辨的淡淡烟草气息。就像希区柯克的电影，在空无一人的吸烟室里，残留着袅袅的雪茄味道，夕阳照进来的时候并没有颜色，却在水晶灰碟上反射出炫目的光亮。

明明是烟草的味道，却让人觉得干净而温柔。

那是属于男人的味道，只是多一分太世故，少一分太焦躁。

现在这样不多不少，隔着风的距离，演绎了最令人眷恋的美好。

从第一次被他搂在怀里起，这种味道就像镌刻进了她的灵魂，变成再也无法抹去的烙印。

明非夜的表情似笑非笑，眼睛里的光影仿佛流年，凌晓熙被盯得有些尴尬："不，我的意思是，你抽烟吗？我闻到你身上有烟草的味道，可是从来没见过你抽烟。。"

"我不抽烟，那是古龙水的味道。"明非夜微笑着，褐色泪痣在右脸上那么鲜明，就像是一道无法愈合的伤疤。

凌晓熙忍不住"吐槽"："烟草味道的古龙水，你不觉得多此一举吗？"

"可是你喜欢啊。"明非夜一脸无辜。

"你就靠这骗女孩子吗？"凌晓熙知道自己从来都不是说谎的材料，干脆大方地承认了。

"在见到我之前你也迷恋我啊。"

凌晓熙噌地一下站起来，脸颊发烧："胡扯什么！我就当你是普通朋友，对你一点别的想法也没有，别自我感觉良好了！稍微对你好点，你就觉得别人喜欢你，你到底哪儿来的自信啊？"

她的声音陡然提高，引得路过的游客都转过头来看她。

“开个玩笑而已，不用反应这么大吧？”明非夜的笑永远都是这样，以前凌晓熙还以为那是羊驼坐骑的功效，今天才发现这就是他天生自带的技能，即使他真的没什么想法，还是觉得被他“呵呵”了。

“快走吧，不然赶不上他们了，登顶之后下午还得赶下山吃晚饭呢。”凌晓熙嘴上说着要走，可是明非夜没挪窝，她想了想，居然又坐下了。

风没有定向，时而往东，时而往西，凌晓熙披散着头发，这会儿早就被吹得乱糟糟的，她就这么随手一捋，脑袋顶上顿时多出几撮不和谐的乱发。

“我家浅浅怎么这么好玩呢？”明非夜来到她面前，好像无意识地替她顺了顺脑袋顶上的倒毛。

“谁是你家的浅浅！”他手指传来的温度让凌晓熙的心跳彻底乱了套，于是她厚着脸皮瞪眼望他，“别来逗我，我修为尚浅，定力不够，做不到坐怀不乱。一旦走火，概不负责！”

明非夜乐了：“别呀，你这台词要是改成‘一旦走火，我负全责’，没准我牙一咬眼一闭就从了。”

寻花问柳带着两个姑娘提前十几分钟出发，凌晓熙跟着明非夜一路朝前赶，本以为一定赶不上了，没想到才爬了几百级石阶就看见那三个人坐在路边小凉亭里喝茶。

“你们怎么还在这儿，不是打算上无色观吃斋饭吗？”明非夜感到费解。

“穿这鞋不好爬，我已经尽力了。要不我就坐在这里等着，你们上去吧。”柠檬楚楚可怜地展示着脚上磨出来的水泡，寻花问柳在一边摊着，累得跟刚从水里捞出来的似的。

现在的情况不是明摆着的吗？要柠檬穿着那高跟鞋走上去，柠檬得疼死；要让寻花问柳把柠檬拽上去，寻花问柳得累死。

“一上去就得下午四五点才能下来，你等不了那么久。”明非夜望了寻花问柳一眼，“要不把寻花留下来陪你？”

寻花问柳眼含热泪：“信不信我当场血爆给你看啊？”

凌晓熙一脸黑线：既然和女孩子单独相处这么痛苦，何必答应要和柠檬“试试”啊。

“要不就都不上了吧，爬山不是目的，开心才是重点。”程雪也看不下去了。

半山腰上除了茶也找不到其他东西，只能退到湖边去弄自助烧烤，明非夜和寻花问柳先下去安排，剩下三个女孩子在后边跟着。

虽然对柠檬没多少好感，不过看她穿着那么夸张的高跟鞋从楼梯上颤颤巍巍地朝下走确实不太人道，凌晓熙忍不住问道：“你还好吧？需不需要我扶你？”

“没事！撒娇都是撒给男人看的，现在就咱们三个，犯不着那么矫情。”寻花问柳的身影才消失，柠檬就把裙摆拽了拽，顺手脱下高跟鞋提在手里，光着脚大步流星地下去了。

程雪和凌晓熙面面相觑，这“画风”也变得太快了吧，跟刚才完全不一样啊！

“走啊！”柠檬在几十级石阶外停下来招呼她们，等她们赶上来才豪气地一只手挽住一个，“不用这么严肃，咱们都在一个区混，平常虽然没什么交情，这回认识了，以后慢慢不就熟了吗？”

“嗯，哈哈。”程雪没吭声，凌晓熙也就礼貌性地笑了一声。

“浅浅，你是专程来找明非夜的吧？”柠檬神秘兮兮地笑了，“不是我打击你，你真的太嫩了，镇不住明非夜那样的男人。”

“为什么？”

“哈哈哈，你真是我见过最真性情的妹子了，你看，有什么事都写在脸上了。”柠檬憋着笑，“你肯定觉得我倒追寻花特别掉价吧？啧啧，别摆这表情好吗？不只是你，我知道很多人都在看我笑话。拜托，这都什么年代了，谁先喜欢上谁真的不重要，谁追谁也根本不值得考虑。他身边围着那么多人，比我漂亮的、比我聪明的、比我可爱的多了去了，一眼扫过去，我可能根本就不成相，他凭什么要选我？长得不出众，个性不出挑，还成天宅在家里，就是老天想帮你也没用。那种成天冷傲宅还被男神追着捧着的剧情永远都是梦啊！妹子，每个人都做梦，可有几个人能美梦成真？”

凌晓熙被她呛住了，又找不着话来反驳她。

“喜欢就是喜欢，哪怕他觉得我烦，我也要跟着他，哪怕他只记住我的名字也好。哪怕所有人都说不可能，我偏要争出个答案来。”柠檬说得格外认真，“要不是顶着那么多人的嘲笑坚持到底，怎么争取到一个试试的机会？”

程雪脚下一个趔趄。

“呸，扯远了。寻花和明非夜的心思没得比，寻花都那么难对付，明非夜那只老狐狸更不是省油的灯。寻花太简单，一根筋，连拐个弯都不肯。明非夜呢，深得看都看不透。寻花对我发脾气、说我麻烦、冲我苦笑都是发自内心。明非夜对你温柔对你笑，可他心里是不是真的有你，你用什么来验证？”

“喀喀……咱们走快点吧，别让他们等急了。”程雪赶紧插嘴，再让柠檬说下去，凌晓熙就真得打退堂鼓了。眼看着自己成悲剧了，起码也得成全凌晓熙啊。

明明看出了程雪的好意，凌晓熙还是忍不住追问：“你的意思是……我应该知难而退？”

“正好相反，不管最后是什么结果，你总得把你的心意表达出来。不过你得考虑一下能不能承担后果，有时候做不了情人，连朋友也没得做了。”

凌晓熙忽然想起了那个被遗落在记忆深处的大个子。

黑铁塔似的妖族力士孤零零地站在月老庙门口那棵繁盛的花树下面，一个接一个地放着烟花。在天空绽放开来的五彩斑斓的花朵和地上孤单的身影形成了强烈的反差，看起来那么落寞。

喜欢一个人那么苦，被一个人喜欢也那么苦。爱是伤，不爱也是伤。

是不是只有像孤独不苦那样独来独往才不用去考虑那么多？

好不容易回到了湖边自助烧烤区，柠檬早就又蹬上了高跟鞋黏寻花问柳去了。程雪看着糟心，于是把所有的郁闷都发泄在了食材上，剁得那块塑料砧板砰砰直响，周遭人等都看得心惊肉跳。

“住手！”寻花问柳泪流满面，“这位女英雄，我们要烤土豆片，没打算吃土豆泥啊！”

“你有意见吗？”程雪把手中菜刀一亮，寻花问柳霎时撒丫子溃散。

凌晓熙端着切好的食材跑到一边默默地穿成整串，心思却早就飘到外太空去了。

“在想什么呢？大半天就串了这么点，打算把午饭变成夜宵吗？”明非夜忽然从后面探过半个脑袋，然后直接把装食材的盆抢了过去，“去洗洗手，等着吃吧。”

“啧啧，今天怎么对我那么好？太阳从西边出来了？”

“我对你明明一直都很好，可惜你就是看不到啊。”明非夜连头都没抬，凌晓熙根本无从判断他是不是在开玩笑。

明非夜动作利索，很快就帮凌晓熙串好了串，不过俗话说“慢工出细活，赶工出崴货”，质量什么的就没办法追求了。

秋风催着炭火越来越旺，架子上的烤肉哧哧冒油，虽然卖相不佳，可对这群饥肠辘辘的人来说还有颇有吸引力的。

柠檬一边给大家分发调料，一边热情地嘱咐：“这调料可是我独家秘制的，赶紧尝尝！哎，明非夜，你别抢，这两块肉是给寻花烤的！”

无法直视这一幕的程雪默默扭头。

什么独家秘制，就是景区提供的调料全部拌一块儿！

在饥饿面前，任何人都很难保持原则，寻花问柳也顾不上了，抄起她烤好的肉片蘸了调料急忙送进嘴里。

柠檬满怀希望：“怎么样？”

咔嚓咔嚓……咯嘣咯嘣……

寻花问柳没搭茬，很不讲究地伸手从嘴里掏出一块米粒大小的白色物体，嚼了几口之后，又掏出来一块稍微小点的：“这是什么？粗盐？”

“什么粗盐也没这么粗啊！”明非夜皱眉，“难道是沙子？”

“那个人造沙滩在对岸呢，沙子哪能飞得那么远？”凌晓熙摇头。

柠檬连忙撇清干系：“那些调料都是景区提供的，不关我事啊！”

“那香菜是谁切的？”寻花问柳再问。

程雪不耐烦地吼回去：“我切的，怎么了？”

明非夜在自己碗里仔细倒腾了一阵：“女侠好刀法，那东西好像是……砧板碎片。”

这一顿午饭可谓吃得别开生面，五个人都不是当厨子的材料，半数以上的肉都是外焦里生的，孜然和辣椒裹着油滚进火里，一股黑烟直冲天际，熏得周围那两三拨人早早地端着家当撤到十米开外，连湖区专职消防人员都提着灭火器来看了几回，最后终于忍不住站在一边“吐槽”：“小伙子，你们要烧就赶紧烧吧，叔灭了火还能去睡个安生觉啊！”

无论如何这顿饭总算是下肚了，尽管裹了一身烟熏火燎的味道，至少没把灾难般的厨艺发展成真正的灾难。

收拾完东西回家的时候，已经是下午四点钟，日光西斜，从树林那头懒懒地洒下来。

在景区门口有个大叔就地摆了个小摊，上面三三两两地放着几棵用小花盆种的花苗。

凌晓熙好奇地凑过去，就看见大叔冲着面前那棵长着椭圆叶子的小草碰了一下，小草立刻闭合叶子，枝叶就像害羞了全部耷拉下来。

“小姑娘，喜欢不？新发的含羞草，好种好养，包种包活！”

“挺有意思的，我……我先看看。”凌晓熙蹲下来等着叶子伸展开来，也没说要不要。

大叔乐了：“几十块钱的东西，有啥好犹豫的？让男朋友给你买啊。”

她扭头看了一眼明非夜，然后干巴巴地回答：“他不是我男朋友。”

“不是男朋友就不能买吗？”明非夜随便选了一盆朝她手里一塞，“拿好，走吧。”

凌晓熙一愣，连忙把含羞草塞还给他：“不用，我就是看看……真的不用了……”

明非夜低下头冲她微微一笑：“拿着吧，这是我送你的第一束花。”

“别人都是送玫瑰，你居然就送一盆含羞草？”凌晓熙白了他一眼，还是把小花盆小心地端在手心里。

“不对吧，我都戳半天了，这含羞草怎么没有害羞呢？”车子开出去好大一截，程雪才忽然开口，“该不是被骗了吧？”

明非夜思考了两秒，道出自己的答案：“哦，可能这盆含羞草不要脸。”

聚会那天明非夜没敢现身，寻花问柳中途落跑，头一晚的集体盛宴就被华丽丽地错过了，柠檬是上班族，休闲的时间也就只有周末，巴不得把彼此相处的一秒钟掰成两半来过，于是在白天的烧烤摧残之后，她又硬加了一个 K 歌的娱乐项目。

KTV 永远是网友聚会的好地方，昏暗的灯光，暧昧的气氛，加上那几杯冒着金色泡泡的“魔药”，莫名地滋生出了类似爱情的味道。

当然，对方的歌声得在及格线以上。

凌晓熙和程雪自问不是天籁美声，随便唱了两首任谁来唱都不会出彩也不会出丑的歌，跟着就缩到一边歇着去了。她俩兴致不高，柠檬也乐得当麦霸唱给寻花问柳一个人听，大概后来她也觉得没趣，终于想到拽明非夜上去唱。

她们都没注意到，寻花问柳立刻捂住了耳朵。

有些人唱歌会加分，有些人唱歌会减分。

很不幸的是，明非夜属于后者。

明非夜一开口，在场听众就集体阵亡。

凌晓熙甚至不记得他唱的是什么，不是她听得入神，而是那个过程太过痛苦，直接导致她选择性失忆。

有了他的魔音贯耳，寻花问柳接下来再唱什么都是救赎之音啊。

于是那天晚上他俩凑在一起亲切交谈其实只有一个中心思想。

凌晓熙：你唱歌怎么这么难听呢？

明非夜：胡说，帅哥唱歌怎么能说难听呢？这是艺术，你不懂。

凌晓熙哭笑不得。

明非夜：怎么不说话了？

凌晓熙：“槽点”太多，不知道从哪儿开始“吐”。

头一天晚上闹得太晚，疲惫不堪的凌晓熙和程雪都睡了个懒觉，结果耽误了出发的时间。等她回到寝室已是深夜，寝室里的妹子们都睡下了，凌晓熙把那盆虚有其表的“含羞草”安置在床头，又细心地浇了一遍水，这才安心地钻进了被窝。

这两天的经历就像一场梦，她见到了明非夜，可到头来还是什么都没说就回来了。

柠檬虽然不是什么好人，不过有一句话她说对了。

明非夜的心思藏得太深，他越是温柔越是亲近，凌晓熙的心就越动荡不安。

她从来都不贪心。

她喜欢在他身边肆无忌惮地开玩笑，喜欢他望着她眯起眼睛笑得像只狐狸。如果表白会让这一切彻底破碎成尴尬，那她宁愿永远都这样静静地陪着他。

说曹操曹操就到，寂静的寝室里忽然响起的电话铃声吓了凌晓熙一跳，她手忙脚乱地接了电话，就听到电话对面明非夜谴责的声音："到寝室了吗？"

"早就到了，这会儿已经睡下了。"凌晓熙压低声音，唯恐吵醒了其他人。

"到了也不知道打个电话报平安，真是没心没肺啊。"

凌晓熙脸上乐开了花："你担心我？"

"本来只是礼节性地关心一下，既然你这么在乎，那我就勉为其难地装作十分担心吧。"

"滚吧！我睡了！"凌晓熙挂了电话，撑起身子用指尖捅了两下那棵小草，然后扑哧一声笑出来，"你还真挺不要脸的。"

周一，一切照旧。上课，吃饭，然后上游戏。

明明只是小别三天，凌晓熙再次看到游戏界面的时候居然有种恍如隔世的感觉。

相寻梦里路，飞雨落花中。

跑商的玩家赶着驮货的小毛驴匆匆路过。

浅醉微醺站在龙腾城桥头，洛无双迎面过来就是一个热情的熊抱。

【当前】洛无双：晓熙，你家不要脸死了吗？

【当前】浅醉微醺：敢不敢说句好听的？

【当前】洛无双：嗨，我还没问你呢，昨晚上唱K那会儿就看见你俩凑一块说说笑笑，都说什么悄悄话呢？是不是有进展了？

【当前】浅醉微醺：在那个环境里，能说什么悄悄话啊？

她这句话倒真不是开玩笑的，因为他俩说的话题真的没有任何可以八卦的成分。

【当前】洛无双：也对，他那歌声真是前无古人，后无来者，短短一首歌的时间，调子已经绕银河系转了三圈！

【当前】浅醉微醺：其实也没那么差吧，总的来说还是有亮点的。

【当前】洛无双：比如？

【当前】浅醉微醺：这个……那个……肺活量很足算不算？

浅醉微醺一回头，发现孤独不苦就站在她背后，于是迎上去热情地打招呼。

【当前】浅醉微醺：我回来啦！你是专程来欢迎我的吗？

【当前】孤独不苦：我路过。

孤独不苦这个人真是诚实得可以，说句违心的漂亮话逗人高兴一下会死啊？

【当前】孤独不苦：你没出什么事吧？

【当前】浅醉微醺：你很希望我出事吗？

孤独不苦愣了几秒，连声都没吭就一个潜行消失了。

浅醉微醺一脸黑线，这个人的心思真是比初恋的少女还难懂啊。

【私聊】明非夜对你说：前妻，来我身边！

【私聊】你对明非夜说：你当我是你的宠物吗？让来就来？

【私聊】明非夜对你说：江湖救急，非你不可！

【私聊】你对明非夜说：你在哪儿呢？

【私聊】明非夜对你说：丛云崖顶。

从云崖是三界里一个很逆天的设定，像昆仑密道那样的地方，即使轻功不佳，最多也只是爬得慢点，可从云崖简直就是为了折磨玩家存在的，一路上都是危险，要么是踩上去会开启的翻板，要么是只能踩一次的石阶，会移动的浮石和需要运用高阶轻功三连跳才能通过的石阵就更不用说了，即使一路顺风地上山也需要十分钟。

当年洛无双妄图拉着她走遍“三界”最浪漫的风景，红花坪和桃花坞很早就去过了，可从云崖任她们屡战屡挂、屡挂屡战却依旧没有如愿。她简直怀疑从云崖的每块石头上都留下了她们悔恨的血泪。

在游戏初期，很多人都是奔着浪漫美景来这里的，受到了奇耻大辱且辱了又辱之后，这里又多了一个高端大气上档次的用途——轻功特训场，三不五时就有人跑来纯学术性地蹦上跳下，锻炼轻功操作。在那些黑暗的日子里，流传着这么一种说法：红花娇艳桃花飘，从云断腿满地跑。

听到要去从云崖，浅醉微醺心里发怵了。

她开着药师本来就很拙劣的轻功翩若惊鸿在云海里艰难地蹦跶，本来就对轻功没谱，外加那些乱七八糟的高级轻功技巧倒脚加连跳，平均跳上两三下就要跌下去一次，就算有药师的厚皮和加血技能，还是三番五次跌死在石缝里。

【私聊】明非夜对你说：还没上来？

【私聊】你对明非夜说：这见鬼的路，怎么爬啊？

【私聊】明非夜对你说：抱歉啊，我忘了你是我那从不知轻功为何物，直教人连跳倒脚慷慨赴死的前妻啊……

【私聊】你对明非夜说：得意什么？会爬从云崖了不起啊？

【私聊】明非夜对你说：条条大路通罗马，不是只有死磕才能赢得胜利啊。

浅醉微醺安心地在半山松树下面挺尸，只听见收到邮件的提示音。在山下复活之后，她找到驿站打开邮箱一看，邮件里面是一个定点速传卷轴。

她点了卷轴，人就出现在明非夜面前。

实话说这还是她第一次登顶，不过这时候她也没空去欣赏什么美景了。

从云崖上除了明非夜，还有夜夙和他的乌龙娘子天雨晴。

【当前】天雨晴：夜夙，你真的要和我离婚？

【当前】夜夙：我已经都告诉你了，那只是一场误会。我想求婚的人不是你，只是点错了而已。

【当前】天雨晴：人心都是肉长的，一句点错了就可以全部抹掉吗？

夜夙沉默了一阵才开口。

【当前】夜夙：这段时间我对你应该不错，我自问并没有对不起你的地方。

【当前】天雨晴：我们已经在一起那么久了，为什么当时不告诉我，非要等我真的喜欢上你的时候，你才来和我摊牌？

【当前】夜夙：没有为什么，当时觉得凑合着过吧，现在觉得凑合不下去了。

【当前】天雨晴：你以为我不知道吗？那是因为你想求婚的那个人被甩了，你觉得你又有机会了是吧？我告诉你，得不到的时候你以为她是天使，得到了之后不过是个凡人而已！

【当前】夜夙：随你怎么想。

天雨晴沉默下来。

如果夜夙激烈地辩白，那就说明他还有心。如果他这么坦然淡漠，那就说明他真的不在乎了。

【当前】天雨晴：小叶子，我真的很喜欢你，我不想和你分手。不要离开我，不要放弃我。

【当前】夜夙：好聚好散吧，给彼此留下点美好的回忆。

浅醉微醺看着这一幕，心里说不出来地难受。

【私聊】你对明非夜说：你把我叫上来，就是为了围观分手戏码？

【私聊】明非夜对你说：不，只是我一个人站着太尴尬。

【私聊】你对明非夜说：你就没打算上去劝劝？

【私聊】明非夜对你说：劝什么？劝夜夙放弃离婚，还是劝天雨晴答应离婚？每个人都有自己的执着，顺了一个人的心必然逆了另一个人的意，劝有什么用？更何况还掺着一个被乌龙了的正主呢。

【私聊】你对明非夜说：明明就是在袒护你弟弟，还说得那么冠冕堂皇，我鄙视你！

【私聊】明非夜对你说：这回你可冤枉我了，我宁可家里留十个天雨晴，也不想招惹一个那被乌龙的正宫娘娘啊。你知道夜夙本来想求婚的姑娘是谁吗？

【私聊】你对明非夜说：咱们认识吗？

【私聊】明非夜对你说：蓦然天晴。

夜夙和天雨晴离婚，准备娶蓦然天晴绝对是个神转折，真是剧情如此多娇，让天下前夫尽折腰。

蓦然天晴，就是那个在逍遥种田人挑事，惹来与精武团的帮会战，最后被明非夜踢出帮会的姑娘。

【私聊】你对明非夜说：这不科学！你赶走她的时候，她明明和扰人清梦是一对啊！

【私聊】明非夜对你说：如果不考虑个人感情因素，夜夙和扰人清梦，你会选谁？

浅醉微醺没有答话。

夜夙背后有昭明殿，家大业大，一身人民币玩家标准配置，外加明非夜的袒护。扰人清梦漂泊不定，找着哪里混哪里，身上装备都是努力挣来的，也没有任何人可以依靠。他唯一的优势只有一颗真心。

为什么在游戏的世界里也会这么现实？再真挚的感情再无私的付出，到头来都敌不过那一身金光闪闪的荣耀？

明非夜点开交易，输入了一串吓人的数字。

【私聊】你对明非夜说：难道你现在才触景生情想起来要给被你始乱终弃的前妻赡养费吗？

【私聊】明非夜对你说：说这话你良心不会痛吗？到底是谁狠心抛弃我，害得我被会里那群人耻笑了一个月？

【私聊】明非夜对你说：不过这些钱不是给你的，是给天雨晴的。

【私聊】你对明非夜说：你干吗不自己给她？

【私聊】明非夜对你说：我给她，她一定不肯收。

浅醉微醺沉默了一会儿。

【私聊】你对明非夜说：你为什么总是不愿意把心里想的事情说出来呢？

【私聊】明非夜对你说：因为没必要。

这边你来我往逗趣，那厢依旧火药味十足。

【当前】天雨晴：小叶子，我不要和你分开。那件事情我不是故意的，我只是太在乎你了！

【当前】夜夙：晚了。

夜夙的身影忽然化成一道白光消失，料想应该是用传送卷奔月老庙单方面离婚去了。

【私聊】明非夜对你说：我去看看夜夙，这里交给你了。

明非夜跟着化光飞走，崖顶就剩下了浅醉微醺和天雨晴。

以前浅醉微醺实在没地方去的时候还会暂时投靠夜夙，现在有了孤独不苦这个可以随便蹭经验的刷怪机器，她连夜夙的面都见不着，和天雨晴更是没什么交集。

站在这个原本就不怎么熟悉的人面前，浅醉微醺顿时想不起自己到底是来干什么的，只能干巴巴地朝她走过去，打算直接交易了事。

【系统】天雨晴温柔地拥抱着你。

【当前】天雨晴：嫂子，我该怎么办啊？小叶子不要我了！

浅醉微醺傻了，这一记拥抱加一句“嫂子”，带来的只是排山倒海般的惊慌失措。

【当前】浅醉微醺：我不是你嫂子。

【当前】天雨晴：你就是！你就是！你们离婚那么久，哥也没有另娶，他一定是在等你，你就是我嫂子。

她只能苦笑连连。这也是她心里所希望的，但明非夜等的人，真的是她吗？

【当前】天雨晴：你帮我劝劝小叶子好不好？我知道错了，我真的知道错了。

【当前】浅醉微醺：你究竟做了什么对不起他的事啊？

【当前】天雨晴：小叶子最近总带蓦然天晴刷副本，冷落了我，还总有人给我爆料他俩的亲密举动，真把我气死了。那个时候我根本不知道自己才是那个多余的人，也不知道正是因为我闹，才又把他们推到了一起。我不敢刷世界骂蓦然天晴是第三者，怕小叶子说我无事生非，所以只好跟他说我得了重病要做手术。

【当前】浅醉微醺：你这不是在骗他吗？

【当前】天雨晴：我只是想小叶子能对我好一点而已，哪怕他只是因为我的病，起码这段时间他会加倍珍惜我啊！

【当前】浅醉微醺：你这个谎撒得太离谱了，难怪夜夙会气成这样。

这根本就是不作死就不会死的经典案例啊。

【当前】天雨晴：我知道错了，小叶子他……他真的不会原谅我了吗？

这个问题的答案，天雨晴肯定比浅醉微醺更清楚，所以她压根没打算回答，只是开了交易，把那个数字如数点给她。

就在此刻，世界频道忽然飘起红色的系统提示信息。

【系统】夜夙与天雨晴感情破裂，在月老见证下剪断缘线，从此天各一方，再无瓜葛。

天雨晴退开一步，关闭了交易。

【当前】天雨晴：我明白了。

浅醉微醺忍不住猜想此刻电脑前的天雨晴到底是什么表情。是懊恼，是悔恨，还是最终不得不接受现实的平静？

【当前】天雨晴：我恨你们！我恨你们一辈子！

浅醉微醺一脸黑线：你到底明白什么了？

天雨晴头也不回地下线了，在她的身形化成白光消失的瞬间，删号的信息已经送到了她的每个好友面前。连一声告别都没有，她就这么彻底从“三界”消失了。

浅醉微醺站在从云崖顶感慨万千，世上的事情往往像指间的沙，你越是紧握，越是流散。

你以为可以把那个人永远困在身边，实际上却亲手把他越推越远。

她打开包袱开始寻找回城的传送卷，一行，两行，三行……最后彻底傻眼了。

敢情昨天龙腾城传送卷用完之后忘了去补几张？

苍天静默花不语，白云向晚欲昏黑。

无语凝噎，唯有泪千行。

这么高的从云崖，我该怎么下去啊啊啊啊啊啊……

【私聊】你对洛无双说：双双，麻烦邮寄个回城卷给我！

【私聊】洛无双对你说：不会吧？你又被困在哪儿了？地宫还是海底？

浅醉微醺很悲哀地想，为什么要说“又”呢？

【私聊】你对洛无双说：丛云崖，快给我寄过来。

【私聊】洛无双对你说：我寄给你是没问题，但是你见过那种荒山野岭的地儿有邮箱吗？

【私聊】你对洛无双说：那你爬上来送给我？

【私聊】洛无双对你说：你看见我爬上去过吗，亲？

明非夜在忙，洛无双上不来，她能求助的人就只剩下孤独不苦了。

【私聊】你对孤独不苦说：孤独，你在哪儿啊？

以往她找孤独不苦，即使他在打架都能抽出手回话，直接导致她以为孤独不苦就是隐藏在屏幕后面的高智商八爪鱼，可今天信息发出去之后过了好半天都没听见回声。

奇怪了，这个人并没有挂机的习惯，号在人在，今天这是怎么了？

【私聊】孤独不苦对你说：什么事？

他回话的时候已经是十几分钟以后了。

【私聊】你对孤独不苦说：我困在丛云崖上了，你能不能给我送个回城传送卷？

【私聊】孤独不苦对你说：出门连回城卷都不带，果然是你的风格。

【私聊】孤独不苦对你说：你不是和明非夜在一起吗？他也没带？

【私聊】你对孤独不苦说：他有事先走了。

话刚说完，转念一想，好像哪里不对。

【私聊】你对孤独不苦说：你怎么知道我和明非夜在一起？

【私聊】孤独不苦对你说：你还想不想下来？

【私聊】你对孤独不苦说：想。

明知道他是在扯开话题，浅醉微醺还是只能无耻地从了。

【私聊】孤独不苦对你说：记住了，下次想下来不用到处去求人，直接从悬崖上跳下来就行了。

浅醉微醺站到悬崖边，捡了个凸出的地方，开着轻功纵身一跃。

人固有一死，或炫如烟火，或蠢如“二货”。

这一路连摔带撞必然是死定了，可挂了之后直接传送到复活点不好吗？游戏策划真就这么没节操，让那个倒霉的小药师一路东仰西翻，又是挂树又是撞石头，足足半分钟才落到了崖底，死得各种悲壮。

更悲壮的是，明非夜就骑着羊驼站在离她的尸体十几个坐标点的地方感慨万千：“前妻果然好身手，向后翻腾两周半、转体一周半、向前翻腾三周半屈体、抱膝再接托马斯全旋摔死！难度系数 3.8！”

明非夜用了个返生符把她拖起来，她立刻盘腿坐下，怒气冲天地开始吃吃喝喝。

【当前】浅醉微醺：你来干什么？

【当前】明非夜：你不是没带回城传送卷吗？洛无双让我来救你。

【当前】浅醉微醺：要来你干吗不早来？

【当前】明非夜：谁让你不直接找我，还得洛无双来转告一遍。

【当前】浅醉微醺：你不是忙吗？哼，害我死得那么难看。

【当前】明非夜：不要在意细节，你能想到用跳崖的方法脱困也算是大有进步了。

浅醉微醺不吭声，心里窃笑连连。

出门忘带回城卷这种事情确实怪不了别人，白白被消遣了一顿。

【当前】浅醉微醺：夜夙哄好了吗？

【当前】明非夜：他又不是小孩子，用得着哄吗？

【当前】浅醉微醺：那你跟去月老庙干吗？

【当前】明非夜：我不阻止他离婚，但我得阻止他马上结婚啊。一时冲动做出决定很容易，到时候再后悔又要伤害两个人。

明非夜在她对面盘腿打坐，枝叶疏落的影子洒满白衣，仿佛时光荏苒的轨迹。

【当前】浅醉微醺：想不到你还是个很负责任的哥哥。

【当前】明非夜：主要是不乐意蓦然天晴进门。

好吧，明非夜就是明非夜，谪仙一样的外表也改不了猥琐的内心啊。

视角转换，浅醉微醺才发现远处树荫下面那个刺客熟悉的身影，于是发去了私聊信息。

【私聊】你对孤独不苦说：你怎么来了？

【私聊】孤独不苦对你说：本来想给你送回城卷，现在看来用不着了。

【私聊】你对孤独不苦说：不是你让我跳下来的吗？

【私聊】孤独不苦对你说：我让你跳你就跳，我让你别去见他，你为什么要去？

第六章 有一种顿悟叫吃醋

孤独不苦的话让凌晓熙心突然一跳，隐约觉得不对劲，可又说不出来究竟是为什么。

【私聊】你对孤独不苦说：你在生气吗？

孤独不苦没吱声，也没像平常那样扭头消失。

浅醉微醺一脸黑线，这就算是默认了吧？可是他生气到底是为什么？

【私聊】明非夜对你说：那个孤独不苦就是给你凑套装的人吧？

【私聊】你对明非夜说：嗯。

【私聊】明非夜对你说：直接跳崖这个办法也是他教你的吧？

【私聊】明非夜对你说：他都站那里半天了，应该是在等你过去吧？

【私聊】你对明非夜说：我怎么知道？

【私聊】明非夜对你说：浅浅，你没那么迟钝吧，他喜欢你。连我都看出来了，你再装下去就不厚道了。

【私聊】你对明非夜说：少胡扯。

浅醉微醺懒得搭茬，她也曾经想过孤独不苦会不会是喜欢自己，可是两个人在一起除了扫地还是扫地，交流的机会少之又少。难得她想开玩笑逗逗孤独不苦，他就像完全听不懂似的，要么无视，要么直接潜行消失。这样的关系要说是喜欢，谁会相信？

【私聊】明非夜对你说：你不信？那我证明给你看。

两个人都坐着没挪窝，孤独不苦却从阴影里走出来，一步步来到浅醉微醺面前。

【当前】孤独不苦：浅浅，跟我去刷怪。

【当前】浅醉微醺：现在很晚了，明天再去好不好？

【当前】孤独不苦：你不在没人给我扫地。

【当前】明非夜：砸得出这一身装备，买只功能宠专职扫地不难吧？

他的说辞糊弄浅醉微醺还行，糊弄明非夜这样的骨灰级玩家就相当有难度了。

【当前】孤独不苦：和你无关。

【当前】明非夜：是不是和我无关，由我自己说了算。

两个人隔着一段距离默然对峙，一黑一白，一个深沉一个张扬，都散发着大神的绝对气度。未必是新仇旧恨难以自持，只是天生八字犯冲，气场不合吧？

浅醉微醺一脸黑线：你俩搞得跟决战紫禁城之巅似的，可是你们打架的导火索在这儿呢，你们倒是看我一眼啊！

【当前】浅醉微醺：孤独，我们走吧。还能陪你刷上半个小时。

【当前】孤独不苦：好。

【当前】明非夜：你就站在这里，哪儿都不许去。

【当前】孤独不苦：如果我非要带她走呢？

【当前】明非夜：那……你们就去吧。

明非夜的原则呢？气场呢？节操呢？

【系统】明非夜温柔地拥抱着你。

浅醉微醺傻眼了，孤独不苦就站在旁边静静地看着，好像眼前发生的一切都与他无关。

【当前】明非夜：前妻，好好保重，别让人占了便宜哟。

【当前】浅醉微醺：占我便宜的不就是你吗！滚！

浅醉微醺冲明非夜恶狠狠地开了几下暴雨梨花针，伤害值却不痛不痒。眼看着他翻身骑上羊驼扬长而去，她真是满腹憋屈，更与何人说。

【当前】孤独不苦：可以走了吧？

孤独不苦开了轻功头也不回地朝前赶，直到浅醉微醺快走丢了才停下来等她。

浅醉微醺调动药师那点可怜的轻功蚱蜢似地乱蹦，好不容易才赶上来。

【当前】孤独不苦：你的轻功操作实在太烂了，改天我抽空教你。

【当前】浅醉微醺：哦。

两个人沉默着朝前走了一阵，浅醉微醺终于憋不住了。

【当前】浅醉微醺：孤独，你为什么不买只宠物呢？

【当前】孤独不苦：有免费的可以用，何必非要花钱买？

一旦接受了这个设定，浅醉微醺彻底阵亡了。

她在心里“吐槽”了明非夜几百次，孤独不苦从来就不能以普通人的标准来衡量，他就是那么特别，对一个人狠不需要理由，对一个人好同样不需要理由。他们俩的关系就那么简单，彼此陪伴，不谈感情。

【当前】孤独不苦：我让你跳下来，你会不会生气？

【当前】浅醉微醺：我为什么要生气？

【当前】孤独不苦：我没来给你送传送卷。

【当前】浅醉微醺：你有你的事要做，我这一跳轻松快捷还不用麻烦别人，有什么好生气的？连这都要生气，我不早就气炸了？

孤独不苦站住了，过了几秒脑袋上才冒出一句话。

【当前】孤独不苦：明非夜说得没错。

【当前】浅醉微醺：什么？

【当前】孤独不苦：你是挺逗的。

【当前】浅醉微醺：你这是夸我还是损我呢？

时间确实已经很晚了，凌晓熙驱着浅醉微醺给孤独不苦扫了半个小时地之后，哈欠连天地下线了。

第二天刚上线，明非夜的组队申请就发了过来。

【私聊】你对明非夜说：干吗？

【私聊】明非夜对你说：参加寻花的婚礼。

【私聊】你对明非夜说：我有义务陪你参加吗？

她刚拒绝了组队申请，第二个组队申请页面就跳了出来。

【私聊】孤独不苦对你说：进组。

【私聊】你对孤独不苦说：孤独，要不等一会儿再去刷怪吧，我可能要去参加一场婚礼。

【私聊】孤独不苦对你说：寻花问柳的婚礼和你有关系吗？

【私聊】你对孤独不苦说：你说得那么有道理，我竟无言以对。

孤独不苦沉默了一阵。

【私聊】孤独不苦对你说：进组，我和你一起去。

【私聊】你对孤独不苦说：你也收到请帖了吗？

【私聊】孤独不苦对你说：明非夜发的帖子，你觉得他会漏掉我吗？

浅醉微醺一脸黑线，明非夜这照单请客外加雁过拔毛的习惯还真是根深蒂固，没治了。

【私聊】你对孤独不苦说：你不是讨厌那种人很多的场合吗？

【私聊】孤独不苦对你说：你不是想去吗？

相对无言，最后他们还是一前一后进了月老庙。

他们一出现，真比新郎新娘进场还要吸引眼球。

孤独不苦从来没参加过任何一场婚礼，他会出现在这里已经很令人意外了，更何况身边跟着浅醉微醺。昨天还有人看见浅醉微醺和明非夜在一起，今天就跟着孤独不苦出双入对，剧情转得再快也赶不上流言传播的速度啊。

明非夜照例站在月老面前等着主持婚礼，他俩这么华丽地进场，他当然是看得见的。

明明看见了，可他无动于衷。

【私聊】洛无双对你说：你这回是真的想通了，打算甩掉前夫，投奔面瘫美男的怀抱了？

【私聊】你对洛无双说：没那回事，他就是来陪我参加婚礼的。

【私聊】洛无双对你说：没那回事就别表现得像那回事，到时候白白挨了枪子都不知道是怎么中枪的。

洛无双朝这边挤过来，大概是想给浅醉微醺制造个下台的机会。

浅醉微醺当然明白她的意思，开了轻功打算过去和洛无双会合。

【系统】孤独不苦牵起了你的手。

孤独不苦一个互动动作把她拽了回来，这种亲昵的举动，难免又一次吸引了周遭各色人等的目光。

【私聊】你对孤独不苦说：干吗？

【私聊】孤独不苦对你说：不用在乎任何人的看法，人只要活给自己看就够了。

虽然这句话没错，但浅醉微醺还是退开一步，停止了互动。

就算不用在乎任何人的看法，可凭他俩这关系，手拉手站着怎么看都觉得别扭啊。

【世界】明非夜：肃静，肃静！婚礼马上就要开始了！请大家态度尊重点！造型端庄点！抢红包矜持点！

【世界】心如柠檬自然酸：明非夜你快点好不好，还让不让我们进场了？

【世界】明非夜：山那边的朋友们，你们好吗？

【世界】菲常完美：老大你够了！老整这套有意思吗？

【世界】明非夜：好吧，直奔主题。这边的，那边的，后面的，你们的红包都给了吗？

【世界】寻花问柳：我的婚礼你收红包，你还可以再无耻一点吗？

【世界】明非夜：红包加付十万可以抢坐大前排啊，第一时间抢红包，同时可以获得与新人近距离合影的机会！红包总金额三十万以上还可以参加幸运大抽奖！

世界频道浓烟滚滚，一排椅子四脚朝天。

【世界】赵氏司机：他还真能。

【世界】明非夜：开个玩笑，现在婚礼正式开始！

准备时间不够外加寻花问柳不怎么乐意，这场婚礼并没有夜夙的婚礼那么盛大，但是冲着昭明殿和寻花问柳的名气来观礼的人也不少，钱花得不多，依旧热闹非凡，烟花灿烂，夜空璀璨，气氛搞得跟全服欢庆似的。

每逢这种时候，基本上卡得动不了，只能彼此聊天打发时间。

【当前】蓦然天晴：小叶子，以后我们的婚礼一定要比今天的更热闹更豪华。

看到这句话，浅醉微醺才发现夜夙和蓦然天晴就在他们旁边。

如果这会儿可以自由行动，她一定会扭头远远地离开。

倒不是真的有什么芥蒂，只是经历了天雨晴的事情，现在看着这对儿有点心塞而已。

【世界】蓦然天晴：小叶子，以后我们的婚礼一定要比今天的更热闹更豪华！

夜夙没搭理她，她干脆在世界频道又喊了一遍。

【世界】夜夙：行了。

【世界】蓦然天晴：小叶子你凶什么，你是不是不喜欢我了？

【世界】夜夙：别说了行吗？

整个世界都是祝福和互相拌嘴的信息，忽然冒出这么几句不和谐的声音，立刻营造了喧宾夺主的效果，热闹的婚礼瞬间冷场。

夜夙越是不理会，蓦然天晴就闹得越凶，早就忘了这是别人的婚礼，柠檬只好哭笑不得地跑出来给他俩调停，连接下来撒红包、闹新人外加花轿巡游都耽误了。来往宾客哗啦啦地散了一大批，留下来的一大半是等着看笑话的。

【私聊】孤独不苦对你说：你还舍不得走？

【私聊】你对孤独不苦说：要不是我卡到动不了，这会儿我早就杀到南海边上找地方洗脑去了。

【私聊】孤独不苦对你说：看来你的电脑已经烂到了一定的程度，差不多就换一台吧。

【私聊】你对孤独不苦说：我又不像你们这些土豪，说换就换呢？

【私聊】你对孤独不苦说：你先走吧，等人散了我自然就能动了。

【私聊】孤独不苦对你说：等我把你拽出去吧。

【系统】孤独不苦牵起了你的手。

屏幕上的画面就像是一帧帧播放的幻灯片，孤独不苦就在那些并不连续的画面当中牵着浅醉微醺步步前行。

出了月老庙之后，画面有一瞬彻底卡死，定格在那个瘦骨嶙峋的刺客背部，几秒钟之后忽然恢复正常，这个时候他们两个人已经来到了桃花坞通往龙腾城的小路上。

桃林里空无一人，粉色枝头如同云霞叆叇，微风卷着花瓣，如同粉色细雪洒遍天地。

孤独不苦就这么安静而坚定地走着，背后的一对赤金鬼吼刃闪着低调而华丽的蓝色电光，不伟岸不英挺，却给人莫名的安全感。

【私聊】你对孤独不苦说：孤独，我这边已经正常了，不用牵着我了。

【私聊】孤独不苦对你说：哦。

孤独不苦应声放了手。

【私聊】你对孤独不苦说：我要是一直不出声，你是不是打算牵我一辈子啊？

【私聊】孤独不苦对你说：不会的，牵着你刷不了怪。

【私聊】你对孤独不苦说：英雄，你会不会聊天？啊啊啊啊啊！

【私聊】孤独不苦对你说：实话实说有错吗？

【私聊】你对孤独不苦说：说句好话你会死吗？

孤独不苦没有接话，沉默了一阵才开口说话。

【私聊】孤独不苦对你说：走吧，去战场。

【私聊】你对孤独不苦说：今天不刷怪了？

【私聊】孤独不苦对你说：你已经87级了，80级装备属性快跟不上了，90级套装暂时也穿不上，不如去战场混积分，换个战场套装先用着。

【私聊】你对孤独不苦说：战场套装是干什么用的？

【私聊】孤独不苦对你说：PK。

【私聊】你对孤独不苦说：算了吧，我一个治疗药师又没什么仇家，还玩什么PK啊？

【私聊】孤独不苦对你说：你不惹别人，别人会来惹你，把自己变得更强总是有好处的。

【私聊】你对孤独不苦说：不是还有你吗？你都这么强了，你不惹人，也没人敢惹你，那多没意思，你得经常被欺负才有存在的意义啊。

孤独不苦一时语塞。

【私聊】你对孤独不苦说：喂喂，你别一脸恨铁不成钢的表情保持沉默啊。

【私聊】孤独不苦对你说：你说得那么有道理，我竟无言以对。

【私聊】你对孤独不苦说：不要学我说话！

孤独不苦发了一个微笑的表情过来算作回答，作为一个说话的时候连标点符号都嫌多余的人，这么一个表情简直堪称人间奇迹。

【私聊】孤独不苦对你说：走吧，我会保护你。

那个笑容就像是花朵破开冬日的沉寂，从今往后的每一字每一句都能听出花开的声音。

等到浅醉微醺反应过来，已经身处战场中央了。

苍天啊大地啊，对一个情窦初开的小女生使美男计真的没关系吗？

嗖！

一个白衣剑客的身影忽然从眼前掠过。

【地区】浅醉微醺：花花！你的婚礼不是还没结束吗？

【地区】寻花问柳：关你什么事？

嗖！

又是一个白衣剑客的身影从眼前掠过。

【地区】明非夜：老花，你给我站住！婚礼没结束，你刷什么战场！要逃婚你早点逃啊！这不早不晚的，别人找我退礼金怎么办？

【地区】寻花问柳：滚！

嗖！

一个天尊顶着华丽丽的80级套装从眼前流光溢彩地飘过。

【地区】蓦然天晴：明非夜，你给我说清楚，你凭什么阻止小叶子娶我！你说啊！

【地区】明非夜：没空。

浅醉微醺一脸黑线，昭明殿这群人实在不能用正常人的眼光来看待，一个个的都是神经病好吗？

【私聊】孤独不苦对你说：别发愣，过来。

孤独不苦当然不会对这帮亡命战场的神经病感兴趣，短短几分钟时间，他的积分已经冲进了战场前十位。

两个人刚转进树林，孤独不苦几个起落就消失在密林深处，浅醉微醺捣动小腿一路追过去，当头挨了一记断岳斩。对方等级和她差不多，只是职业压制，这一下大概打掉她四分之一的血。加四分之一的血对治疗药师来说就是造两个九转丹行的工夫，可她立马就慌神了，开了轻功就朝后躲，顺便开了五气朝元想一次补满。药师的轻功怎么快得过剑客？对方一看她竟然这么菜，立刻用流星赶月抢上来打断了她的读条，趁着技能造成的晕眩还没结束狠狠给她来了几下。

浅醉微醺知道已经回天乏术，干脆束手待毙。

孤独不苦忽然自黑暗里闪现出来，一记螳螂刺把那个剑客打成晕眩状态，鹤立式加魁星踢斗同时组合成了旋风连环腿把对方扫倒在地。那个剑客也不算太菜，爬起来之后就是一个气爆，避免和他贴身战，企图靠这为自己争取消除破绽的时间，可孤独不苦哪里能让他得逞，迅速黄雀夺小连招加上魂惊鬼泣把对方打到只剩薄薄的一层血皮。

【私聊】孤独不苦对你说：动手。

浅醉微醺欢乐地提着小针扑上来，开了暴雨梨花针朝那个刺客猛扎。

MISS，MISS，MISS……

一连串的 MISS 滑过，浅醉微醺的心都碎了。

【当前】饭兜响叮当：女侠，麻烦你给我个痛快好吗？谢谢。

【当前】浅醉微醺：啊！还能不能愉快地玩耍了？

话音刚落，饭兜响叮当的眩晕状态已经解除了，他眼明手快地给自己猛灌一口大血，然后迅速开了血爆。

浅醉微醺含恨倒地。

孤独不苦忍无可忍，冲上去一刀把他秒了，然后用返生符把浅醉微醺拽起来。

【私聊】孤独不苦对你说：你的自保技能是封脉定身，无论来的是什么职业，你一定要记得先定身，最不济你先开个药师盾。

【私聊】你对孤独不苦说：太紧张，忘了……

【私聊】孤独不苦对你说：定身之后还要记着对方的CD（指电子游戏里技能的冷却时间），一旦打不过马上逃命。

【私聊】你对孤独不苦说：我逃命都来不及，哪还有时间记CD？

【私聊】孤独不苦对你说：战场上加血要用治愈和九转这类瞬发技能，五气朝元再好你也别用，没有敌人会等着你慢慢读条。

【私聊】你对孤独不苦说：哦。

【私聊】孤独不苦对你说：血量过少的时候千万不要靠近剑客，剑客有血爆，打剑客的时候一定要防这招。剑客职业比较BUG，还有流星赶月可以迅速拉近距离，治疗药师想赢只能靠磨，只要不被秒杀，沉着应对，打消耗战还是有取胜可能的。

【私聊】你对孤独不苦说：哦。

【私聊】孤独不苦对你说：你真的明白了吗？

【私聊】孤独不苦对你说：算了，不能主动出击就守株待兔吧。

孤独不苦潜行，浅醉微醺开始了无组织无目的的乱逛。

【私聊】你对孤独不苦说：啊啊啊，左边来了两个。

【私聊】孤独不苦对你说：好，杀了。

【私聊】你对孤独不苦说：小心，右边又来了一个。

【私聊】孤独不苦对你说：嗯，灭了。

【私聊】你对孤独不苦说：后边！后边！

【私聊】孤独不苦对你说：搞定，宰了。

有了浅醉微醺这个看上去就肥美多汁的诱饵，孤独不苦根本不用再东奔西跑，只需要站在原地等着鱼儿纷纷上钩就行了。不多时，他俩的积分就登上了团队积分的榜首，孤独不苦也直接杀入了个人积分的前三甲。

孤独不苦手起刀落，手中利刃划破空气的声音如同春天里第一块冰破裂融化般清脆犀利，优雅冰冷得像是在演绎一种艺术。

【私聊】孤独不苦对你说：其实你当诱饵还是挺成功的。

【私聊】你对孤独不苦说：虽然你是发自内心地夸我，但我为什么一点都不高兴？

【私聊】孤独不苦对你说：你已经尽力了。

嗖！蓦然天晴的身影再次从面前掠过。

孤独不苦忽然开了潜行，迅速朝她消失的方向追过去。

浅醉微醺很想跟过去，可才跑了几步就被潜行到身边的刺客暗算了。她尽量沉着地给对手上了个封脉定身，跟着给自己补了两下九转丹行。刺客都是三秒钟的神，要的就是最初出手那几下，几秒钟之后拿不到绝对优势就得开始考虑防御。对方显然也不够老到，眼看浅醉微醺这几下像模像样，心里居然发怵了，一个隼连纵跳开，准备脱战潜行。

看看自己至今为零的个人积分，浅醉微醺喜极而泣，终于等到咱改写宿命的时刻了！

她迅速给自己挂满了固若金汤、润脉清心、如沐春风、药师盾等各种白色、金色的增益状态，手握银针意气风发，一腔豪情只待沙场厮杀！

玉指轻扬，手中银针恰似暴雨坠梨花。

鸿飞碧落，流星赶月，八方风雨，羚羊挂角……

针尚未出手，对方已然倒地。

明非夜一身华彩张狂无比地站在面前。

【当前】掌勺大锅：这辈子能死在明大神手里，真是死而无憾。想起那天在夕阳下的奔跑，那是我逝去的青春……

【当前】明非夜：前妻，我来救你了！哈哈哈，是不是被欺负惨了？

【当前】浅醉微醺：明非夜，我要杀了你！

【当前】明非夜：啊？就算孤独不苦把你甩了也不用冲我抓狂吧。

【当前】浅醉微醺：算了，我懒得跟你说！

浅醉微醺劈头盖脸地照他扔了一堆负面状态，然后扭头就走。

【当前】明非夜：懒得说就不要说嘛，为什么揍我呢？

浅醉微醺头也不回地朝前走，明非夜就觍着脸跟在后面，遇到点背恰好从他们身边路过的，他一概冲过去几招秒杀，送人家一个免费地铺。事实上即使他什么也不做也是一块金光闪闪的免死招牌，就算有浅醉微醺这块诱人的饵料放在眼前，也没人愿意奔他面前去白送积分。

【当前】浅醉微醺：你不去赚积分，跟着我干什么？

【当前】明非夜：起码把你送到孤独不苦手上我才能安心啊。

浅醉微醺琢磨着这句话，心里总觉得别扭。

【当前】浅醉微醺：明非夜，我要跟谁在一起和你有关系吗？

话才出口她就后悔了。

他们俩的关系剪不清理还乱，但即使是这样若即若离的拉扯，也比挑明了之后彼此陌路的痛苦来得好些。

【地区】蓦然天晴：孤独不苦你有病是吧！那么多人你不下手，非要追着我杀！我招你惹你了？

按孤独不苦的习惯，他只追求最有效率的击杀来赢得积分，绝不会追着谁杀个没完。孤独不苦是服务器最有名的杀手，他得罪的人不少，可多半都是拿钱办事，说白了他就是别人复仇的工具，那账最终还是算在他雇主头上的，就是两个人私下里有过节也说不过去啊。

就在这时，她看到蓦然天晴开着逍遥游飞快地朝这边扑过来，后面跟着杀气腾腾的孤独不苦。

【当前】蓦然天晴：明非夜，快点救我！

浅醉微醺一脸黑线。

明非夜如果不出手，孤独不苦当着他的面揍了蓦然天晴，那就算是打了他的脸，在夜夙那儿也不好交代。明非夜如果出手，浅醉微醺夹在两个人中间帮谁都不是，势必立场尴尬。

孤独不苦是个目的性明确的人，他打定主意要做一件事，那他眼里就只有那个目标，不达目的誓不罢休。即使有强敌当前，也绝对阻挡不了他追杀蓦然天晴。

果不其然，明非夜还没做出反应，倒是孤独不苦先一个燕双飞加黄雀夺切到了明非夜背后，起手就是魂惊鬼泣击晕，然后扭头去对付正主。

他的意思很明确，他不打算和明非夜多纠缠，只想用最快的速度撂倒蓦然天晴。

蓦然天晴知道他的厉害，当然不敢硬顶，迅速开了一个万壑雷把他推远，然后拼命朝明非夜身边躲。

明非夜起手一记八方风雨，把孤独不苦的连招打出一个短暂的停顿。

他显然也没打算和孤独不苦死磕，否则就会趁着他对付蓦然天晴时背后留下的空当直接起手流星赶月或者风卷残云，而不是开个不痛不痒的八方风雨算作警告。

并不是每个人都好独孤求败那一口，两强相争必有一伤，即使不伤，时间耗光啊。

目前的形势很明朗，明非夜不想打，孤独不苦也不想打，相互试探的意思远超过拼命的气势，过几招意思意思之后估计就散了。

高手就是高手，两个人来回腾跃，互相躲避技能，身上都没挨几下，可蓦然天晴和浅醉微醺就惨了，即使只是被群攻技能扫到，血量也会下去一大截，东躲西藏外加拼命喝药才能勉强站着，真是遭了老罪了。

眼看着他俩即使打到战场结束也拼不出个所以然来，浅醉微醺终于忍无可忍了。

【当前】浅醉微醺：你们无不无聊？有这闲工夫不如出去赚积分！

话音刚落，她忽然发现自己的血量见了底，瞬间吓得喝了一个化枯转荣，然后开着药师盾飞快地后退。血量刚恢复到四分之三，一下又见了底。

上一次她还以为是被他俩误伤，这一回总算是看明白了。

居然是蓦然天晴趁乱攻击她！

【当前】浅醉微醺：蓦然天晴！你干什么？

蓦然天晴哪里管得了那么多，天雷轰放完就上炎杀咒，一点没打算给她留活路。

形势剧变，眼看着浅醉微醺就要找阎王喝茶去了，孤独不苦迅速转身，黄雀夺加螳螂刺，想打断蓦然天晴的技能，明非夜跟着赶过来，却仗着剑客的天生优势后发先至，给了她一记流星赶月。

明非夜只想打断她的技能，可孤独不苦显然没打算放过她。蓦然天晴的技能条一断，孤独不苦就迅速切入，直接开了狂魔气爆加暗甲天杀。明非夜眼疾手快，迅速飞出技能范围之外，浅醉微醺和蓦然天晴瞬间就躺下了。

【当前】蓦然天晴：明非夜你居然帮着外人打我！

明非夜手中晃开了夺目的剑花，一招九星破军终于出手。孤独不苦被打了一个后仰，立时开了血祭光环，一招镜中影迎上来。

这回两个人都不再开玩笑，一招一式都是致命杀招。

这一场高手之间的世纪对决吸引了不少人在远处围观，地区频道下注的、起哄的、看热闹的乱作一团。

今天这架要么不打，要么就是生死搏杀，谁输了都要丢光颜面。

明非夜是号称近战王者的剑客，而孤独不苦却是擅长快攻暗杀的刺客，近身搏击的优势加上职业压制，谁都能看出来明非夜此刻占尽上风。

浅醉微醺急了，忍着心痛用昂贵的冥界之门原地复活，然后朝孤独不苦扔了两个九转丹行。九转丹行加上血祭，孤独不苦瞬间满血，场上形势顿时逆转。

【地区】浅醉微醺：别打了！你们别打了！

【地区】金豆豆：浅醉微醺你别打岔，我下了血本压老明赢！我要是输了，你就以身相许吧！

孤独不苦有了她的支援，瞬间小宇宙爆发，战斗力噌噌上涨。

明非夜算着自己的破绽也快满了，不敢轻举妄动，迅速跃出战圈，试图开虎踞龙蟠来调整节奏。

浅醉微醺赶上去，又给明非夜来了两个九转丹行。

【地区】二哥好帅：我这就看不懂了，浅醉微醺到底是站哪一边的？

【地区】浅醉微醺：中间！你们两个听见没有，别打了！

显然那两个人都把她的话当成耳旁风，你来我往打得热火朝天。

【地区】丁大猫：浅醉微醺你边上玩去吧，俺们每天都在战场挨大神的虐，难得遇上一场高水准表演赛，还不准俺们看着高兴高兴？

【地区】蓦然天晴：乐呵啥啊，走你！

蓦然天晴不知道什么时候爬起来了，因为没人注意她，这会儿超耗时的大技能坎离火鸦居然读完了，眼看着她的法杖顶上爆开一朵炫目的火花，浑身爆燃着金红色火焰的金凤以雷霆万钧之势砸在孤独不苦身上！

坎离火鸦虽然伤害值惊人，但因为读条时间太长，本来并不具备实战功能，多亏今天万事俱备，还真让她逮到机会成功暗算了孤独不苦一次。

只是这一击，孤独不苦已经毫无悬念地躺下了。

就在他躺下的瞬间，身形化作白光消失。

【系统】您的好友孤独不苦已经离线。

好戏戛然而止，围观群众瞬间作鸟兽散。

【当前】明非夜：蓦然天晴，你干什么？

【当前】蓦然天晴：你没长眼睛啊，看不见我在帮你吗？

【当前】明非夜：不用你帮我也能赢，用得着你去暗算孤独不苦吗？

【当前】蓦然天晴：什么叫暗算？我是堂堂正正地出手！

【当前】明非夜：那你攻击浅醉微醺干什么？

【当前】蓦然天晴：你舍不得啊？

明非夜直接沉默。

【当前】蓦然天晴：你看不出那个变态孤独不苦很紧张浅醉微醺吗？我打她，孤独不苦就会自乱阵脚，我这才不是卑鄙，这叫围魏救赵，再不济也是兵不厌诈！

【当前】明非夜：这就是卑鄙。

【当前】蓦然天晴：好啊，那你当年不也是靠着暗算咖啡苦才得到昭明殿的吗？手段不重要，重要的是结果。

明非夜又不吭声了。

【当前】蓦然天晴：怎么啦，是不是觉得我说的特别有道理，特别无言以对啊？

【当前】明非夜：随你怎么想。浅浅，进组。

浅醉微醺失魂落魄地愣了一会儿，心里多少不是滋味。子不杀伯仁，伯仁却因你而死，孤独不苦到底是间接被她害惨了，总该上门去说声谢谢或者对不起吧。可孤独不苦这号人独来独往又神出鬼没，他要是不上线，浅醉微醺也不知道要奔哪儿去找他。

【当前】浅醉微醺：我没心情，你自己玩吧。

【当前】明非夜：我送你出去。

浅醉微醺开了翩若惊鸿一路小跑奔向传送石，明非夜就跟在背后陪着她，始终保持着一段距离，不肯靠近，也不曾远离。

【当前】蓦然天晴：哎！等等我！明非夜！站住，你站住啊！

蓦然天晴运着逍遥游在后边紧紧跟着，就像一个超大号的灯泡。

到了传送石面前，明非夜终于站定了。

【当前】明非夜：说吧，你找我到底什么事？

【当前】蓦然天晴：你为什么阻止小叶子娶我？你说说看，我哪里对不起你了？

【当前】明非夜：我没有阻挠，只是让他自己想清楚。

【当前】蓦然天晴：我呸，这还不算阻挠啊？我们两个你情我愿，关你什么事了？你再讨厌我，等我和小叶子结婚了不照样是你弟妹，你还不是照样得照顾我！

【当前】明非夜：我保护你只是基于夜夙喜欢你，并不代表我会接受你。你再这么惹是生非，哪怕你是夜夙的老婆，我照样踢你出去没商量。

蓦然天晴瞬间爹毛，朝明非夜砰砰砰地连扔三个炎杀咒。

【当前】蓦然天晴：我就喜欢惹是生非，你能拿我怎样？

明非夜也没客气，手起刀落，三下五除二给她赠送了一次找阎王喝茶的机会。

【当前】蓦然天晴：明非夜你这个浑蛋！你等着吧，早晚有一天我会把所有的仇一次性报了！

凌晓熙刚洗漱完毕，打算钻进被窝，程雪就破门而入，直接杀到她床边上："不好了，不好了！"

"怎么？花花和柠檬打起来了？"

程雪一脸遗憾："要真是这样，我就该喊：太好了，太好了！"

凌晓熙哭笑不得。

"不知道谁那么嘴碎，居然跑去把我对寻花有好感那点事捅给柠檬了，她当时就纠结，跑来跟我谈判。"

凌晓熙一脸黑线，晚上寻花问柳把新婚妻子撇下，在战场独自寻欢的场面很多人都看到了，再加上上次在C城的三日历险记，整这一出，她真是一点也不意外。

"然后呢？"

程雪头大如斗："她哭得那叫一个梨花带雨啊，说什么没想到最信任的朋友居然在肋骨上给她两刀，在一起玩的时候我隐藏得太深，现在想起来觉得不寒而栗，她抢走寻花，我一定很恨她之类……"

"那你怎么说？"

"你跟他结婚之前难道完全没意识到他就是个新婚之夜撇下新娘直奔

战场的神抽抽吗？”

凌晓熙严重同意这个论断：“所以我到现在还没想明白他俩为什么要掺和在一起，难道是为了自我磨炼？”

“话说回来，柠檬是挺惨的。前半夜蓦然天晴和夜夙吵架，后半夜新郎消失，这算哪门子的婚礼啊。”

“她惨？别逗了。”凌晓熙一脸严肃，“新婚之夜明非夜一直跑前跑后地劝我离婚，谁比较惨？”

程雪无言以对。

“那寻花知道了吗？”

“不知道吧，柠檬没那么笨，这种事情不说开也就算了，说开了不是生生给自己弄个情敌出来吗？”程雪倒是很看得开，“而且……我也不希望他知道。既然没可能了，何苦非要给自己添堵。”

“你是真的想开了？”

“嗯。”程雪点头，“我们约定，明天我就去比武招亲。”

凌晓熙思考半晌，还是费解：“什么逻辑？这是她的意思？”

“这是我的意思。”程雪答道，“就这么办吧，别说她看我不爽，每天看着他们来来去去瞎折腾，我都快疯了。”

凌晓熙看着在床头被风推得摇摇摆摆的“不要脸”，唯有一声长叹：“好吧，那我明天上线陪你。”

于是第二天的擂台就这么热热闹闹地摆起来了。

逍遥种田人在服务器里的排名不高，但是知名度并不低，毕竟是有名的“老婆试验田”，很多妹子即使嫁出去了也还记得娘家那个威武霸气、不是人妖胜似人妖的老大。

他们在龙腾城广场找了个地方，魑魅率领几个人圈了场地，发了系统公告，擂台就算摆起来了。

比武招亲这种事情在“三界”里并不常见，很快引来不少人在旁边观望，可是看热闹的人多，上擂台的一个也没有。

【当前】洛无双：哎哎哎，你们什么意思？老娘温柔体贴、貌美如花、身体健康、能打能扛，这么大的服务器，就没一个人懂得欣赏？为什么？为什么？

洛无双站在擂台上横刀立马，一声怒吼，气势恰似神兵天降，吓得众人纷纷溃散。

【当前】浅醉微醺：你敢不敢再像人妖点？

浅醉微醺飘身上台，她的本意是想替洛无双吆喝几句，可还没等她开口，围观群众已经闹开了。

【世界】青青草：嘿，原来是浅醉微醺比武招亲，那你们早说嘛！我报名！

【世界】帅气KK：什么？老大，你前妻终于受不住冷落，在龙腾城比武招亲了！

【世界】金豆豆：啧啧，小丫头你终于想通啦？你要真嫁出去，你的嫁妆哥给你包了！能让老明不痛快就是哥最痛快的事！

【世界】浅醉微醺：不是的，你们误会了！

【世界】蓦然天晴：怪不得不敢在世界频道喊呢，你这是怕谁看到啊？

【世界】带你去纽约：浅醉微醺是咱老大的私藏品，岂容他人染指！我严重鄙视你们这种瞎起哄乱折腾的搅屎棍行为，容我义正词严地质问一句——我能参加吗？

【世界】寻花问柳：还真是浅醉微醺啊。前一秒还你侬我侬，下一秒立刻翻脸，女人真靠不住。

【世界】夜夙：哥，你说句话啊。你要是磨不开面子，我替你打。

【世界】天风十四郎：最后赢的那个留给我料理。

【世界】赵氏司机：我的神啊！擂台现场惊现本世纪最大的大神！

每天上线下线确实很无聊，难得能出一件大事，世界频道的信息排山倒海一般，所有人都在为这件跟自己八竿子打不着边的事情瞎激动，就像瞬间开启了全民狂欢模式，浅醉微醺那点微弱的小辩白在一秒钟之内就被刷到了太平洋里，就算真有人看见了，也会选择故意无视。

大半个服务器的人都朝龙腾城跑，整个主城水泄不通，就连赶着小毛驴跑商的人都冒着超时的风险停下来看热闹，于是城里卡得一塌糊涂，像浅醉微醺这样用渣电脑勉强坚持的人别说是打擂台，就是聊天都很困难。

浅醉微醺此刻就像站在旋涡中央，除了哭笑不得，还有几许失落。

寻花问柳来了，柠檬来了，夜夙来了，蓦然天晴来了，就连从来都是神龙见首不见尾的第一高手天风十四郎也来了，偏偏明非夜从头到尾都没有出现过。

【世界】浅醉微醺：大家都别闹了，比武招亲的人真的不是我。

【世界】洛无双：别装了，有什么不好意思的？

浅醉微醺傻了，连忙给她发私聊信息。

【私聊】你对洛无双说：我认真帮你招亲呢，别拿我开玩笑了行吗？

【私聊】洛无双对你说：这就算是推你一把，让明非夜知道你行情好着呢。假如他真没那个意思，你还真打算永远吊死在他这棵树上啊？

【私聊】你对洛无双说：可这不是给你招亲吗？你自己怎么办？

【私聊】洛无双对你说：你完全不用担心这个问题，等你嫁出去，我就把自己当嫁妆一并送了！

逍遥种田人的妹子们瞬间忙碌起来，报名人数从零瞬间暴涨，第一轮只好用分组赛来进行初步筛选淘汰，抽签抽到对手比较强的基本上干脆地退出，省得在全服玩家面前丢人。

第二轮剩下的人还有三十多个，循环积分赛打了大概一个多小时之后终于角逐出了前三甲——夜夙、带你去纽约、烟雾缭绕。

【当前】魑魅：好了，现在是由一线记者发来的报道，请三位说说自己此刻的感想好吗？

【当前】夜夙：如果我赢了，浅醉微醺得为我哥单身一辈子。

【当前】魑魅：呸！

【当前】带你去纽约：对老大的前妻下手，好紧张好紧张，可是仔细想想心里还有点激动呢！

【当前】魑魅：滚！

【当前】烟雾缭绕：我是被哥们儿叫来的，其实压根不知道到底是来干什么的，谁能告诉我？

【当前】魑魅：人妖号也能报上名，谁干的？

浅醉微醺彻底崩溃。

远远地看到有个黑色人影飞蹿上来，几个起落就来到了浅醉微醺身边。尤其是在凌晓熙的破电脑上看，他这一路过来真跟电影特效似的，真是碎了无数用破电脑仰望大神的女儿心啊。

【当前】浅醉微醺：你来干什么？

【当前】孤独不苦：打擂台。

浅醉微醺真想喷他一脸血。

昨天他被蓦然天晴暗算的事情，浅醉微醺还没找着机会跟他道谢或者道歉呢，照他以往的习惯，不消失个十天半个月才怪。他肯主动出现是好事，可这种时候他跟着掺和什么？

【当前】浅醉微醺：别闹了，根本不是那回事。

【当前】孤独不苦：何必骗我？其实就是那回事。

浅醉微醺彻底无语。

【当前】浅醉微醺：万一你赢了，你真敢娶我吗？

【当前】孤独不苦：如果我赢了，你真敢嫁我吗？

两人相对沉默，久久无言。

孤独不苦说话不行，打架可不含糊，和夜夙纠缠了几分钟之后轻松获胜，带你去纽约是弓箭手，孤独不苦趁他走位到场边的时候一记魂惊鬼泣把他打出场外，烟雾缭绕直接弃权。

洛无双喜极而泣：“小醺你赶紧从了他吧，比二货弟弟、猥琐宅男和人妖号都靠谱一百倍啊！”

还没等她回话，穿着红色天罪套装的剑客已经鹰扬加轻功三连跳飞落在他俩身边。

剑客 90 级套装就是云傲和天罪，天罪偏重于暴击和速度，云傲则突出防御和闪避，走的是两条完全不同的路线。

天风十四郎走华丽的快攻输出路线，自然是穿天罪套装，血红色的大麾跟狮子鬃毛一样华丽丽地围了一身，尽管他的外形选择了很普通的黑色短发，看上去还是一副随时准备奓毛的样子。云傲比较平衡，天罪则是不成功便成仁，天罪的市价比云傲贵了好几倍，所以穿云傲的剑客比穿天罪的多了好几倍。

《三界 Online》真的很有意思，穿的装备一样，游戏里的人物也都长得差不多，但是给人的感觉天差地别。就像天风十四郎，他即使只是静静地站着，也有一股令人屏息仰止的霸气。

【当前】天风十四郎：我们是不是见过？

【当前】孤独不苦：没有！

他俩当然是见过的，最早开区那会儿就是咖啡苦和天风十四郎在争夺高手榜上第一的位置，然而决战从云崖之巅的胜负却被明非夜一个暗器彻底改写。

天风十四郎在线的时间并不多，但他至今仍然高手榜第一的位置，而且一直都是游民，不肯归附任何帮会，偶尔看到他参加副本，也是蹭昭明殿的队伍。每次更新游戏版本，他都会以最快的速度把自己的装备砸到巅峰，然后继续俯视"三界"这群庸碌而欢乐的"屁民"。

大神或许都是相似的，他和孤独不苦一样沉默，孤独，难以接近。整个服务器也许只有明非夜能跟他说上几句话，可从认识明非夜开始，浅醉微醺从来没见过他俩出现在同一个屏幕里。

这或许就是高处不胜寒吧。

明非夜那样的人也能成神，但他永远都无法站在巅峰。

【当前】天风十四郎：我们先过几招。

【当前】孤独不苦：我说过了，我只打擂台。

【当前】天风十四郎：我也说过，我只料理最后赢的那个人。

这两个人根本不用理会什么规矩，什么站位，什么先手，直接开招就打。浅醉微醺和洛无双站得太近，几乎在第一时间就被扫得只剩下了血皮，于是用最快的速度撤离危险地带。洛无双的角色身材高大加上轻功给力，三下两下就窜出去了，可药师的轻功实在是悲剧，浅醉微醺蚱蜢似的蹦跶了两下，中途又被孤独不苦的狂魔气爆蹭了一下，刚刚刷上去的血量又见了底，随便中一下都得去找阎王喝茶。

就在这一瞬间，天风十四郎忽然断了自己的连招，开了个天地归一小退一步，稍微迟疑，孤独不苦已经打断了他下一步攻击。高手过招必属精品，一丝一毫的差错足以彻底颠覆结果，天风十四郎这个明显的错误立即引起了一阵唏嘘。

然而他不愧是称霸全服的高手，哪怕局势非常不利也依旧保持着绝对的冷静，眼看就要被扫倒在地，他居然硬撑着攻击，跳出战圈。孤独不苦精明得很，他的装备和战斗力都居于劣势，所以并没有选择直接追击，急躁求胜，而是用魂惊鬼泣瞬间绕到天风十四郎身后连续刺了好几下，硬逼他露出破绽。天风十四郎没有回头，而是直接身形倒挂着飞开，就在这一瞬间他身上忽然爆出红光，显然破绽已经满了！

孤独不苦等的就是这一刻，立刻断了招飞扑上去。

天风十四郎正在破绽状态，必然是不敢和孤独不苦硬碰硬的，孤独不苦拿准了这一点，飞快切入把天风十四郎的血量压到了一半以下。这种状况下，天风十四郎再开血爆就是自杀，这样一来，孤独不苦就算是赢定了。

天风十四郎迅速后撤，所有人都觉得他是怕今天当着这么多人的面惨败会丢面子，所以打算一走了之。然而在脱离攻击范围的刹那，孤独不苦的招式也被打断，还没等他变招，天风十四郎一招流星赶月冲回了他身边，瞬间逆转被动局势，占尽上风！

天下武功，唯快不破。

孤独不苦本来就是靠着刺客天生速度快的天赋吃饭的，而天风十四郎更把唯快不破的境界发挥到了极致。剑客对刺客本身就有职业压制，他那一身天罪更是为了快速击杀对手而生，一旦他掌握了战斗节奏，孤独不苦就注定无法翻本了。

天风十四郎最后一记扫叶把他踹远，却并没有补上最后那一刀。

全场鸦雀无声，就连押注获胜的人都忘了欢呼。

【私聊】洛无双对你说：看看，这就是高手风范啊，即使赢了也要给对手一个体面的死法，必须赞！

【私聊】你对洛无双说：赞什么啊？孤独不苦赢了，我还能蒙混过关，天风十四郎赢了算怎么回事？

【私聊】洛无双对你说：他要真娶你倒好了，比这一大帮极品奇葩都靠谱啊。

【私聊】你对洛无双说：你还有没有点原则了？

天风十四郎一步步朝浅醉微醺走过来，然后停在十几步开外。

【当前】天风十四郎：比赛的奖品还不错，我带走了。

【当前】浅醉微醺：这个……我可以反悔吗？

【当前】天风十四郎：过来。

【当前】浅醉微醺：电脑卡，动不了。

浅醉微醺压根不想挪窝，反倒是天风十四郎不耐烦地走过来，点了个互动牵住了她的手。

这个举动那么自然，自然到她根本没想过抗拒，就乖乖被他牵着走出了龙腾城。

离开了那个水泄不通的主城，世界终于变得正常起来。

长风万里，星空寂寥，粉色枝头如同云霞叆叇，微风卷着花瓣，如同粉色细雪洒遍天地。

浅醉微醺静静地跟着他走，越走越犯嘀咕。

天风十四郎这个人和她的交集几乎为零，即使因为这个纯属意外的擂台而走近，也绝对不会让她产生这种熟悉的感觉。尤其是他刚才故意选择了错招让浅醉微醺离开危险地带的时候，那种感觉更加强烈。

【当前】浅醉微醺：你要带我去哪儿？

【当前】天风十四郎：我还没想好。

天风十四郎那一身浓艳的红，活像一束正在疯狂燃烧的火焰，演绎成任何人都不能与之并肩的骄傲，可枝叶交错，浓淡相间的阴影依旧静静地覆盖着他的肩头，刚才的张狂霸气在一瞬间泯灭于无形，只剩下了莫名的温柔。

【当前】浅醉微醺：明非夜，你要演到什么时候？

【当前】天风十四郎：奇怪了。我演得那么像，你是怎么看出来的？

【当前】浅醉微醺：我跟天风十四郎又不熟，我哪知道像不像他，我只知道怎么看都像你！

【当前】天风十四郎：失算了。

眼看着他很认真地在为穿帮而郁闷，浅醉微醺真是又好气又好笑。

【当前】浅醉微醺：为什么不用自己的号？还得夜夙替你出头！

【当前】天风十四郎：那个号昨晚野外团 PK 杀红，被放逐红沙岛了。看那阵势，没有十天半个月是出不来了。

【当前】浅醉微醺：多大仇啊，至于杀成那样！那你还跑出来打什么擂台啊！

【当前】天风十四郎：我这不是舍不得我指东非打西、让捉鸭非捉鸡、永远叛逆、各种找碴、状况层出不穷的前妻吗？

电脑前的凌晓熙莫名地一阵脸红心跳。

【当前】浅醉微醺：哼，少贫嘴！这回大家都看到是天风十四郎赢了擂台，那我怎么办？

【系统】天风十四郎温柔地拥抱着你。

【当前】天风十四郎：天风早就玩别的游戏去了，这号现在属于我。既然赢了，那我就负责任地娶你呗。

【当前】浅醉微醺：滚！

他这一抱居然让浅醉微醺起了一身鸡皮疙瘩，她连忙后退一步打断了互动。

明明是同一个人，可他顶着明非夜的名字和顶着天风十四郎的名字，却给了她完全不同的感受。

【当前】天风十四郎：你就那么喜欢明非夜？

【当前】浅醉微醺：呸！我是不习惯你这身奇怪的皮！明非夜那号停在哪儿呢？

【当前】天风十四郎：不用去探监了，如果你真有心抚慰一下我被困红沙岛孤独寂寞的心，不如寄四五十个化枯转荣过来意思意思。

【当前】浅醉微醺：四五十个？你怎么不要我的命呢？

【当前】天风十四郎：要你的命有什么用，能换化成枯转荣吗？

【当前】浅醉微醺：再滚！

浅醉微醺一个技能返回会址直奔仓库，到底还是把压箱底的化枯转荣都取出来，外加两组玄灵草、两组绛雪丹，然后扭头奔向传送点。

看到这一幕的洛无双莫名惊诧。

【帮会】洛无双：小醺啊，你不是和天风十四郎度蜜月去了吗？

【帮会】浅醉微醺：我把他甩了！

【帮会】洛无双：啊？

浅醉微醺中途转去龙腾城把包袱里剩下的空间全部塞满了肉干，然后一路向南直奔南海幽深水域。

红沙岛是用来流放重犯的场所，与世隔绝是必须的。

浅醉微醺跋山涉水啊，翻山越岭啊，从龙腾城一路跑到南海幽深水域，路上被各种怪物热烈款待五六回，身上带的补给也七零八落地掉了一大半。

南海附近通常风和日丽，偏偏今天遇上这种狂风暴雨的天气，整个场景恶浪滔天，能见度极低，蓝色闪电噼里啪啦地乱闪。

眺望着海平面尽头冒出来的那个芝麻大小的黑点，浅醉微醺整个人都不好了。

【私聊】明非夜对你说：还没到？

【私聊】你对明非夜说：别吵，蹚水呢！

【私聊】明非夜对你说：所谓的蹚水……难道你打算从海里走过来？

【私聊】你对明非夜说：废话，这不正在海底吗？这个设定也太困难了吧，当玩家都是潜水艇吗？

众所周知，《三界 Online》当中没有游泳的设定，玩家渡水只能闭气，一旦气息用尽当场就会淹死。玩家在水里的行动速度也会减缓，更增加了渡水的难度。而此时此刻，浅醉微醺正艰难地迈着步子在海底行进。

游戏中的海水非常清澈，海底斑斓的珊瑚和各种热带鱼在身边围绕，景色倒是不错，只是那个代表气息值的长条正在急速缩短，提示危险的心跳声响得跟擂鼓似的。

【私聊】明非夜对你说：亲爱的前妻啊，麻烦你转换视角向东边看，那里就是传说中的神龙岛。神龙岛里有个秘密吊桥可以直接通到红沙岛，一路过来简直不要太简单啊亲。

话音刚落，浅醉微醺已经华丽丽地直接漂尸了。

化枯转荣是制药宗师级之后小概率制出的药物，环视整个 48 区也没几个人能做，一旦做出来，基本上都是供给本帮会的大神，很少外卖。

浅醉微醺这一挂，包里的化枯转荣掉了十几个，可她也不敢再蹚水回去捡，只能强忍心痛奔向了神龙岛。

神龙岛上满地毒蛇，等级高且攻击都带着负面状态，所以就连刷怪的人也懒得过来，新人如果进来基本上有来无回。浅醉微醺凭着药师的清灵和加血技能死撑着朝里冲，好不容易才从神龙岛吊桥爬进了红沙岛。

红沙岛实在不是个旅游的好地方，目之所及全是红色，浅红色的沙子、褐红色的岩石、从岛中心干涸的瀑布顶上缓缓蔓延而出的金红色的熔岩，还有遍岛乱跑互相斗殴的各色红名玩家，极其形象地刻画了地狱的景象。

这种地方，是个人都不会想来第二次。

洛无双偶尔还会造访这里，可对浅醉微醺这样的治疗药师来说真是生平第一次。

浅醉微醺站在吊桥上，久久不敢踏足那块陌生的土地。

【当前】明非夜：愣在那里干吗？过来啊！

调转视角，白衣剑客就站在吊桥的另一头。

【当前】浅醉微醺：岛上到处都是PK取乐的红名，我敢随便上去吗？

明非夜开了轻功迎过来，一路飘行到了吊桥中央。

【当前】明非夜：过来，我红名出不去，只能走到这里。

【当前】浅醉微醺：哦。

她捣着小步慢慢靠近，隔着那道看不见的屏障，面前那一袭白衣永远都是记忆里的模样，轻灵灵地站在风里，剑尖划破空气迸溅出美丽炫目的金色火焰，就像凤凰的尾羽，华丽绚烂。

就是这样的明非夜，填满了她记忆里所有关于爱情的憧憬。

【系统】明非夜温柔地拥抱着你。

苍茫夜色笼罩三界，浓的影淡的光交缠在一起，成就了一场月色也无法企及的温柔。

【当前】明非夜对你说：不用怕，有我呢。

【当前】浅醉微醺：少贫嘴，拿着。你要的化枯转荣。

浅醉微醺退开一步打断了互动，然后打开交易，把自己带来的存货一件件朝上摆。

尽管她表现得那么平静，实际上心是跳的，脸是红的，脑袋是蒙的。

化枯转荣，收了。

玄灵草、绛雪丹，收了。

肉干，拒了。

【当前】明非夜：你带这东西干什么？

【当前】浅醉微醺：可以减少罪恶值，让你早点出去啊！

明非夜一脸崩溃。

【当前】明非夜：你知道这东西得吃多少才能减少一点罪恶值吗？

【当前】浅醉微醺：不知道。

【当前】明非夜：肉干是不能叠加的，你的包袱是120格，就算你什么都不带也只能装120块。如果不计算自然褪红的速度，只按你的送货速度来计算，大概明年我就能出来了。

【当前】明非夜：亲爱的前妻，你难道没有听说过这个世界有一种叫作赦免令的东西，一块钱一个，一个就能减少一点罪恶值吗？

【当前】浅醉微醺：那你现在还有多少点罪恶值？

【当前】明非夜：311点。

浅醉微醺当场昏死过去。

杀死一个玩家之后角色会获得一点罪恶值，就算一个赦免令的价钱是1块钱，311个赦免令也得311块钱，等同于十多张30块钱的点卡，如果不买道具和增值服务，这个数字就相当于一个普通玩家一年所用的点卡！

到底多大仇才能杀成这样啊！

【当前】浅醉微醺：再见，明年我再来接你。

浅醉微醺嘴上说得绝情，还是重新打开交易，把肉干一块块放上去。

【当前】浅醉微醺：留在我这儿太占包袱了，扔了也可惜，你自己看着办吧，爱吃不吃！

明非夜迟疑了几秒，到底还是收了。

每次交易的物品数量都是有限制的，交易了两次之后浅醉微醺包里还剩下十几块肉干，想想交易起来也麻烦，还不如揣出岛去扔了算了。

肉干这个东西确实不怎么靠谱，消除罪恶值的同时会随机中各种负面状态，明非夜在那边使用肉干，一会儿显示中毒，一会儿显示麻痹，不多时脑袋上干脆冒出一个大大的骷髅头，然后飞快地绕着她开始了疯狂的布朗运动。

各色路过的红名玩家看见大神这副光景，都要停下留恋地张望。

拍照、截图、前排合影，谈笑间，明非夜的大神形象灰飞烟灭。

【当前】浅醉微醺：你没事吧？

【当前】明非夜：前妻送来的肉干果然不同凡响，这酸爽……

红沙岛只是暂时禁锢红名的地点，所以被流放的玩家多半相互斗殴来打发难熬的赎罪时间，整个岛上随时随地都有人在无差别大乱斗。明非夜中了负面状态的时候，按理说就是无聊人等下手的最好时机，可即便他跟个傻子一样在桥头展示着各种负面状态，依然没人敢对他动手。

这就是大神效应。

【当前】明非夜：跟我来，我有东西要给你。

浅醉微醺生怕被暗算，一路紧紧跟着明非夜。

事实证明她实在是多虑了。

明非夜带着浅醉微醺从那帮红名身旁走过，非但没有人攻击他，还有人忙不迭地让开了路。《三界 Online》是 3D 游戏，人物模型当然不可能互相叠加，一旦在狭窄的地方被人堵住，喊让让、滚开都是白搭。大神们的方式都是直接手起刀落，人工开路，方便快捷无副作用。当然，堵路的那只一定不会这么认为……

弱肉强食是红沙岛的法则，头上的红名就代表了你的地位。只要你够强，你就是红沙岛的主人。

明非夜在临时仓库 NPC 那里倒腾了一阵，然后回头开了交易。

90 级蒹葭套装，打孔强化、镶嵌宝石、洗练、淬炼、赤炼那一堆乱七八糟费时费力的事情已经都做完了，就看到那一排装备顶着腾腾的紫气嚣张地炫耀着自己的身价。

【当前】浅醉微醺：给我的？

【当前】明非夜：你不是马上就 90 级了吗？这就当是你的成年礼吧。

【当前】浅醉微醺：我不要。

【当前】明非夜：为什么？

【当前】浅醉微醺：让别人看见又要冷嘲热讽说我傍大款了。

【当前】明非夜：傍大款可是个技术活，脸蛋、脾气、耐心、运气一样都不能少。别人说你傍大款，那是在夸你呢。

【当前】浅醉微醺：我怎么不觉得？

【当前】明非夜：那一定是你三观不正。

【当前】浅醉微醺：你的三观才是比萨斜塔！

【当前】明非夜：好好好，我斜我斜。东西也送到了，没事你就回去吧。记得现在就把套装存仓库里去，万一挂了爆出来可就便宜别人了。

浅醉微醺忧心忡忡。

【当前】浅醉微醺：那你呢？真打算在这里待一年？

话音未落，明非夜已经像离弦的箭一样飞身而起，和其他人杀做一团。

浅醉微醺一脸黑线。

好吧，明非夜哪是那种能对着大海沉思忧愁的人，即使真把这货关在红沙岛里一年半载，他也能在这里给自己找乐子，玩得不亦乐乎。

明非夜在那边战得痛快，三下五除二把围观看热闹的无辜路人全部慰问了一遍，然后从爆一地的战利品里快速挑拣自己需要的药品。

地上的一块肉干忽然吸引了他的注意。

【当前】明非夜：谁这么没素质，上岛还揣着肉干这种垃圾？

【当前】浅醉微醺：我。

明非夜用返生符从层层叠叠不敢复活的人堆里把浅醉微醺拽了起来。

【当前】明非夜：你怎么还没走啊？

【当前】浅醉微醺：我走了，没走掉。

【当前】明非夜：我送你出去。

两个人一前一后回到吊桥边，明非夜习惯性地盘腿坐下，开始恢复。

【当前】浅醉微醺：你还需要药吗？我包袱里还剩下一些。

【当前】明非夜：不用，刚才打架爆出来的把包袱都塞满了。

【当前】浅醉微醺：好吧，没药的时候喊我，我给你送药过来。

【当前】明非夜：不用那么麻烦，我有小号。

话才说完，面前已经多了一个眼神迷茫、表情呆滞的小药师——是明否夜。

在这种地方看见是明否夜，浅醉微醺忽然有种时光倒转的错觉。

只是现在的是明否夜已经不再是初见的模样，一身华丽的云蕊套装加稀有武器决月，妥妥的土豪标配。

【当前】浅醉微醺：小号有必要弄得那么强悍吗？

【当前】明非夜：这你就不懂了，人在江湖飘，保命用小号，就连天风十四郎这种号也有派得上用场的时候。

两个号面对面交易之后，明非夜的名字在刹那间就被彻底洗白了。

浅醉微醺目瞪口呆之后总算是明白了，他居然用赦免令给自己买回了自由身。

打架有小号，送药有小号，探听消息有小号，就连泡妹子也有小号。

明非夜这个人其实真的并不需要她。

【当前】浅醉微醺：你不是说你出不去吗？

【当前】明非夜：难道你觉得我真会在这里蹲一年吗？

【当前】浅醉微醺：你有赦免令，干吗还收下我的肉干呢？

【当前】明非夜：我就喜欢你送的肉干，有种特别怀旧的味道。

浅醉微醺哭笑不得。

【当前】浅醉微醺：311 个赦免令，你还真是蛮拼的。

【当前】明非夜：没那么夸张，每天都有专门的活动可以赚赦免令，哪怕每个号每天只能赚一个，全部上交帮会仓库之后也是惊人的数目啊。

【当前】浅醉微醺：你当帮主就是为了随便挥霍会员们上交的物资？

【当前】明非夜：胡说，明明是为了让妹子们尊敬我崇拜我爱上我对我欲罢不能。

明非夜就是明非夜，除了死不正经还是死不正经啊。

【当前】浅醉微醺：别给我嘴贫，难道你不觉得养那么多小号毫无意义吗？

【当前】明非夜：当然有意义！不然你同时喜欢上几个女人又几个都想娶的时候要怎么办呢？

【当前】浅醉微醺：滚！

浅醉微醺站起来，看看包里硕果仅存的几块肉干，忽然间无名火起，干脆把那几块肉干都吃了。

这下可好，没事的人吃出事，有事的人更有事。

浅醉微醺顶着一个大大的骷髅头开始了疯狂的布朗运动，身上一阵红一阵绿，闪得跟交通信号灯似的。

明非夜在一边笑岔了气。

【当前】明非夜：哎，中了肉干的负面状态没办法自己用技能解除的。你先拿着这个解毒剂，实在不行的时候喝一口，腰不酸了腿不疼了，逃命也有劲了，超大剂量，一瓶顶过去五瓶！

【当前】浅醉微醺：明非夜，你给我滚！

【系统】明非夜温柔地拥抱着你。

这时候做布朗运动的恐惧状态已经结束了，可最后中的麻痹和虚弱还没退下去。

最近明非夜动不动就来一个熊抱，他抱得顺手，浅醉微醺也快习惯了。

明非夜抱着她，她就傻乎乎待在他怀里一会儿红一会儿绿。

【当前】浅醉微醺：你干吗老是抱我？

【当前】明非夜：因为喜欢你啊。

【当前】明非夜：有个这么逗的妹妹，我的青春一片无悔。

浅醉微醺愣了一阵，终于退开一步打断了互动。

他的拥抱只不过是看似暧昧的错觉。

她并不笨，所谓的妹妹其实只是一张外表比较好看的“好人卡”，不是吗？

【当前】浅醉微醺：你根本不该来打擂台的。

来了，赢了，给了她本不该有的希望，然后把一切扔到地上摔得粉碎。这比一开始就告诉她毫无希望来得更残忍。

【当前】明非夜：你是不是喜欢那个孤独不苦？

【当前】浅醉微醺：当然喜欢啊，要不是你来搅局，我们现在已经奔月老庙办婚礼去了。

她狠狠咬着牙，一个字一个字把自己推进再也无法回头的境地，心里最想说的那句话却怎么也说不出口——

我跟着你追着你拽着你，难道就是为了换来一个只能站在你身边却从来走不进你心里的位置？

她再次想起了那个傻大个和他所说过的话。

做不了情人，就连做朋友也没必要了。

【当前】浅醉微醺：谁稀罕给你当妹妹？如果可以，我恨不得从来都没认识过你。

明非夜沉默了一阵，最后脑袋上才冒出一句话。

【当前】明非夜：明白了。

第七章 有一种死法叫作死

自从甩了天风十四郎，浅醉微醺再一次被推到了风口浪尖上。

羡慕的、嫉妒的、冷嘲热讽的没事找事的一股脑地涌到她面前的时候，她才知道隔着冰冷的屏幕竟然也能用最不经意的姿态把别人刺得遍体鳞伤。

她不争辩，不愤怒，只是沉默着来回于《三界 Online》的各张地图。

谣言总会渐渐失去惹人注目的鲜亮，可是从那天开始，连同渐渐远离的过程都被省略，明非夜就像是从浅醉微醺的生活里彻底消失了。

浅醉微醺早已经养成了习惯，每天上线都要先打开好友栏看看。很多时候明非夜的名字亮着，只是没有私聊信息，没有上线下线时的欠揍问候语，甚至没有在她面前出现过。

副本，战场，活动，他的轨迹一如往昔，却不再和她有交集。

看着他的名字亮起或是变灰，她心里起起落落，就像生生把自己的灵魂撕成两半。

偶尔看到明非夜上世界频道给帮会招新或者组大团刷副本，要的都是输出职业，从未需求过治疗。

也许这就是他们的真实写照。

她真的很好，只是她的好，他从来都不需要。

孤独不苦的表现和往日一样，刷怪刷怪再刷怪，执着得像一个遵循着时光前行的老头，重复着毫无新意的日子，拼命提升自己的装备评分，偶尔停下来，也是在战场里找人练 PVP（指电子游戏里的玩家对战）技巧。浅醉微醺无聊的时候也会跟着他一起去战场，一旦阵亡，就躺在地上静静地等他料理完敌人之后再把自己拖起来。

在平静的时光里就连心情也会跟着平静，她不会再聚精会神地望着屏幕中央那个刺客刷怪或者PK，而是用越来越多的时间切出去做自己的事。看电影，刷微博，抑或写点什么不着调的东西，周末就和室友或者同学一起去打工，当作社会实践。

得不到，走不掉，人生最大的无奈，往往会让人更快地成长。

【团队】浅醉微醺：孤独，你能不能教我PK？

孤独不苦掉转视线来看他，发过来一个见鬼了似的惊诧表情。

【团队】浅醉微醺：干吗这个表情？总是躺着看你打怪也挺没意思的，我不能总这么没用吧？

孤独不苦回头三下五除二料理了一只怪。

【团队】孤独不苦：治疗药师就该有个治疗药师的样子，PK的事情交给我就够了。

【团队】浅醉微醺：可是我真的想学！

【团队】孤独不苦：你是为了明非夜吗？

【团队】浅醉微醺：不是，我是为了能帮上你的忙！哎，你到底教不教啊？不教我找别人去了！

孤独不苦埋头打怪，就像压根没听见她的话。

浅醉微醺气得七窍生烟，可惜原地怒气爆发了三秒之后，还是乖乖地坐了下来。

凌晓熙就是凌晓熙。

哪怕她三次忍不住把“不要脸”扔进了垃圾桶，最后却还是赶在舍友朝桶里倒脏东西之前把它拯救回来。

【团队】孤独不苦：治疗药师所有属性都是为了自保而设置的，即使是大神级的操作，也只能保证不被杀死。如果真想在PVP中占据优势，你就必须把属性洗成暗蛊药师。

【团队】浅醉微醺：好，我这就去！

【团队】孤独不苦：你先考虑好，暗蛊药师的技能至少需要几万份毒药才能登顶，一旦成为了暗蛊药师，你就再也不能回头了。

这一点她很明白，治疗药师是为了在团队中给队友上状态和加血而存在的，而暗蛊药师则是为了单打独斗而生的，攻击力是范围性、持续性的，不会像天尊和弓箭手那么立竿见影，选择暗蛊药师，也就是选择了一条孤单的路。

【团队】浅醉微醺：我早就考虑好了，现在也经常蹭不到队伍啊。反正都只能跟着你混，我宁可变得有用一点。

孤独不苦沉默了一阵。

【团队】孤独不苦：有时候我真希望你说的是真心话。

【团队】浅醉微醺：我什么时候说假话骗你了？呃……好吧，但那都是善意的谎言啊！

【团队】孤独不苦：明非夜来找过我，他说你承认喜欢我，让我好好照顾你。

浅醉微醺愣了。

这根本就不是明非夜的风格啊！

【团队】孤独不苦：这也是善意的谎言吗？

浅醉微醺苦笑，一时间不知道该怎么回答他。

【团队】浅醉微醺：对不起，把你也牵扯进来了。那时候我在气头上，没想这么多。

【团队】孤独不苦：能给你当挡箭牌，其实也不错。

孤独不苦扭头招呼怪物去了，留下浅醉微醺一个人在原地发愣。

【团队】孤独不苦：别胡思乱想，如果你真的想洗成暗蛊药师，最好现在就放个小号去新手区收集制毒材料。

【团队】浅醉微醺：你也支持我洗属性？

【团队】孤独不苦：对我来说，你的用途就是扫地，你玩什么都没区别。

【团队】浅醉微醺：滚！

浅醉微醺把这件事情在帮会里一说，立刻遭到了全体会员的一致反对。

【帮会】洛无双：小醺你可不能洗成暗蛊啊，不是说好要做彼此的天使吗？

【帮会】花花妹：团长，不要放弃治疗！

【帮会】艳艳：就是，虽说你的治疗量不怎么好看，但是你的输出手法更不靠谱啊。

【帮会】福罗伦萨的月光：暗蛊药师操作很难的，与其被不靠谱的暗蛊药师 0T 害死，群攻整死，引怪折腾死，我宁可选择是因为加不上血壮烈牺牲！

【当前】轩辕：我的意见同楼上。

浅醉微醺彻底无语，真是金风玉露一相逢，便拾取节操无数啊。

时间流逝，无声无息，在浅醉微醺都没意识到的情况下，她的战场积分逐渐累积到可以兑换一两件战场装了。尽管那些积分都是沾了孤独不苦的光，最后结算的时候根据团队排名补偿的，但多少也是个安慰。

这天刚刚进入战场准备区，浅醉微醺一眼就看见了寻花问柳。

【私聊】你对寻花问柳说：你怎么一个人在这里？

【私聊】寻花问柳对你说：别理我，我只想做一个安静的美男子。

寻花问柳忽然扔了个组队信息过来，简直让她受宠若惊，但是因为她已经和孤独不苦组队，那个组队信息被弹了回去。

【私聊】寻花问柳对你说：我忘了，你最近都跟孤独不苦混战场，用不着我们操心了。

【私聊】你对寻花问柳说：听你这语气怎么像是在损我？

寻花问柳径直走向战场 NPC 排队进场，浅醉微醺追在他背后，试图问个清楚。

【私聊】你对寻花问柳说：花花，你这话到底是什么意思？

【私聊】寻花问柳对你说：你和老明吵架了？

【私聊】你对寻花问柳说：有眼睛的人都看得出来吧。

【私聊】寻花问柳对你说：为什么事吵架？

浅醉微醺没有回答。

她总不能回答自己被明非夜发了变相“好人卡”吧？

【私聊】寻花问柳对你说：做人不能那么没良心，哪怕有了新靠山也不能就这么把老明撇下啊！

浅醉微醺一肚子的委屈，差点憋出内伤，到底是谁撇下谁啊？

【私聊】寻花问柳对你说：你的青鹭针没了，他一个人刷南天门给你凑材料；你要打帮会战，他退出帮会去帮你，积累了上万打算换东西的帮会积分和贡献都清零了；你被精武团刷屏臭骂，他替你逼走那群人，在论坛被挂墙头骂一个月，还有……懒得说了。

【私聊】你对寻花问柳说：青鹭针？他不是说材料都是帮会仓库里现成的吗？

【私聊】寻花问柳对你说：大家都想打造特殊装备，那些材料进了仓库马上就被瓜分了，哪来的现成？这种瞎话也就你会相信。

【私聊】寻花问柳对你说：你知不知道，他在会里直接挂了公告，所有会员即使在战场里也不准对你下手？

浅醉微醺忽然想到很久以前孤独不苦说过的话——

我发现只要带着你，昭明殿那队人就会绕开我们。

原来那不是错觉，而是明非夜的命令。

【私聊】寻花问柳对你说：他就是那个脾气，他私底下保护你维护你，只是非要说些话来气你，确实很欠揍。但是你摸着良心说，他对你到底好不好？

【私聊】你对寻花问柳说：那一定是你误会了，他根本就不在乎我。

【私聊】寻花问柳对你说：连线下聚会都敢去了，谁说他不在乎你，我跟谁急！

【私聊】你对寻花问柳说：如果他真的在乎我，为什么三番五次拒绝我？让我不要太清醒是什么意思？说我只是妹妹又是什么意思？

【私聊】寻花问柳对你说：我不知道是什么意思，不过你俩闹翻之后，只要有你的地方他都刻意躲开，有事没事就往丛云崖跑，副本活动什么的也都不在状态。

【私聊】你对寻花问柳说：上丛云崖去干什么？

【私聊】寻花问柳对你说：我跟上去一次，他就跟个傻子一样坐在崖顶发愣，烧点卡。他那种人，心里真的藏着什么也不会老老实实掏出来。我们这些外人都看得清清楚楚，偏偏你们自己在那儿闹别扭，搞得大家都跟着不痛快。

浅醉微醺的心怦怦跳着，好像明白了什么，却又说不真切。

【私聊】你对寻花问柳说：现在是他刻意避开我，我又有什么办法？

【私聊】寻花问柳对你说：那是你们之间的事，我废话已经说得够多了，你们爱咋地咋地，我管不着。

浅醉微醺还想问个明白，那个黑甲刺客已经来到她面前。

【当前】孤独不苦：跟我走。

【当前】浅醉微醺：孤独，我有话跟你说。

【当前】孤独不苦：打完战场再说，走。

孤独不苦一出现，寻花问柳就懒得多说，直接传送进战场去了，浅醉微醺只好跟着进了战场。

很多时候孤独不苦都开着潜行寻找目标，浅醉微醺和他在一支队伍里，所以可以看到他的位置，然后紧紧地跟着到处晃荡，百无聊赖。她对于孤独不苦来说确实是个包袱，刺客来无影去无踪，讲究的就是一个偷袭快攻，无论得手与否都要马上撤退。对这个职业来说，随身带个加血的治疗药师，除了拖后腿和当诱饵以外，实在没有别的用处了。

刚进战场的时候非常顺利，几个不明真相的新人看见药师就直接杀过来，被孤独不苦几刀料理了。背后忽然杀出两个人，脑袋上都顶着昭明殿的会徽，他们果然无视了浅醉微醺，只朝着孤独不苦进攻。

有按照在线时间和贡献统一分配装备的标准，其实昭明殿的会员在每一个等级阶层都是最强悍的，只不过他们遇上的不是一般的高手，而是名列高手榜前十名，可以公开接受杀手任务的孤独不苦。

果不其然，不到一分钟时间，那两个人就毫无悬念地躺下了，连逃命的机会都没有。

孤独不苦撂倒了他们，立刻潜行转向，朝那两个人过来的方向前进。

浅醉微醺见状，连忙跟在他背后。

不多时前面就出现了一堆正在乱战的人，战团中央有两个身影正在来回飞窜，一个是剑客，另外一个也是剑客。

寻花问柳，明非夜。

浅醉微醺苦笑一声，对啊，寻花问柳在这里，明非夜当然也在这里。

寻花问柳当然还是原来的模样，明非夜却褪下一身云傲，换上了血红色的天罪。手中剑花明艳耀眼，血红色的大氅跟狮子鬃毛一样华丽丽地围了一身，是明非夜，却又不是她记忆中的那个明非夜。

有那么一刻，浅醉微醺竟然觉得很滑稽。

他这是把天风十四郎的衣服扒过来穿了吗？

她站在远处静静地看着，忽然发现孤独不苦潜行过去的方向有些古怪。

那些围攻的人逃出战圈时一般都只顶着一点残血，想抢人头赚积分只需要在外圈就够了。他一直朝圈子里去，显然目的并不是想抢人头，而是攻击正在全力对付敌人的明非夜。

浅醉微醺明白了他的意图，于是不管不顾地跑过去。

明非夜加上寻花问柳，相当难对付，可浅醉微醺这样落单的药师，简直是亿万人的选择，您值得拥有啊！

果然那群人马上就把矛头掉转，直冲着她杀过来。

【团队】浅醉微醺：孤独，救命啊啊啊啊啊！

浅醉微醺每次落单基本上都会完蛋，可她从来没向孤独不苦求救过，这一喊，连她都觉得自己做得太露骨了。

孤独不苦迟疑了几秒，然后快速消除了潜行状态，以最快的速度杀回来。可就在他迟疑的这几秒里，正在人群中无差别乱斗的红色身影忽然飞出战圈，乘风加鹰扬，飞落在她面前，一记神龙摆尾把靠近的一个刺客踹远。孤独不苦看准时机开了狂魔气爆，跟着一个魂惊鬼泣把那个倒霉蛋打晕，三刀下去结束了战斗。这边明非夜开着八方风雨加风卷残云，用最快的速度掳掠着积分，天罪剑呼啸着划破空气，迸溅出美丽炫目的金色火焰，就像凤凰的尾羽，华丽绚烂。孤独不苦也不甘示弱，手中赤金鬼吼刃划破空气的声音如同春天里第一块冰破裂融化般清脆犀利，只是破冰而出的并不是涓涓溪流，而是炽热的血液。

两个人一个料理近战，一个料理远程，配合得格外默契。

【当前】明非夜：你帮不上忙，跑过来干什么？

浅醉微醺心虚地忙着给孤独不苦上状态和九转丹行。

【当前】浅醉微醺：我才不是为了帮你，我是为了帮孤独！

事实上一旦明非夜和孤独不苦联手对敌，战局立刻呈现一边倒的趋势，那帮人挂的挂，逃的逃，早就顾不上对付浅醉微醺了。

寻花问柳等到顶着一丝残血的敌人仓皇逃窜到他面前的时候才悠闲地开个技能直接捡了人头，然后就站在一边静静地看着。浅醉微醺一时好奇，开了个轻功从外围绕到他旁边。

【私聊】你对寻花问柳说：花花，你怎么不去帮忙？看什么呢？

【私聊】寻花问柳对你说：三个傻子。

【私聊】你对寻花问柳说：什么意思？

【私聊】寻花问柳对你说：你怕孤独不苦暗算老明，故意使苦肉计逼孤独不苦现身救你。孤独不苦明明知道是苦肉计，还是放弃了袭击去救你。老明呢，你在，孤独不苦就在，他明明知道孤独不苦肯定在附近潜行，还是冒着被暗算的风险先去救你，不就是三个傻子吗？

敌人料理完毕，明非夜依旧站在原地，孤独不苦却开了一个隐微势回到浅醉微醺身边，两个人默默对峙，却都没有做出反应。

浅醉微醺望着他们，顿时觉得有点崩溃。

【团队】孤独不苦：走。

浅醉微醺站着没挪窝，明非夜却率先开了轻功扭头离开。

【团队】孤独不苦：你为他做了那么多，还不够吗？

孤独不苦迅速飞掠向相反的方向，浅醉微醺连忙开了轻功跟在他背后，心里一阵莫名的失落。

【团队】浅醉微醺：孤独，对不起。

寻花问柳说得没错，她这么明显的苦肉计，简直是把孤独不苦当猴耍了，无论如何有点过意不去。

【团队】孤独不苦：知道了。

孤独不苦永远都是这样，不强求不计较，只是他今天的话多少有口不对心的感觉。

【团队】浅醉微醺：孤独，我不愿意看到你对付明非夜，同样不愿意明非夜伤害你。

【团队】孤独不苦：你既然用这招来救明非夜，就应该明白我心里是在乎你的。

浅醉微醺心头突突地跳。

说实在的，她和孤独不苦的关系到底算是什么呢？

从战场上的初次邂逅，一路走来，他总是在她身边保持着若即若离的距离，每当她想求证，他就会远远地避开，好像他们只是比普通朋友更特别一点的朋友。

她习惯孤独不苦的陪伴，感激孤独不苦的付出，她也很清楚，他们之前欠缺一样东西，让他们明明靠在一起，心却彼此分离。

她也不是真的那么傻，孤独不苦对她的态度当然很特别，但她无法肯定那是喜欢。

【团队】孤独不苦：你愿不愿意和我在一起？

【团队】浅醉微醺：你喜欢我吗？

【团队】孤独不苦：不知道。

浅醉微醺当场倒地不起。

【团队】孤独不苦：我不喜欢失败的感觉，尤其是输给明非夜。

【团队】浅醉微醺：算了，咱俩还是各回各家，各找各妈吧。

浅醉微醺欲哭无泪：命运多舛也不是这么个多舛法啊！老天爷，就不能让我遇上个正常的大神吗？

她这边正在哀叹，战场宣告结束。

明非夜和孤独不苦的个人积分居然都没能跻身前三名，算是发挥极为失常了。

两个人已经被传送出战场，在那一瞬间她居然看到明非夜坐在对面的屋顶上。难怪他俩的积分那么难看，孤独不苦后半场没怎么打，明非夜则是早就退出去了。

浅醉微醺摆着高姿态仰视他，而他摆了一个很霸气的姿势静静坐着，天罪在落日的背景下明艳得像一团燃烧的火焰。

这样的明非夜让她觉得有几分陌生。

有那么一瞬间，她真的很想不顾一切地回到他身边去。

【系统】孤独不苦温柔地拥抱着你。

这个拥抱来得太过突然，浅醉微醺居然被吓了一跳。

当她退开一步打断互动的时候，屋顶上的明非夜站了起来，顺着屋脊来了一记乘风加三连跳，飞快地消失在场景门口。

她总算是明白了，孤独不苦未必真想表现出亲昵，他想看到的只是这一幕罢了。

【私聊】孤独不苦对你说：你觉不觉得他很像天风十四郎？

【私聊】你对孤独不苦说：我怎么知道？明非夜说这个号是天风十四郎给他的，我从来就没见过天风十四郎本人。

【私聊】孤独不苦对你说：如果明非夜根本就是天风十四郎呢？

浅醉微醺一愣。

【私聊】你对孤独不苦说：你想太多了，你们在丛云崖决战的时候，天风十四郎和明非夜不是都在线吗？

【私聊】孤独不苦对你说：开着两个号分别打不同的副本而且互不干扰，我也做得到。

浅醉微醺无言以对。

如果他的猜测是真的，那么明非夜就是个为了取胜故意开小号从旁暗算的小人，人品显然相当值得怀疑。

【私聊】你对孤独不苦说：不会，我相信他。

【私聊】孤独不苦对你说：你凭什么相信他？

浅醉微醺没有回答，只是头也不回地朝外飞奔。

相信就是相信，她甚至不屑于停下来思考自己究竟为什么相信他。

找到明非夜的时候，他果然又坐在丛云崖顶燃烧点卡。

看到浅醉微醺的一瞬间，他忽然站起来，头上冒出读取传送卷的进度条。

浅醉微醺上去就冲着他开了一个回风舞柳，成功地打断了读条。只是他站的位置过于刁钻，这一下差点直接把他推下悬崖。

明非夜朝前蹦了两下，显然心有余悸。还没等他开口，浅醉微醺已经扑了上去。

【系统】你温柔地拥抱着明非夜。

【当前】浅醉微醺：你跑啊！你再跑啊！三界就那么大，你能躲到哪儿去？

【当前】明非夜：先朝里边站点。

【当前】浅醉微醺：为什么？

【当前】明非夜：我怕你等会儿发飙真把我推下去。

嘴上虽然说得那么欠揍，明非夜到底没挪窝，就这么任她抱着。

浅醉微醺心里明明有千言万语，可话到了嘴边什么也说不出来，只能就这么执拗地抱着。

【当前】明非夜：你怎么上来的？

【当前】浅醉微醺：我请人爬上来之后给我插了定点传送。

【当前】明非夜：几天不见，智商突飞猛进了啊。多少钱买的定点速传卷轴？

【当前】浅醉微醺：五十万铜。

【当前】明非夜：贵了。我这儿有，七折卖你要不要？

【当前】浅醉微醺：滚！

她从来没有想过，没有他的《三界 Online》会那么寂寞。

事实证明有些话还是说出来比较好，不用再为他偶尔在世界频道冒出的只言片语而神魂颠倒，不用为他忽然下线名字变灰那一瞬间而惆怅失落，不用为耳边那些流言蜚语风吹草动而胡思乱想。

就是这么随便几句话，驱散了连日来的阴霾，心头那些疑问忽然间变得不再重要了。

不用轰轰烈烈，不用鲜衣怒马，只要能在这个人身边，她的心就会忽然间开满鲜花。

【当前】明非夜：孤独不苦对你好不好？

【当前】浅醉微醺：很好。

【当前】明非夜：什么时候办婚礼？

【当前】浅醉微醺：再说这个，我现在就推你下去。

明非夜没有吱声，沧海桑田，白云苍狗，时光就在从云崖漫无边际的云海里默默流逝。

然而此刻凌晓熙却在键盘上反复地打字，然后反复地删除。

"不要再用那些莫名其妙的借口来拒绝我，我喜欢你，哪怕只是待在你身边……"

太直白了。删除。

“你能不能试着喜欢我？就算只是一天……”

太哀怨了。删除。

“别废话，马上从了我！”

这根本就不是她的个性啊！怒摔！再删！

【当前】明非夜：你费那么大劲找我，到底想说什么？

电脑面前的凌晓熙一阵心慌，所有的勇气连同遣词造句的本事都在一瞬间灰飞烟灭。

【当前】浅醉微醺：有空来看看“不要脸”，它想你了。

一层秋雨一层凉，随着雨水的侵袭，越发有了冬天的味道。

清晨忽然下起了大雨，乌云盖在树顶上，灰蒙蒙的一片，枯黄的树杈在风雨中来回摇晃。

凌晓熙窝在被子里，听着风雨在窗外呼啸的声音，美美地翻了个身。

在这种风雨交加的日子里，没有课的孩子真是幸福啊。

大家显然都是这个想法，明明到了早餐时间却没有一个人肯起床。卧室里一片静谧，只有学霸曾燕那边偶尔传来轻轻翻书的声音。

然而这种幸福并没有持续多久就被打破了，宿管阿姨扯着嗓子在门口喊起来：“凌晓熙！有人找！”

凌晓熙吓得一激灵，带着对室友们满满的抱歉快速爬下床去开门。

打开门的瞬间，外面湿淋淋的空气带着一阵凉意涌进屋里。然而门口除了宿管阿姨，还多了一个意外的惊喜（实际上是惊吓）。

“啊？”凌晓熙傻在门口，三秒钟后忽然回神，飞快地再次把门关上。

“怎么了？”她这反常的举动立刻吸引了室友们的注意，三个脑袋同时从各自的床上伸出来好奇地张望。

凌晓熙欲哭无泪，睡眼惺忪，鸡窝乱发，外加那件粉色珊瑚绒小兔子睡衣，这算是个能见人的形象吗？

“好了，快去洗脸刷牙，我在楼下等你。”明非夜在门外轻轻敲了两下，干净温柔里带着一丝笑意，总是有种让人很想靠过去的魔力。

寝室老大刘霞疑惑道：“晓熙，你男朋友？”

“啊……他是……他不是……”凌晓熙也不知道应该怎么介绍明非夜，

男友肯定算不上，朋友好像也不是那回事，网友？在两个城市之间倒腾一晚上，然后冒着大雨赶在清晨出现的网友，还真是蛮拼的。难道只能回答是……前夫？

“啊！那就是在发展中？”

“追就是追，整那玄乎的干吗？哎，刚才关门太快了，长什么样我没看清楚。”

“那还等什么，赶紧看看去啊！”

三个人不谋而合，一个温暖而慵懒的美好上午就这么被明非夜切换到了狂欢模式。

她们用了不到十分钟的时间迅速把自己打扮好，顺便给凌晓熙挑好了衣服，梳了个像模像样的发型，外带化了个淡妆。那速度，那效率，事实证明女人并不总是拖拉懒散的，一旦女人有了明确的目标和强烈的企图心，就连上帝也要对女人的行动力佩服得五体投地。

“你好，我们是凌晓熙的室友！刘霞！曾燕！谭果果！”三个人齐刷刷地站在明非夜面前狠狠地上下打量，居然把正主挡到了后面。

明非夜被这丈母娘审女婿的阵势逗乐了，嘴角微微弯起来：“我叫沈慎，你们好。”

“沈慎？原来你叫沈慎。”凌晓熙这会儿才反应过来，认识的时间已经不短了，她居然还不知道明非夜的真名。

“敢情你还不知道？”刘霞一脸狐疑，“那你俩到底怎么勾搭上的？”

“咳，咳咳！你怎么招呼都不打就来了？”凌晓熙尴尬得咳嗽连连。

在她心里，明非夜就是明非夜，从来就不需要其他任何标记。

“因为……”明非夜故意拖长了声音，“我也想‘不要脸’了。”

三个人同时回头，用恍然大悟的眼神唰唰地记录凌晓熙此刻的神情。天知道她这会儿有多想找个地洞钻进去啊！

幸亏明非夜够高，站起来的时候才从人墙背后找到了凌晓熙：“早餐吃了吗？”

凌晓熙心虚地默默摇头，前面三个则是整齐地大摇其头。

明非夜一声苦笑：“走吧，我请你们吃早餐。”

一辆车子在停车坪上沐浴着风雨，亮眼洁白的标志引得过往行人纷纷侧目。凌晓熙看见这种阵势，多半也不敢和平常一样大大咧咧地坐进去再收伞，而是先收好伞再朝车里钻。在伞关闭的瞬间，明非夜已经贴心地把自己的伞撑到她头顶上。

只是这一个小动作，忽然间让一种微妙的小幸福爬上她的心头。

只可惜下一秒，她就发现明非夜用同样的贴心姿态把其他三个人送上了车。

“发什么愣？还不会系安全带？”明非夜探过身子，拽着安全带替她扣好。他的气息从那么近的距离将她包围，雪松、薄荷、烟草以及各种辨不出的气味就在她的呼吸里氤氲，瞬间透过感官深入了她的灵魂，明亮而温柔。

天知道她有多迷恋这个气味。

那不是烟草的味道，不是古龙水的味道，那种味道就叫作明非夜。

她努力平复着混乱的心跳，迅速扯开话题：“嗯，车子怎么跟上次的不一样？”

明非夜淡然回答：“跟朋友借的。”

凌晓熙用夸张的口气问：“什么朋友这么土豪？金豆豆？”

“不是。”

“哦。”凌晓熙打从心底觉得欣慰。她只是一个再普通不过的在校学生，明非夜的生活圈子越高大上，她就越发难以企及。

“那货挺逗的，有空介绍给你认识。”明非夜淡定地发动汽车，“他比豆豆更土豪。”

这顿早餐跑得太远，当半个小时之后这辆车还在一片陌生的巷弄里艰难行进，后座三个人终于再也忍不住了。

曾燕问：“我们这是要去哪儿吃早餐啊？”

明非夜没吱声，只是微微皱着眉头，在下一个路口猛打方向盘又沿着原路开了回去。后座上一片惊呼，三个人跟沙丁鱼一样被挤扁在窗户上。

直到他用最快的速度再次汇入车流，刘霞才心有余悸，叹息连连：“是不是有钱人都这个德行？飙车耍酷简直不要太拉仇恨啊！”

曾燕最受不了：“炫技也不要选这种地方啊，心脏病都快发作了！”

谭果果很兴奋：“太过瘾了！再一次再一次！”

明非夜苦笑一声：“我真的不是故意耍帅，我哪知道 GPS 给我指的是堵墙啊？”

谈笑间，高冷形象灰飞烟灭。

沿着另外一条路又行进了半个小时，面前终于出现了一家普通的小铺面。他们走进去的时候，人家正在忙着收拾店面准备午市。

铺面里的桌子太小，都是四个人一桌，于是四个女孩子凑了一桌，不客气地把明非夜挤到了后面那张桌子上。明非夜倒也不生气，照样忙前忙后，去给她们端豆浆和八宝粥，凌晓熙看不下去，于是干脆跟过去帮忙。

“你是客人就别忙了，让我来吧。”凌晓熙伸手去接，明非夜却朝旁边一躲，照旧端着托盘朝楼上走。

“我真不是客气。就你那平衡，我怕你把粥扣楼下顾客一脑袋。”

“不吐槽我，你就不会说话吗？哎……”凌晓熙怒气冲冲，话刚说了一半，脚下的小高跟就应景地扭了一下，差点从小楼梯上摔下来，只好张牙舞爪地搂住了明非夜。

凌晓熙涨红了脸，明非夜也不动弹，就这么任她抱着。

“穿不惯就不要穿了。”明非夜果断开口，“连你最不修边幅的样子都见过了，就是画皮也拯救不了你一泻千里的形象啊。”

凌晓熙在他腰上狠狠地拧了一把：“信不信我把你连人带粥一起推下去啊？”

明非夜躲了躲，好不容易保持平衡，憋着笑轻声说：“浅浅，别闹，先上去。”

他每次用这种宠溺的姿态说话，凌晓熙浑身的免疫细胞总是毫无悬念地全体投降，脑袋晕乎乎的，乖乖蹬着小高跟朝上爬了几级，然后扭头看他：“哎，平常宿管阿姨根本不让男生进来的，今天那是意外，否则我才不会以那个造型出现在别人面前呢。”

明非夜眼角带着笑，只回答了一声：“哦。”

“你是怎么说服阿姨让你上来的？”

“我夸了她的穿衣品味，探讨了床单花色，顺带陪她惋惜了一下她不成器的儿子。”

“嚯，你还真什么都懂啊。”

“那当然，也不想想我的外号是什么。”

凌晓熙白了他一眼：“少女杀手？”

“瞎说。”明非夜一脸严肃，“我明明是妇女之友。”

凌晓熙原本还担心明非夜会觉得拘束，没想到坐下之后他隔着一张桌子还能不断折腾出新的话题，逗得一桌子女人前仰后合，一顿早饭之后他就真成了这几个无良室友名副其实的“妇女之友”。

明非夜爬起来去结账的时候，刘霞朝凌晓熙腰上捅了捅，语重心长地嘱咐：“这个沈慎有点靠不住，你还是多想想吧，别头脑一热就朝上扑。”

“我以为你们挺喜欢他的。”凌晓熙一脸黑线。

曾燕：“是啊，他那么会讨女孩子喜欢，就凭你这微末道行怎么镇得住他？”

刘霞：“他长得那么危险，你这小白菜地里黄的干瘪身材，就是抢到手也守不住啊。”

谭果果：“你看那脸！你看那身材！你看那车！”

凌晓熙：“还能不能继续做朋友了？”

大家一脸愁苦地陷入了思考。

曾燕：“看来你得在他身上安上定位仪、窃听器、针孔摄像机！”

刘霞：“监控他的朋友圈人际圈 QQ 微博微信，全部监控！”

谭果果：“不许任何异性生物靠近他五米之内！”

凌晓熙一脸无奈：“人生如果要活得那么辛苦，不如我直接泼他一脸硫酸可好？”

程雪学的专业和凌晓熙不一样，等到她中午下课回来看到明非夜的时候，也是一脸的难以置信。

“下午的课得上到六点，要不就让程雪陪你四处逛逛吧。”明非夜能待在这里的时间肯定不会太长，凌晓熙当然想多和他待一会儿，只可惜下午上课的老教授实在得罪不得，她只能选择乖乖去上课了。

“孤男寡女四处乱逛，你就不怕我和程雪看对了眼，直接干柴烈火，让剧情一泻千里？”

“你敢！你……”凌晓熙的眼睛对上他带笑的嘴角，忽然意识到自己又被他耍了，“明非夜，你就那么喜欢看我抓狂吗？”

明非夜开心地笑出声来，伸手摸着她的脑袋：“你还是奓毛的时候比较可爱。”

“我又不是小孩子，哪门子的可爱呀！”

“哎，别走啊，下着雨呢。”凌晓熙扭头就走，明非夜撑着伞大步追着，两个人一前一后，雨水笼着桂花的味道在空气中低低地飘浮着，氤氲了一片含羞带笑的迷离。

“小心！”车子从背后溅着水开过来，明非夜忙不迭地把她朝自己身边拽。凌晓熙一个趔趄靠在他怀里，才发现他的衣服已经湿了一大半。

她仰头看了一眼头顶明显偏向自己的伞，心里涌起一阵莫名的情愫，低低地喊了一声：“傻瓜，你衣服都湿了。”

“你心疼吗？”明非夜低眉看她，雨水沾湿了他的发梢，就连眉头上都沾了一层水汽，那种专属于他的味道就停留在伞下，眼角上的褐色泪痣静静地停留在时光里，那是一场兵荒马乱的过往，一段被烟雨晕染的传奇。

“呸！”凌晓熙伸手到包里，折腾了半天到底什么也没掏出来，只得尴尬地抬眼望着头顶的伞，一副“你看不见我，反正你什么都不知道”的鸵鸟模样。

“心疼你就靠过来点，这样我就能少淋点雨了。”明非夜搂上凌晓熙的肩头，她的脸顿时烧出一片红晕，手搭在他腰间摸到的那一片冰凉的雨水，融到心里却是暖烘烘的。

恍惚间就像回到了天外神宫，白衣剑客的身影隐在花叶扶苏之间，静静地演绎成月光也无法企及的温柔。浓的影，淡的光，空气都像被染上了一层梦的颜色。

“你好好上课，不用担心我。就一下午时间，我到附近找个能上网的地方就行。”到教学楼的路原本就不长，明非夜把她送上台阶，最后做了个打电话的动作，“去吧，下课之后再打电话给我。”

明非夜长得本来就不低调，两个人紧紧依偎的姿态更是惹眼，虽说大三阶段谈恋爱早已经司空见惯，可这两个人的存在还是吸引了大量的注意。

“啧啧，这么能拉仇恨，你真该改行去当 MT（指电子游戏里的怪物仇恨主要承受者，别称“坦克”）抗怪，当输出真是太屈才了。”凌晓熙爬了十几级台阶之后转过身，他还撑着伞站在雨里。

他朝着她挥挥手，身影就像要被飘摇的风雨渐渐化成梦境里才有的虚无。

凌晓熙忽然从楼梯上跑下来，站在比他高两个台阶的地方稍稍弯腰：“你是不是对每个女孩子都这么好？”

明非夜愣了一秒，然后死不正经地开口：“对，除了你之外的每个女孩子。”

凌晓熙：“滚！”

教授嘴皮翻飞，窗外的雨依旧淅淅沥沥，绵绵不绝，教室里的人坐得太多，于是窗户上也蒙了一层雾气，整个世界就像被包裹在糖霜里，构筑出了一场离奇的梦境。

不多时，手机上忽然收到了明非夜的信息：报账号密码。

凌晓熙：你想干吗？

明非夜：把你称斤卖了。

这一下午的课，凌晓熙一直都处于神游状态，直到教授宣布下课，她才如梦初醒，笔记本上那些密密麻麻的字她居然一点印象都没有，这些真是她写的么？

找到明非夜的时候，他正在咖啡屋里品着咖啡做任务。

玻璃上氤氲的水汽笼着明非夜的影子，他的侧脸完美得无懈可击，只要他不开口，即使只是这么靠着沙发慵懒地喝着咖啡，就足以慰藉深秋里的萧瑟。

凌晓熙敲敲玻璃，明非夜侧过头看她，脸上浮现出温暖的笑容。

下一秒，他用指尖在玻璃上画了一个生气的猪头。

咖啡厅内外浓烟滚滚，围观花痴四脚朝天。

凌晓熙一脸黑线：你自毁形象那么成功，我简直都不好意思说我认识你啊啊啊啊啊啊啊……

厚着脸皮坐到明非夜对面，她才发现桌子上安然放着一块漂亮的草莓蛋糕，心头微微一暖：“你替我点的？”

明非夜的眼睛从笔记本顶上投过来：“老板娘送的。”

“奇怪了。”凌晓熙茫然四顾，周围的顾客显然都没有这等待遇，于是好奇地问，“为什么要送你？”

明非夜毫不犹豫地回答：“因为帅吧。”

“哎，自恋是病，不要放弃治疗啊！”凌晓熙哭笑不得地晃着他的屏幕，又很庆幸自己现在吃的是蛋糕，而不是奶茶，否则可能会当场喷他一脸。

“浅浅，别闹。”明非夜拍了拍她的手，“先吃蛋糕垫垫肚子，副本完了咱们就去吃饭。”

“你在刷什么副本？”凌晓熙好奇地凑过去，惊讶地发现笔记本上同时开着两个号，一个是明非夜自己，一个则是浅醉微醺，于是问道，“双开刷副本啊？”

明非夜驱着浅醉微醺在副本里前进，翻转腾挪如同行云流水，凌晓熙都看呆了。

【团队】天地诗画：又OT了！大家小心！

主攻那边伤害被OT，小怪就像从闸门里涌出来的潮水奔着队伍蜂拥而来。浅醉微醺倒退着一个三连跳直接脱离，在半空中每个落点的间隙就给自己套好药师盾，跟着加了缓慢恢复血量的如沐春风和瞬发的九转丹行，落地之后血差不多满了，治愈之后已经生龙活虎，又是一条好汉了。

队伍本来已经被冲击得七零八落，多数人还没反应过来就被群怪亲热地扑倒在地，紧跟着BOSS一记震地，活着的玩家们就跟炮弹似的横飞出去直撞在山壁上，而浅醉微醺直接高跳到了技能平面以上，轻松躲过了这华丽丽的一击，然后侧身空翻，掐着BOSS出大技能的CD，半空一个侧翻点地，顺着悬崖边抄近路进了传送点。

等她转回来，整个团队已经躺成了一地的悲剧。

【团队】天地诗画：咱们的主治医师哪儿去了？浅醉微醺呢？

【团队】浅醉微醺：我在。

【团队】天地诗画：你居然成功脱战了？这不科学！

浅醉微醺默默地读着浴火重生技能，把那些阵亡的家伙一个个拉起来。

也许这就是大神吸引人的原因，所有人都躺着，只有她一个人站着，顿时就有种睥睨天下的气度。

【团队】天地诗画：你别朝前冲，医师就要有点医师的样子，老实站我背后去，我会保护你的。

【团队】浅醉微醺：不用，去整理队伍，重新开怪。

【团队】天地诗画：小醺你这么冷淡啊，游戏只为休闲娱乐，谈情说爱才是此中真谛！

【团队】浅醉微醺：让开，你挡着我的视线了。

作为团队核心的 MT 妖魔力士流着宽面条泪黯然而去。

【团队】萝卜蹲不蹲：愚蠢的凡人，小醺这样的美女岂是你能碰的？小醺，看这里看这里看这里！

【团队】鹦鹉不烦：滚！没看见我的 ID 和浅浅才是天造地设的一双吗？

【团队】烟雾缭绕：浅醉微醺，你还记得擂台畔妖艳妩媚秀色可餐的第三名吗？

【团队】天地诗画：人妖号就别来凑热闹了，快滚！

电脑前的凌晓熙差点喷了电脑屏幕一脸血，为什么明非夜玩起人妖号来比她这个正版主人还要受欢迎啊？不过这种话她当然只能任它烂在肚子里，故意岔开话题：“这么渣的团队，真能打完吗？”

“没有渣团队，只有不努力的团队。只要肯努力，就连手残党也有治愈的希望。”明非夜倒是信心满满。

凌晓熙白他一眼：“那我们这么努力，为什么还是弱得不像话呢？”

明非夜若有所思：“大概是因为你们努力的方式不对……”

正说着，传说中“靠努力治愈手残”的团队又开怪了，明非夜聚精会神地加血、上状态、躲避技能、消除负面状态，真是上蹿下跳，不亦乐乎。凌晓熙小口地吃着蛋糕，试图把精力投入到激烈的副本战里，可眼睛明明看着画面上的华丽特效，心思却都放在身边那个人身上。

坐得那么近，他的气味就这么若有若无地揪扯着她心里最脆弱的弦。

她也不明白自己是怎么了，明明只是游戏里的一个网友，在一起的时候说说笑笑，一旦分开，隔着冰冷的屏幕，那些苍白的喜怒哀乐又算是什么呢？

但这偏偏就是无数少男少女的执念，越是镜花水月，就越想抓在手里。

这种若即若离简直就像无法抗拒的毒药，离他近一分便更迷恋他一分，越陷越深，直到万劫不复。

就在凌晓熙品味着蛋糕的时候，明非夜已经打完了副本，一转身就看见了她愁苦纠结的表情："怎么这个表情，很难吃吗？"

"唔……"事实上凌晓熙一直处于魂飞天外状态，蛋糕塞到嘴里也味同嚼蜡。

明非夜忽然伸过头来，把她叉子上剩下的蛋糕塞进嘴里。

凌晓熙错愕地叼着另外一小块蛋糕陷入石化状态。

"味道还行啊。"明非夜浑然不觉，顺手把浅醉微醺的号退出团队，后面还跟着一群追着求交往的寂寞宅男。打开明非夜自己的号，那边居然还挂在水月洞 25 人大副本门口。

【私聊】寻花问柳对你说：有异性没人性，这边灭团三次了，你倒是管不管？

【私聊】夜夙对你说：哥，刚刚出了你要的材料，我全部收缴存仓库了，密码是××××××，回来了记得去取。

【私聊】菲常完美对你说：今天出了几件特殊装备，全部放在仓库了，等你来分。

【私聊】赵氏司机：老大，说好的妹子呢？你是今天介绍呢，现在介绍呢，还是今天现在介绍呢？

【私聊】帅气 KK：我们会的新人被欺负了，赶紧开帮会战吧，你值得拥有！

那一大堆的信息真让凌晓熙惊叹不已，大到帮会战，小到分配装备，都得他过问，明非夜哪里是老大，明明就是个全职保姆啊。如果昭明殿未曾易主，就凭孤独不苦的个性，估计早就直接解散帮会，一了百了了。

【帮会】明非夜：我在外边，不方便处理事情。会里的事情暂时交给寻花处理，大事小事全部去找他。

帮会频道哀号一片，寻花问柳在私聊频道不遗余力地对明非夜奉上诚挚的鄙视，他压根不予理会，直接关了游戏。

程雪早已经在百乐门订了位子，然后靠在窗边玩手机。等到他俩在伞下打打闹闹地过来，她彻底傻眼，抄起手机直接录了个视频。

凌晓熙见状，面子上多少挂不住，等到明非夜离席接电话的时候才找着机会，用胳膊肘顶她一下："哎，你录那些干吗呢？"

程雪一脸严肃："即使你的初恋最后依然是个悲剧，起码也能给你留个念想。"

明非夜在包间外面，透过磨砂玻璃看不清他的表情，只能模模糊糊地映出他的身影，就像是他捉摸不透的感情。

"程雪，我们两个真的不会有将来吗？"

"你自己心里明白，何必问我？"程雪顿了一下，"离开了明非夜这个标签，你真的了解他吗？我觉得吧，你要和他在游戏里发展无所谓，但真的要在现实里走到一起，你们还差得远呢。"

凌晓熙顿时陷入了沉默，一脸的天崩地裂，心如死灰。

程雪看她这副模样，立刻就乐了："好了好了，能够阴错阳差地凑到一起，就证明你们有缘。我只是提醒你，你们不能总是这么不明不白的，陷下去之前，起码得把该说的都说清楚。"

凌晓熙思考了几秒钟，忧心忡忡："怎么办？我觉得……我好像已经陷下去了。"

程雪苦笑一声，伸手摸摸她的脑袋："问世间情为何物，直教人伤风感冒上吐下泻啊。哪怕我对你说得像模像样，这事情要是放在我自己身上，我估计比你还不要命呢。"

每个人年少的时候或多或少做过那么几件傻事，有时候明明知道是个火坑，还是义无反顾地朝下跳；有时候哪怕全世界都反对，还是要坚持到底；有时候哪怕连自己都觉得自己愚蠢，还是一条路走到黑。那就是专属于青春的记忆，即使在回忆往事的时候偶尔连自己也会觉得幼稚可笑，却依然感谢那段经历给予自己快乐，或者遗憾。

席间谈笑风生，程雪和明非夜居然探讨起帮会管理的心得，偶尔相互爆点猛料，凌晓熙就坐在程雪右手边跟着笑，很少插嘴。她很珍惜能和明非夜相处的时间，哪怕只能看着他，陪着他，多一分多一秒都是好的。

程雪当然知道自己的作用只是调节气氛，吃完饭之后，就以有课为名华丽地遁了。

两个人并排站在大街上的时候，凌晓熙望着面前川流不息的车流，忽然萌发出一阵不知所措的迷茫。

“你们寝室几点钟锁门？”

“十点半。”

“那还有点时间，想上哪儿去玩？我陪你。”

凌晓熙茫然地摇头，她一贯的风格都是附议，如果让她来做决定，选择恐惧症爆发的结果就是纠结到最后哪儿都去不成。

“去远的地方来不及了，附近有个夜市，就随便逛逛吧。”

凌晓熙都不记得自己是怎么点了头，又是怎么迈动双腿走过来的，等她的魂魄终于回归躯体，忽然发现自己已经置身于夜市当中。

整条街灯火通明，那些卖特色小吃的摊位不断散发着烟熏火燎的热劲，小地摊上摆放着做工粗劣的廉价商品，还有不少摊位贩卖发出各色光芒的夜光玩具，还有发卡、荧光花束，路边那些小小的酒吧用各色装潢努力地吸引过路人的目光。

浓的影，淡的光，交错成了无边夜色下一曲温柔至极的萧瑟，就在那片烟波之外，淡成了迤逦。

明非夜并没有和她并肩而行，而是总和她错出一个身位，无形地拉开了彼此的距离。

“哎！沈……沈慎！等等！”凌晓熙喊着他的名字，然后指着旁边一个用沙包砸娃娃的小摊位，“我想玩这个。”

明非夜停下来，眼里带着些许诧异。凌晓熙第一次用真名呼唤他，气氛好像就在须臾之间变得奇妙起来。

凌晓熙不敢看他的眼睛，径直走到小摊位面前，拿起沙包掂了掂。

“小姑娘，十块钱五个沙包，架子上的娃娃随便打，打落地就是你的，擦边打歪都不算。”这大概是开张生意，小贩格外热情。

凌晓熙瞄准一个绿豆蛙迅速出手，沙包越过青蛙的头顶，砸在后面的背板上。再瞄准一个悠嘻猴，却咣当一声擦过隔壁那只无名的山寨猪玩偶。

“你喜欢哪个？要不让我来试试？”明非夜对于她这打哪儿指哪儿的本事彻底汗颜。

“放开那沙包！”凌晓熙白他一眼，“不是我自己打的就没意义了！”

凌晓熙蓄足了力，咚咚咚，三发落空，然后瞪着明非夜生闷气。

“连打娃娃也不失凶残本性，真不愧是我那指东非打西、让捉鸭非捉鸡、永远叛逆、各种找碴、状况层出不穷的前妻啊。”明非夜苦笑着递上十块钱，“再来五个。”

嗖，绿豆蛙中枪。咚，悠嘻猴倒地。

明非夜背后瞬间就围了一帮看热闹的游客。

凌晓熙惊诧地瞪大眼睛，敢情这货是练过的啊？

五个沙包出手，蛙猴组合里多了一个阿狸，凑齐了一个“卖萌”三人组。

“小伙子准头不错啊，还来吗？五只小的可以换个大的！”白白损失三员“萌”将，小贩心里疼得滴血，巴不得忽悠他再来送点钱保本。

“可以直接买吗？”

“小的十块钱，大的三十钱。”

“五个小的换一个大的，你还真会做生意。”明非夜用两根手指掂着阿狸，“再给你十块钱，换个大的。”

“真不行，七块五一个连本都不够。”

“账不能这么算，我十块钱打了三个，每个才摊到三块三，你亏大了啊。这三个价值三十块钱，再给你十块钱就是白赚，你四十块钱一个往外卖，还不乐意啊？”明非夜兜兜转转，立马把小贩绕得云里雾里。

“好吧，小的先给我。大的你要哪个？”

凌晓熙一脸黑线，这根本就是混淆概念啊，刚才付了十块钱，现在再付十块钱，实际上明非夜一共只付了二十块钱啊。

明非笑着转向凌晓熙：“你选吧。”

凌晓熙毫不犹豫地伸手指向那个画风明显有问题的丑陋娃娃：“最丑的那个。”

明非夜抱着一个完全不搭的丑娃娃，回头率简直是百分之百，偏偏他一脸得意，搂着娃娃不撒手，凌晓熙也哭笑不得。

“等等，不对啊！”小贩忽然回过神，挥着纸币冲着这边追过来。

“快跑！”明非夜一把拽住凌晓熙，大步朝人群中央飞奔。

周遭的景致像电影里那些浪漫场景一样飞快地掠过，手心里那点温暖牵引着她拼命向灵魂的方向无所顾忌地奔跑，就在夜风里一直向前奔行，化成青春里最美好的印记。

“呼呼……别跑了……为了十块钱……犯得着那么拼命吗？”两个人径直出了夜市，拐到了江边，凌晓熙搂着桥栏喘得上气不接下气，“你就那么缺钱吗？”

“我放了十块钱在猴子的口袋里，至于什么时候发现，就看他的造化了。”明非夜望着桥下黑漆漆的江面，笑得像只阴谋得逞的狐狸。

凌晓熙彻底服了。

他根本不是为了省钱，只是在享受别人被他耍得鸡飞狗跳的感觉而已。

混乱的呼吸渐渐平息下来，凌晓熙静静地望着站在两步开外的明非夜，眼睛里亮着桥岸边的灯火，就像装着星星。

要想缩短这段距离，总得有人先朝前走一步啊。

凌晓熙心怦怦地跳，声音微微发颤：“沈慎？”

“什么事？”明非夜转过脸看她，右脸上的泪痣那么鲜明。

“你明天就要回去了？”

“是啊，我再不回去，寻花就要被逼疯了。”

凌晓熙皱紧眉头：“你就没有其他的话要对我说了？”

明非夜很认真地摇着头：“没了。”

凌晓熙心头一阵无名火起：“你千里迢迢来一趟就是为了把我迷得五迷三道吗？”

明非夜当场笑喷。

“别说你什么都感觉不到，别说你一点都不喜欢我，我不相信。”凌晓熙望着他，语气多少有点慌乱，像是怕什么都还来不及出口就被他无情地打断，“我喜欢你，我想和你在一起。”

明非夜望着她，然后视线再次转向桥下黑漆漆的流水，没有答应，也没有拒绝。

“沈慎……上次我说的话是故意气你的，我喜欢的人不是孤独不苦，一直都是你。”她的心一点点下沉，喉咙里泛着窒息一般的干涩。

“我没那么蠢，你心里装不住事，有什么都写在脸上，你喜欢的到底是孤独不苦还是我，我能看出来。”明非夜伸手揉了揉她的脑袋，眼睛里依然是看不透的情绪，“浅浅，我放不开你，又不敢靠近你。”

“为什么？”凌晓熙非常不喜欢他这个动作，就像把她当成了不懂事的小孩子，“因为我在你心里永远都只是个孩子？”

明非夜摇摇头：“我到现在还忘不了我的前女友。”

凌晓熙就像当头挨了一记雷劈，整个人都傻了。

两个人面对面沉默了一阵，谁都没有说话。

良久之后，明非夜终于开口：“浅浅，对不起。”

“前女友……她……她是什么样的女孩子？”

“她叫辛晚晴，任性，高傲，喜欢被关注，恨不得掌控一切……她和你完全不一样。”明非夜望着她，一字一顿地回答，“只是我忘不了她，永远都忘不了。”

“为什么？”凌晓熙心里怀着委屈，声音微微发颤，“因为她漂亮，因为她完美，因为她到得比我早？”

明非夜默默摇头：“因为她就在我面前，从这座桥上跳下去了。”

这个答案来得太过意外，凌晓熙愣了好一阵子才反应过来：“然后呢？救上来了吗？”

明非夜摇摇头：“我想跟着跳下去，被过路的人拦住了。她不会游泳，水流又那么急，等到 110 来救援的时候，已经晚了。没有找到遗体，她的档案最后只能以失踪作为结尾。”

“那她到底为什么要跳河？”

“回国之后我发展得并不顺利，家里希望我出去发展，她则希望我留下来。她的个性那么倔强，永远都不肯示弱。那天我们又因为去留的事情吵了一架，那是我第一次和她说分手。”明非夜缓缓地说着，完全沉湎在那一夜的回忆里，“那一夜她从桥上飞坠而下，即使落进水里也像是没有重量，瞬间就不见了。”

凌晓熙望着明非夜的侧脸，耳边掠过的风就像渗透进了骨髓，激起了彻骨的寒冷。

凌晓熙一阵泄气，根本无从去讨厌这个不存在的情敌。那个人用这么惨烈的方式占据了明非夜的心，她还能计较什么呢？

“她的家人都认为是我害死了她，这么多年了，我闭上眼睛就看到她的脸，听见她的笑声。”明非夜紧盯着桥下的流水，眼里闪过一丝莫名的脆弱，“大概……我这辈子都忘不了她了。”

凌晓熙心里一阵恐惧，忽然上前握住他的手，只觉得他的手微微发颤，比这个深秋的夜更加冰冷。

明非夜扭头望凌晓熙的一刹那，她忽然搂住他的颈项，在他脸上轻轻落下一吻：“我们回去吧，这里好冷。”

这一吻薄得像笼着星星的雾气，在一片混乱的心悸之后就是无边无际捉摸不到的痛楚。那种痛飘飘忽忽，落不到实处，却莫名地让她痛出了眼泪。

老天这一场玩笑，未免开得太过分了吧！

“浅浅？”

“我原谅你了。你看，说明白了多好，总是若即若离、遮遮掩掩多难受啊。”凌晓熙假装释然地飞快扭头，“下次不要再对别人那么好了，就算你没有那个意思，别人也会忍不住胡思乱想的。下次记得早点把话说清楚，不要等到人家陷进去了才说你忘不了前女友，太伤人了。下次……”

胳膊忽然被拽住，她又是一个趔趄，就在她万分庆幸下午换了双合脚的鞋子时，已经被明非夜紧紧抱在怀里。

“如果真的放得下，你就不要哭啊。”

凌晓熙没好气地捶着他的胸口：“我眼睛进了沙子不行吗？放开，快放开！”

“浅浅，我舍不得放开你。”

凌晓熙抬头看着明非夜，明非夜居高临下地望着她，两人之间还隔着一个巨丑无比的娃娃。

对视三秒之后，两个人同时笑出声来。

“哎，这是你的台词吗？”凌晓熙的眼泪还在眼眶，已然笑得前仰后合，“这还是我那没脸没皮、没羞没臊、惹是生非、绯闻满天、无情无耻、无理取闹、满嘴跑火车的骗子前夫吗？”

“这么煽情，画风明显不对啊。”明非夜搂着她同样笑得上气不接下气，“这还是我那指东非打西、让捉鸭非捉鸡、永远叛逆、各种找碴、状况层出不穷的前妻吗？”

等到两个人都笑够了才靠着栏杆坐下来，明非夜搂着凌晓熙的肩头，于是她也理所当然地靠着明非夜。

星空璀璨，桥上来往的车流汇成一条光芒流动的河，在湍急的水面上破碎成千千万万个混乱交错的虚影。

“你在想什么？”

“我看过一部恐怖片，说的就是……”

“闭嘴！”凌晓熙一脸黑线，“你就不能正经点吗？”

“那可不行，我正经的时候连我自己都害怕！”

凌晓熙哭笑不得。

“她是我的过去，我忘不了她是事实。如果我心里还有她，对你就是不公平的。”话题跳跃性太大，明非夜忽然正经起来的时候果然让凌晓熙产生了错乱感，好半天才找着他的频道。

“人的际遇由不得自己控制，你忘不掉，那是你的事。人不能永远站在原地，我们两个总得有人向前走一步，才能站在一起啊。我就是喜欢你，哪怕你这辈子都忘不了她，我还是喜欢你。”凌晓熙站起来，一字一顿就像发誓一样，“我会给你时间考虑到底要不要和我在一起，我不要求你更多，只希望这段时间你不要再逃避，起码能对自己诚实一点。不要再随便抛下我，不要再一回头就忘记我。”

明非夜跟着站起来，却沉默着，没有答话。

“你又在想什么呢？”凌晓熙忍不住追问。

“我一直在想你这样一个脸蛋普通、身材普通、个性普通的小女孩到底有什么值得我喜欢。”

“喂！够了啊！”

“现在……你给了我最好的理由。”明非夜眯起眼睛的时候，整个世界都好像陪着他一起微笑。

凌晓熙笑起来，站在他面前探着身子想去吻他的脸，没想到这一次因为没有拽着他的脖子，即使她拼命踮起脚，却还是差了一截，死活够不着。

“你又想非礼我啊？”明非夜装出一脸哀怨。

“你！算了！”凌晓熙打算鸣金收兵，明非夜却忽然揽住她的腰，不容分说吻下来。

这个年代的孩子接触到启蒙教育的机会实在太多了，凌晓熙还记得某次电视上放到某暴君对抢来的民女乱来，尺度那是相当大，刚上小学的表妹居然连眼都不眨，一直看到结尾。凌晓熙厚着脸皮问小表妹知道刚才演的是什么，结果只获得了一场惨无人道的鄙视。

凌晓熙呢，看的听的自然是不少了，只可惜实战经验根本就是零。

明非夜吻她的时候，那种甜蜜的感觉撑着心脏就像要爆开，只觉得整个世界都颠倒过来，精神完全脱离了躯体的控制，飘飘忽忽，落不到实处。直到她被吻得晕头转向的时候，才悲哀地明白自己刚才吻他的时候根本就是幼儿园水平。

回到学校的时候宿管阿姨已经无情地关了门，明非夜出马哀求了几句，阿姨居然爽快无比地开门放行，连重话都没说她一句。

凌晓熙略感心塞，这真是一个看脸的世界啊！

“等等，那个娃娃不送我吗？”隔着宿舍大门的铁栅栏，凌晓熙对着明非夜多少有点恋恋不舍。

“我什么时候说过要送你？”

“那你还让我选？”

“你费那么大劲去打，不就是想送给我当纪念品吗？”明非夜拍了拍那个奇丑无比的娃娃，“放心，我会把它当成是你好好珍藏的。”

凌晓熙顿时有种搬石头砸了自己脚的感觉。

“明天你就要回去了？”

“嗯，不用来送我了。”明非夜马上就看穿了她的心思，“我怕你当场哭晕过去。”

“滚！”

明非夜大笑着转身离去，凌晓熙又加了一句：“滚的时候小心点。”

回到寝室，她惊讶地发现室友们居然都没睡，此外还多了一个串门的程雪。

“你们这是在干吗？”

“你可算回来了。”谭果果很夸张地松了一口气，“我们担心你被骗财骗色，被始乱终弃啊！”

“就是，你胆子可真大。”刘霞拉着大嗓门劈头盖脸地吼，“我们还以为真是你男朋友呢，他说白了就一网友，你凭什么这么相信他啊？脸好看能当保证书用吗？”

“晓熙，你没事吧？他没对你怎么样吧？”曾燕皱紧了眉头。

“没……没有……谢谢你们。”曾燕这一咋呼，凌晓熙脑袋里立马开始从各个角度回放那段亲吻画面，脸也瞬间开始发烧。

程雪看出来了：“哪能有事啊，你看她笑得那一脸的春色满园关不住。”

程雪打着哈欠凑过来，语气里带着开玩笑的揶揄：“你们进展到哪个地步了？”

“我说不好。”凌晓熙把明非夜前女友的事情大致说了一遍，诚实地回答，“我们只是约定了一个月时间，要不要在一起，决定权在他。”

程雪连连摇头，长吁短叹。

“怎么了？我做得不对吗？”看她这个表情，凌晓熙心里难免忐忑。

“聪明，太聪明了！我还担心你这个傻妞会被黄鼠狼叼走，没想到黄鼠狼倒被你个傻妞套住了！你想想，人都死了还拿什么跟你争？傻人有傻福，诚不我欺啊！”

第八章 有一种理由叫纠结

就在明非夜走后第二天，官方论坛的 48 区版块被刷爆。被刷到顶上的帖子以《竟然有这么无耻的小绿茶》为题，绘声绘色地开扒一个披着纯良药师皮的女玩家傍上本区大神 A，同时又和大神 B 暧昧不清，平时与 A 的弟弟 C 和朋友 D 来往甚密，又故意摆擂台勾搭大神 E，周旋于众人之间，游刃有余，然后还要摆出一副无辜的模样来给自己立牌坊。同时罗列各种证据含沙射影，把这个女玩家的形象丑化成一个私生活极其糜烂的极品绿茶。

虽然帖子里并没有指名道姓，可 48 区的人多半一眼就能看出这帖子指的就是浅醉微醺。

凌晓熙没有逛论坛的习惯，程雪发链接过来让她看的时候，最初她气得发抖，看着看着心头那团怒火居然慢慢地归于平静。

QQ 上程雪的头像不断闪动。

一城小雪：看完了没有？

笑嘻嘻：看完了，这篇帖子显然是连夜炮制的，夹叙夹议，声情并茂，情感真挚，令人读了之后犹如身临其境。

一城小雪：你还有心思开玩笑，需要咱出头给你澄清不？

笑嘻嘻：有个人造谣我，欺负我，羞辱我，嘲笑我，折磨我，轻贱我，欺骗我，怎么收拾他？

一城小雪：抽他，打他，揍他，踹他，捅他，扇他！

笑嘻嘻：不如忍他，让他，避他，由他，耐他，敬他，不理他，再过几年你且看他。

一城小雪：获得爱情的人果然不一样，你这是要涅 啊？

笑嘻嘻：这帖子是用马甲发的，咱们根本就不知道是谁。明非夜刚上线就看见我带着一帮人骂街，这人毁我形象的阴谋不就得逞了吗？

一城小雪：那就这么便宜了那个造谣的浑蛋？

笑嘻嘻：别担心，这个帖子打击面这么广，就算我不出头自然会有其他人出头的。我觉得吧，这个人对我身边的事那么熟悉，肯定是咱们认识的人。

程雪在那头沉默了一阵。

一城小雪：这还是我可爱的专属药师小天使吗？

笑嘻嘻：我记得有本书上说写过，女人可以看起来糊涂，可千万不能真的糊涂啊。大处聪明，小处糊涂，才能整个人都萌萌哒！

一城小雪：恶意卖萌可耻！

事实证明凌晓熙的判断完全正确，一个帖子居然横扫明非夜、孤独不苦、夜夙、寻花问柳和天风十四郎，这完全就是作死的行为，广大粉丝表示：攻击浅醉微醺无所谓，毁我男神罪无可恕！

果然，在大家的群情激奋和“技术帝”的介入下，还没到晚上，那个发帖的人就被找到了。

【世界】心如柠檬自然酸：蓦然天晴你疯了？没事发这种帖刷存在感吗？

【世界】蓦然天晴：我就发了怎么的？我就是看不惯她这么个小绿茶天天在咱们附近乱转！到处勾三搭四不够，还要染指我家小叶子！

【世界】魑魅：证据呢？拿不出证据就别瞎造谣！

【世界】心如柠檬自然酸：就是，你觉得不舒服，那就去找证据扒他俩的事，扯上寻花干什么？

【世界】蓦然天晴：你就继续自我欺骗吧！你看不出寻花问柳对她的态度比对你还好啊？

【世界】菲常完美：蓦然天晴，小夫妻吵架还能扯上全服巅峰天风十四郎，你还真是蛮拼的。

【世界】赵氏司机：直到今天我才发现咱们老大真是独具慧眼，能从那么多ID里挑出这么个尤物，就算头上绿点也值了！

【世界】帅气KK：连孤独不苦那种非地球生物都能为她神魂颠倒，也是实力的体现啊。

【世界】福罗伦萨的月光：都滚！咱家浅浅不是这种人！别闲着扯淡到处咬人！

【世界】蓦然天晴：敢做就别怕人说啊！明非夜不要她了，她就死皮赖脸地跑来勾引小叶子，还要不要脸了？

【世界】夜夙：够了！你还要丢人到什么时候？

【世界】蓦然天晴：讨厌，你凶什么！我这么做还不是怕你被人抢走！你说说看，这都多久了，你答应我的婚礼呢？

事情到了这个份儿上，各种路人也就没有存在的必要了。浅醉微醺看了一阵，心里居然暖暖的，那些明里暗里替她出头说话的人，她认真地把他们一个个记在心里。

眼看着全民问责变成了夫妻吵架，很多人觉得没趣，插嘴的人越来越少。浅醉微醺也看够了，刚刚想撤，忽然发现好友栏里明非夜的名字亮着，于是发去了私聊信息。

【私聊】你对明非夜说：是本人吗？

【私聊】明非夜对你说：嗯。

【私聊】你对明非夜说：果然负心薄幸，花前月下的时候叫人家小甜甜，一转脸就当人家是路人。

【私聊】明非夜对你说：别闹，我这边忙着给夜夙两口子调停呢。

【私聊】你对明非夜说：你们在哪儿？

【私聊】明非夜对你说：丛云崖。

浅醉微醺一脸黑线，这些人都什么毛病，不站到那种稀奇古怪的背景里就不能对话是吗？

她点了一个定点传送，立马出现在丛云崖顶。

崖上夜夙和蓦然天晴相对而立，旁边站着个明显多余的明非夜。浅醉微醺一出现，蓦然天晴便立刻爹毛，直接开了屠杀模式朝她杀过来。

【当前】蓦然天晴：你这个不要脸的臭小三，居然还敢出现！

蓦然天晴纵然不济，起码也是以超高攻击力成名的天尊，一记天雷轰劈到实处也不是开玩笑的。

浅醉微醺没想到她上来就奓毛，一点也不敢怠慢，赶紧照孤独不苦教她的那样迅速开了药师盾以求自保。

【当前】明非夜：封脉定身。

浅醉微醺赶紧按下封脉定身的技能键，蓦然天晴就跟断了线的木偶似的站住了。

【当前】明非夜：再来一次。

蓦然天晴刚朝前挪了半步就再次被定身，气得都快吐血了。

【当前】明非夜：你自己卡好时间，不要等CD结束再开技能，结束之前一秒按下，正好可以完美衔接，不浪费技能次数。如果等到CD结束，遇上高手的时候，半秒钟的时间就足够你去见阎王了。

浅醉微醺会意，卡着CD第三次开了封脉定身，蓦然天晴这次果然连挪动半步的机会都没有。

【当前】浅醉微醺：这样对吗？

【当前】明非夜：聪明！一点就会。我家前妻怎么这么聪明呢？

【当前】蓦然天晴：明非夜！我要杀了你！

蓦然天晴怒不可遏，扭头朝明非夜那边杀过去。

【当前】明非夜：前妻救我！

明非夜一边喊救命，一边瞬发了一记九星破军把蓦然天晴打晕，流星赶月抢断之后跟着风卷残云大连招，瞬间把蓦然天晴打到剩了一点血皮。

【当前】蓦然天晴：小叶子救我！

明非夜没有真下狠手，到底给蓦然天晴留了点面子，她倒也不是真的那么不知好歹，确实不敢再跟明非夜动手了，只是浅醉微醺给她加血的时候，她不耐烦地喊了一声“滚开”，然后自己喝药把血补满了。

【当前】蓦然天晴：明非夜你居然打女人，还要不要脸了？

【当前】明非夜：哪有女人，我怎么没看见？

【当前】蓦然天晴：你！

【当前】夜夙：行了，居然跟我哥动手，你真是没事找不痛快。

就连浅醉微醺也听得出来，夜夙对明非夜的崇拜和敬畏远超过对蓦然天晴的迷恋，真的闹翻了，蓦然天晴绝对是吃亏的一方。

蓦然天晴委屈地沉默了一阵。

【当前】蓦然天晴：那小叶子你还要不要娶我？

【当前】夜夙：我从来没说过不娶，都是你自己在闹腾。

【当前】蓦然天晴：那到底是哪天？

【当前】夜夙：明天吧。

【当前】蓦然天晴：明天？婚礼要筹备那么多东西，来得及吗？我不管，我一定要比寻花问柳和柠檬的排场更大！

【当前】夜夙：你到底嫁不嫁？

夜夙的态度强硬起来，蓦然天晴的气势顿时就被压下去了。

【当前】蓦然天晴：起码也要比你和你前妻的排场大吧……

【当前】明非夜：只要你们俩不要再胡闹，婚礼的事情我会看着办，该有的一样都不会少。

【当前】蓦然天晴：好，你答应我的哦！

蓦然天晴这场瞎闹终于见了成效，她立刻喜笑颜开，对明非夜的态度居然也和气了许多。

【当前】明非夜：那你今天做的事情打算怎么了结？

【当前】蓦然天晴：那你想怎么样？大不了你也去编个帖子骂我一顿呗，有什么呀，我才不在乎呢！

【当前】明非夜：我没那个闲工夫。你先去把帖子删了，去世界频道上喊三声"浅醉微醺，对不起"，这事就算过了，江湖见面还是一家人。

【当前】蓦然天晴：凭什么！你又不是不知道浅醉微醺总是和别人不清不楚地混在一起，我说错了吗？

【当前】明非夜：浅醉微醺是我的女人，至少在这里，我容不得任何人欺负她。

蓦然天晴傻了，凌晓熙的心扑扑地乱跳，好半天脑子里都是空白一片。

【当前】蓦然天晴：但是……我不要当众道歉，太丢人了。

【当前】明非夜：好吧，那你去喊三声"我是小猪"也行。

虽然闹不明白明非夜到底是什么用意，不过当众"卖萌"总好过当众道歉，蓦然天晴迟疑了大半天，终于一脸委屈地答应了。

【当前】蓦然天晴：我是小猪！

【当前】蓦然天晴：我是小猪！

【当前】蓦然天晴：我是小猪！我喊完了，明非夜你听见没有？

【当前】明非夜：朕早就知道了。

蓦然天晴流着宽面条泪悲愤而去。

夜夙的婚礼很快到来，明非夜说到做到，把这场婚礼办得有声有色。上一次夜夙和天雨晴的婚礼，他赚了不少，这一次却是不计回报地全部贴进去了，迎亲、宴席、花轿巡游都是最高规格。蓦然天晴实在够折腾，夜夙有事没法上线，她就拽着明非夜陪着她在礼品店试喜服，偶尔他还得陪着她换衣服，看看搭不搭。三界里的红喜服有数百种搭配，一样样折腾下来三个小时都快过去了。明非夜和蓦然天晴都惹眼，两个人杵在那儿试喜服，过往的玩家多半会停下来看热闹，顺便指指点点，窃窃私语。

浅醉微醺爬了一趟昆仑密道去采药，再去做了个活动回来发现她还在折腾，终于忍无可忍了。

【当前】浅醉微醺：为什么让明非夜陪你选喜服？

【当前】蓦然天晴：这不是小叶子不在吗？不然谁稀罕让他陪！

【当前】浅醉微醺：为什么让他跟着你换衣服？

【当前】蓦然天晴：我总得看看和新郎的衣服搭不搭啊，他俩的外形不是很像吗？明非夜穿着好看，小叶子穿着肯定更帅！

浅醉微醺一腔闷气不知道该朝哪儿发，蓦然天晴的歪理讲得那么有道理，她竟然无言以对。

【当前】蓦然天晴：行了，看你那小气样，都小气到一家子去了。明非夜这浑蛋也就你看得上，就是送我我都不要。

浅醉微醺大感意外。

【当前】浅醉微醺：他怎么小气了？

【当前】蓦然天晴：小叶子都说我想要什么随便挑，每次我说要买什么，他总是说“买吧”，明非夜呢，我看中什么，他就问“你是不是特别想要？”我回答“是啊”，他就说“忍着”！

凌晓熙明白得很，明非夜总喜欢拿钱出来掰扯，可他从来都没有真的对钱吝啬过。他这么干，多半也是给蓦然天晴找不痛快，就像蓦然天晴故意找他碴一样。

蓦然天晴刚“吐槽”完，明非夜就指着她身上的喜服问浅醉微醺。

【当前】明非夜：这件喜服的默认头饰有点像君不语，我记得你喜欢。

【当前】浅醉微醺：嗯，是挺好看的。

话音刚落，明非夜已经买了一套交易过来。

【当前】明非夜：先收着，就算是我欠你的。

【当前】浅醉微醺：可是我现在用不上啊。

【当前】明非夜：先穿上我看看。

那一身凤冠霞帔，长裙袭地，浓艳如火，层层叠叠的裙裾如同牡丹的花瓣含苞待放，头顶的金色花冠是有那么点君不语的意思。

【当前】浅醉微醺：好看吗？

【当前】明非夜：嗯。收好了，没准很快就能用上了。

那边蓦然天晴再次气炸。

【当前】蓦然天晴：那是我先看中的啊！明非夜你听见没有？是我先看中的！

【当前】明非夜：重新选一套。

【当前】蓦然天晴：我就要这套！赶紧买给我！

【当前】明非夜：你是不是特别想要？

【当前】蓦然天晴：特别特别特别特别想要！

【当前】明非夜：忍着！

蓦然天晴彻底爆发，怒火万丈地咆哮着离去。

【当前】蓦然天晴：明非夜！有种你就不要来参加婚礼！来了你就不是男人！

晚饭之后，凌晓熙准时上线，驱着浅醉微醺站在了月老庙外面。刚过了几分钟，明非夜就出现在她面前。

【当前】明非夜：浅浅真是贴心，居然专程来陪我参加婚礼。

【当前】浅醉微醺：我不是来陪你的，而是来阻止你的。

【当前】浅醉微醺：你对夜夙好，我没话说，可不能让蓦然天晴也跟着长脾气。

【当前】明非夜：你还在生气？

【当前】浅醉微醺：当然生气，平白无故被泼了一身脏水，连句道歉都没听到，还不准我生气啊？原谅她是上帝的事，我的责任是送她去见上帝！

明非夜在那边笑得前仰后合。

【当前】明非夜：走吧。

【当前】浅醉微醺：上哪儿去？

【当前】明非夜：你想去哪儿，我们就去哪儿。

于是最辉煌的黄金副本时间，他们两个人便出双入对在血色荒野小副本进进出出。明非夜引着浩浩荡荡的一大群怪冲过来，然后八方风雨加风卷残云不断，那些张牙舞爪的大怪小怪就像被收割的麦子一层层在他脚下躺倒。浅醉微醺一次次跟着他一起转移，演出了一场绝对真实的夺命狂奔。

【团队】明非夜：前妻，左边去！快跑！

【团队】明非夜：奔跑吧，浅浅，不要停！

【团队】明非夜：那边漏怪了，右边右边，快跑！

浅醉微醺被他指挥着东跑西颠，累得头晕眼花。

【团队】浅醉微醺：都快满级了，为什么还要一直逃命啊？百无一用是药师，尤其是治疗药师！

明非夜从层层叠叠的怪身上华丽丽地掠过，象征性地在地上扫了几下，然后倒着飞回来，稳稳地落在浅醉微醺身边。

【团队】明非夜：胡说，你怎么会没用呢？

【团队】浅醉微醺：比如？

【团队】明非夜：卖萌啊，逗乐啊，扫地啊……

【团队】浅醉微醺：明非夜你给我滚！

话音刚落，世界频道就刷出一条信息。

【世界】蓦然天晴：夜夙，你到底要不要娶我？拿出点诚意来行不行？你搞不定就把你哥叫来！

夜夙一直没回话，明非夜站定不动了，估计在和谁私聊。浅醉微醺绕了半圈，顺势坐下打坐恢复。过了快十分钟，明非夜才转过身来。

【团队】明非夜：浅浅，看来我得过去看看，你先找点别的事做吧，我尽快回来。

【团队】浅醉微醺：不用了，我陪你去。

一路过去，明非夜趁着赶路的间隙把事情大致上说了一遍。

夜夙的个性和明非夜完全不一样，他并不是那种很喜欢和人交往的人。上次婚礼全靠明非夜的面子撑着，而这次婚礼办得仓促，蓦然天晴经常花式作死拉仇恨，明非夜甚至不在场，于是这场婚礼应者寥寥，排场是够大了，可是人气低得可怜。

人气低就算了，婚礼开场之前，按惯例，男方应该先求婚。

夜夙朝蓦然天晴发去了求婚申请，没想到被蓦然天晴拒绝了。她也不是真的不想嫁，而是提出了三个条件。

一、用大喇叭对着全服宣誓求婚，言辞必须华丽，情绪必须真挚，到感动她为止。

二、要一颗七彩宝石，而且必须通过赠送系统进行赠送。

三、要跪在她面前送上嫁衣，而且必须是浅醉微醺那套。

夜夙一听就怒了，硬憋着没发火，只是在那儿生闷气。

于是就有了蓦然天晴在世界频道上喊的那句话。

他们两个人进了月老庙，浅醉微醺才发现真实情况比明非夜所说的还惨。

婚礼外场稀稀拉拉地站着几个人，专门设置的座椅三分之二都空着，而那些人几乎都是蓦然天晴的朋友和以前待过同一个帮会的人。夜夙的亲友团寥寥无几，还都是奔着来吃流水席长经验的。双方四张家长椅都空着，蓦然天晴大大咧咧地占了一张，夜夙站在台子下面一声不吭，两个人都没换喜服，就这么一直对峙。

地区频道不像以往那样刷祝福，一半在催促夜夙赶紧照办，另外一半在讽刺这婚礼到底还办不办得成。

有那么一瞬间，浅醉微醺觉得夜夙真的很可怜。

毕竟有些话不好当着大家明说，明非夜先把夜夙拉进团队，然后朝着夜夙走过去，应该是正在交易。

【团队】明非夜：拿着，赶紧把事了了。

【团队】夜夙：算了，这婚我不想结了，没意思。

【团队】明非夜：喊话能喊几句是几句，大喇叭的钱给你报销。七彩宝石寻花那里好像还有一颗。嫁衣嘛，我去买套一样的，马上送过来。

浅醉微醺开了交易，把那套喜服放上交易栏。

【团队】浅醉微醺：拿去吧，穿什么并不重要，重要的是和谁在一起。

【团队】夜夙：谢谢。

不多时，寻花问柳就带着七彩宝石来救场了，后面还跟着柠檬。有寻花问柳带头，昭明殿的管理层多少还是来了几个，有了他们，月老庙的气氛终于稍微热络起来了。

【系统】蓦然天晴收到了夜夙赠送的七彩宝石。

整个服务器都飘起了红色的玫瑰花瓣。

用七彩宝石挣足了面子，蓦然天晴穿着那身喜服来回招摇，笑得像只刚刚得胜的斗鸡。

【当前】蓦然天晴：小叶子，还有大喇叭求婚呢？

夜夙本身不善言辞，更不喜欢在人前出风头，让他用大喇叭对着全服求婚，简直要逼死他了。

【世界】夜夙：从遇见你开始，我的心便只属于你。世界上每个人终会遇见那个对的人，我很开心，因为我找到了我的唯一——最特别的你。我相信你一定是上天给我派来的天使，让我的生活突然充满了阳光照耀的温暖。谢谢你，为我做了那么多。

世界频道忽然冒出这些话，浅醉微醺不禁诧异万分，夜夙今天是超水平发挥还是鬼上身？

【团队】浅醉微醺：夜夙的求婚词不错啊。

【团队】明非夜：我写的，当然不错。

【团队】浅醉微醺：我说呢，言辞华丽，情绪真挚，收放得宜，可惜怎么看说的都不是她啊。

【系统】明非夜温柔地拥抱着你。

【团队】明非夜：可惜了，本来打算自己用的。

浅醉微醺乐不可支，胸口被幸福的感觉涨得满满。这一刻，整个世界都化成玫瑰般甜蜜的颜色，弥补了她灵魂里对于爱情的憧憬。

【当前】蓦然天晴：就这几句啊？一点诚意都没有。

夜夙站在她面前，硬是不肯再说一句话，气氛再次冷场。

【当前】心如柠檬自然酸：你就别再作了，小叶子是什么样的人你自己清楚。挣那点面子有什么用？心冷了就什么都没了。

蓦然天晴死撑了一分钟，然后得意地接受了求婚。

漫天烟花开放，来宾们终于开始刷祝福的话语，蓦然天晴忙着给大家分发红包，而夜夙一个人站在一边，好像这根本是一场与他无关的闹剧。

那一晚，从婚宴开始，夜夙就一直坐在原地，一句话都没说过。蓦然天晴对待自己的亲友和夜夙的亲友完全是截然不同的两种态度，于是昭明殿那边来的亲友团坐了没多久就纷纷散去，毕竟是不受欢迎的客人，能替他撑撑面子也算是仁至义尽了。

浅醉微醺也就算了，可明非夜是夜夙当之无愧的亲属，蓦然天晴居然也没请他去坐家长椅。明非夜也算强悍，任凭蓦然天晴冷嘲热讽，他就当什么都没听见岿然不动。浅醉微醺纵然一肚子的不高兴，却也不好意思催他离开，只能硬着头皮死撑。

【私聊】你对明非夜说：蓦然天晴说话嘲讽值那么高，你就不说点什么吗？

没反应。

【私聊】你对明非夜说：有人闲着没事骂夜夙呢，你要不要出头说两句？

没反应。

【私聊】你对明非夜说：快结束了，你至少得致辞吧？

坐在身边的明非夜一动不动，头上居然顶起了暂离的牌子。

什么情况，娶个弟妹至于心塞成这样吗？

凌晓熙无计可施，只好一个电话打了过去。电话里嘟嘟的等待音响起的时候，她居然有些忐忑，她能说些什么来安慰他呢？

明非夜接起电话的瞬间，那头传来了熟悉的声音：“压死！三带一！”

凌晓熙无语望苍天。这是你弟的婚礼，你再怎么无聊也不至于跑去斗地主吧！

明非夜在那头打着哈欠问：“什么事？”

“没事。”凌晓熙果断地挂了电话。

屏幕切回游戏的时候她才发现私聊栏那里多了一条信息。

【私聊】孤独不苦对你说：你这么委屈自己真的开心吗？

转换视线朝四周看了一圈都没看到那个黑甲刺客的影子，也不知道他是根本没进来还是来了又走了。

【私聊】你对孤独不苦说：你在哪儿？

【私聊】孤独不苦对你说：我在哪儿对你来说有意义吗？

浅醉微醺噎住了，孤独不苦说话总是一针见血，却并不总是那么咄咄逼人。

【私聊】你对孤独不苦说：孤独，对不起啊，虽然我不知道你为什么生气，不过我知道肯定是因为我。

孤独不苦过了好大一会儿才发来了回话。

【私聊】孤独不苦对你说：算了，我说什么你都不会相信的。哪怕明非夜和天风十四郎真的是同一个人，你依然会站在他那边。

【私聊】你对孤独不苦说：哦，那这是原谅我的意思吗？

【私聊】孤独不苦对你说：你每次遇到事情，第一个找的人总是明非夜，而不是我。感情的事情我不擅长，厚着脸皮把你叫来其实不是为了让你扫地，我只是不想看见你和明非夜在一起。

剧情忽然进入了表白模式，浅醉微醺完全措手不及。

【私聊】你对孤独不苦说：你不是说你只是不喜欢失败的感觉吗？

【私聊】孤独不苦对你说：也许我并不知道喜欢一个人是什么感觉，但我知道，那和讨厌失败的感觉应该是相似的。

浅醉微醺沉默了一阵。

【私聊】你对孤独不苦说：孤独，你只是习惯了我的存在，那并不是喜欢。

【私聊】孤独不苦对你说：你不是我，你怎么知道我的感觉？

【私聊】你对孤独不苦说：你喜欢我什么呢？

【私聊】孤独不苦对你说：那你又喜欢他什么呢？

凌晓熙望着那几句话哭笑不得，孤独不苦洒脱率性，一般不会纠结，可一旦他纠结起来简直就是一场灾难。

【私聊】孤独不苦对你说：这件事情如果不说出来，总觉得憋得难受，我只是让你知道而已，没打算找你要答案。

【私聊】你对孤独不苦说：现在换我憋得难受了。

【系统】您的好友孤独不苦已经离线。

事实证明明非夜转移注意力的做法非常有效，当浅醉微醺全心全意为孤独不苦的表白烦心的时候，难熬的婚礼居然就这么无声无息地过去了。

等到散场的时候，浅醉微醺立刻站起来，一秒钟都不想多待。

夜夙照样坐在那里，但头顶上并没和明非夜一样顶着暂离的牌子，在这种时候看上去竟然莫名地凄凉。

想起以往偶尔投奔夜夙的日子，这小子的眼光虽然很难令人苟同，但至少人不坏。

【私聊】你对夜夙说：终于娶到了你最初喜欢的那个人，恭喜啊。

【私聊】夜夙对你说：得偿所愿，我是应该开心才对。可是今天我无数次怀疑自己当时到底为什么会那么喜欢她。

【私聊】你对夜夙说：虽然我也觉得你丢了西瓜捡芝麻，不过既然娶了，就不要再东想西想。人不用活得太明白，越明白就会越累。

【私聊】夜夙对你说：这话听着那么像我哥说的。

【私聊】你对夜夙说：就是他说的。

明非夜呼啦一声站起来，直接点了个互动，牵着浅醉微醺快速离开月老庙。

【私聊】你对明非夜说：你连句祝福的话都不说吗？

【私聊】明非夜对你说：这场婚礼我倒贴了那么多，连斗地主都输得血本无归，我才需要被祝福吧！

月老庙外月白风清，天空没有焰火绽放，此刻群星寂寥，就像只为他们两个人而灿烂。

明非夜不再说话，她也就默默地跟着一言不发。

【私聊】明非夜对你说：今天折腾得太累了，早点休息吧。

【私聊】你对明非夜说：嗯，你先睡。一会儿要到千年灵芝的刷点了，我去采了就下线。

【私聊】明非夜对你说：浅浅，谢谢。

【私聊】你对明非夜说：为什么忽然这么客气？谢什么呢？

【私聊】明非夜对你说：你为我做的一切。

【系统】明非夜温柔地拥抱着你。

明非夜刚下线，浅醉微醺就瞥见洛无双又蹲在龙腾城的桥上摆造型发愣，于是开了翩若惊鸿蹦跳着落到她身边。

【当前】浅醉微醺：你看什么呢？

【当前】洛无双：看那对离婚夫妻当街秀恩爱。

【当前】洛无双：小醺，你真的觉得幸福吗？

【当前】浅醉微醺：嗯。

【当前】洛无双：身边明明有各种好男人，却因为明非夜而一再错过；被平白无故泼了一身脏水，却因为蓦然天晴和夜夙的关系而不能计较；明明讨厌得要死，还得违心地去参加婚礼送上祝福。你真的幸福吗？

【当前】浅醉微醺：嗯，幸福得不得了！

【当前】洛无双：算了，只要你真的觉得幸福就好。

【当前】浅醉微醺：哎，你就不能好好祝福我吗？

【当前】洛无双：天苍苍，野茫茫，良家妇女爱流氓。流氓不可怕，只怕傻姑娘。

浅醉微醺又想起了前排座椅背后的那句话——

爱情是心中的暴君，它使理智不明，判断不清；它不听劝告，径直朝痴狂的方向奔去。

她借这句话给自己勇气：如果这就是不可理喻的爱情，那就让我彻彻底底傻一次吧。

【当前】浅醉微醺：你不用为我担心，蓦然天晴没那么蠢，嫁了夜夙之后多少会收敛一点吧。

然而仅仅过了一天，蓦然天晴就用血一般的事实告诉她，她的论断到底是有多么天真。

新兴帮会七杀最近快速壮大，想要成名最快的办法就是直接战胜昭明殿。七杀主动提出帮会战的时候，很多人都以为他们疯了。

昭明殿是成名已久的排名第一的最强帮会，而七杀根本进不了榜单前三页，帮会战那天，昭明殿并没有派出最强阵容，只是把当时在线的会员凑了凑就拉上了战场。

帮会战开始之后他们才发现对方的行动很诡异，不纠缠不抱团，更不死磕，一打就散，一围就逃。他们并不追求积分，却一直在战场里到处游走着，好像是漫无目的地闲逛。

直到跟着明非夜的赵氏司机和带你去纽约在混乱中挂了几次之后，他们才终于明白过来。

帮会战的胜负由积分决定，而击杀对方的会长可以获得大量积分，系统还会即时向全服公告战况。

这哪里是帮会战，明明就是“CCAV 电视丢人大赏”。

显然七杀要的就是这个，他们人员的平均装备等级和操作都要比昭明殿差一点，拼积分绝对没有胜算，但他们只要集中精力专攻一处，能靠击杀明非夜获胜当然好，即使不能取胜，至少也能煞煞昭明殿的锐气。

赢了，名满天下；输了，虽败犹荣。

而昭明殿呢？

赢了，理所当然；输了，永远也抬不起头来。

明非夜必须站在第一线应战，而对方的老大却找了个地方蜷缩起来，从头到尾都没露面。

背负着必胜的心理压力，昭明殿处处掣肘，在追逐敌人和保护老大的双重任务下疲于奔命，大半场下来虽然整体积分领先，却比敌人疲惫许多。

【帮会】赵氏司机：老大，你就安心挂了行不行？积分我们一定会追过去的！你躺着，我们才能放手一搏！

这是目前最有效的应对方式，同时代表了广大会员的心声，无数人在心中含泪点赞。

【帮会】明非夜：这么说还有几分道理。

【帮会】赵氏司机：我代表全会上下谢你！

眼看着七杀围住了明非夜，昭明殿的帮众终于逮到了表现的机会，双方立刻厮杀到一处。霎时间腥风血雨，日月无光，明非夜忽然凌空跃起，连跑带飞沿着战场外围一路飞窜。

七杀那帮人立刻放弃混战，跟着他一路追杀。

昭明殿这帮人拖不住拦不了又不能置之不理，只好也跟在七杀后面无意义地狂奔。

整个场面极度混乱，一场帮会战成了无意义的全民马拉松。

【帮会】赵氏司机：老大，你够了！

【帮会】明非夜：我就是不想死，你咬我啊！

他的操作可算是出神入化，拖着那么多人狂奔，居然还能拉稳仇恨横冲直撞，一直把比分上的小优势锁定到了最后几分钟。

昭明殿这边其实已经放弃了大比分获胜的想法，他们之所以跟着跑，只是为了缓解明非夜的压力。只要他能跑就让他跑吧，哪怕只是微弱优势，能赢就行了。

就在这时候，蓦然天晴忽然出现在前方。

【帮会】蓦然天晴：你们要他死还不容易啊？看我的！

【系统】蓦然天晴退出了昭明殿帮会。

如果在帮会战地图退出帮会，作为无关人士会在半分钟之后被传送回龙腾城。

这半分钟可以成就奇迹，同样可以成就永久的耻辱。

【系统】蓦然天晴已经开启屠杀模式。

她瞬发了一个炎杀咒，正中明非夜头顶。他被击中后仰的这一秒，已经被七杀的人团团围住。

【系统】昭明殿帮会领袖明非夜在帮会战中被难得糊涂杀死，昭明殿帮会群龙无首，霎时溃散。

俗话说好事不出门，坏事传千里，七杀战胜昭明殿爆了大冷门这一消息在当天晚上就传遍了整个 48 区，无数好事者在等着看明非夜和昭明殿的笑话。

【世界】蓦然天晴：我已经主动退出昭明殿了，你们还要怎样？我已经不是昭明殿的会员了，为什么要对你们的面子负责？这么一大帮人欺负一个女孩子很了不起是吧？有种就别去找小叶子麻烦，姑奶奶就在蓬莱岛码头上等着，不把我杀到删号，你们就不算爷们儿！

浅醉微醺刚上线，聊天框立刻就被蓦然天晴红彤彤的大喇叭信息彻底覆盖。

她不禁错愕无比，一夜之间到底发生了什么事啊？

【私聊】你对明非夜说：怎么回事？

【系统】您的私聊信息已被对方屏蔽。

等到洛无双添油加醋地分五章四十回把昨天的帮会战叙述了一遍，她还是一头雾水，没抓住重点。

【私聊】你对洛无双说：就因为输了一场帮会战，明非夜就郁闷到开始怀疑人生？

【私聊】洛无双对你说：昭明殿上下当然不敢说自家老大的不是，于是打算找蓦然天晴要个说法。如果她还是昭明殿的人，这也就是个内部矛盾，可是蓦然天晴在动手暗算明非夜的时候已经退会了，这一来就变成讨伐了。蓦然天晴哪是省油的灯，刚被几个昭明殿的新人数落了几句，马上奔论坛上声泪俱下地来了一整篇哭诉扒皮帖，把整件事说成了明非夜要逼走她的阴谋。

【私聊】你对洛无双说：为什么这段剧情听起来这么耳熟呢？

【私聊】洛无双对你说：虽然昭明殿上下很不满，但是中间始终隔着一个夜夙啊。到底要怎么处理这件事，就取决于夜夙的态度。

【私聊】你对洛无双说：夜夙应该是站在明非夜这边的吧？

【私聊】洛无双对你说：恰恰相反，夜夙这次站在蓦然天晴那边。

【私聊】你对洛无双说：这完全不科学啊！

【私聊】洛无双对你说：按他的意思，这也不全是蓦然天晴的责任。蓦然天晴忽然暗算是不厚道，可是明非夜自负托大，让积分一直拖在小比分优势上也是诱因。

【私聊】你对洛无双说：喀喀，情感上我无法接受这种说法，理智上我简直不能同意他更多。

【私聊】洛无双对你说：于是明非夜显然受到了重大打击。他此刻的感觉，大概是辛辛苦苦养了一头猪准备去拱白菜，没想到对方不是白菜，是野猪。

浅醉微醺点了定点传送上了从云崖，没想到崖顶居然一个人影都没有。思考几秒之后，她果断回城奔向天外神宫，照例一无所获。

直到寻花问柳看到她不断传送回城，才好心给她指出了前进的方向。

【私聊】寻花问柳对你说：你在找老明啊？

【私聊】你对寻花问柳说：你知道他在哪儿？

【私聊】寻花问柳对你说：红沙岛。

【私聊】你对寻花问柳说：怎么又上红沙岛了？私下和七杀群殴了？

【私聊】寻花问柳对你说：没有，只是在新手区杀了不少小号。

【私聊】你对寻花问柳说：杀那种手无缚鸡之力的小号真的算是大丈夫吗？

【私聊】寻花问柳对你说：夜夙当年就是他从新手区带出来的小号。

【私聊】你对寻花问柳说：秒懂。

一回生二回熟，浅醉微醺再次一路奔行上红沙岛的时候顺利了许多。

岛上又是日暮时分，浓雾就像一层层白色的海浪顺着桥流溢，吊桥那头一片迷茫，不像是伸向一座岛，而像是伸向巨兽等着吞噬猎物的巨口。

浅醉微醺沿着桥前行，竟然发现桥中间坐着一个人。

等她看清楚那人的外形，心里莫名地一暖，加快步子过去，旋身坐在他身边。

明非夜又换回了初见时的白色云傲，只是头顶上的名字红得快要滴出血来。

浅醉微醺望着他，忽然回忆起天外神宫那个夜色玻璃纸一样的夜晚。

他第一次微笑着朝她走过来的时候，就好像两条命运线莫名其妙地纠缠在了一起。

【当前】浅醉微醺：怎么又红成这样？赦免令来得再容易也经不住你这么折腾啊。拿着，多吃肉干多省钱！

浅醉微醺开了交易，先把占包袱的肉干放上去。

明非夜没有接受，也没有拒绝，直到交易被强制关闭。

【当前】浅醉微醺：不要就算了，给你药。

浅醉微醺这次把压箱底的化枯转荣都拿出来了，可对面依旧没有接受，也没有拒绝。

【当前】浅醉微醺：你至于这么郁闷吗？夜夙是你带出来的，又不是你养大的！

明非夜依旧不吭声，身边雾气往返聚散，托着发丝来回飞舞，衣衫颜色淡得像清澈明媚的秋水，有着拒人于千里之外的清冷。

【系统】你温柔地拥抱着明非夜。

【当前】浅醉微醺：哪怕连夜夙都站在蓦然天晴那边，我也会永远站在你身边。

白雾迷茫，浓的影，淡的光，不知从哪儿来的惨淡月色，把两个紧紧相拥的影子投射在桥面上。

明非夜忽然后退了一步打断了互动。

【当前】明非夜：你什么时候来的？

【当前】浅醉微醺：什么？

【当前】明非夜：刚才泡咖啡去了，人不在。为什么连续交易超时？你打算交易给我什么好东西啊？

【当前】浅醉微醺：你为什么屏蔽私聊频道？

【当前】明非夜：昨天杀了那么多小号，个个都逮着我私聊，频道起劲地刷经典问候语呢，不屏蔽，难道我还得全程配合挨骂？

浅醉微醺满腔的感动顿时化作了一脸黑线。

【当前】浅醉微醺：算了，当我没来过。

【当前】明非夜：浅浅，虽然你很多时候都帮不上忙，不过有你在身边，挺好的。

【当前】浅醉微醺：如果不说前半句话，也许我会感动的。

【当前】明非夜：那你就选择性遗忘吧。

【当前】浅醉微醺：好，你把肉干都吃了，我就选择性遗忘。

一分钟后，明非夜照单全收了她的肉干，顶着五颜六色的负面状态绕着她开始了疯狂的布朗运动。

浅醉微醺顿时笑得前仰后合。

【当前】浅醉微醺：哎，你别吃了。再乱跑要掉下桥了。

【当前】明非夜：我就喜欢你的肉干，酸爽无比啊，连中招的次数都比别人给得多。

明非夜终于消灭了那堆肉干，盘腿坐下，开始打坐恢复。

浅醉微醺坐在他身边，默默不语。

【当前】明非夜：没事你就先出去吧，坐在这里干什么？

【当前】浅醉微醺：送赦免令的小号跑哪儿去了？我等你一起出去。

【当前】明非夜：我没打算出去啊。

【当前】浅醉微醺：夜夙带头反对你，对你的打击就那么大吗？你要在这里躲多久？逃避是解决不了问题的。

【当前】明非夜：我没打算逃避，只是想稍微省点钱。

【系统】明非夜温柔地拥抱着你。

【当前】明非夜：有你在身边，真的很好。

【当前】浅醉微醺：如果我这么好，你为什么还忘不了她？

话题一变，明非夜立刻就不吱声了。

【当前】浅醉微醺：一个月的约定期很快就要到了。

【当前】明非夜：你对我就这么没信心？

【当前】浅醉微醺：沈慎，你认真点好吗？我要的不是明非夜和浅醉微醺的将来，而是沈慎和凌晓熙的将来。

【当前】明非夜：未来有太多变数，现实有太多无奈，很多事情的发展都在人的意料之外。就是因为认真，我才不能轻易地给你答案。

浅醉微醺站起来，直接转身大步离开，明非夜跟着前进了一步，然后被吊桥中央那道无形的屏障隔在了红沙岛的地界，再也无法前进。

她掉转视线看了一眼，忍不住苦笑连连。

他们之间总是这样，她总是迎着他走去，他却从来都不能跨出来。

一步之遥，就是他们再也无法相拥的距离。

【当前】浅醉微醺：我走了，你好自为之吧。

【当前】明非夜：浅浅，你生气了？

【当前】浅醉微醺：我哪有那么小气，说了给你一个月就是一个月，你想提前摊牌，我还嫌不够浪漫呢。

望着那个在烟雾弥漫中飘摇的身影，浅醉微醺的胸口闷得发痛。

你知道吗？我开始不期待答案了，因为答案或许会让我遍体鳞伤。

【当前】明非夜：等体力恢复，我就去隐秘洞窟打苦难兽。明天你来的时候如果我不在这里，你千万别随意上岛。

【当前】浅醉微醺：谁告诉你我明天还会来？

【当前】明非夜：神一般的直觉。

她扭头回了桥那头，窜过了两张地图才找到了临时仓库NPC，把最后的库存也挖了出来。

吊桥上的雾气越来越浓，她只是远远地朝那头望，居然看到桥上有两个人影。除了明非夜之外，还有个穿着80级套装的女天尊。

再走近一点，她才算是看清了，那个天尊脑袋上顶的名字居然是“蓦然天晴”。

这是怎么回事？难道她还有那么点良心，知道这次真把明非夜惹毛了，终于舍下面子趁着月黑风高跑来道歉了？

下一秒，蓦然天晴忽然朝前走了一步。

浅醉微醺真真切切地看到，蓦然天晴紧紧地拥抱着明非夜。

浅醉微醺被震撼得无以复加，她没有再向前走，而是直接用传送卷回了主城龙腾。

她拼命说服自己，那只是蓦然天晴在冲明非夜撒娇而已。可蓦然天晴到底不是小孩子了，哪怕是去和夜夙撒娇，也不至于会找上明非夜吧？

浅醉微醺呆站在龙腾中央的小桥上，一些过往的片段就像走马灯一样在她脑海里闪过。想想以往蓦然天晴的反应，有些难以解释的事情就好像在忽然之间豁然开朗。

难道蓦然天晴真正喜欢的不是夜夙，而是明非夜？

一想到这点，她顿时就觉得头大如斗，原本事情已经够混乱了，蓦然天晴再来横插一脚，事情不就变得更加复杂了吗？

这个时间不早不晚，逍遥种田人的副本团已经拉出去了，作为治疗药师，临时去组野队也不现实，她犹豫了一会儿，最后还是到那几个刷药的地图去采药。

刚进了昆仑密道，她就看到一个六十多级的小药师跑在前面。他一路跌跌撞撞，几次差点引到怪，最后都很惊险地躲了过去。

浅醉微醺看得连连咋舌，这小子一定是祖坟顶上冒着青烟，简直幸运得不像话啊。

因为发现后面有人跟着，他更是一路狂奔，头也不回，径直朝着千年灵芝冲过去。浅醉微醺立刻被他逗乐了，虽然大家都是药师，她的高阶轻功多少比他那中阶的强点，真的要赛跑，他跑得过她吗？

她这边还在乐呵，小药师已经开始采集动作了。

千年灵芝刷新的频率太低，刷点也只有那么几个，错过了实在可惜。浅醉微醺果断开了屠杀模式准备动手开抢。

第一次，暴雨梨花针打断了他的采集动作，她以为小药师就算不逃跑起码也要反抗吧，没想到他就摆出一副“人为刀俎，我为鱼肉”的姿态站在那儿不动了，脑袋上冒出一大段话。

【当前】陵尘：放过那些可爱的治疗药师！别再折腾那些无法反抗的魂魄了！你打副本，他们扛着；你分装备，他们看着；你挂了，他们挨骂。便宜都让你们占光了，至少让人安生采药吧！不打我就当积德行善，打我的话，上网掉线，下雨没伞，吃包子没馅，吃方便面没调味包！如果你看到这里还是坚持要打我，我只能说——别打脸！

浅醉微醺乐了。

【当前】浅醉微醺：没打算打你，我只要千年灵芝。

小药师急了，照例起手暴雨梨花针，成功地打断了她采集。

【当前】陵尘：千年灵芝是我的！要抢灵芝，你就从我的尸首上踩过去！

十几秒后，浅醉微醺从他的尸首上踩了过去。

【当前】陵尘：哇，你好厉害，收我为徒好不好？

忽然间，斜里杀出一个妖魔力士，冲着正在采药的浅醉微醺就是一记金刚重坠。

【当前】陵尘：千年灵芝是我师父的！要抢灵芝，你就从我师父的尸首上踩过去！

十几秒后，妖魔力士从浅醉微醺尸首上踩了过去。

【当前】陵尘：这位英雄，你如此英俊帅气，神武不凡，收我为徒好不好？

虽然陵尘已经过了拜师的等级，不过浅醉微醺还是把他带回了逍遥种田人。从陵尘的言语和表现来看他，完全是个没长成的小男孩，第一次参加大副本，他不禁上蹿下跳，激动不已，沿途“卖萌”搞笑，逗得一众姐姐心花怒放。

洛无双望着浅醉微醺无限感慨。

【帮会】洛无双：小醺，灭了风雪狂刀，甩了天风十四郎，拒了孤独不苦，腻歪了明非夜，你终于要开始养成系了吗？

【帮会】洛无双：不用害羞，我懂的。正太有三好，乖巧听话易推倒。

【帮会】陵尘：老大，正太是什么意思？推倒又是什么意思？

帮会频道一阵狼嚎：好萌，过来让姐姐捏一把！

【帮会】陵尘：不行，我已经是师父的人了，不能让其他姐姐乱摸的。

【帮会】浅醉微醺：少胡扯，信不信我呸你一脸啊？

【帮会】陵尘：我这么乖，你为什么要呸我？呜呜呜，好吧，如果你非呸不可，轻一点好吗？

不知道陵尘的认知是从哪儿来的，即使没办法正式成为浅醉微醺的徒弟，他依旧一口一个师父叫得万分亲热。浅醉微醺明明自身难保，可狠不下心真的不管他。

【帮会】陵尘：师父，我的制药升级了，上一级的旱金莲鱼腥草在哪张地图采集啊？

【帮会】浅醉微醺：金陵。

【帮会】陵尘：师父，我这有个任务怪打不死，你能不能帮我打一下？

【帮会】浅醉微醺：我试试。

【帮会】陵尘：师父，我在枫林道迷路了，接下来朝哪里走？那地图跟鬼画符似的，我实在看不明白啊。

【帮会】浅醉微醺：等我。

【帮会】陵尘：师父，我接到一个战场任务，你带我去掳人头吧？

【帮会】浅醉微醺：这个为师真的做不到啊！

陵尘对于浅醉微醺来说实在是个很难解释的存在，以往无论是跟谁在一起，她总觉得自己只是可有可无的存在，而和陵尘在一起却完全不一样。陵尘信任她依靠她，每次上线第一时间总要先跟她打招呼，问她该去哪里，该做什么，哪怕是逍遥种田人的新人团，他依然要扯着浅醉微醺过去陪他。

这让她觉得自己被需要着，她的存在是有意义的。

哪怕有些事情她真的做不到，却还是会硬着头皮去做。

陵尘的存在，让她体会到了另外一种感觉。

被人依靠的感觉，好像远比依靠别人的感觉来得更加真实。

于是乎，这一天浅醉微醺就真的牵着陵尘去了战场。

【当前】孤独不苦：你到这里来干什么？

在战场外面排队等候的时候，他俩意外地遇上了孤独不苦。

【当前】浅醉微醺：呃，带徒弟进去做任务。

孤独不苦足足花了十几秒钟来确认她不是在开玩笑。在得到了肯定回答之后，连他也不得不表示震惊。

【当前】孤独不苦：你到底哪儿来的自信啊？

【当前】浅醉微醺：不要小看我！那是最低级的任务，击杀三次而已，很难吗？

【当前】孤独不苦：你只是个治疗药师，不要逞强。去委托剑客带他会比较有效率，你直接找明非夜好了。

【当前】浅醉微醺：不用，我自己能行。

浅醉微醺不理他，扭头点了 NPC 直接进场了。

这几天她一直没有主动去找明非夜，心里那点疑惑郁积起来，得不到释放，就像一座随时都会喷发的火山。万幸的是明非夜这些日子一面要应对七杀的压力，一面还要面对昭明殿内部的指责，实在没多少工夫来照料她的情绪。

事实证明孤独不苦的判断完全正确，浅醉微醺原本打算用比较猥琐的办法守着复活传送石，等那些阵亡的人复活起来血条就剩一丁点的时候下手。没想到他们这两个治疗药师往那儿一站，顿时引来了无数掳人头的家伙。

不多时，受了奇耻大辱被辱了又辱的师徒俩围着复活石看着黑白电视徒叹无可奈何。

【团队】陵尘：我算是明白了，治疗药师四个字简直就等于扛着“快来打我”的金字招牌招摇过市啊！

【团队】浅醉微醺：胡说，哪是“快来打我”，明明就是“欢迎打我”！

【团队】陵尘：悄悄哭晕在厕所！咱们出去吧，我对这个恶意满满的世界失望了。

【团队】浅醉微醺：别，我还有最后一招。

浅醉微醺所谓的最后一招，就是市面上通行的办法，把自己身上的装备都扒光，然后让要做任务的小号杀三次。陵尘也是有浴火重生技能的治疗药师，把她复活起来再撂倒可谓省时省力，连返生符都省了。

说起来容易，做起来难，在这个没有下限的战场，哪怕你躲在最隐秘的角落里都有可能被一刀送走。

师徒俩折腾了很久，总算是找了个暂时没有人的僻静地方。

【团队】浅醉微醺：你利索点，别让其他人捡了便宜。万一连你都被撂倒了，咱们又得重新找地方了。

【团队】陵尘：嗯，谢谢师父！

陵尘欢乐地提着小针扑上来，开了暴雨梨花针朝她身上猛扎。

MISS，MISS，MISS……

一连串的伤害滑过，浅醉微醺的心都碎了。

【团队】陵尘：师父，我打不掉你的血啊！你有没有痛快点的技能？直接自尽吧。

浅醉微醺沉吟一阵，又有了主意。

【团队】浅醉微醺：我这里还有些暗器，虽然伤害值低点，但应该也能磨死。快来，时间不够了。

陵尘也不含糊，交易过暗器开始对着浅醉微醺嗖嗖地发射。

屏幕上的女药师被暗器打得东倒西歪，形象全无，好不容易才看到了希望的曙光。

就在快要结束战斗的一刻，屏幕外面忽然飞进来一个白色生物。

陵尘一声惨叫，直接躺倒。

【当前】明非夜：啧啧，浅浅啊，这几天没怎么见面，你的技术退步居然这么厉害，连六十多级的治疗药师也能欺负你了？

【当前】浅醉微醺：明非夜，我要杀了你！

【当前】明非夜：啊？

明非夜搞清楚了前因后果，牵着陵尘出去转了一圈，很快就完成了任务。

【团队】明非夜：浅浅，下次别再这么干了。折磨自己不是错，让你的小徒弟跟着遭罪就是你的不对了。

此话一出，浅醉微醺好不容易累积起来跟他谈一谈的耐性瞬间就烟消云散。

【团队】浅醉微醺：滚！

战场还没结束，但她到这儿来的目的已经达到了。

浅醉微醺也不再理会明非夜了，利索地牵着小宠物陵尘兜着圈子出了战场。

【团队】陵尘：师父，我讨厌刚才那个人。

【团队】浅醉微醺：为什么？

【团队】陵尘：因为你讨厌他，所以我讨厌他呗。他跟你到底是什么关系啊？

【团队】浅醉微醺：他是我前夫。

【团队】陵尘：难怪我这么讨厌他！女人一生有三个大敌，时间，比她更漂亮的女人，还有不懂得欣赏她的男人！

【团队】陵尘：师父，你别担心，他不懂得欣赏，我懂啊！我喜欢你！你别当我师父了，当我老婆好不好？

正在喝珍珠奶茶的凌晓熙差点被珍珠噎住。

【团队】浅醉微醺：小孩子家家的胡扯什么？

【团队】陵尘：谁说小孩子就不可以喜欢你了？再说我已经满十八岁了，你刚二十岁，也没比我大多少啊！

【团队】浅醉微醺：这根本不是重点好吗？

【团队】陵尘：你之前还说过你也喜欢我呢，难道你说的都是假话吗？

【团队】浅醉微醺：我说的喜欢不是这种喜欢好吗？

【团队】陵尘：你说，你到底嫌弃我什么？等级低？装备差？人要用发展的眼光看问题，我还会成长，我早晚会变成能够保护你的人。你放心，我不会让你失望的！

凌晓熙彻底傻眼，剧情的发展一泻千里，就连女主角也彻底蒙圈了好吗？

【当前】明非夜：你俩谈得那么投入，是不是忘了团队里还有一个人没退组啊？

【系统】明非夜退出了团队。

浅醉微醺一愣，居然想都没想就立刻扭头跑回 NPC 旁边传送进了战场，然后飞快地朝刚才和明非夜分别的地方狂奔而去。

【当前】守你一万年：奇怪，刚才那是什么？跑太快，我没看清楚。

【当前】兹溜溜：嘿，治疗药师单刷战场啊？有种！

【当前】帅气 KK：前排合影！

浅醉微醺跟没头苍蝇一样乱转，这会儿又刚好是战场快要结束的时段，大家都在拼命抢人头攒积分，也许是被陵尘的幸运光环传染了，沿途几次遇袭都是比较弱的敌人，每次她都用简单的封脉定身加药师盾逃了。

前面忽然出现了明非夜的身影，她大喜过望，顶着一点残血开了翩若惊鸿直冲过去。

明非夜那边哪里想到她还会找回来，迅速旋身一记神龙摆尾。

【系统】你被明非夜杀死了。

明非夜顶着一脸黑线用返生符把她拉起来。

【当前】浅醉微醺：你居然吃陵尘的醋，还有没有点出息？

【当前】明非夜：我可以诚实地回答其实我只是为了赚积分退组去了 KK 那一组吗？

【当前】浅醉微醺：可是你说完那句话就退组了，你让我怎么想？

【当前】明非夜：我相信你。

【系统】明非夜温柔地拥抱着你。

【当前】浅醉微醺：你真的那么相信我？

【当前】明非夜：当然。如果你真能看上那个只有三分钟热度的小男孩，那你的眼光还真是蛮差的。

【当前】浅醉微醺：滚！

嘴上说得凶残，可她到底还是没有打断互动，就这么任他抱着。

那是一种很奇怪的感觉，只要被他拥抱着，她就可以勇敢面对所有莫名的险恶和敌意，敌得过时光荏苒、寂寞呼啸，受得住恶意诋毁、人情荒凉。

每个人的第一份爱情总是那么幼稚而蒙昧，却像冰层化冻时长出的第一颗芽，开出的第一朵花，好的坏的，哭的笑的，都变成铭刻在心底的烙印。

【当前】明非夜：你是不是还有什么话想说？

【当前】浅醉微醺：没了。你呢？

【当前】明非夜：我觉得你好像在刻意躲开我，不过这几天实在太忙，我也不知道你到底在气什么。只是我的直觉告诉我，如果直接去追问你，可能会被你当场推下海。

【当前】浅醉微醺：我才不想推你下海，我只想推你下悬崖。

【当前】明非夜：我到底干了什么罪无可恕的事情啊？

【当前】浅醉微醺：那天我在红沙岛吊桥看见蓦然天晴抱着你。

【当前】明非夜：什么情况？她干吗抱我？

【当前】浅醉微醺：我哪知道她干吗抱你啊？难道她就什么都没和你说？

【当前】明非夜：我挂机斗地主去了，她就是真说了什么，等我回来也早就刷没了。

【当前】浅醉微醺：真的？

【当前】明非夜：我要是真能看上那种天天作死的小姑娘，那我的眼光也是蛮差的。

两个人被传送出战场的时候，明非夜居然没有像平常那样直接传送出场，而是牵着她一步步沿着小路前行，瞬间赚足了关注度。

【当前】浅醉微醺：今天怎么这么有雅兴带臣妾游园啊？

【当前】明非夜：俗话说不怕贼偷就怕贼惦记，虽然朕英俊潇洒霸气测漏一般人不敢造次，不过偶尔带爱妃出来宣示一下主权也是极好的。

两个人一路朝着龙腾城西边走过去，最后停在了礼品店门口。

【当前】浅醉微醺：来这里干什么？

【当前】明非夜：重新挑一件你中意的喜服，我给你买。

【当前】浅醉微醺：你这是打算娶我吗？太草率了吧！

【当前】明非夜：先准备好，有备无患嘛。

【当前】浅醉微醺：哪有那么多讲究，就穿上次看中的那件吧。

【当前】明非夜：那件被蓦然天晴穿过了，二手的咱不要。

【当前】浅醉微醺：我的男人还被人用过呢，要不也一起换了呗？

【当前】明非夜：浅浅！

浅醉微醺顿时成就感爆棚，平常都是她被明非夜气得半死，难得有一次占了上风，怎能不得意？

聪明的女人永远都知道见好就收，明非夜还没开始解释，她已经飞快地选了一套衣服。

【当前】浅醉微醺：这套怎么样？

【当前】明非夜：很好，看上去就跟遭了几年自然灾害似的。

【当前】浅醉微醺：那这套？

【当前】明非夜：洗剪吹全套只要299！

【当前】浅醉微醺：看来选喜服还真是一项考验运气和耐力的浩大工程。

【当前】明非夜：没事，那天陪蓦然天晴选了三小时，今天陪你选三十小时！

【当前】浅醉微醺：你不想休息，我还要睡觉呢！明天一整天的课！

幸亏他俩都没蓦然天晴那么难伺候，只花了半个多小时就选定了女装，又花了几分钟选好了男装。

【当前】浅醉微醺：明天就满一个月了，你还记得吗？

【当前】明非夜：明天晚上八点在月老庙等我，记得带上衣服。

虽然他并没有明确地表示，可浅醉微醺看着包里的喜服，就像有一万朵花儿同时在心头绽放。

第九章 有一种疯狂叫青春

那一天一夜凌晓熙开心得什么都顾不上，吃完了晚饭就早早地上线，驱着浅醉微醺来到了月老庙。

看来明非夜筹划这件事的时间也不短了，虽然对外什么都没说，其实大家早就心照不宣，昭明殿和逍遥种田人的会员们老早就聚集到了这里，会场也早就布置起来，摆设装饰连同流水席的规格显然都是最高级别的。明非夜虽然不在线，可这一点都不影响来宾们的心情，还没等好戏开场，他们，就等着求婚成功，然后大家热闹一场。

时间显示 19 点 45 分，凌晓熙打开好友栏看了一眼，明非夜的名字依然是灰色的。

明非夜做事总是出人意料，虽说他故意不上线，等到八点再来个突然袭击也是有可能的，可那灰色的名字多少让她心慌。

【私聊】你对洛无双说：你说他会不会不来了？

【私聊】洛无双对你说：他敢！会场订了，喜服买了，还那么多人来给他捧场，他要是真敢不来，这一场子人能把他老窝端了！

有了这句话，她心里稍微有了点底气，为了打发时间，干脆奔仓库拿出一包袱的药开始制药。她这先例一开，众多等得无聊的来宾纷纷效仿，一时间四座火焰乱冒，锻造的，缝纫的，炼金的……你来我往，好不热闹，月老庙瞬间变成了全民大工厂。

被采访者洛无双表示这真是她见过的最奇葩的婚礼。

凌晓熙挂机去替谭果果收了个快递，回来的时候发现包袱已经被各种药剂塞满了，时间已经超过八点，可明非夜还是不见人影。

电话打过去，只听到冷冰冰的电子提示音：您拨打的电话正在通话中。

她这边正在心慌意乱，聊天频道却忽然跳出了一条提示信息。

【系统】您的好友明非夜上线了。

男主角终于到场，现场宾客群情激奋，幸好这是在游戏里，要是搁在现实里，他把这么大一帮人撂在这里等了这么久，指不定当场就被灌醉了。

【当前】明非夜：对不起，我来晚了。

【当前】浅醉微醺：没关系的，来了就好。

【地区】带你去纽约：老大你利索点行吗？完事了还有精英副本呢，我这结婚贺礼还能不能送出去了？

现场重归沉寂，所有人都在等着明非夜求婚。

【当前】明非夜：我有急事，必须马上去办，看来没办法娶你了。

所有宾客惊诧莫名，被采访者洛无双表示这不科学。

【当前】浅醉微醺：什么事？

明非夜没有做出回答，想必这个问题要么难以启齿，要么根本无法回答。

【当前】浅醉微醺：你要去多久？什么时候回来？

【系统】明非夜正在亲吻你。

时间好像被按了暂停键，除了他以外，其他的东西都变成了无声的黑白。

【当前】明非夜：浅浅，对不起。

【系统】您的好友明非夜已经离线。

明非夜一下线，所有人都“斯巴达”了。

【当前】浅醉微醺：我等你。

明非夜走得太快，浅醉微醺甚至无法确认他到底有没有看到自己的话。

那天的婚礼简直谈不上不欢而散，而是根本还没来得及不欢就散了。

游戏里的时间比现实里的时间流逝得更快，日夜晨昏就在短短几个小时之内变换，月老庙从夜晚切换到白天，淅沥细雨慢悠悠地洒下来，整个世界都蒙着一层水汽，好像瞬间从油画变成了水墨画。

水月青蓝，暮雨飞花。

前来参加婚礼的人早就散了，整个场景里一个人影都没有。

电脑右下角的时钟已经指向凌晨三点，寝室里一片漆黑，其他人早已经进入了梦乡。

屏幕上的浅醉微醺一个人坐在开满繁花的大树底下，现实里的凌晓熙一个人坐在让人喘不过气的黑暗里。

不知什么时候，洛无双扛着巨剑出现在她面前。

【当前】洛无双：这会儿你还不睡，坐在这里干什么？

【当前】浅醉微醺：等他回来。

【当前】洛无双：你这打算等到什么时候？

【当前】浅醉微醺：一天不回来我就等他一天，十天不回来我就等他十天。

【当前】洛无双：要是他一辈子都不回来，你就在这里等他一辈子？

【当前】浅醉微醺：他会回来的。

【当前】洛无双：如果你真的相信他会回来，那就更没必要搁这儿傻等了。

【当前】浅醉微醺：他会回来，他答应过我的。

画面上的世界一片凄迷，她以为又到了晨昏转换的时候，伸出手，却察觉到一滴温热的水珠悄悄落在自己手背上。

【当前】洛无双：如果你那么难受，干脆打个电话过去，让他给你解释清楚。

【当前】浅醉微醺：我打过，可是电话无人接听，微信留言没回，邮件无人查阅，双双，你说他是不是出事了？

【当前】洛无双：有急事出门忘了带手机也是常事，你别胡思乱想，赶快去睡觉。

【当前】浅醉微醺：我真的睡不着，待在这里反而舒服点。

【当前】洛无双：你这个傻丫头，傻得连我都觉得心疼。听我的，现在马上关了电脑躺床上去，哪怕你睡不着也给我好好躺着，有什么事天亮再说。

【当前】浅醉微醺：我不要。

【当前】洛无双：别说不要，你再蹲在这里，我见你一次砍你一次，绝对不含糊。

电脑前的凌晓熙忍不住乐了，一边抹着泪一边无声地笑起来。

【当前】浅醉微醺：双双，谢谢。

关了电脑躺在床上，脑子里那些乱七八糟的影像一点也没有减少，可她实在是太疲惫了，辗转反侧了几个小时，也不知道是什么时候才迷迷糊糊地睡过去的。

白天排满了一整天的课，她的精神却异常地好。电话、短信、QQ、邮件、微信，她用各种方式试图联系上明非夜，然而那些消息就像是泥牛入海，从此杳无音信。

凌晓熙表面上温柔好说话，骨子里却也有着属于她的倔强。

从那天开始，浅醉微醺那个号就一直守在月老庙。明明马上就快满级了，可她再也没有心思去理会，升级、装备、活动、战场，一切的一切都成了与她无关的事。

她所做的只是等待。

月老庙里每天都会有婚礼，新人和宾客熙来攘往，热闹和沉寂反复来去，很快大家都习惯了婚礼的时候旁边多了一个不请自来的药师，全把她当成了背景。

蓦然天晴在参加别人婚礼的时候撞见过她，每次都会尖酸刻薄地损她几句。起初她还会愤怒不甘地回几句，到了后来渐渐地不再理会蓦然天晴的挑衅了。一个巴掌拍不响，一来二去，就连蓦然天晴也觉得没劲，很快掉转矛头去给其他人找不痛快了。

逍遥种田人的会员们三三两两地来劝过，寻花问柳和柠檬来看过，陵尘打滚“卖萌”，非要拖着她带自己去升级，结果都无功而返。

相比之下，孤独不苦就直接了许多，来了就直接开互动，把她拽出去，却被她连连打断，她再次回到了那个专属于她的位置上。

【当前】孤独不苦：你怎么这么傻？

【当前】浅醉微醺：我知道我很傻，可我忘不了他。

时光渐渐拉长，就连凌晓熙自己也快忘了这么做的意义。她通常都是早晨开机，把自己的号挂上，然后照常上课、写论文、和朋友们一起吃饭逛街，等到晚上再过来把电脑关掉。

这一连串动作已经变成了习惯，而不是目的。

实在没有事做的时候，她也会静静地盯着屏幕发呆。也许她早已经预料到了结果，只是傻得一直不愿意承认而已。

就在一个阴雨连绵的深夜，凌晓熙准备关电脑的时候忽然发现月老庙入口处出现了一个白色的人影。

【当前】浅醉微醺：有什么话直说吧，站在那里有意思吗？

【当前】夜夙：以后你有什么事都可以找我帮忙，找寻花也可以。

【当前】浅醉微醺：什么意思？

【当前】夜夙：我哥让我们好好照顾你。

【当前】浅醉微醺：他是不是再也不会回来了？

夜夙长久地沉默，其实早在她预料当中。

【当前】浅醉微醺：我可不可以知道，到底是为什么？

【当前】夜夙：我哥准备娶你那天，他家老头子出了车祸，他什么都没来得及交代就出国了。后来才听说好像是被骗去相亲了，这老头子还真想得出来。你也知道我哥的家境挺“土豪”的，谈恋爱还行，真要和你过一辈子，他家里人那一关你就过不了。看样子结婚之前，他家老头子肯定不会放他回国的，你就别再等了。

一瞬间的诧异之后，她便平静了。

哪怕虚幻的爱情再美好，在现实面前到底还是不堪一击。

明非夜早就说过：未来有太多变数，现实有太多无奈，很多事情的发展都在人的意料之外。

事情到了这个地步，她早已经不再奢望什么了，很奇怪，就连悲伤也变得那么淡，淡到无法形容。最初的那种撕心裂肺，到了最后居然是这样的淡漠，连她自己也觉得意外。

没有眼泪，反而笑出声来。

为什么丢下我？不是说好再也不会丢下我了吗？

浅醉微醺默默地站起来，脑袋上轻飘飘地冒出三个字。

【当前】浅醉微醺：知道了。

这大半个月以来，她还是第一次离开月老庙的地图。

夜夙短短的几句话，把她所有的执着和渺茫的希望全部打碎，把那一场梦一样的过往变成了一段笑话。

她沿着小路径直朝龙腾城走过去，头也不回。

孤独不苦不知道是什么时候来的，就像影子一样默默地跟在她身后，并不打扰她，只是存在而已。

浅醉微醺忽然停下脚步。

微风从小溪那边推着流水，涟漪层层泛开，花瓣忽然间落成了一天一地的迷离。

她还记得那个白衣剑客的身影隐在花叶扶苏之间，演绎成月光也无法企及的温柔。

可他的温柔，到底不属于她。

【当前】浅醉微醺：孤独，你是不是也有话要说啊？

【当前】孤独不苦：没有。

【当前】浅醉微醺：那你跟着我干什么？

【当前】孤独不苦：我以为你会找个地方大哭一场。

【当前】浅醉微醺：有什么好哭的？伤过痛过，下次就不傻了。

【系统】孤独不苦温柔地拥抱着你。

【当前】孤独不苦：以后我会好好照顾你。

浅醉微醺退开了一步，平静地打断了互动。

【当前】浅醉微醺：傻一次就够了。从今天开始，我不再依靠任何人。

她很清楚，那一段即使粉身碎骨也想要进行到底的爱情，还没来得及开花就已经彻底凋谢了。

也许有一种成长并不是成熟，只是死心了而已。

浅醉微醺变了。

从她顶着全帮上下所有反对的声音把属性洗成暗蛊药师开始，她就在所有人的惊诧和感叹中迅速成长起来了。众所周知，等级越高，升级越慢，浅醉微醺已经在87级徘徊了很久，原本就连洛无双也认为这辈子都看不到浅醉微醺满级那天了。没想到就在她洗了属性之后仅仅三天就顶着90级的大光环出现了。

这个不爱出风头的ID忽然间频繁出现在战场和野外群PK中，用从未有过的热情参与帮会的建设管理，闲下来的时候总是和孤独不苦躲在昆仑密道那一片练习操作。甚至小店铺架子上的货物都从各色各样的药材变成了更赚钱的武器装备。

蓦然天晴显然不把她这种变化放在眼里，按她的理论，废柴永远都是废柴，就算染了色也还是烧火的料。最初她很乐意在战场里遇上浅醉微醺，因为对方不跑不躲，而是按部就班地在那儿跟她对练，这不明摆着给她送积分嘛！随着时间流逝，浅醉微醺的施毒技能等级和装备等级都慢慢跟上来了，直到她第一次被华丽丽地放倒在浅醉微醺脚下，她这才惊愕地发现昔日那个受气包一样的小姑娘今非昔比。

曾经有一款风靡全国的游戏，在它的巅峰时期，出一把屠龙刀足以令整个帮会乃至整个服务器都陷入狂欢，一本召唤神兽技能书足以令好友反目、兄弟成仇。然而辉煌无法永恒，在广大玩家的热情退去之后，它也没落到了“回忆十年经典，点击就送屠龙宝刀”的地步。

这是所有游戏的共性，游戏设计者永远都在想方设法开启新玩法，开辟新的赚钱渠道。哪怕你离开的时候登峰造极，等过了一年半载之后再回到游戏里，必然会惊愕地发现自己那一身华丽丽的装备早已经一钱不值。

所以浅醉微醺变强的过程竟然比她想象中的还要简单，游戏终究是游戏，玩家们来来去去，最后胜利的不是最有才华的玩家，也不是最舍得烧钱的土豪，而是最有耐心的人。

时光在不知不觉间向前推进，写毕业论文，实习，正式毕业，投简历，工作，一切就这么按部就班地进行。同寝室的四个姐妹天各一方，程雪虽然还留在本市，两个人平日里却都忙得很，想聚一聚都不容易，反倒是在游戏里，两人几乎每天都可以擦肩而过。

游戏真的是种很神奇的东西，它跨越了天南海北的距离，让一群也许永远也不会遇上的人凑在一起。或许是欣喜，或许是愁苦，甚至是无端的恶意和攻击，有时候你以为只不过是过眼云烟，最后却是莫名其妙的沧海桑田。它所给予你的并不是一个结果，而是一段会让你铭记一生的经历。

那是你曾经的执着不悔，那是你曾经的张扬无忌，那是你即使跌倒了还能够笑着爬起来的青春。

【系统】蓦然天晴正在攻击你。天雷轰，自然伤害7650，附加状态电解。

浅醉微醺彻底无语，这个小妮子好像永远都学不乖，单打独斗打不过，就趁着群体混战的时候跑来偷袭。即使看不到，她难道猜不到孤独不苦一定在附近潜行吗？战场里没有不组队的盟友，他们在浅醉微醺这里讨不到好处，自然会去找更好得手的积分。哪怕真的偷袭成功，还有全身而退的机会吗？

果然，蓦然天晴还没来得及跑就已经挨了好几下，眼看着就要完蛋，连忙朝人群里砸了个红莲花开。浅醉微醺也不含糊，直接朝那边扔了一个万蛊噬身大毒，瞬间捞取积分一片。

【地区】蓦然天晴：浅醉微醺你成心的是不是？我就路过一下，你也下手啊？

浅醉微醺懒得指出她的偷袭做得太露骨，压根无法装成路过，于是干脆顺着她的话朝下说。

【地区】浅醉微醺：没事别朝我面前凑，群攻技能不长眼睛。

等到战场结束，蓦然天晴传送出门的时候，忽然瞥见浅醉微醺坐在屋顶上，侧着身子，似乎在赏花。身上是紫黑色暗蛊药师断魂套装，手上的武器已经从奇迹换成了雷阙，从头到脚都透着冰冷肃杀的气息。

屋顶上，树上，石狮子头上，那是《三界 Online》的高手们最爱停留的位置。在炫技的同时，透着一种难以企及又无法触摸的高傲。

蓦然天晴满肚子的不痛快。

那根废柴不是就该委屈地站在桃花树下，望着漫天缤纷缭乱的桃花发傻吗？

这俨然就是废柴的逆袭啊！

【当前】陵尘：师父你快下来，打炼骨窟啦！

浅醉微醺站起来的时候，紫黑色的衣衫在风里翻飞成一团紫色的火焰。

炼骨窟一共有三层，下面两层的怪等级高，爆的东西也好些，但显然不适合陵尘的操作。第一层的怪虽然等级稍低，但数量庞大，尤其适合群攻较强的职业带小号升级。

群攻较强的传统职业只有天尊和弓箭手，后来又多了一个，叫作暗蛊药师。

一身断魂套装的药师一路撒着群毒引着数以百计的食人魔在炼骨窟一层的各大甬道里奔跑，在炼骨窟一层分布着的各个练级小队，往往还沉溺在看见药师开火车刷怪的震撼当中时，已经被浩浩荡荡前赴后继而来的怪物淹没。

地区频道骂声一片，浅醉微醺干脆直接屏蔽。插不上手，骂也没人还口，很快炼骨窟一层就只剩下了她这一支队伍。

暗蛊药师注定孤独，她除了重复奔跑和撒毒的几个按键之外，连回答陵尘问话的时间也少之又少。幸好那小子很能自娱自乐，在不断翻滚着收益记录的对话框里，总是不时冒出他的自问自答。

【团队】陵尘：师父，你会唱《小星星》吗？不会吧，不会我可以教你啊！一闪一闪亮晶晶……

【团队】浅醉微醺：我的词呢？

从璇玑洞回来的时候收获颇丰，仓库的容量明显不够用了。

【团队】浅醉微醺：看来我得再招几个徒弟，否则满仓库的七八十级套装都要泛滥成灾了。

【团队】陵尘：不行！师父你不爱我了吗？

【团队】浅醉微醺：就算招了师弟师妹，你还是大师兄啊。

【团队】陵尘：不行！你只能有我一个徒弟！以前！现在！将来！

【团队】浅醉微醺：说得那么理直气壮，跟你真的入过我门墙似的。

她无奈地清理着仓库里囤积的装备，既然送不走又卖不掉，看来只好拿去拆分成材料了。仓库一页页翻过去，越往后就是她越早放进去的东西。她找到了最早的青鹭针，找到了云蕊套装，找到了水龙吟，找到了明非夜临走时为她准备的90级蒹葭套装。这些东西都成了仓库里永远也用不上的纪念品，就像是那段已经彻底尘封在心底的过去。

她无意识地触摸着屏幕，那些摸不到的0和1曾经是那么真实地概括了她的爱情。

刚收拾完仓库，一回头就撞见了洛无双，于是习惯性地又给了她一个熊抱。洛无双的造型算是没救了，随着版本不断更新，她的外形越来越虎背熊腰，装备也越来越霸气横生，且不说把自己嫁出去，哪怕是靠近对方，人家就惨叫着逃命去了。

【私聊】洛无双对你说：你又带小徒弟去刷炼骨窟了吧？刚才世界频道上刷屏那叫一个排山倒海啊。

【私聊】你对洛无双说：无所谓，让他们骂去。五毛钱一个喇叭，我这是帮游戏公司创收呢。

【私聊】洛无双对你说：你真的变了好多。

【私聊】你对洛无双说：人总是会变的。我现在可以自己去找乐子，不用每天缠着你给我找队伍，这样你才有空去跟人家发展感情啊。

【私聊】洛无双对你说：得，别跟我逗了。明非夜离开都一年多了吧？

【私聊】你对洛无双说：快两年了。

【私聊】洛无双对你说：都这么久了，你还忘不了他？

【私聊】你对洛无双说：早就忘了。

【私聊】洛无双对你说：如果你早就忘了，那孤独不苦一直陪在你身边，追你追得都快把心掏出来给你了，你怎么还不答应人家？

【私聊】你对洛无双说：他对我好，我就一定要喜欢他吗？

【私聊】洛无双对你说：那你小徒弟呢？不也成天喊着要娶你吗？

【私聊】你对洛无双说：他就一个没长大的孩子，换成是你，你会跟他认真吗？

【私聊】洛无双对你说：行啊，游戏咱先不提，你在现实里总得试着谈一个吧。咱不能因噎废食不是，你妈妈都给我打电话问我你是不是受了什么刺激，连恋爱也不敢谈了。

【私聊】你对洛无双说：哪有这种事。

【私聊】洛无双对你说：三条腿的蛤蟆不好找，两条腿的男人满街跑啊，你就先谈一个试试呗。

【私聊】你对洛无双说：我试过，只是找不着那种感觉了。

【私聊】洛无双对你说：明非夜真就那么邪门，迷上了就戒不掉？

其实就连她自己也说不清对明非夜的感情究竟是怎么回事，两个人在游戏里相处的时间有限，线下见面也只有两次，能有多么深的感情呢？可事实上就是这么怪，直到现在她还记得当时的甜蜜心悸，记得当时的患得患失，记得当时的悲伤失落。正是因为这段感情让她那么痛，所以才特别刻骨铭心。

心灵鸡汤界有那么一种理论，人之所以对初恋难以忘怀，一部分是因为怀着遗憾，另一部分则是单纯为了爱情。

第一类人，永远认为得不到的就是最好的；而第二类人，只是出于对爱情单纯的向往。他们并非是爱上了一个人，而是爱上了陷入爱情的感觉，爱上了自己的爱情。

因为喜欢游戏，所以凌晓熙毕业之后选择了一个名叫“KVI网络传媒”的公司，这个公司主要做网络营销推广，对象主要是游戏，附带其他零零碎碎的各种单子。这样的公司性质注定了里边充满了各色宅男宅女，一般公司都不怎么提倡办公室恋情，可这里恰恰相反，顶头上司一直高举“男女搭配干活不累，有激情才能有灵感”的大旗，有事没事就来一场聚餐或者派对，巴不得把公司上下这群死气沉沉的人都调动起来。

事实证明这种做法的效果实在是不怎么理想，这些常年生活在二次元世界的男女，一旦回到了三次元简直一分一秒都不能忍受。

宅女们一看对面的异次元生物，瞬间怒了：说好的总裁狂霸酷帅吊炸天呢？差评！

宅男们一看对面的神经集合体，瞬间笑了：说好的长腿女王大胸萝莉呢？差评！

正所谓物以类聚，人以群分，哪怕后来这种不定期的活动从公司范围扩张到了和其他公司联谊，可是会被“宅生物”吸引的依旧少之又少。

每年有新鲜血液注入公司的时候，这帮人也会习惯性地骚动一下，然后彻底没下文了。

凌晓熙最初进公司的时候也吸引了几个追求者，也不尽是奇葩，有个叫周勤的男孩其实还不错，斯斯文文，不张扬，也不善言辞，偶尔被挤对得说不出话来，就会红着脸咧着嘴傻笑。这样的人或许不够浪漫，但胜在诚实可靠。

周勤其实很害羞内向，从凌晓熙看出他对自己有好感到他递上第一束玫瑰足足花了小半年时间。看着他紧张得发颤的手，凌晓熙实在说不出拒绝的话。

那时候凌晓熙在心里对自己说：那就试试看吧。

吃饭，逛街，看电影，一点点按部就班地走下来，她似乎并不觉得讨厌。

直到一次约会分别之前，周勤凑过来想吻她的时候，她却忽然生出了恶心的感觉，忙不迭地躲开了。她还没来得及解释，反倒是周勤连连向她道歉，埋怨自己太心急。

回到自己租住的小公寓，她细心地把玫瑰华丽的外包装除去，一枝枝修剪好了插进花瓶里，然后安稳地放在床头柜上。

玫瑰在短暂的生命终结之前竭尽全力地绽放，而“不要脸”却在旁边难看的瓦盆里悠然自得地生长。

凌晓熙忽然笑出声来。

人活得糊涂一点果然会更轻松吗？

“关于这次的企划案，你们都有什么看法？”宣传企划部主管叶筝看上去也就二十六七岁，同时是公司老大没过门的媳妇，平日里雷厉风行，说一不二，对下面的员工们一点架子都没有，于是大家对她的评价倒是清一色的好评，部门里新进的员工都跟她比较亲近。

“我觉得发布会那天应该多请几个漂亮的Show girl（指在展会上为动漫、游戏作推广表演的女孩），肯定能吸引不少宅男！”

“每次都是这个点子，太老套了吧！你不就是想趁机捞点福利吗？找那些 Show girl 有什么用？还不如请个名人代言，拍套宣传照，一次搞定。”

“请名人代言预算就得超了啊，这种网页游戏一个公司一年就能出个十几款，连投放个常规网页弹窗都觉得浪费，超预算的钱你垫吗？”

“要我说，这年头想吸引眼球就得有爆点，要爆点就得先制造话题。不如先去投放个少年因为沉迷网游猝死或者少女迷恋网游被网友骗财骗色之类的新闻，然后放几张截图为游戏造势，这样不就齐活了？”

“那不叫造势，那叫造谣。这页游咱们公司也参与投资开发了，还能不能走点心？”叶筝捂着脑袋一脸崩溃，“晓熙，你的意见呢？”

“叶子姐，我觉得其实网页游戏的主要客户是没什么时间打游戏的上班族，他们乐于花钱迅速取得高人一等的乐趣，但是热情来得快，去得也快，能留住人心的无非就几点：游戏平衡性、游戏花费、朋友。

“虽然游戏厂商的最终目的都是赚钱，可怎么赚，该从谁身上赚都有讲究，大部分玩家只是为了打发无聊，而不是在游戏里成为巅峰。花费更多钱的玩家收益和获赠物品可以高于普通玩家，但不能直接成神。如果在游戏里，金钱也成为了划分等级的依据，势必会流失大批的普通玩家，很快人民币玩家也会因为缺乏认同和成就感而离开。狼必定会比羊强大，而且通过捕杀羊来生存，但是狼过于强大，羊一定会选择迁徙到更加安全的地方去，这样下去，狼也无法生存。这也就是所谓的平衡。

“游戏花费就更加容易明白了。玩游戏的花费无非就是钱和时间，如果一款游戏必须占用大量的金钱，那这样的游戏就留给土豪们彼此逗着玩吧。如果一款游戏必须让你废寝忘食、抛弃一切，那已经不是游戏，而是蚕食你生命的毒药。

“现在的游戏越来越快餐化，只注重吸引玩家的眼球，很少去研究如何才能留住玩家的心，大批的玩家就像蝗虫一样在各个游戏之间迁徙，1 天到 1 周，就是那些速食游戏在玩家心里的寿命。要留住人心，除了游戏本身出色的设计和亮点之外，就是人和人之间的牵绊。”

“那你认为这个企划应该怎么做？”叶筝对凌晓熙的分析极为认同。

“我觉得可以办一个微电影活动，让玩家讲述自己的故事，然后通过网络投票来评选最具创意奖、最令人感动奖、最佳剧情奖。这样既能吸引眼球，又可以节省大量的预算。”

“很有想法。”叶筝爽快拍板，“晓熙，你今晚就按这个想法做个企划案，做好之后我带你去让厂商那边看看。”

凌晓熙仰望天花板，无语凝噎：大好的副本夜就这么献给了加班事业，让你多嘴，让你有想法！

浅醉微醺七点半照例挂在线上，扯了个地摊蹲在龙腾城中央出售那些炼金和缝纫产出的小极品，而账号的主人凌晓熙则把屏幕切出来，开始了做企划案的艰辛历程。

半个小时之后，她把屏幕切回来才发现小徒弟正围着她抽筋似的舞动，跳舞之前还手抽地按了个互动，于是她这边就出现了这样的系统提示。

【系统】陵尘对着浅醉微醺翩翩起舞，目光中含着千般浓情万般蜜意，轻声笑道：“你说我跳得美吗？”

浅醉微醺瞬间被“雷”得外焦里嫩。

【当前】浅醉微醺：小陵尘，你这是跳的什么？江南丝带儿？最炫民族风？你是我的小呀小苹果？你现在也是一颗冉冉升起的新星啊，要注意形象。

【当前】陵尘：只要能唤醒师父，就是跳大神我也愿意！

【当前】浅醉微醺：说吧，找我什么事？

【当前】陵尘：怕你把我忘了，特意来刷存在感。

【当前】浅醉微醺：好了，我这不是没真去招徒弟吗？你跟洛无双他们打副本去吧，我这里有工作要忙，今晚就剩下挂机的份儿了。

【当前】陵尘：我哪儿都不想去，就想多陪陪你。

【当前】浅醉微醺：别在这儿晃悠了，我的企划案这一晚上也不一定能写完。

【当前】陵尘：好啊，那你答应嫁给我。只要你点头，我立马就走。

【当前】浅醉微醺：这熊孩子还长脾气了，知道趁火打劫了是吧？

【当前】陵尘：师父啊，你总把我当熊孩子。你是不是又忘了我现在已经和当时的你一样大了？

浅醉微醺正在想怎么才能避开这个尴尬的话题，私聊频道忽然飘出了另外一个人的信息。

【私聊】夜夙对你说：在吗？我们开了神游梦境副本，你来不来？

【私聊】你对夜夙说：组我。

明非夜临走的时候让夜夙照顾浅醉微醺，那时候他一定没想到浅醉微醺会成长得这么快，她不止赶上了夜夙，更超过了夜夙，与其说是被夜夙照顾，不如说是她在照顾夜夙。

神游梦境副本其实并不难，首先团队会通过随机匹配进入活动地图，地图里有九条船，地图两端的船是敌对双方的出发点，其余七条船就是需要争夺的目标，说白了也就是占格子，对抗时间结束的时候谁占领的船更多谁就是胜利方。占领每条船的方法不一样，需要全队通力配合。团队组合的方法见仁见智，实际上只要输出强力，什么职业都是浮云。

事实上自从浅醉微醺一跃进入了大神的圈子，就一直是神游梦境副本的大红人。暗蛊药师就是这样，练习毒系技能需要超强的意志力和大量的开销，在技能满级之前基本上就是任人欺负的废柴，别说是对玩家，就是一只普通任务怪也打不倒。可是只要坚持到毒术练满，输出数字就会突飞猛进，可谓人见人掉渣、鬼见鬼吓趴、毒医过处寸草不生的人间凶器。

浅醉微醺进了组，队里已经满员，却没看见蓦然天晴，估计小两口又吵架了。说来也奇怪，他俩结婚以来一直吵吵闹闹却还坚持了那么久，虽然浅醉微醺从来不认同夜夙的审美，却挺羡慕他们能这么磕磕绊绊地坚持到底。

队伍很快就排进了活动地图，浅醉微醺照例被放在射箭那条船上抵挡最猛烈的攻击。她在船上站了一分多钟，愣是没见着一个敌人过来，正在觉得奇怪的时候，背后忽然挨了一招刺客的魂惊鬼泣。看到自己的血量凶险地下降，她立刻就意识到自己遇上了高手，于是在眩晕的间隙先爆了一个群毒，然后快速跟上封脉定身。对方好像提前知道她会用这招，在她起手之前已经飞出了封脉定身的技能范围。

毒雾散去的瞬间她就乐了，难怪对方对她的套路那么熟悉，因为那根本就是教她 PK 的人啊。

【当前】浅醉微醺：你不是不喜欢活动副本吗？

【当前】孤独不苦：你不是要做企划案吗？

他这话一说出口，浅醉微醺就明白了，肯定是刚才她和陵尘的对话被孤独不苦看到了。

【当前】浅醉微醺：好久没有跟你切磋了，现在正好练练呗！

浅醉微醺起手就是虚弱和嗜血，孤独不苦还没来得及跳开，又挨了一记封脉定身，等他卡着CD用燕双飞加黄雀夺跃出战圈的时候，整个人刺刺地冒着绿气，脑袋上不断飘出掉血的红色数字。

【当前】孤独不苦：教会徒弟害死师父，古人说得真有道理。

事实证明师父就是师父，浅醉微醺的那些招数多半都是他教的，一旦他认真起来，浅醉微醺真的没有多少胜算。

浅醉微醺从出发点复活起来，立刻又冲向了射箭船。

孤独不苦已经开始搬箭占船了，浅醉微醺一来也不客气，立马开了跗骨和食髓，拼尽全力招呼他。搬着箭的时候是无法还击的，可孤独不苦真就不肯把箭放下，一直背着箭朝中心进发，直到浅醉微醺的最后一下技能打在他身上，才算是折腾完了。

【当前】浅醉微醺：你为什么不还手？

【当前】孤独不苦：我以为你最后那一下一定会停下来。

【当前】浅醉微醺：你刚才也没给我留活口啊。

孤独不苦化光复活去了，不多时又杀了回来，两个人都不去争夺占领权了，而是发狠地拼杀，由得比分起起落落，他俩兀自打得昏天暗地。

【地区】泡面米米：怎么回事啊，他俩怎么打得跟忽然撞见了杀父仇人似的？

夜夙这边精挑细选，孤独不苦进的是野队，从团队配合上来说当然还是这边要更胜一筹，最后以占领船的数量较多获胜。

双方被传送到地图外面的时候，浅醉微醺又看到了孤独不苦。她也没多想，立刻退了组，一溜狂奔出了城，紫黑色的身影几个起落，从树上借力朝前跃了一段，然后直接降落。

【当前】孤独不苦：你生气了？

【当前】浅醉微醺：没有。

【当前】孤独不苦：女孩子不用这么争强好胜，像以前那样比较可爱。

【当前】浅醉微醺：永远都那么傻乎乎地跟着你，真的可爱吗？

【系统】孤独不苦温柔地拥抱着你。

【当前】孤独不苦：我真后悔教给你那么多。如果可以，我宁愿你永远都傻乎乎的，等着我来保护你。

【当前】浅醉微醺：我说过，这辈子傻过一次就够了。

浅醉微醺后退一步，打断了互动。

【当前】孤独不苦：浅浅，和我在一起吧。

浅醉微醺就地坐下，答非所问。

【当前】浅醉微醺：最近七杀的风头强劲，他们老大难得糊涂我却一次都没遇上过。孤独，你认识那个难得糊涂吗？

孤独不苦没有回答。

【当前】浅醉微醺：很久以前我就觉得奇怪，七杀对昭明殿居然那么熟悉，而他们的老大难得糊涂更是神龙见首不见尾。难得糊涂这个号从来未曾露面，却莫名其妙忽然冲上了高手榜，就好像凭空蹦出来的一样，偏偏又低调得要命，从来不参加任何活动。唯一的解释就是——那一定是某个高手的大号改名之后的产物。高手榜上一个人都没少，却挤进了一个空降的高级剑客，你觉得那个号会是谁呢？

孤独不苦依旧没有回答。

【当前】浅醉微醺：你怀疑过明非夜和天风十四郎是同一个人，他双开来暗算你以达到赶走你的目的。可如果咖啡苦和天风十四郎才是同一个人呢？一个是明非夜的朋友，一个是明非夜的敌人，只要天风十四郎授意那一天要明非夜暗地里帮忙，那么明非夜一定会出手。明非夜只要出手，那整个昭明殿乃至整个48区就再也容不下他。根本用不着双开，只要找个操作还过得去的人来操作其中一个号，这场戏就圆满了。谁知道明非夜居然化解了危机，于是天风十四郎的存在反而变得多余，你发现他在乎我之后，干脆把号送给他，诱导我误会他。

【当前】孤独不苦：你就这么信任他？

【当前】浅醉微醺：我不是信任他，而是开始清醒了。现在想想，你跟明非夜有多大仇啊？否则一个曾经叱咤风云的大神为什么不求回报地待在一个看起来根本不起眼的小姑娘身边呢？

【当前】孤独不苦：既然你都知道，为什么不早点揭穿我？

【当前】浅醉微醺：早点揭穿，你还会这么好心教我 PK 吗？

【当前】孤独不苦：浅浅，我好像小看你了。

【当前】浅醉微醺：人总是会长大的。

【当前】孤独不苦：可是你想过没有，明非夜已经离开那么久了，我为什么还留在你身边？

【当前】浅醉微醺：那你能许我一个看得见摸得着的未来吗？

孤独不苦良久无言，浅醉微醺却扑哧一声笑了。

【当前】浅醉微醺：对你们这样的人来说，游戏永远只是游戏。明非夜如此，你也是如此。就这样吧，既然只是一场游戏，就当什么都没发生过，打完了咱们还是朋友。

孤独不苦转身离去的时候，凌晓熙正在电脑面前静静地品着咖啡。

氤氲的水汽蒙上她的双眼，咖啡还没入口，喉咙里却忽然生出一阵苦涩。

人不用活得太明白。越明白就会越累。

明非夜曾经说过许多死不正经的话，随着时间推移，就连那些曾经让她心动如许的情话也早已经褪去了鲜亮的颜色，可这句话深深地刻在她脑海里，而且越来越清晰。

她庆幸过孤独不苦给她陪伴和温暖，庆幸过即使不能成为情人也还能以朋友的身份愉快地相处，现在她却在庆幸自己并没有因为孤独和伤害而爱上他。

【私聊】洛无双对你说：真的假的？这么耍“宫心计”？

浅醉微醺掉转视角，花木扶苏的阴影里果然站着五大三粗的洛无双。她顿时一脸黑线，刚刚只注意到孤独不苦跟在她背后，没想到后面居然还跟了个看戏的洛无双。

【系统】你温柔地拥抱着洛无双。

【私聊】你对洛无双说：双双，你怎么跟来了？

【私聊】洛无双对你说：原来你是因为这个理由才拒绝孤独不苦的啊。你到现在每逢过节还总给明非夜送花，我还以为你是因为忘不了他呢。

【私聊】你对洛无双说：我是惦记着他呢，下次烧纸的时候记得提醒我，我给他烧几把好剑，他在那边使得惯。

浅醉微醺停止了互动，然后把包里那十几个化枯转荣交易给了洛无双。洛无双迟疑了一阵，最后居然不领情地拒绝了。

【私聊】洛无双对你说：你现在都不能做药了，哪来那么多的化枯转荣？

【私聊】你对洛无双说：前两天上红沙岛揍人爆来的。我以前多傻，花那么多心思采药，就为了小概率随机出现的这么几个化枯转荣，现在闲着没事去红沙岛转一圈，就能白赚这么多。

【私聊】洛无双对你说：你真的完全变了，连我也怀疑，这还是我认识的那个凌晓熙吗？其实我不止一次地想过，如果明非夜没有走，你还会不会是今天这样。

洛无双说得没错，每逢节日她都习惯性地给那个早已经消失了很久的人送花，然后到月老庙前明非夜最后下线的位置站一会儿。说实在的，随着时间流逝，那段不顾一切的爱情早已经失去了梦一样瑰丽的外衣，她并非那眷恋着那个人，而是习惯性地祭奠着那段感情。

那个时候她还太年轻，那个时候她还不懂爱情，那个时候她还没准备好去经营爱情。嗅着爱情的芬芳，她总是会忘了现实的残酷。

毕业聚餐那天全班同学共聚一堂，大家纷纷冲上前台一展歌喉，在那一片宣泄感情的嘶吼之外，有人听到那个就连说话也小心翼翼的女孩子捧着话筒，歌声微微发颤。

我没那么爱你　没那么伤心

不过是太多回忆一时间难以忘记

我没那么爱你　尽管全给了你
救不回你只能救救我自己
我没那么爱你　没有你也可以
把你的梦还给你
我就舍得放弃你
我没那么爱你　尽管泪流不停
改变不了你就放过我自己

【私聊】你对洛无双说：别提了，现在说这些还有什么意义。人不犯我，我不犯人，只要别主动上门找不痛快，我还是一样很好相处的嘛！

话音刚落，主动上门找不痛快的人就出现了。

【世界】蓦然天晴：浅醉微醺你还要不要脸？居然趁我不在，让我家小叶子陪你去梦境！我就看出你没安好心，最近老扯着小叶子陪你刷这个刷那个，你闲着没事当小三上瘾是吧？

此话一出，浅醉微醺顿时笑喷。

【私聊】洛无双对你说：唉，你可别说，明非夜走了，你和夜夙之间就是八竿子也打不着的关系啊，可他总拉着你到处跑，要说是照顾你也太扯了吧。搞不好夜夙真对你有意思呢。

【私聊】你对洛无双说：是吗？其实我还一直觉得夜夙对明非夜有意思呢。

【世界】蓦然天晴：浅醉微醺你给我出来，别躲在那里不出声，我知道你在线！你有本事抢男人，你有本事出来啊！

这话说出来，两人齐喷。

【私聊】洛无双对你说：唉，你就真不打算理她吗？

【私聊】你对洛无双说：哪能啊，我打算找到她，然后让她本尊给我录个《蓦然天晴来敲门》当起床铃声，各种励志啊。

【私聊】洛无双对你说：……

她俩这边聊得开心，哪知那边的好戏忽然升级。

【世界】夜夙：我就是真的喜欢浅醉微醺又怎么样？

【世界】蓦然天晴：好啊，我早就看你们不对劲了，原来真是这样！

太过分了！一对奸夫淫妇，不要脸！

【世界】夜夙：你自己呢？总是说我哥要是还在一定会这样，我哥要是还在一定会那样，连我也不明白了，你嫁的到底是我还是我哥？

【世界】蓦然天晴：小叶子，你为什么会这么想？我没有那个意思，我真的没有那个意思。

【世界】夜夙：是不是那个意思只有你自己明白。

眼看着夫妻矛盾又要演变成一场全服大戏，浅醉微醺头疼地表示这真是史上最无辜的躺着也中枪。

【世界】浅醉微醺：夫妻吵架麻烦切换到私聊频道吵个够，不要挤占大家的公共空间。

【世界】蓦然天晴：好啊，你还有脸出来！你这个狐狸精小三，都是你挑拨我和小叶子的关系！

【世界】浅醉微醺：除了去惹是生非就是被惹是生非，你长点心好吗？首先夜夙不是我的菜，退一万步说，如果我要抢，一定会明目张胆，私下挑拨有成就感吗？

她明白这话一说出口，蓦然天晴和众多“三观洁癖者”一定会跳出来破口大骂，索性眼不见心不烦地直接屏蔽了世界频道。

【私聊】夜夙对你说：谢谢。

夜夙也明白，那时候矛盾已经彻底转嫁到他那边，她其实根本不用出面引火烧身的。

【私聊】你对夜夙说：用不着，我不是为了替你解决家庭矛盾。

浅醉微醺拽了洛无双去刷归墟真天宫副本，刚走了两圈，世界频道就冒出了一条红色的系统信息。

【系统】夜夙与蓦然天晴感情破裂，在月老见证下剪断缘线，从此天各一方，再无瓜葛。

亡者步道是一条宽阔的地下水道，暗蓝水面下藏着一条长满水草的狭长道路，她的影子映在水面上，就像一朵躲藏在时光之外悄悄开放的花。

看到那条系统信息的时候，浅醉微醺忽然停下了再去引怪的脚步，洛无双在背后赶着扫地，脚下密密麻麻倒下的地牢女神怪一脸不甘，写满了嘲讽。

出来混都是要还的不是吗？

当年天雨晴承受过的一切，如今蓦然天晴也将一一经历。她平日里仗着夜夙偏袒所做的一切，终于也将由她自己来承担后果。

浅醉微醺仰着头站在水中央，心情很好地想着，不知道此刻的蓦然天晴会是什么心情呢？

【团队】洛无双：怎么不打了？

【团队】浅醉微醺：我好像忘了一件很重要的事。

【团队】洛无双：唉，夜夙和蓦然天晴的破事你就别掺和了吧。

【团队】浅醉微醺：不，跟他们没关系。

【团队】洛无双：哦，都一点多了，你明天不是还得上班吗？下线睡觉去吧。

【团队】浅醉微醺：嘿！我终于想起来了，我的企划案！

凌晓熙驱着浅醉微醺离开了归墟，一路朝龙腾主城狂奔，打算清理完包袱就下线。到了桃花坞外面，一个白衣剑客忽然出现在她的视线里。

【当前】浅醉微醺：夜夙，你站在这里干什么？

【当前】夜夙：是你啊。

夜夙没有回答她的话，只是随便答应了一声，照例站在缤纷花雨里摆造型。

【当前】浅醉微醺：早知今日，何必当初。你铁了心和天雨晴离婚的时候，难道就没有想过可能会有这一天吗？

说实话，浅醉微醺真的不怎么同情他，他会走到今天这步田地，一小半是命运捉弄，一大半却是他咎由自取。

【当前】夜夙：浅浅，你那时候那么喜欢我哥，他却离你而去，你恨他吗？后悔吗？

【当前】浅醉微醺：那么久之前的事情谁还记得？

【当前】夜夙：第一次遇见我哥是在新手村里，那时候我才刚进入游戏，出门就被他秒了。周围有不少被秒的小号躺在地上骂人，我憋着一肚子的火，什么也不说，一直复活，一直去送死。也许他把我带回昭明殿只是一时兴起，后来我要什么他就给我什么，我爱怎么发展就怎么发展。他是真把我当亲弟弟看待的。我呢，对他也许是崇拜和尊敬吧。他其实真的是一个不错的人。

【当前】浅醉微醺：你和我说这些干什么？

【当前】夜夙：我一直在模仿他，我自己都觉得自己的存在变得毫无意义。有时候我甚至故意叛逆，做出一些连我自己也无法理解的事情，那是因为我忽然意识到，我不想再做他的影子。那时候的我就像一个叛逆的孩子，孩子做的很多事情看起来离经叛道，其实只是希望引起大人的注意。

【当前】浅醉微醺：包括娶天雨晴，然后离婚娶蓦然天晴？

【当前】夜夙：嗯。

【当前】浅醉微醺：多熊的熊孩子才能做出这种事来求关注啊！

【当前】夜夙：也不都是这个理由。第一次带小号团的时候遇见蓦然天晴，那时候我只求带团速度，跟不上的人我想都不想直接踢出队伍。其他人要么忍气吞声跟着走，要么刷屏骂几句完事，只有她冲过来非要跟我辩个对错。那时候我觉得她虽然刁蛮任性，可是她敢爱敢恨的直性子真的很可爱。在那一瞬间，我真的以为自己找到了对的人。

【当前】浅醉微醺：找到一个对的人哪那么容易。

【当前】夜夙：找到一个对的人真的那么难吗？

浅醉微醺没有回答他。这个问题她自己都不知道答案，又要怎么去回答夜夙？

【系统】夜夙温柔地拥抱着你。

【当前】浅醉微醺：这又是什么意思？

【当前】夜夙：没什么意思。我只是……挺想他的。

浅醉微醺一脸黑线，想念明非夜却来拥抱她，什么逻辑？

掉转视角的时候，孤独不苦的身影再次出现在屏幕里，那一身黑甲就像是撕裂了隆冬的冰风，寒冷彻骨，拒人于千里之外。

孤独不苦没有说话，反倒是她先和他打招呼。

【私聊】你对孤独不苦说：你怎么找来了？

【私聊】孤独不苦对你说：你还记得我的老本行吧？我不是来找你的，而是有人雇我来杀夜夙。

【私聊】你对孤独不苦说：谁这么无聊？

【私聊】孤独不苦对你说：我不能告诉你。

【私聊】你对孤独不苦说：不告诉我我也能猜到，在这个时候最想杀夜夙的人不就是蓦然天晴吗？

【私聊】你对孤独不苦说：那你能不能告诉我夜夙的身价是多少？

【私聊】孤独不苦对你说：你不是买家，我不能向你透露。

【私聊】你对孤独不苦说：那随便给我杀十块钱的，我自己算。

【私聊】孤独不苦对你说：你快走，我不想再跟你动手。

孤独不苦当然看得出她是在故意胡搅蛮缠，再次开口的时候语气也比之前严厉得多。

【私聊】你对孤独不苦说：如果我不走呢？

【私聊】孤独不苦对你说：今天的赏金我非拿不可。

【私聊】你对孤独不苦说：你单独对付我或夜夙都很轻松，但如果我们联手，你就不怕阴沟里翻船吗？

孤独不苦那边沉默了好一阵子。

【私聊】孤独不苦对你说：夜夙和你非亲非故，你何必去保护他？

【私聊】你对孤独不苦说：不知道。

浅醉微醺其实真的说不清自己究竟为什么要保护夜夙，她和夜夙也就算是点头之交，于情于理，她都没有必要冒着和孤独不苦彻底翻脸的风险去保护他。

【私聊】孤独不苦对你说：你自己心里很清楚，抱着你的人是夜夙，不是明非夜。替身就是替身，他再像，也永远都不会成为你期待的那个人。

【私聊】你对孤独不苦说：不要再说了。

她此刻才意识到夜夙还抱着自己，连忙后退几步打断了互动。

【当前】夜夙：浅醉微醺？

花叶交错，月光透过树梢，把斑驳的影子温柔地搭在彼此的肩头。

眼前的白衣剑客仓皇落魄，满身是伤。

孤独不苦的话就好像冰冷的利爪瞬间撕裂了连她自己也不愿意承认的真相，她的心里顿时涌出一阵恐惧。

是的，明非夜早就不存在了。

第十章 有一种痛叫两败俱伤

凌晓熙的心乱作一团，一直忙到天蒙蒙亮，那份企划案才算是勉强可以见人了。这一夜灌了那么多咖啡，等她躺在床上，那些乱七八糟的回忆却通通涌上心头，扼住了她的呼吸。起床闹钟响起来的时候，她整个脑袋都成了一团糨糊，简直说不清自己是睡醒了还是压根还没睡着。

企划案递到叶筝那里，理所当然赢得了组员们的一阵嘲笑。

“叶子姐，对不起。”凌晓熙自己也明白这个企划案做得差强人意，于是干脆直接做出认罪状，争取宽大处理吧。

叶筝看着她那双黑黑的熊猫眼，忍不住笑起来：“都怪我没说清楚，我让你从昨天晚上开始做企划案，而不是让你一晚上做完啊。

“虽然是赶工出来的，不过你的想法还是相当有创意的，只是细节上还不够完美。辛苦你了，你这周先把其他工作放下，专心做这份企划案，有需要的话可以随时来找我和其他同事帮忙。”

凌晓熙一副垂死挣扎的模样：“什么都可以吗？”

“可以。”

“叶子姐，我能不能申请先去睡几个小时？再撑下去我可能就要因公殉职了……”

凌晓熙得到特批抱着小抱枕在桌上趴了一个多小时之后，忽然听到一阵短信提示音。在这个年代，人们相互联系的方式变着花样不断翻新，依旧使用这么古老的方式进行联系的人，要么害羞，要么复古。

拿过手机一看，果然是周勤发来的信息。

周勤：还没吃午饭吧？要不要过来和我一起吃？

凌晓熙朝窗外眺望，周勤的公司离 KVI 网络传媒的办公楼也就两条街的距离，只不过他们那边有员工福利，外卖盒饭比较便宜。

凌晓熙：不用了，我昨晚加班到太晚，现在想多睡一会儿，你自己先去吃吧。

周勤：过一会儿都是剩菜了，先过来吃了再睡，你们公司餐厅盒饭二十块呢，我们这边才十六块。这些不必要的开支就省了吧，咱们以后还得买房买车呢。

凌晓熙顿时被“雷”清醒了，他们才第一次约会吧，怎么就扯到买房买车了？

凌晓熙：周勤，有些事情现在说好像太早了吧。

周勤：哪里还早？这都快十二点半了。不要偷懒，快来吃饭吧。你猜饿着肚子睡觉会怎么样？饿得肚子咕咕叫呗！

凌晓熙瞬间被“雷”焦了。

周勤哪里是把她当成女朋友来宠，分明就是把她当成女儿来宠啊！

她错了，她真的错了。这世界上最大的悲剧不是我在你面前你却不知道我爱你，而是明明完全不搭你却误以为我们相爱啊。

晚上再上线的时候，浅醉微醺依然一个人站在桃花坞的漫天花雨里。茫然四顾，世界那么大，她却不知道自己究竟应该往哪里走。

两个小号牵着手走进树林，在她身边拐了个弯，朝小溪那边去了。

【当前】帅字当头：小爱，嫁给我好不好？

【当前】love love：扑哧，我们才一起打了一次副本，才认识了几个小时啊？

浅醉微醺掉转视线，正好看到那个男号正对着女号跪地求婚。

一个人，真的会这么容易喜欢上另一个人吗？

浅醉微醺很想笑，她从来都觉得爱情应该是细水长流的，哪怕是一见钟情，也该在时间的流逝中酝酿出真正的芳香。可是在这个虚拟的世界里，正是因为人们不用彼此负责，所以爱情就会那么容易说出口。可这样冲动的爱情，到底是寻求不用负责任的刺激，还是逃离寂寞的需要？

【当前】帅字当头：我就是喜欢你，做我老婆吧。

【当前】love love：你喜欢我什么呢？一起刷副本的女号这么多，你为什么选我？

【当前】帅字当头：我觉得你脾气好，而且你是药师，我是剑客，以后去刷副本方便。

【当前】love love：哦，好吧。那从今往后你只能和我在一起刷副本，要疼我宠我，不准再勾搭其他美女，知道了吗？

人真是一种很奇怪的动物，哪怕明明知道这样的关系只是自我欺骗，却总奢望自己是对方那个特别的唯一。

【系统】浅醉微醺已经开启了屠杀模式。

她上去就是致命的杀招，万蛊噬身放出去的特效声势浩大，看起来毒了一大片，其实技能中心却只瞄准了那个女药师。那个女药师就像是当年的她，中毒之后甚至想不起先用清灵解毒，而是傻乎乎地用治愈术给自己加血。男剑客的反应倒还比较快，虽然他避开了第一次攻击，仅仅被毒尾扫过，可双方实力差距太大，染毒之后他脑袋上的掉血速度依然快得吓人。女药师忽然间开了窍，却把清灵扔到了男剑客头上。男剑客解了毒，可第一时间选择了用轻功远远地飞开，企图逃跑。浅醉微醺跟过去直接开了个跗骨，食髓还没来得及出手，那个剑客已经躺下了。

【当前】帅字当头：闲着没事杀我们干吗？我们招你惹你了？

【当前】浅醉微醺：love love，面临危险的时候，你选择救他，他却选择逃跑。他所谓的喜欢，你看明白了吗？

【当前】love love：你有病啊？他骗我也是我们之间的事，和你有什么关系？

浅醉微醺愣了一下，然后大笑出声。

红花坪、桃花坞和丛云崖是这个游戏景色最美的地图，也是情侣约会、杀人越货的必备场景。游戏世界里的桃花坞永远都是那么虚幻那么美好，粉色花瓣落成漫天的绚丽缤纷，平常总会有一对对男女在树下你侬我依地聊天、截图、摆造型，培养感情。人家谈情说爱的时候挨上一顿胖揍那也是蛮破坏气氛的，于是有个不成文的约定，在三大情侣胜地不得随意PK。

可是那一晚，浅醉微醺横扫了整个桃花坞，雷阙过处，寸草不生。

各种小号开喇叭骂她的信息在世界频道刷了一屏又一屏，就连官方论坛上也刷满了各种讨伐浅醉微醺的帖子，盛况丝毫不亚于明非夜当年在新手村外秒小号。一夜之间，浅醉微醺的名字就成了整个区小号的噩梦。

第二天，浅醉微醺在龙腾城外被巡游捕快击毙流放红沙岛的时候，全区上下一片欢腾。

可从头到尾，她都没有回应过。

洛无双千里迢迢扛着一大堆赦免令上岛救她，望着她头顶红得发黑的名字无限唏嘘。

【当前】洛无双：你这到底是为什么啊？

【当前】浅醉微醺：以前明非夜也这么干过，我就想试试那是什么滋味。

【当前】洛无双：你这么干觉得开心吗？

【当前】浅醉微醺：嗯。

【当前】洛无双：被刷大喇叭骂得狗血淋头，在官方论坛被各种帖子翻旧账，掀老底，泼脏水，流放红沙岛，倒贴一大堆赦免令，你真的开心吗？

【当前】浅醉微醺：嗯，开心得不得了！

洛无双彻底无语，开了交易把赦免令一股脑地塞给她，跟着扭头就走。浅醉微醺一边点着赦免令，一边捣着小步跟在她背后“卖萌”。

【当前】浅醉微醺：双双，好双双，我知道错了，赦免令我会加倍给你赚回来的，一定！不要生气了好不好？

洛无双停下脚步，扛着巨剑无奈地转身。

【当前】洛无双：小醺，你真的完全变了，再也不是以前的你了。

【当前】浅醉微醺：哎，不要板着脸说教好不好？这不像你。

【当前】洛无双：明非夜走了，他没带走你的爱情，却带走了你的灵魂。那个傻乎乎跟在我背后“卖萌”刷存在感的凌晓熙早就不存在了。你能不能告诉我，你到底想干什么？

浅醉微醺这会儿已经使用了不少赦免令，随着罪恶值降低，名字里的黑色也慢慢褪下来，剩下像要滴出血来的殷红。

她站在红沙岛的海风里，浓雾掀动着衣裙，浓的黑，淡的紫，散如烟云，就像一朵躲藏在时光之外悄悄开放的花。

【当前】浅醉微醺：我不知道。

她没有方向，没有目的，停留在“三界”只是一种习惯。这里其实早已经没有了眷恋，也没有了希望，时光流逝，寂寞奔走，只不过给她一个打发时间的借口而已。

【当前】洛无双：你就忘了那个人吧，能看得见摸得着的才是幸福，美丽却摸不到的只是梦。

洛无双顾自离去，她的背影隐没在浓雾中，对岸却有一个人影出现在吊桥那头。浓雾铺天盖地，那个影子就像没头苍蝇四处乱撞，几次错过了吊桥入口，直到第五次路过才奇迹般地发现了入口的所在。

【当前】浅醉微醺：小陵尘你在那边乱转个什么劲？

【当前】陵尘：啊！师父啊，我来接你啦！第一次上岛没经验，下次就不会找不到路啦！你还好吧？有没有寂寞？有没有无聊？有没有想我？

浅醉微醺过不了桥心的那条分界线，陵尘却直接冲过来就是一个大大的熊抱。

【当前】浅醉微醺：下次要留在分界线那边，到这边来可能会被暗算。

【当前】陵尘：怕什么？师父会保护我的。

陵尘一定是想扑到她怀里，但是基于人物本身的身高属性，却变成了浅醉微醺扑倒在他怀里。

【当前】浅醉微醺：看你那点出息，你不是号称有一天能保护我吗？

【当前】陵尘：我是想啊，可是你那么强悍，我还没来得及表现，上门找事的就被你弄死了。

两人都没吭声，浅醉微醺也没有打断互动。陵尘的存在给予她的感觉也许从来都不是爱情，而只是一种单纯的陪伴。但这种陪伴在寂寞之外，给过她最真实的欣慰。

【当前】浅醉微醺：如果我愿意给你机会呢？

【世界】陵尘：师父，你高兴的时候，我陪你。你伤心的时候，我陪你；你哭泣的时候，我陪你，无论怎样，我都陪着你，因为你是我最爱的人。今天，明天，永远，我愿意用我的每一天来陪伴你！嫁给我，好吗？

陵尘还真是行动派的典范，话音刚落，他的求婚词马上就发上了世界频道。

世界频道一片欢腾，全服高手榜前十名的高手里只有孤独不苦和浅醉微醺单身，因为他俩时常在一起，大家私底下都把他俩当成一对。今天陵尘忽然冲浅醉微醺求婚，怎能不引起全服大骚动？

【世界】陵尘：师父，其实这段求婚词我两年前就写好了，只是一直没用上。无论你是开玩笑还是认真的，我都谢谢你给我这次机会，让我可以把真心话说出来，现在我已经没有遗憾了。

浅醉微醺站在红沙岛的漫天迷雾里，完全看不到方向，唯一清晰出现在她面前的，只有陵尘。

浅醉微醺没有直接给出答案，而是在当前频道先开出了条件。

【当前】浅醉微醺：陵尘，我不用你赌咒发誓，说什么陪我一生一世，绝不背叛，我只要你答应一点，永远不许欺骗我。哪怕你要转身离去，也要走得明明白白。

【当前】陵尘：有时候我真的挺恨明非夜的。他把你伤得那么狠，连带着让所有好男人都跟着背黑锅啊。

【当前】陵尘：师父，你就放心嫁给我吧，我不会骗你，更不会背叛你。

【世界】浅醉微醺：陵尘，我答应你了。记着你今天说过的话，胆敢违反，我不会饶了你。

【当前】二哥很帅：啧啧，这师徒旷世绝恋还真成了？

【当前】魑魅：欢呼！撒花！磕磕绊绊两年总算是把人间凶器拿下了，陵尘你还真是蛮拼的。

【当前】饭兜响叮当：陵尘，我崇拜你！从今天开始，我要把你的名字刻在门口，每天膜拜！不，我不能再叫你陵尘，我要叫你人生赢家！

【当前】带你去纽约：还没进门，老婆就这么凶，向小陵尘一鞠躬，二鞠躬，三鞠躬……

浅醉微醺飞升成神，就连逍遥种田人也不再是以前那个任人欺负的小帮会了。虽然昭明殿和七杀依然在帮会榜单第一第二位来回厮杀，可逍遥种田人一直牢牢盘踞着榜单第三的位置，成了众多新人仰望的对象。

陵尘和浅醉微醺的婚礼并没有邀请太多人，可那天的婚礼意外地来了一大堆不请自来的宾客，看热闹的、蹭经验的、混脸熟的都在现场乱窜，直忙得负责控场的魑魅头大如斗。

洛无双直到婚礼开始前三分钟才上线，直接窜到台上对着浅醉微醺就是一个熊抱。

【私聊】洛无双对你说：对不住啊，我临时有事来晚了。

【私聊】你对洛无双说：我原谅你了，来了就好。赶紧上家长位坐着等着喝茶吧。

浅醉微醺和陵尘都是逍遥种田人的会员，能担家长大任的也就洛无双一个，而洛无双没有伴侣，所以四张家长椅上就只坐了她一个人。

【私聊】你对洛无双说：双双，时间差不多了，开始吧。

【私聊】洛无双对你说：小醺，咱俩出生入死的交情，我只希望你真的过得开心。今天的婚礼就是和过去彻底告别的仪式，我希望你是心甘情愿的，没有一丝勉强。

【私聊】你对洛无双说：嗯，我都明白。

【私聊】洛无双对你说：我要你向我保证，永远都不会为今天的决定而后悔。

【私聊】你对洛无双说：我不后悔，永远都不后悔。

得到了她的保证，洛无双终于站了起来。

【世界】洛无双：今天世界上两个最幸福的人，他们将携手走进婚姻的殿堂，开始他们的幸福生活，在这里让我们用热烈的掌声欢迎他们的到来吧！

【世界】陵尘：老大，你是从不土不村不能活星来的吗？这证婚词甚是乡土啊！

【世界】洛无双：不爽啊？行，你来主持，我娶小醺可好？

【世界】陵尘：老大威武，我无耻地从了……

【世界】洛无双：现在我就代表在座的各位亲朋好友问你们一个问题。

陵尘，你摸着良心回答我，你愿意娶浅醉微醺为你的妻子，无论贫贱还是富贵都直到永远吗？

【世界】陵尘：Yes，I do（是的，我愿意）！

【世界】洛无双：靠边欢脱去，挡着你家长我了！请浅醉微醺发自内心地回答我，你愿意嫁给这只没长大的泼猴为妻，无论贫贱还是富贵都直到永远吗？

浅醉微醺站在台子上，用俯视的视角扫过台下层层叠叠的人群。那些辨识度极低的脸孔顶着属于自己的代号挤在一起，各色衣服装饰加上特效凑在一起晃得人眼晕，根本就分不清谁是谁。就在她掉转视角的时候，一眼就看到了挤在人群当中的那个白衣剑客。

两年的时光过去，玩家们的装备早已经各种翻新，而那身衣衫，依旧是两年前的模样。他站的位置，依然是那个浅醉微醺曾经无数次驻足等待的地方。

她还记得，他第一次在玻璃纸一样的夜色里顺着小石滩一路点着水轻灵灵地飞跃过来，剑尖划破空气迸溅出美丽炫目的金色火焰，就像凤凰的尾羽，华丽绚烂。

这一跃惊碎了月光，好像整个世界再次变得色彩斑斓。

只是那一瞬间，千言万语都涌上心头，不经意间，连呼吸都多了潮湿的泪意。

她不说话，他也只是静静地看着。

整个世界好像就剩下了他们两个人，其余的一切尽归沉寂。

【世界】洛无双：小醺，小醺！你死机了？

【世界】浅醉微醺：哦，没有。

【世界】洛无双：到你了，发什么呆呢！愿不愿意，赶紧给个痛快！

陵尘久久等不到她的回答，估计心里也有些发慌，连忙发了一个求婚申请过来。

电脑前的凌晓熙手指微微发颤，像是为了说服自己，重重地按下了“同意”按钮。

【系统】陵尘与浅醉微醺在月老见证下结为夫妇，从此天涯海角不离不弃，共谱一段三界佳话。

世界频道瞬间刷满祝福和讨要红包的信息，整个聊天栏乱作一团，可她只看到那一句话。

【私聊】明非夜对你说：恭喜。

那不是错觉，是真正的明非夜。

十几个坐标点，就成了永远也无法跨越的距离。

【私聊】你对明非夜说：你百忙之中特意上线一次，就是为了对我说一声恭喜吗？

【私聊】明非夜对你说：浅浅，你变了很多。

【私聊】你对明非夜说：你不是一直希望我能长大吗？

明非夜不言不语，浅醉微醺在那一片欢腾之中静静守候，最终还是没等到他的回答。

【私聊】你对明非夜说：今天婚礼太忙，我没空招呼你，有话等婚礼完了再说吧。你随便坐，不用客气。

【私聊】明非夜对你说：不用了，知道你过得开心已经足够了。

话音刚落，她就看到那个身影化作一道白光消失在烟花五彩缤纷的光影里。

【系统】您的好友明非夜已经离线。

凌晓熙忽然在电脑面前大哭出声，好像失却了全身所有的力气。

回忆像一道洪流在身体里嚣狂地奔流，把她本以为这些年早已经排遣殆尽的思念全部推到眼前。撑开自己的心，才发现里头藏着一道难以愈合的伤。

凌晓熙，还有什么好舍不得的，不是已经下定决心要和过去告别了吗？

婚礼仍在继续，可那些欢闹就像和她无关，只是一出用来当作背景的默剧，随着时间的轨迹推着她老去，直到心如荒原。

【私聊】洛无双对你说：你怎么了？连话都不说一句，陵尘那小子快镇不住场面了。

【私聊】你对洛无双说：双双，我看到明非夜了。就在刚才，他就站在两年前下线的地方。

【私聊】洛无双对你说：我知道，可这又能改变什么呢？难道你还真打算抛弃一切跟他走？

【私聊】你对洛无双说：我不明白他到底是为什么回来的，也不知道自己到底是怎么回事，现在我的心很乱，很痛。

【私聊】洛无双对你说：是我把他找回来的。你说得对，他一直没有离开，而是换了个号在另外一个区继续祸害全区玩家。

【私聊】你对洛无双说：你怎么找到他的？

【私聊】洛无双对你说：只要他还没离开，挨着区建小号世界频道召唤沈慎，总会找到他的。

【私聊】你对洛无双说：双双，你何必这样？

【私聊】洛无双对你说：这不重要，重要的是，我让他来看看是为了给你们一个结束，不是要看你那么痛苦。现在你们都知道对方过得很好，这样还不够吗？既然有缘无分就放了他吧，也放过你自己。朝前看，小陵尘还在等你。

浅醉微醺沉默了一阵。

是啊，明非夜还在却始终不肯出来面对她，这足够称为有缘无分了。

【私聊】你对洛无双说：谢谢。

浅醉微醺恢复如常，陵尘的插科打诨、恶意“卖萌”功力自然超水平发挥，婚礼后半段气氛顿时热烈得多，就像雨水过境，瞬间扫净了窗外的阴霾。

然而最明白的人还是她自己。

雨水洗得净天空，却永远洗不净人的感情。

婚礼结束之后，浅醉微醺悄悄地给明非夜的号送去一朵花。她想，明非夜就在“三界”，只是不知道在什么地方活蹦乱跳，他们就像在并行的时空里生活，她站在龙腾城广场想着他，也许他就正好从旁边路过。

只是，永远都不会再有交集。

陵尘和浅醉微醺的婚姻令所有人都感到意外，但实际上这场婚姻什么都没能改变。他俩的相处模式跟之前毫无差别，浅醉微醺照例横扫战场和各种野外 PK，然后流放红沙岛。陵尘呢，照样被暗算被讽刺，给浅醉微醺背黑锅，并且乐此不疲。

陵尘无意干涉浅醉微醺的生活，浅醉微醺也没有要为他改变的打算，即使出双入对，也是陵尘对浅醉微醺百依百顺。他最大的优点或许就是想得开吧，浅醉微醺和孤独不苦来往，即使他看在眼里，也进不了他心里。照他的说法，师父选择嫁给他，而不是嫁给孤独不苦，那就是面对所有疑惑最好的答案。

实际上自从和明非夜那一段感情失败之后，凌晓熙早已经对这些摸不着的感情失去了信任，架构在虚拟世界上的感情到底太浅薄虚妄，离开了游戏，他们又是谁呢？嘴里即使回应了陵尘的亲昵，可面对他那一句句热情的“老婆”，她根本入不了戏。

在游戏之外，周勤倒是一直很努力地介入她的生活，哪怕这种改变让她觉得非常不适甚至排斥，他也从来没有放弃的意思。有那么一段时间，凌晓熙以为自己的生活就会在这样魔咒一般的循环里慢慢失去所有的活力。

晚上浅醉微醺带着陵尘打战场，半路上遇见了孤独不苦，于是顺手把他组进队伍里。有了孤独不苦作为助力，即使那天进场的没什么叫得上名号的高手，这一场战斗也必然顺风顺水。即将结束的时候团队积分第一自然稳拿，他们两人分列个人积分第一位和第二位。

既然积分的差距已经拉开，孤独不苦原本对继续挣积分的兴趣已经不大了，可浅醉微醺照样顶着人间凶器的名号凶残地追逐着路过的各种生物。

最后三十秒内，浅醉微醺的积分反超孤独不苦，站上了积分榜的巅峰。

【团队】浅醉微醺：我又赢了。

【团队】孤独不苦：那是我没注意才不小心让你反超了，这次不算。

【团队】浅醉微醺：这是所有兵法的终极智慧，你竟敢说不算？

【团队】陵尘：老婆师父，你上次好像说所有兵法的终极智慧不是这个吧？

【团队】浅醉微醺：你竟敢质疑我！

【团队】孤独不苦：浅浅，一次战场而已，敢不敢别这么拼？

【团队】浅醉微醺：不敢不爽不乐意。

传送出战场的时候，浅醉微醺忽然收到了孤独不苦的私聊信息。

【私聊】孤独不苦对你说：浅浅，我真希望你永远都和我们初见时那样没心没肺地穷开心。

【私聊】你对孤独不苦说：其实我一直都很开心啊。谢谢你对我这么好，无论是出于什么目的，至少在我开心的时候陪我开心，在我不开心的时候什么都不问。

【私聊】孤独不苦对你说：只可惜我对你再好也无法成为让你微笑的理由。

浅醉微醺苦笑一阵，到底只能回了三个字。

【私聊】你对孤独不苦说：对不起。

【私聊】孤独不苦对你说：什么时候我们俩的对话除了谢谢就只剩下对不起了？

作为一个新进员工，风头太劲往往不是好事。新员工是企业的新鲜血液，但也势必给老员工带来压力。职场如战场，员工们明争暗斗互相拆台也是常见的事。凌晓熙的企划案经过再三修改，哪怕得到的阻力远比协助多得多，也终于在一个月后从基本架构变成了经得住推敲的完整构想，干枯的理论在她的努力下逐渐变得丰满，简直比她第一次把蓦然天晴撂倒的成就感还要真实而强大。

叶筝仔细地把企划案审过一遍之后终于点了头，打算把凌晓熙带到投资厂商那边由她亲自演示讲解。为了这历史性的一刻，凌晓熙提前做足了功夫，从演示文案讲解过程到当天穿哪身行头都仔细安排过，唯恐到时候忙中出错。

带着笔记本电脑等待进入会场的时候，凌晓熙忽然觉得胃部隐隐作痛。

叶筝看出她脸色不太好，于是问了一句：“小熙，你没事吧？是不是生病了？”

“我有点胃疼，大概是最近压力太大了。”凌晓熙努力撑出笑脸，不去理会胃部的不适。她此刻已经站在了悬崖边上，要么对那些暗地里给她使绊儿的人屈膝投降，要么打一场漂亮的胜仗，不成功便成仁，她已经没有了后退的余地。

“不用太紧张，对方是个二货，只要你的提案够有创意，说清楚自己的想法就好，他一定没空理会其他细节。”

“二货……”凌晓熙一脸黑线，叶筝虽然一向口下不留情，可这么不客气地称对方为二货还是第一次。

“走吧，放轻松一点，说你该说的就好。”叶筝拍拍她的肩头，算作鼓励。

大门推开的一瞬间，里面的光线晃得人睁不开眼睛。一瞬间的恐惧随着光线的变化潮水般退去，凌晓熙做了一次深呼吸，尽量让自己的脚步平缓，努力营造胸有成竹的感觉。

“这是我们公司新提出的企划案，具体细节将由策划者本人来为大家讲解。”

叶筝说话的时候，凌晓熙一直忙着折腾电脑上准备好的演示文件，直到此刻才抬起头来，带着笑意先向四座点头致意：“大家好，我叫凌晓熙，这次 KVI 网络传媒彻底修改推广企划的事宜将由我来为大家讲解。讲解完毕之后大家有什么意见都可以直接向我询问。”

为了方便演示，百叶窗都关闭了，会议室里鸦雀无声，凌晓熙看不清那一排处于昏暗光线中的人脸，只能听到自己的呼吸和心跳声。

叶筝望向那片昏暗左边的方向：“沈总，可以开始了吗？”

“开始吧。”

听到这三个字，凌晓熙心头猛地一颤。

那声音干净温柔，低沉里带着一丝笑意，有种很想让人靠过去的亲和力。哪怕时光荏苒，给了他更多波澜不惊的沉静，可那些曾经在凌晓熙生命里美好过的内容一如往昔。

沈慎。

她想过无数种重逢的方式，在那座被星光包围的大桥上，在被雨淋得湿透的桂花香气里，甚至是此去经年之后的一次擦肩而过，然而她从来没想过，他们会以这种方式出现在彼此面前。

凌晓熙用眼神勾勒过他的轮廓，然后平静地开始正式讲解企划案的内容，就好像根本没有认出他。

这场演示异常顺利，获得了大多数人的好评。演示结束散场之后，不知道是谁哗啦一声重新把百叶窗全部打开了。透入室内的阳光像是一场救赎，瞬间纾解了她绷紧的神经。直到此刻她才发现四座的人都快走光了，可沈慎还坐在那里。

他低头喝茶的时候，眼角上的褐色泪痣静静地停留在过去的时光里，那是一场兵荒马乱的过往，一段被烟雨晕染的传奇。

叶筝走到沈慎面前，满是嘲讽意味地说道："哟，你正经起来还真像那么回事。"

"是吧，我正经起来帅到不行。"

"那你敢不敢一直都这么正经？"叶筝和沈慎居然是旧识，大场合里要做做样子，私底下却百无禁忌，压根没打算给对方留面子。

"那可不行。"沈慎正色道，"我不正经的时候显然更帅。"

凌晓熙忍不住微笑起来。

时隔两年，沈慎依旧是那个死不正经的调调。

凌晓熙一笑，叶筝才想起来她这茬，于是把她拉到面前冲着沈慎介绍道："啊，咱们公司新进员工，敢想敢做有冲劲，以后前途无量啊。"

沈慎弯着嘴角看她，轻轻地点头："看得出来。"

凌晓熙憋着一口气，他那狐狸似的笑容到底什么意思？

"你看这回的企划案，既节省经费又有创意，年轻人的头脑就是灵活，不服不行啊。"

沈慎装模作样地回答："你把她说得那么优秀，就不怕我直接把她挖过来吗？"

叶筝想都不想就回答："你要是敢这么干，我就敢把你存在我这里的所有物资直接在龙腾城广场分发给路人，就当替你行善积德了。"

"沈总，你好，很高兴认识你。"凌晓熙摆出了一副拒人于千里之外的模样，打从心底不想让叶筝看出他们俩之间的那段过往。她凑过去伸出手的时候，那股跌落在记忆深处的气息忽然笼罩过来，雪松、薄荷、烟草以及各种辨不出的气味就在她的呼吸里氤氲，瞬间透过感官深入了她的灵魂，明亮而温柔。

她记得自己有多眷恋这个气味，记得那种味道就叫作明非夜。

沈慎伸手与她相握，然后平静地回答："凌小姐，你比以前漂亮多了。"

叶筝显然觉得很意外："你们俩认识？"

"不认识。"

"认识。"

两个人同时开口，却给出了完全相反的答案。

叶筝用戏谑的眼光扫视着他俩，显然并不是在掂量两个人谁在说谎，而是刺探这完全相反的答案里到底藏着什么玄机。

凌晓熙狠狠咬牙，笑得非常勉强："不熟。"

叶筝的未婚夫三催四请要她回家，沈慎倒也没强留，二话不说直接开启了送客流程，还真是一点都没打算跟她们客气。

到了大门之外，凌晓熙才连忙问叶筝："叶子姐，刚才我好像听说你也玩《三界 Online》？沈……沈总是不是和你在一起？"

"他是我未婚夫的朋友，就是个唯恐天下不乱的二货。"

"他……是什么时候到你们那边去的？"

叶筝仔细地回忆着："我想想……快两年了吧。"

"他……有没有提过为什么要转区过去？"凌晓熙心头百感交集，甚至忘了掩饰对沈慎的过度在意。

"哦，他说要躲避前妻。"

凌晓熙哭笑不得。

"你和沈慎到底是什么关系？"叶筝的表情变得严肃起来，"别给我瞎扯，再瞎扯我也不帮你了。"

"咯咯，好吧……这个……那个……其实……我就是他的前妻。"

浅醉微醺习惯性地登录了游戏，眼前车水马龙的繁华景象就像指间的流沙飞逸，哪怕这里对她来说已经不再具有意义，她只是习惯了在这片虚拟的背景里存在着而已。

陵尘不知道什么时候来到了她身边，然后开了互动紧紧抱着她。

【当前】浅醉微醺：你又被谁欺负了？

【当前】陵尘：在你心里我就永远是个被欺负了就找你撒娇的孩子？

【当前】浅醉微醺：不然呢？

【当前】陵尘：好心塞。

【当前】浅醉微醺：放心吧，如果别人欺负你，我会帮你揍他；如果你欺负别人，我也会帮你揍他！

【当前】陵尘：师父老婆，把自己的形象定位成不良少女真的好吗？

【当前】浅醉微醺：那你抱着我打算干吗呢？

陵尘默不作声，怎么看都是一副哀怨的小男人模样，好半天脑袋上才终于冒出了他的答案。

【当前】陵尘：我怕我会失去你。

【当前】浅醉微醺：什么？

【当前】陵尘：明非夜回来了。

桃花坞门口多了一尊叫作明非夜的雕像，他离开得太久，后面陆陆续续进入的新人多半不知道他的威名，但在这个谈情说爱的胜地多出一个不合时宜的背景，当然也会十分扎眼。

人总有觉得悲伤寂寞的时候，自从有了游戏这个媒介，为了找个地方自我疗伤而舟车劳顿的苦恼就彻底不用考虑了。

不知道该去找谁，不知道应该去做什么，那就找个地方蹲着挂机吧。

对文艺青年来说，这叫作行为艺术。

对普通青年来说，这叫作燃烧点卡。

对“二货”青年来说，这叫作……二次元的悠闲。

有的人喜欢蹲在桃花坞、红花坪那种能刺激荷尔蒙分泌的地方，那是等待着一场艳遇。

有的人喜欢蹲在金顶大佛头顶或者从云崖那种高处不胜寒的地方，那是炫耀着一种能力。

有的人……就像明非夜这样的人，他总是蹲在最近而且最显眼的地方挂机，那并不是出于任何可以具体描述的目的，他只是懒得去思考要蹲在哪里而已。

浅醉微醺站在几十个坐标点之外看着他，身边挤满了前来瞻仰穿着上个世纪过期套装大神的各种玩家。

电脑前的凌晓熙一脸黑线。

沈慎，你不是想躲我吗？现在突然跑回来到底是想干什么？

【当前】蓦然天晴：哎？明非夜真的回来了？

看到蓦然天晴从半空里飞向明非夜那边，浅醉微醺心头涌出一阵强烈的反感，脑子还没做出决断，身体已经迅速做出了反应。

【系统】浅醉微醺已经开启了屠杀模式。

浅醉微醺一记万蛊噬身大毒击中了蓦然天晴，头顶上那个风姿绰约的天尊立刻倒头摔下来，围观的无辜群众都冒着绿气鬼哭狼嚎地四散逃命，那些不够强悍的小号连加血都来不及，浅醉微醺头顶的名字瞬间红透。

【当前】蓦然天晴：浅醉微醺，你是不是真的有病啊？我从你旁边过也惹到你了？

蓦然天晴知道自己打不过她，只能一边给自己加血一边冲她怒吼。

可惜浅醉微醺压根没打算回答她，打算直接开致命杀招，没想到陵尘却开了一个互动，硬把她拉了回来。

【当前】陵尘：师父，不要硬给自己拉仇恨。

她坚持要跑过来看明非夜，陵尘放心不下，于是也跟过来了。现在陵尘没有嬉皮笑脸地管她叫师父老婆，心里一定很不是滋味。可有些事若是不做，她心里也很不是滋味。

【私聊】你对蓦然天晴说：你赶着去见明非夜到底是想干什么？

【私聊】蓦然天晴对你说：我想干什么就干什么，你管得着吗？

【私聊】你对蓦然天晴说：我奉劝你一句，无论你想干什么想说什么，最好都憋回去，否则以后你在这个区可能很难混下去。

【私聊】蓦然天晴对你说：我现在是单身，你嫁了陵尘，身边还有孤独不苦，凭什么吃着碗里瞧着锅里啊？

【私聊】你对蓦然天晴说：原来你是真的喜欢明非夜。

【私聊】蓦然天晴对你说：那天明非夜陪我试了嫁衣，最后成亲穿的嫁衣也是他给我买的，明非夜当然也是我的。

【私聊】你对蓦然天晴说：你错了。那件嫁衣是我让给你的。

【私聊】蓦然天晴对你说：有什么区别？

【私聊】你对蓦然天晴说：我如果不让，他就永远都不属于你。

【私聊】蓦然天晴对你说：浅醉微醺！你也太贪心了吧？你舍不得明非夜，好啊，难道你打算和陵尘离婚吗？

【私聊】你对蓦然天晴说：舍不得？不，我只想让他也尝尝我受过的苦，然后在他的祭日给他烧上几把好剑。当然，你非要掺和进去，我也不介意连你一起料理。

识时务者为俊杰，蓦然天晴果断扭头离开现场。

浅醉微醺回过头，紫黑色的衣衫在风里翻飞成一团紫色的火焰，从头到脚都透着冰冷肃杀的气息。

【当前】陵尘：师父？

【当前】浅醉微醺：不是师父老婆吗？

【当前】陵尘：我怕你不高兴，不敢叫了。

她开了互动，主动牵起了陵尘的手。

【当前】浅醉微醺：我们走吧。

陵尘一张苦瓜脸立刻春暖花开，跟着浅醉微醺快速离场。

既然不用再攻击，浅醉微醺果断关闭屠杀模式，同时切换了目标，而新目标正好落在明非夜身上。在那一瞬间，她发现明非夜锁定的目标正是她自己。

那一回眸，明明两两相望，却早已经形同陌路。

明非夜的回归确实引起了一场全服大骚动，但起因并不是他本身，而是昭明殿。

当初明非夜什么都没说就直接离开，昭明殿的管理权自然就落在了寻花问柳身上。寻花问柳对管理从来都不感兴趣，让他撑十天半个月还行，明非夜一走就是两年，寻花问柳早就忍无可忍了。柠檬看他如此崩溃，一开始只是以副会长的身份代为管理，到了后来连寻花问柳的号都交到了柠檬手上，遇到重大决策变动的时候就直接上号搞定。明非夜回来了，寻花问柳实在是如蒙大赦，忙不迭地要把昭明殿交还到明非夜手里，想不到柠檬居然想都不想就拒绝了。

说起来也可以理解，如果那么轻易地归还昭明殿，那么她这些日子不计回报的付出和操劳又算什么呢？

虽然他俩从不曾表现出相偎相依的亲昵，但至少相敬如宾，为这件事，两个人之间产生了巨大的分歧和矛盾。既然吵得毫无转圜的余地，柠檬干脆一不做二不休，自己登上寻花的号把会长大权转让给了自己。

寻花问柳上线的时候瞬间傻眼了，他非但成了副会长，而且是一个被取消所有实权仅仅挂名的副会长。至于明非夜，则直接从挂名长老被开除出了昭明殿。

【帮会】寻花问柳：柠檬，你这是什么意思？

【帮会】心如柠檬自然酸：等到明非夜真正消失以后，我会把会长大权还给你。

【帮会】寻花问柳：昭明殿本来就是老明的，我还给他有什么不对？

【帮会】心如柠檬自然酸：昭明殿以前不是他的，以后也不会是他的。我愿意替你管理帮会，愿意替你做一切你不想做的事，但我没有义务为他看管帮会。

【帮会】寻花问柳：柠檬！

【帮会】心如柠檬自然酸：寻花问柳！我为你做了这么多，为什么你都看不见呢？我们在一起那么久，却还比不上你对明非夜的一句承诺，你到底有没有把我放在心里？你要把昭明殿还他，好啊，有本事你就先从我手里把昭明殿抢回去！

【帮会】寻花问柳：你怎么能这么无情无耻无理取闹？

寻花问柳说话的时候还算是做了修饰，照那时候的语境，大家都觉得他其实想表达的只有无耻。

【帮会】心如柠檬自然酸：如果我真的无情无耻无理取闹，那我就该直接改你的密码，然后用你的信息到官网把注册资料全部改成我自己的。从今往后，寻花问柳将会只为我自己所有，你这么些年的努力，将会瞬间灰飞烟灭。

这一场夫妻吵架真是吵出了国际水平，柠檬一句话，让众多把号交给配偶看管的玩家醍醐灌顶。这些年完全信任，不曾防备，让寻花问柳在柠檬面前不再有秘密，她手里握着的那些真实信息，足以让她比那个账号真正的主人更像主人。

子曾经曰过：唯女子与小人难养也。血淋淋的事实告诉人们，寻花问柳一贯的论断都是绝对正确的。女人真的很可怕，因为一旦女人真的生气了，智商和战斗力都会大幅增长。并且不是成倍增长，而是呈几何级数增长。

浅醉微醺再次看到明非夜的时候，他和寻花问柳正坐在桃花坞外哀叹的人生。

【当前】寻花问柳：我是真没办法了，要不我也跟着退帮会吧。

【当前】明非夜：退什么帮会，老实在那儿待着。昭明殿又不是你一个人的昭明殿，别浪费了大家的心血。

浅醉微醺几个起落，轻飘飘地飞落在他俩身边。

月光笼罩着她的衣裙，浓的黑，淡的紫，散如烟云，就像一朵躲藏在时光之外悄悄开放的花。

【当前】浅醉微醺：何必这么麻烦。你只要对柠檬说一句离婚，她一定会如你所愿，直接崩溃。

【当前】寻花问柳：女人真的好可怕。

寻花问柳识相地遁走，溪边就剩下了这对全服上下知名度最高的离婚夫妻。

【当前】浅醉微醺：沈慎，你突然跑回来到底想干什么？

【当前】明非夜：想回来就回来了。

【当前】浅醉微醺：说实话。

【当前】明非夜：好吧，叶子把我在那个区的所有财产没收充公了。在那边我已经一无所有，想不回来也不行啊。

听到这个明非夜式的答案，浅醉微醺真的一点都不感觉意外。

叶筝真是用生命在撮合他俩啊。

【当前】浅醉微醺：你其实真的应该就这么离开。

【当前】明非夜：为什么？

浅醉微醺没有回答，像来时那样，转身静静没入裹着缤纷花雨的夜——

因为我恨你，恨到想撕开你的心，看看你到底把我放在哪里。

明非夜一向是个做事非常有效率的人，回归之后他立刻就开始马不停蹄地提升自己的装备，在他以小时为单位迅速变强的过程里，围观群众似乎都能听到人民币燃烧的声音。他照例奔忙在副本、活动和战场之间，只是不再被众星拱月般簇拥着，来来去去都是孑然一身。

周三晚上出了一件大事，明非夜在天籁村小副本带新人的时候被昭明殿的一群小号围上了。即使明非夜被扫地出门，会里的人起码应该知道这个人是惹不得的。可就是这么一群小号居然胆敢围着红名的明非夜屠杀，明非夜不堪其扰，干脆手起刀落换了个清净。官方论坛很快爆出了明非夜欺负小号的帖子，顺道把他两年前的“黑历史”从头到尾翻了一遍。

就这样，已经沉寂成历史名词的明非夜再一次意外爆红——啊不，爆黑。

凌晓熙看到论坛帖子的时候就猜到这次事件绝不会是偶然，而是有人刻意策划出来的，想通过孤立和排挤逼走明非夜。

如果说全区上下有个人特别容不下明非夜的存在，那一定是柠檬。

如果说有一个人可以策动昭明殿的小号去对付这个曾经的老大，那也一定是柠檬。

浅醉微醺再次看到明非夜的时候，他穿着已经更新过的云傲坐在溪边，头顶上的名字红得快要滴出血来。风裹着桃花坞的无尽落花，缤纷不尽，他衣衫的颜色淡得像清澈明媚的秋水，有着拒人于千里之外的清冷。

她径自缓步靠过去，却惊起了原本坐在他身边的蓦然天晴。

说实在的，浅醉微醺走过去的时候的确没有发现她，可她这夸张的一跳就像是被火烧的蚱蜢，一边哀号一边四处乱跳，像是希望不被锁定为攻击目标，可无论她怎么跳，还是待在可以被攻击的范围内，竟然没有抛下明非夜而独自逃跑。

【当前】蓦然天晴：明非夜，你快逃啊，你前妻又报复你来了！

【当前】浅醉微醺：为什么要说又呢？

【当前】蓦然天晴：装什么蒜，你敢说在官方论坛上挂墙头那事不是你做的？

浅醉微醺直接笑喷，这小妮子的推理能力那么差，想象力倒是很惊人啊。

【当前】浅醉微醺：给你三秒钟的时间从我眼前消失。

【当前】蓦然天晴：凭什么！

【当前】浅醉微醺：就凭你背后那个人保不住你。

【当前】蓦然天晴：明非夜！

【当前】明非夜：她说得好有道理，我竟无言以对。

【当前】蓦然天晴：再见！

蓦然天晴倒是很明白识时务者为俊杰这个真理，浅醉微醺怒气全开，彻底黑化，明非夜显然压根没打算保她，于是她立刻做出了最正确的选择，怀着满腔不忿风一般地撤离现场。

浅醉微醺也不多客套，直接在他身边旋身坐下来。

距离看似很近，实际上却在互动的距离之外。中间隔着风，他们无法彼此触及。

【当前】浅醉微醺：真想不到你离开了这么久，却和蓦然天晴有了共同话题。

【当前】明非夜：她只是来给我送药的。

【当前】浅醉微醺：你们俩非亲非故，她为什么要给你送药？

【当前】明非夜：不知道。

浅醉微醺很想当场给他两刀，再让他仔细想明白到底是为什么。

【当前】浅醉微醺：不知道你也敢收？

【当前】明非夜：毕竟我是这么帅的存在，就像黑暗中的萤火虫一样鲜明出众，哪怕我已经不在江湖，江湖里依然充满了我的粉丝。

浅醉微醺心里竟然冒出一阵难言的得意，哪怕蓦然天晴成天缠着明非夜，却始终不敢开口表白那点小小的心思。

【当前】明非夜：那你来找我又是为了什么事？

【当前】浅醉微醺：你被踢出帮会又被挂墙头，我只是想来看看你混得有多惨。知道你过得不好，那我就安心了。

【当前】明非夜：那你现在心情有没有好一点？

【当前】浅醉微醺：没有。

两人相对无言，长久的分别制造了太多的疑问，却又让那些疑问变得不再重要了。

【当前】浅醉微醺：别再给柠檬背后黑你的机会。

【当前】明非夜：有你在身边，真的很好。

【当前】浅醉微醺：因为我永远都会傻傻地跟着你守着你被你耍得团团转？你以为我还是当年那个谁都可以欺负的小丫头吗？

【当前】明非夜：浅浅，我希望你不用过得那么辛苦，我宁愿你永远都不用成长，就这么浑浑噩噩自由自在，不必为了任何人又哭又笑，不必跟在别人背后拼命追赶。

电脑前的凌晓熙忽然笑出声来。

那明明是她自己说过的话，此刻听起来却像是冰冷的讽刺。

世界上所有的美好，到头来都是为了迎接破灭而存在的吗？

【当前】浅醉微醺：我也不想过得那么辛苦，我也想永远不用长大，可是谁来保护我的天真，谁来成全我的梦想？说不希望我改变的是你，可改变了我的还是你。

【当前】明非夜：浅浅，原来你那么恨我。

【当前】浅醉微醺：是啊，哪怕是听到你的名字，也会让我觉得难受。不过我希望亲自给你添堵，没打算假手于人。别轻易地输给柠檬，否则我会对你失望的。

【当前】明非夜：知道了。

明非夜的回答异常平静，然后化作白光直接下线了。

浅醉微醺望着他消失的位置自嘲地笑着，那么久以来的执着，到底是爱还是恨，她已经分不清了，只是一直追寻着那个气味，让自己伤痕累累。

企划案进行得很顺利，凌晓熙还以为自己会先在现实里遇上沈慎，没想到当天晚上她和陵尘一起刷战场的时候和明非夜不期而遇。失去了昭明殿的庇护，他刷战场的时候没有任何盟友，总是一个人来来去去，说实在的，她虽然不可能去帮忙，但至少不屑于落井下石。

陵尘可不这么想，发现明非夜的第一时间，他就怒气冲冲地杀了过去，全然忘了自己是个人尽可欺的治疗药师。瘦死的骆驼比马大，剑客再不济，对付同级治疗药师还是跟玩儿似的，更何况对方是成名已久的大神级人物。

一开始明非夜显然也没打算要和陵尘死磕，只是跳着退走，陵尘不依不饶地追上去猛扔状态，于是他自己头顶挂满了固若金汤、润脉清心、如沐春风、药师盾等各种白色、金色的增益状态，明非夜身上挂满了迟滞巫蛊、混乱破防、经脉逆行等各种红色、绿色的负面状态，两个人都跟彩灯似的你来我往，闪闪发光，严重影响了明非夜抢积分的大计，这么一来就算脾气再好也“婶可忍，叔不可忍”了。

眼看着明非夜起手九星破军把陵尘打晕，掠到面前就是几下狠的，陵尘喝了个化枯转荣硬撑过去，跟着就扔出了封脉定身。明非夜知道他肯定要来这一招，一开始用的就是远程飞剑技能鸿飞碧落。一旦陵尘出手，他就跳出战圈尽量远离，一直遛着圈等待机会，好过去一击必杀。

陵尘一改平常大大咧咧的模样，很用心地防御着，卡到了 CD 还能偶尔瞬发一两个技能攻击一下。尽管这么耗下去，他一定逃不过被斩杀的悲剧，但能撑这么久还真是蛮拼的。

浅醉微醺忽然出手，一扔就是一个凝血毒，这个负面状态除了掉血之外还可以阻止回血，哪怕喝化枯转荣也收效甚微。跗骨和食髓跟着扔过来，光看自己的负面状态等级和掉血速度，明非夜就知道她的毒术已经达到顶级了，不得不马上后退以求自保。浅醉微醺并没有给他缓和的时间，挥起雷阙追了上去。明非夜的注意力全部放在浅醉微醺身上，陵尘赶紧游走到外圈，给浅醉微醺加血的同时持续朝明非夜扔着负面状态。这么一来，浅醉微醺便无须再去操心自己的血量，只求酣畅淋漓地放手一搏。而明非夜那边处处掣肘，不多时竟然真的被逼到了生死边缘。

陵尘看准了时机，迅速跃入战圈，照着明非夜就是一记暴雨梨花针。明非夜头上就那么一点血皮，要是真扎准了也能送他去找阎王喝茶，可没等陵尘出手，浅醉微醺居然抢先一个大毒，直接收了他的人头。

明非夜默默地化作白光复活去了，陵尘却不乐意了。

【团队】陵尘：师父老婆，我这边做任务呢，你干吗抢我人头啊？

【团队】浅醉微醺：不要故意去招惹明非夜。下次再去，我也懒得帮你了。

【团队】陵尘：抢谁的人头不是抢啊，明非夜怎么就不能动了？

【团队】浅醉微醺：哪怕明非夜真的要死，也只能死在我手里。

陵尘不说话了，就像雕塑一样傻在了战场中央。

【团队】浅醉微醺：怎么了？走啊。

【团队】陵尘：师父，其实这就是他和我在你心里的重量。

【团队】浅醉微醺：小陵尘，你说什么傻话呢？

【团队】陵尘：小陵尘，我在你心里永远都是长不大的小陵尘。在一起那么久，你的心从来都不曾属于我。

【团队】浅醉微醺：你不是说你长大成熟了吗，怎么还动不动就发孩子脾气？

【团队】陵尘：我累了，先下线啦，师父你也早点休息吧。

话音刚落，陵尘就头也不回地下线了。望着他发来那个不知道是装豁达还是故意"卖萌"的笑脸，浅醉微醺哭笑不得。

陵尘下线了，浅醉微醺一个人蹲在战场里也觉得没趣，刚从战场里传送出来，就看见明非夜蹲在屋顶上发呆。她迟疑了几秒，还是顺着树几个腾跃，轻轻地落到他身边。

【当前】浅醉微醺：战场还没结束，你怎么出来了？

【当前】明非夜：你不也出来了吗？

两人相对无言，都不知道该说什么好。气氛越来越尴尬，浅醉微醺忍不住后悔，自己不过脑子就蹿上屋顶到底干吗来了？

【当前】明非夜：你家小相公呢？

【当前】浅醉微醺：有事先下线了。

【当前】明非夜：你们俩过得还好吗？

【当前】浅醉微醺：很好啊，不过人长大了，总得弄明白游戏和现实的距离。你呢？

【当前】明非夜：还好。

看到这两个字，凌晓熙心里像被针轻轻地扎了一下，痛了，可不再痛彻心扉。两年过去，沈慎别说是结婚，估计孩子都有了，她还有什么好放不下的呢？

等到凌晓熙再上线的时候，居然惊愕地发现浅醉微醺头顶那行"陵尘的娘子"称号已经消失了。陵尘那号生活技能都没练满，刷副本也分不到什么好装备，要凑够单方面离婚的费用和赡养费简直就是倾家荡产的节奏。

浅醉微醺正在疑惑，陵尘的身影却忽然在她面前冒出来。

她一看不由得大惊失色，陵尘全身上下的装备不翼而飞，俨然就是遭遇了一次最惨烈的抢劫，连个裤头都没留下。

【当前】浅醉微醺：小陵尘，你这是打算干什么？

【当前】陵尘：我本来打算不告而别的，不过我答应过你，哪怕我要转身离去，也要走得明明白白。

【当前】浅醉微醺：为什么走得那么突然？你该不会还在为上次战场的事情生气吧？我和明非夜真的都过去了，你不要瞎想。

【当前】陵尘：我已经努力过了，可是哪怕明非夜不在，你的心也还是不在我这里。

【当前】浅醉微醺：小陵尘，别胡闹了。你已经是个大人了，应该明白游戏和现实的差别。

【当前】陵尘：我明白，所以我并不是闹脾气。我要出国读书给自己镀金去了。

【当前】浅醉微醺：真的？

【当前】陵尘：真的，等我回来说不定就会成为CEO，迎娶白富美，走上人生巅峰，想想还有点小激动呢。

【系统】陵尘温柔地拥抱着你。

【当前】陵尘：师父老婆……不，师父前妻，你要好好保重啊。

浅醉微醺无语泪千行：我这是招谁惹谁了？明明什么都没做，怎么又多了一个前夫？

【当前】陵尘：我答应过不骗你的，有件事已经在我心里藏了很久，既然要走了，还是告诉你吧。其实以前明非夜回来过。你还记得吗？有段时间你很忙，把号暂时交给我打理。明非夜和你联系的时候，我告诉他我是你的未婚夫，你过得很好，希望他不要再来打扰你的生活。

【当前】浅醉微醺：什么？！

【当前】陵尘：这是我做过的最自私的事情，可惜最后一次努力还是失败了。你既然不属于我，那就放你自由吧。明非夜心里一直是有你的，去找他吧，希望你以后真的可以过得很好。

浅醉微醺在原地愣了一阵，不知道究竟该说什么才好。沉默良久，她终于朝前走了一步，点了个拥抱的互动动作。

【当前】浅醉微醺：小陵尘，一路顺风。

陵尘久久没有回答她，最后什么也没说，直接在她怀里化成了一道白光，永远消逝。

【系统】您的好友陵尘已经删除角色。

当天晚上，论坛上又多出了一个含沙射影指责浅醉微醺水性杨花的帖子，全区上下又陷入了一片你来我往的骂战，可谁都不知道，这场风波的女主人公当晚一直站在陵尘消失的地方，不曾离去。

第二天在员工餐厅吃午饭的时候，叶筝主动坐到了她对面："沈慎那浑蛋，我把他所有财产没收充公，想替你讨个答案，结果他一拍屁股又跑了。"

"其实他不是跑了，而是回来了。"凌晓熙咬着叉子苦笑，后悔自己那天为什么要把以前和沈慎的那点破事对叶筝和盘托出。

"你们这到底闹的是哪一出啊？"叶筝表示看不懂剧情。

"叶子姐，你不必再为我瞎操心了。我和沈慎那点孽缘，早就该了结了。"

"如果沈慎真的想逃避，他大可再跑到其他区去，何必还要再次回到你面前呢？"叶筝叉着一块土豆放在唇边，却一直没有塞进嘴里，"虽然我不知道沈慎到底为什么要躲你，不过这家伙绝对对你有情。"

"我不图他对我有情，只是有点不甘心。"凌晓熙苦笑一声，"两年前他就出国相亲去了，这会儿估计孩子都有了。"

叶筝立刻笑出声来："嗨，你胡扯些什么，和沈慎认识那么久，我还从来没见过他和女孩子在一起，老婆孩子更是边都沾不上。"

凌晓熙的叉子"砰"的一声碰上了盘子，却还强装镇定地说道：

“怎……怎么可能呢？”

叶筝答道：“你还不知道吧？沈慎就是为相亲的事和他爸爸闹掰了，后来才赌气回国自己开公司的。”

第十一章 有一种爱情叫守望

凌晓熙走在那条铺满了落花的街道上，融融绿意流云一样盖在墙头，那些藏在绿叶之间星星点点的茑萝，都是热闹的粉和红。

远远地一直传来不知名的钢琴曲，空气都染上了难言的寂寥和哀伤。

她真就这么闲，叶筝才告诉了她沈慎现在住的地方，她就眼巴巴地跑了那么远。抬头看着天水街 31 号的门牌，她如梦初醒，然后扑哧一声笑出声来。

到了面前她才意识到，自己究竟跑过来干什么呢？

“浅浅！回来！别乱跑！”忽然听到熟悉的声音，吓得凌晓熙直接打了个寒战，居然没出息地抱头蹲下了，心跳得跟擂鼓似的。

狗叫声欢腾无比，还传来开门声以及讲电话的声音：“OK，我去遛一圈浅浅，企划案你们先看一遍……”

从密密匝匝的茑萝叶子当中看到那条哈士奇的时候，凌晓熙顿时气得牙痒痒，沈慎居然给自己的狗取名叫浅浅！

气愤归气愤，沈慎牵着狗出来的时候，凌晓熙再次没出息地躲到了一边，等到他走了才敢回到屋子面前。

沈慎一走，整栋屋子都安静下来，风吹着茑萝叶子来回翻卷的声音都变成了最鲜活的存在。

凌晓熙攀着栏杆仰头朝上看，忽然发现三楼的窗户边上放着那个巨丑无比的娃娃。它就这么孤零零地站着，和周围的一切似乎都格格不入，偏偏面朝着阳光，已经被洗得发白，像是一段逐渐褪色的记忆。

记忆的潮水奔涌而来，凌晓熙忽然蹲下来，双手圈住自己的肩头微微发颤，就像用最脆弱的姿势将自己拥抱，也不知道是想哭还是想笑。

沈慎还留着它，还记得那段过去。

企划进行得很顺利，几天之后对方表示可以开始敲定具体细节了，于是叶筝和凌晓熙再次踏上了那片属于沈慎的地盘。自从那天看到了窗户边的丑娃娃，凌晓熙的心一直揪着，矛盾得一塌糊涂，她很想对他说些什么，可又害怕真的见了他，反而什么都说不出来了。

幸好沈慎也很忙，会议刚开始的时候进来坐了几分钟就匆匆离开，再也不见人影，凌晓熙只来得及瞥见他微微蹙起的眉头和纠结的侧脸。

哪怕自己一个人承受孤单和辛劳，他也还是一直笑着回答她，还好。

“晓熙，你快下来，我在楼下等你一起吃饭。”中午散会吃午饭的时候忽然接到周勤的电话，她颇感意外。平时在公司里就算了，她在别人地头上都能找到她，周勤真是出乎意料地神通广大啊。

凌晓熙迟疑了片刻：“我和叶子姐在一起呢，抛下她一个人不太好吧？”

“那就让她一起来吧，我请客。这附近正好有家店午餐特价，买两份成人餐送儿童餐哟！”

凌晓熙到底没厚着脸皮带叶筝去陪周勤吃儿童餐，拍胸脯打了包票说可以在会议开始之前赶回来，然后匆匆忙忙赶到了楼下。

天气并不算很好，周勤居然只穿着平常在办公室里穿的那一身，在寒风里显得格外单薄，显然是急急忙忙赶过来的。看到凌晓熙出来，周勤连忙快步赶过来，把一杯还有些温度的咖啡塞到她手里：“特意给你买的，我记得你喜欢。”

凌晓熙感受着手心里传过来的温度，忍不住笑了：“大冷天的跑那么远干什么？衣服也不知道多穿一件。难道就是为了来吃特价午餐啊？”

周勤红着脸咧嘴傻笑：“想你了。”

他的眼神那么热切，凌晓熙知道他期待着自己的回应，可那句话若不是发自肺腑，就死活也说不出口。

“周勤，我们去吃饭吧。”凌晓熙刻意低下头，不想去面对他失望的表情。

“好吧。”周勤倒是没在表面上纠结什么，转过身揽住凌晓熙的肩头，“那地方有点距离，这样会暖和点。”

凌晓熙无声地点头，好歹也是她自己答应过要试试和他相处，如果连这种程度的亲昵也拒绝，那也太不近人情了。

两人走下台阶的时候，她看到沈慎从台阶下停着的车里出来。两个人的目光对上，就像月老庙婚礼前的那一次回眸，让所有过眼云烟瞬间成沧海桑田。她故作轻松地扭开视线，干脆装作没有看见他。擦肩而过不过是瞬间的事情，可对于她来说，慢得就像是一辈子。

周勤推荐的店面已经有些年头了，摆设都有了烟熏火燎的痕迹，菜色上桌看起来倒是新鲜，只是凌晓熙的心早就不在这儿了，菜进了嘴里也是味同嚼蜡。

店里循环播放着一首老歌：只是因为在人群中多看了你一眼，再也没能忘掉你容颜。梦想着偶然能有一天再相见，从此我开始孤单思念……

“晓熙，你在想什么？”周勤也看出她走神，“是不是不合你胃口？那下次咱们换个地方。”

“不是，挺好吃的。”凌晓熙摇头，有些恼火自己的迷茫。

那个丑娃娃又能说明什么呢？哪怕那是一段阴错阳差彼此错失的美好，现在他们彼此都有了新的生活，无论以前发生过什么，生活总是要继续的。

柠檬这次做得太绝，甚至禁止任何人在帮会频道提起明非夜，寻花问柳哪怕是私下想跟她谈也会马上被屏蔽，显然一点商量的余地都没有了。寻花问柳本来就不是那种善于忍耐和隐藏的人，在这一系列的重压之下，他终于爹毛，带着部分会员出走，建立新会夜神宫。最初入会的那帮跟着明非夜打天下的会员自然会跟着撤出来，但更多的会员加入昭明殿只是冲着它的规模和名气，只要能占到种植跑商的特权加成和“昭明殿”三个字的庇护，谁在乎老大究竟是谁呢？这么一来，大概只有四分之一的死忠党跟着寻花问柳撤了出来，自立山头专门跟昭明殿作对。

在柠檬心里，寻花问柳的地位的确要高过昭明殿的控制权，刚开始的时候，她自然是惊慌心痛的，可她的极力挽回到了寻花问柳那里却遭到了以彼之道还施彼身的绝情。

【世界】心如柠檬自然酸：寻花问柳，我再问你一遍，你是不是打定主意要跟我作对到底？

【世界】寻花问柳：不是作对，只是告诉你什么才是对。

【世界】心如柠檬自然酸：好啊，那我们就看看最后到底是谁对。

【系统】寻花问柳与心如柠檬自然酸感情破裂，在月老见证下剪断缘线，从此天各一方，再无瓜葛。

这条系统信息刷出来的时候，整个服务器都不相信这是真的。柠檬是那么懂得进退的女人，这些年靠着自己的聪明和宽容才能把寻花问柳牢牢捆在身边，可提出单方面离婚的并不是寻花问柳，而是柠檬。

【世界】心如柠檬自然酸：从今往后昭明殿和夜神宫就是敌对帮会，但凡遇见，杀无赦！

爱和恨原本只有一步之遥，柠檬这次真的发了狠，誓要把那个摇摇欲坠的小帮会夜神宫彻底灭掉。

夜神宫新会初创，势单力薄，加上昭明殿的阴影盖在头上，吸纳新会员简直难如登天，而昭明殿实力雄厚，人多势众，从实力对比上来看简直占尽了优势。全区上下看惯了昭明殿作威作福的玩家也乐得搬个椅子围观这场充满娱乐性的内讧。

【帮会】魑魅：嘿，昭明殿和夜神宫又在津门关外面打起来了，连我带徒弟路过也无故中枪，这还让不让其他人玩了？

【帮会】福罗伦萨的月光：让他们打呗，打到两败俱伤就最好了。

【帮会】火火火：是啊，昭明殿忙着对付夜神宫，都没空去霸占BOSS刷新点了，最近去做任务真是太顺利了。

帮会频道吵吵嚷嚷地看热闹，浅醉微醺照例在帮会仓库里面清点物资，补齐了跑商种子，一回头就看见洛无双坐在会址中间的麒麟雕像上晒月亮。

【私聊】你对洛无双说：双双，你坐在那儿干吗呢？

【私聊】洛无双对你说：又被刷怪大队抛弃了。你懂的，这是一个看脸的世界……

浅醉微醺开了轻功连续三个腾跃，稳稳地落在雕像上，顺手点互动给了她一个熊抱。

【私聊】你对洛无双说：放心吧，嫁不出去就跟我混吧，即使全世界都嫌弃你，我也会永远站在你这边。

【私聊】洛无双对你说：谢了，我还想嫁人呢。

【私聊】你对洛无双说：噗，哈哈哈，那你打算嫁给谁呢，想好了吗？

洛无双不说话了，只是断了互动又坐下来。

她俩都认识那么久了，即使什么也不说，她也能猜到洛无双心里想的那个人是谁。

【私聊】你对洛无双说：你还惦记着花花？那个新婚之夜抛下老婆去战场的斯文败类到底哪里值得你喜欢？这些年除去副本里偶尔遇上的时候，你俩单独相处的时间有一小时没？

【私聊】洛无双对你说：人的感情就是那么奇怪，哪怕不说话不联系，甚至他根本就忘记了我的存在，认定了他，就是他。

【私聊】你对洛无双说：这明明就是死脑筋吧？

【私聊】洛无双对你说：你跟明非夜纠缠了那么久，把小陵尘也气走了，你有立场说我吗？

【私聊】你对洛无双说：喀喀，其实你也用不着郁闷，现在柠檬主动和花花离婚了，你这不是有机会了吗？

【私聊】洛无双对你说：其实我也不指望什么，只是他现在这么落魄，看着总归有点难受。哪怕他和柠檬能和解也好，至少用不着每天都过得跟火爆大片似的。

【私聊】你对洛无双说：想要花花和柠檬和好很容易，你说服花花当着柠檬的面跟明非夜闹翻就行。

【私聊】洛无双对你说：寻花问柳的个性你还不清楚吗？能一刀了结绝对懒得再给第二刀。他要是真能干这样的事，直接威胁柠檬离婚岂不是来得更加直接有效？

【私聊】你对洛无双说：正因为他干不出这样卑鄙的事，所以你才会喜欢他。

话音刚落，她俩就同时看到会址门口出现了两个不速之客。逍遥种田人的徽标是显眼的“田”字，所以还离着很远，她俩就发现来人并不是自家的会员，而他们到来却没赶着毛驴，显然也不是到这里来跑商的玩家。

走在前面的那个人长驱直入，真当这儿是自己家，后面那个多少有些迟疑，每走一阵总要停下来张望。他俩头顶上已不再是昭明殿的红色龙形徽标，而是一模一样的黑龙。

【当前】明非夜：浅浅，你坐在那上面干什么？

望着面前忽然出现的白衣剑客，浅醉微醺心里就像打翻了五味瓶，酸甜苦辣齐上心头。

【当前】浅醉微醺：稀客啊，你们这正副会长同时上门，是打算砸场子还是借钱？

明非夜不回话，显然是等着寻花问柳开口。可寻花问柳趾高气扬惯了，要他低声下气地求人，也是蛮有挑战性的。

这两人出现在会址中央，立刻就吸引了会员们的注意，正所谓好事不出门，八卦传千里，逍遥种田人的妹子们在帮会频道一闹腾，不多时会址里就被挤得水泄不通。

【当前】浅醉微醺：花花，你找我们到底什么事？你不说，我们怎么知道你要干什么呢？

浅醉微醺看着寻花问柳快把自己憋死的样子，越看越觉得有趣，反而故意去逗他。

【当前】洛无双：小醺，别说了。

【当前】明非夜：洛无双，夜神宫想和你们结盟。

【当前】洛无双：为什么要和我们结盟？

【当前】明非夜：大家都是来玩游戏消遣的，柠檬死咬着夜神宫不依不饶，满级满装备的就算了，新来的会员也跟着被闹得没法玩。结盟就是挂个名，以后多条跑商贸易线，野外碰到我们的新人被昭明殿欺负，能帮就出个手，不能帮也无所谓。算起来你们一点也不吃亏。

【当前】浅醉微醺：说得简单，昭明殿现在就跟疯了似的追着夜神宫咬，跟你们结盟也就是跟他们过不去，等于主动引火烧身。夜神宫是新会，帮会等级低，会址的位置也偏僻，就是真的多条贸易线，估计也没人愿意去跑。这么算起来，我们明显亏大了。

话音刚落，明非夜的私聊信息就发过来了。

【私聊】明非夜对你说：浅浅，不要拆台好不好？寻花为柠檬的事已经够心塞了。

【私聊】你对明非夜说：他是我的谁啊？我有必要考虑他的心情吗？

话音刚落，一直朝死里憋气的寻花问柳说话了。

【当前】寻花问柳：如果实在不行就算了，勉强你们也没意思。

洛无双对寻花问柳本来就没有免疫力，他这么一说，洛无双估计立马就要缴械投降了。浅醉微醺迅速开了个互动动作拉住她。

【当前】浅醉微醺：逍遥种田人现在排名虽高却是休闲贸易帮会，会员里闲散高手很少，如果有其他帮会愿意和你们结盟，你们也不会考虑逍遥，对不对？既然是非我们不可，那就要接受我们的条件。

【当前】明非夜：什么条件？

【当前】浅醉微醺：让寻花问柳娶双双。

此话一出，四座雀跃，纷纷表示这比今年最“狗血”的肥皂剧还像肥皂剧。

【当前】魑魅：等等！让我记下来，真是写小说的完美素材啊！

【当前】火火火：前排合影，火前留名！

【当前】月影传说：有花生瓜子火腿肠了哎！有泡菜豆腐干方便面了哎！有小板凳可乐爆米花了哎！

寻花问柳也震撼了老半天才终于憋出一句话来。

【当前】寻花问柳：你这到底是什么意思？

【当前】浅醉微醺：你不就是跟柠檬过不去吗？昭明殿在柠檬手上，离婚还是她抢先提出的，现阶段不管怎么看，你都弱爆了。只要你娶了双双，结盟当然没问题，那些麻烦就当大家对老大献爱心了。

寻花问柳不说话，也不知道是真觉得她说得有道理还是气炸了。

【私聊】洛无双对你说：你这看起来怎么那么像为难他们呢？

【私聊】你对洛无双说：什么叫像，根本就是。

【私聊】洛无双对你说：你这也太过了吧，结盟不成也不用直接整成仇人吧？

【私聊】你对洛无双说：你难道忘了面前这个人让你多么痛苦吗？哪怕不是他的错，让他尝尝这种滋味也是应该的。

全场屏息，似乎都在等着寻花问柳回答。可浅醉微醺压根没打算给他们太多磨磨叽叽的时间。

【当前】浅醉微醺：我们忙着呢，既然花花做不了决定，那明非夜你替他做决定吧。

【当前】明非夜：浅浅，你和我的事私下解决，别殃及无辜。

【当前】浅醉微醺：别废话，快点决定，看这会址堵得跟大剧院似的。

【当前】明非夜：我不能替寻花决定他的未来。

【当前】浅醉微醺：那没什么好谈的了，大家都散了吧。

浅醉微醺翻身下了麒麟，打算径直出门，却被明非夜点了个互动拉住了。

【当前】明非夜：我认识的那个浅浅为什么会变成这样？

浅醉微醺退开一步，毫不留情地打断了互动。

【当前】浅醉微醺：好啊，既然你不能替寻花做决定，那你娶我吧。

这句话瞬间撕裂了他们之间最后的温情。

感情理所应当是无价之宝，当感情也可以作为等价交换的条件，那感情注定会变得一文不值。

凌晓熙望着屏幕上沉默的明非夜，忽然笑得前仰后合。

这种当场刺得对方伤痕累累的感觉真的很美好。

就像把自己的血肉混合着最致命的毒液，一口一口喝下。

那么痛，那么快乐。

在三界狠狠地报复了明非夜一顿，凌晓熙早就料想到第二天沈慎的表情一定不会太好看。果不其然，会议全程沈慎都紧盯着她，要是眼神也能杀人，估计她早就轮回十几二十遍了。既然眼神杀不了人，她也就心安理得地享受着沈慎的瞪视，权当看不见他，该干吗干吗。

午休的时候周勤又来了。还没等到正式散会，他就早早地打来电话，活像是怕谁抢了他和凌晓熙的神圣午餐时间。

“你们公司离得那么远，犯不着每天都专门跑过来请我吃饭吧？”凌晓熙正好偷空去了趟洗手间，出来的时候还在和周勤打电话。

面前是一条长长的走廊，一边是办公室，另外一边是连成一排的长窗。明媚的日光从窗户斜斜地落在地上，像一帧被漂白过的时光。一路走过去，就像踏着时间的足迹，慢慢地与过去的一切彻底告别。

“晓熙，我听说你和那个公司老总有过一段。啊，我不是怀疑你和他有什么！只是……只是你太好了，我怕……怕你会被抢走。”周勤在电话那头结结巴巴地解释着，简直越描越黑。

凌晓熙无声地笑了：“知道了，会议快结束了，我一会儿就出来，你等……”

“浅浅！”

“啊？唔！”在黑漆漆的会议室里窝了太久，脑袋被温暖的阳光一晒，顿时舒服得连自我保护的意识都飞到九霄云外去了。听到有人喊自己，她便下意识转身，根本未承想过用这个名字喊她的会是谁。还没等她反应过来，只觉得嘴唇上一凉，那个人的吻就像翻卷的野火吞噬枯叶一样瞬间侵袭了她的感官。

“喂！晓熙！你怎么了？晓熙！”手机落在地上，里面不断传来周勤焦急的呼唤。

“唔唔……沈慎……你疯了……沈慎！”沈慎用身体和臂膀把她困在自己和墙壁之间，双手紧紧地搂着她。凌晓熙惊恐地发现自己在他面前实在是太娇小了，竟然连反抗的余地都没有。他的吻那么放肆张扬，不容拒绝，凌晓熙就像离了水的鱼在呼吸的间隙拼命喘息。她试图把他推开，却被他扣着脑后牢牢地控制在自己怀里，不由得红了眼眶。

“浅浅？”察觉到她脸上突如其来的泪意，沈慎终于从那带着怒火的情动里清醒过来。

凌晓熙抽出手就是狠狠一个耳光，她打得那么重，就像那么多年的爱和恨都在这一刻随着她的愤怒全部宣泄：“沈慎，你以为每次回过头，我都会站在原地傻乎乎地等你？我变成现在这个样子，都是拜你所赐！你继续逃避下去，我去找我的新生活，别再给彼此纠缠的机会了。够了，放过我吧。”

沈慎的脸颊被打得一片通红，眼睛却直直地望进她心里：“不，我不放。”

这里本来就是公众场合，两人在这里纠缠自然容易吸引别人的目光，更何况沈慎的身份特殊，虽然不敢大大咧咧地出来围观，但还是有不少人正躲在办公室门口掩嘴偷笑。

电梯门打开，凌晓熙一眼就看到周勤从里面出来。她万万想不到周勤居然会上来找她，于是也愣了，无意识地抹着被弄得一塌糊涂的唇彩，脑子里一片空白。

沈慎一把抓住了她的手，硬拽着她朝楼梯那边跑："跟我走！"

"去哪儿啊？喂！沈慎！"凌晓熙欲哭无泪，沈慎该不会真的疯了吧？

她被硬拽着下楼，然后从大楼后面的小花园一路岔进了小巷，小高跟早就在混乱的奔行中掉落了，光着一双脚在冰凉的地面上艰难地行进，脚渐渐地习惯了刺痛，身体却像长出了翅膀，周遭的景致像电影里那些浪漫场景飞快地掠过。手心里那点温暖牵着她引着她拼命地向灵魂的方向无所顾忌地奔行，就和多年以前他们奔行在夜市外面那次一样。

"沈慎……我跑不动了，沈慎……放手！"久坐办公室，身体机能必然会退化，凌晓熙也不例外，跑了那么一段，简直累得灵魂都快蒸发掉了。

他们站在那条幽静的小巷中央，阳光被树叶割裂成无数细碎的小光斑，洒满了整条小巷，也洒落了他俩一身。

"沈慎，你难道没觉得自己的行为很无耻吗？"

"我不想再放开你。我明白自己应该承担的责任……但是，就容忍我偶尔为自己无耻一次吧。"沈慎捧着她的脸，再一次毫无顾忌地吻过去。

凌晓熙气恼地捶着他的胸口，却再一次被他用双臂紧紧抱住。捶着捶着没了劲，她反而再一次被那种整个世界都在颠倒的甜蜜感觉弄得晕头转向，精神完全脱离了躯体的控制，飘飘忽忽，落不到实处，就连反抗也变得像撒娇一样无力。

疯了，真是要疯了。

"沈慎……你到底想干什么？你到底想让我怎么样？"凌晓熙被他搂着退不开，嘴唇落在他肩头的时候忽然变成了发狠的噬咬，"我恨你，恨你！恨死你了……"

沈慎疼得微微颤抖，却没有推开凌晓熙。既然他咬牙死撑着，凌晓熙下口也没客气，于是她终于松口的时候，沈慎肩头就多了两排冒血的齿痕。

“解恨了吗？”沈慎捧着她的脸，笑得像只阴谋得逞的狐狸。

“没有！就是咬死你也解不了我铭心刻骨的恨！”凌晓熙的回答多少有点气急败坏，可她的愤怒，一半是来自对沈慎的爱恨交缠，另一半则是来自心痛自责——幸亏是她咬的，要是别人把他伤成这样，她肯定会心疼死。当然，这句话她是永远也不会说出来的。

“那就咬死我吧。”沈慎搂着凌晓熙，她的脸就凑在他肩窝里，那种令她魂牵梦绕无法忘怀的气味就在她的呼吸里氤氲，瞬间透过感官紧紧缠住了她的灵魂。

“呸，咬死你我还得给你陪葬！”凌晓熙的脸微微发烧，局促得手不知道要往哪儿摆。太要命了，身体的反应远比语言来得诚实，喜欢就是喜欢，根本无法掩饰。

“你不是要我娶你吗？”

“我开玩笑的不行吗？我就是不愿意结盟，我就是要为难你们，我……”凌晓熙挣脱他的怀抱，光脚踩着脏兮兮的地面一瘸一拐地朝前走。刚走了没两步，忽然又被沈慎从背后抱住了。

“这句话我已经等了好久。”

沈慎的话让凌晓熙不由自主地颤抖起来。她冷笑一声，挣开他的怀抱：“又来这套，上次抛下我让我等了两年，这一次又打算怎么消遣我？”

“我一直都很认真，从来没有消遣你的意思。”

“胡扯！如果不是夜夙说你出国相亲去了，你还要我为你傻多久？疯多久？”凌晓熙根本不愿意去看他的眼睛。沈慎的眼神从来都是那么清澈，哪怕他真的一本正经地胡说八道，看起来也是诚意满满的，让你无从反驳。

“出国之后就被老头子忽悠去相亲没错，可是我从来没有过妥协的念头。那段时间老头子把我的护照没收，手机没收，断了我和国内所有的联系。我一直很想你，想得快要发疯了。我知道我们要在一起有多难，老头子的极力反对，还有……晚晴的阴影，或许你将要承受许多原本不该属于你的苦难。”

“所以呢？”

“现在我站在你面前，这就是我的答案。”沈慎回答，“差不多安置好一切的时候我曾经回去过。上号的时候，我看到了你送给我的花，圣诞、新年、情人节、七夕，从来没有间断过。”

圣诞节，驯鹿花环：我想你了，快回来吧。

新年，爆竹花：下雪了，好冷，想你。

情人节，玫瑰：情人节到了，我的玫瑰呢？

七夕：你再不回来，也许我就等不到你了。

凌晓熙眼里泛着泪光。

限制在短短十五个字内的祝福语，陪着凌晓熙守完了沈慎不在的岁月。从热切期盼到彻底绝望，再到整个心田变成荒原，那对她来说不是一年或两年，而是一整个轮回。

足以涅槃重生的轮回。

“我和你联系的时候，是那个陵尘在上你的号，他说你过得很好。看着那些花，我想我来晚了。既然我不能成为守护你的那个人，至少可以让你从并不开心的过去得到解放。”沈慎握着她的手，一字一顿地说着，“其实我很感激叶子没收了我的财产，这样至少给了我一个可以回到你身边的理由。”

凌晓熙狠狠地甩了甩头。

不行，不能被他洗脑，这辈子被他的甜言蜜语骗得还不够吗？

“你以为你想回就能回来吗？你让我走，我走了；你让我回来，对不住，我心里已经有别人了。”说这句话的时候，凌晓熙真是觉得无比解恨。

“浅浅，你一点都不适合撒谎。”

“我没有撒谎，不信你摸摸，我连心跳都没乱。”凌晓熙抓着他的手真想放上自己的胸口，临到面前才忽然红了脸，捂着胸口怒吼一声，“流氓！”

沈慎哭笑不得。

凌晓熙红着脸继续说：“总之我心里已经有别人了，你就排队等着下辈子吧！”

“真的？”

“比珍珠还真！哎，你到底在怀疑什么？你真以为我这辈子除了你，眼里就再也容不下别人了吗？你哪来的自信啊！”

“哦，没什么。”沈慎眯起眼睛，“只是上一份企划案送到我手里的时候，你在策划人那个位置的签名是——沈慎。”

凌晓熙大惊失色：“什么！可是送到你那里那份应该是影印本啊！”

“是啊，所以你的企划案，全公司参与项目的人已经人手一份，所有的人都知道你迷恋我，这可怎么办呢？”

那一场大雨忽然间铺天盖地地泼下来，把这两个毫无准备的家伙淋了个透心凉。这片地方很开阔，估计是准备推了盖新楼盘的地方，到处都是被废弃之后破破烂烂的小楼，外面下大雨，里面下小雨，可除此之外就再也找不到可以避雨的地方了。

凌晓熙满腔的怒气也没能被这场大雨压下去，两个人站在屋檐下，一人盘踞了一个角落。唯一的区别是，沈慎那边至少还有个顶，凌晓熙头顶上却是漏着半个天空的豁口。沈慎看不下去了，于是开口招呼：“浅浅你过来。”

凌晓熙还了他一个白眼：“就不！”

沈慎叹了口气，走过来直接把她拽到怀里：“你不过来，我只好过来了。”

“你过来干吗？”凌晓熙皱着眉头，“这边漏着雨呢。”

沈慎低头在她额上印下淡淡的吻：“原来你也知道漏雨啊。”

黑沉沉的雨云里藏着电光，隆隆的雷声不住地从头顶滚过，雨丝在强劲的风里密密地织着，江边白浪一层托着一层汹涌而来，就像是从漆黑的水底开出来的花朵。两个人的衣服湿淋淋的，彼此相贴的体温却从那层布料下面相互包围，酝酿出了一层暧昧。

“你别抱得那么紧好不好？我……我喘不过气了……”凌晓熙努力地调整窝在他怀里的位置，试图掩饰自己越来越急促的心跳。

沈慎正色道：“有什么不好意思的？心跳加快可以加速血液循环，除了可以保持体温之外，还能让你的肤色更健康。”

凌晓熙“扑哧”一声笑出来：“沈慎，你知道你最特别的个人特技是什么吗？”

沈慎一副蒙圈状，摇头。

凌晓熙一本正经地回答："一本正经地胡说八道，俗称不要脸。"

时间流逝，雨势却一点也没见小。凌晓熙伸出手触摸狂乱的雨丝，心里多了些焦急："都怪你拉我跑出来，现在身上什么都没带，要是雨总不停怎么办？"

沈慎靠着墙壁坐着，一脸的悠然自得："那我们就在这里过一辈子呗。"

"呸，谁要和你过一辈子？"凌晓熙没好气地回了他一句。

"只要雨不停，你就不用伪装，不用考虑责任，不必强迫自己面对现实。"

凌晓熙在他身边坐下来："逃避有什么用？雨总不可能下一辈子。"

沈慎侧身搂住她，伸手轻轻抹去她脸上的水滴："浅浅，很多时候你都比我勇敢。"

"我不是勇敢，只是懒得去想后果。"凌晓熙望定了他的眼睛，"你总想着自己去扛，为什么没想过让我和你一起承担？辛晚晴的事情是这样，被强迫去相亲的事情也是这样。"

沈慎摇摇头："浅浅，很多事情你都不明白……"

"很多事情我都不需要明白！"凌晓熙迅速打断他的话，"至少你也该尝试一下，不明不白消失算怎么回事？等待宣判的日子比直接被判死刑还要难受，你知道吗？"

沈慎揉着她的头发，眼神里满是歉意："浅浅，对不起。"

"我不要你的对不起。爱情是狭窄的，人多了就会喘不过气。或许我现在还没法无视你和辛晚晴的过去，无法面对来自你家人的阻力。"凌晓熙看到他眼睛里的光彩黯淡下去，忽然"扑哧"一声笑出来，"但我愿意试试。最后的底线在于，从今往后你都不可以再像上次那样抛下我！"

沈慎一脸严肃地描画着她的眉眼："以前我一直在想，你这样一个脸蛋普通、身材普通、个性普通的小女孩到底有什么值得我牵肠挂肚念念不忘呢？"

"又来！"

"现在……你给了我最好的理由。谢谢你的坚持和执着，谢谢你没有放弃我。"沈慎眯起眼睛的时候，整个世界都好像在陪着他一起微笑。

凌晓熙得意地做了个鬼脸，靠在他身边探着身子想去吻他的脸，没想到即使是坐着，她却依然够不着。

“你又想干什么呢？”沈慎装出一脸天真无邪。

“非礼你！唔……”凌晓熙拽着她的颈项，撑起身子火冒三丈地吻上去，沈慎忽然侧过脸，那个吻就落在嘴唇上。

寂静的夜里，沈慎背着凌晓熙一路走在雨后湿漉漉的大街上。

空气被冲刷得清新冷冽，月光清澈透亮，街边的树木花草上都像铺着一层糖霜。街上已经没什么行人了，来往的车辆也屈指可数，只剩下红绿灯还在夜幕下默默地变换着色彩。

“沈慎……明天上班的时候该怎么说呢？”

“该怎么说就怎么说。”

“叶子姐那里还好，周勤那边……我该怎么交代？”

“你就说你已经是我的女人了，闲杂人等靠边待着去吧。”

凌晓熙：“滚！”

两人默默无声地走在月光下，好半天听不到她的声音，沈慎才开口问道：“浅浅，你睡着了？”

“睡不着……”凌晓熙披着他的外套安稳地趴在他背上，用脸颊感受着专属于他的气味和温度，“我好饿。”

爱情终究不能当饭吃，两个人身上没卡没钱没手机，当然买不了食物。早餐之后就粒米未进，饿是当然的。

沈慎笑得发颤：“嗯，一会儿给你做顿好吃的。”

凌晓熙诧异道：“你会做饭？”

“不会。”沈慎理直气壮地回答，“不过我会煮天下最好吃的方便面。”

凌晓熙一脸黑线，仰头望了望天空，不安地扭了一下：“好像已经很晚了，你还是送我回我住的公寓吧。”

“你的公寓？”沈慎的演技简直登峰造极，前一秒还欢脱得跟什么似的，这一秒就装出了惟妙惟肖的崩溃，“这是城东，那是城西，真要背着你走过去，你打算谋杀亲夫啊？”

凌晓熙莫名地红了脸：“呸，那你说该怎么办？”

“这里离我住的地方最近，先到那儿把湿衣服换了，再填饱肚子，晚点我开车送你回去。”

“好吧。”这个提议好像是目前最可行也最靠谱的，凌晓熙也想不到更好的点子，于是只好乖乖地点头答应了。

一个小时之后，凌晓熙已经窝在沙发上捧着方便面碗大吃特吃了。温暖的水带走了这一天的疲惫，紧绷的神经也变得松弛下来，肚子里的饥饿也随之放大了。虽然上学那会儿经常和方便面为伍，可今天这碗面，在她看来还真是登峰造极的美味。

“真的这么好吃？”沈慎看着她幸福的模样，居然伸出手指捅了捅她的小肚子，“你这么好养，我就是破产了也能轻松养个七八只啊。”

凌晓熙又羞又气，提脚就踹：“养七八只？你敢！”

沈慎一把抓住她的脚踝，眯着眼睛笑得像只阴谋得逞的狐狸：“你的脚被扎成这样，难道不知道痛？别动，我给你上药。”

凌晓熙光着脚跟着他走街串巷，脚上的丝袜早就变成了时尚洞洞袜。那时候整个人七荤八素的，不知道痛，这会儿脱了丝袜，洗掉了脚上的泥污，那些隐藏的伤口才开始隐隐作痛。

“哎，哈哈哈！痒啊，痒死了！”脚心里传来棉花棒涂抹伤口的感觉，凌晓熙憋不住笑，“好了好了，我自己抹！你快去洗澡！”

“记得抹均匀点，别随便蹭蹭就算数啊。”沈慎把药水和棉棒递给她，转身边脱上衣边朝浴室那边走。他每解开一颗扣子，衬衫便自肩头滑下一分。其实他的肩背并不算很宽厚，只是比较匀称，所以整体看起来很亮眼，标准得就跟 T 台上的模特似的。凌晓熙望着他的背影，喉咙里升起一股莫名的干涩，心跳带着血液流经的声音冲过耳鼓，那轰隆隆的声音就跟擂鼓似的。

“看什么呢？”沈慎好像知道她的心思，故意扭过头来看她，“是不是觉得你前夫帅得不行？别急，洗澡回来让你看个够。”

“沈慎，你能不那么自恋吗？”凌晓熙红着脸死撑，“看你那游戏人生拈花惹草的样子，我就是想看看这个二手男人还能不能用。”

沈慎几个大步走回来，撑着沙发扶手弯下身子，正好把她圈在了怀里，说话间带着恶狠狠磨牙的声音：“要不要先验个货？”

凌晓熙慌了神，连忙拖过沙发上的抱枕挡在面前：“你想干吗啊？”

“不是你说想试试还能不能用吗？”沈慎板着脸逗她，实际上早就被她的鸵鸟模样逗得快要憋不住笑了，于是把脸凑到她耳边，“来吧，试试，不收钱。”

沈慎的呼吸顺着耳边落在颈项里，凌晓熙只觉得整个身子都酥酥麻麻的，都快化成水了，连呼吸也乱了节奏：“你给我闪开，开个玩笑也不行啊！我只是……只是想叫你小心伤口。已经结痂就别再弄湿了。”

“哦，原来你是心疼我。”沈慎微笑着低眉看她，雨水沾湿了他的发梢，就连眉头上也沾了一层水汽，眼角上的褐色泪痣静静地停留在时光里，那是一场兵荒马乱的过往，一段被烟雨晕染的传奇。

看着他的模样，凌晓熙心里忽然生出一股难言的愤恨，忽然伸手在他腰上狠狠拧了一把：“我真倒霉，这辈子怎么就栽在你这个死不正经的家伙手里了！”

沈慎吃痛，连忙抓住她的手，依旧笑眯眯地回答：“自古浑蛋有人疼，温柔善良皆炮灰嘛。”

凌晓熙乐了：“你也知道你是浑蛋啊？”

“只要能有人疼，我也不介意偶尔客串一下。”沈慎握着她的手放在唇边轻轻一吻，“另外呢，你提出的那个结盟条件有个巨大的漏洞。”

“什么漏洞？”

“结盟的前提是联姻就行，如果我答应由我来娶洛无双，你又该怎么办？”

凌晓熙傻眼，半晌才狠狠地说：“宰了你们这对狗男女！”

沈慎当场笑喷：“对洛无双都那么狠？”

“有些东西即使是最好的朋友也不容触碰！”凌晓熙瞪着他怒吼，“哎哎，你笑什么！”

沈慎低头在她额上印下一吻：“人间凶器就是人间凶器，连吃醋也那么惊天动地。”

凌晓熙醒过来的时候，阳光正从没有拉严实的窗帘缝隙里照进来，就像是舞台剧的背景，在那片漆黑中照亮了她心底那份深藏的柔软。沈慎躺在沙发上，她则毫无形象地趴在他胸前，至于他胸前那一摊不明液体，好像是她的——口水？

凌晓熙忽然红了脸。

原本她打算一定要回家的，可昨晚沈慎去洗澡的时候她就觉得眼皮越来越重，忍不住就睡过去了。等到沈慎来喊她，她只记得自己朦胧中满含怒气地吼了一声“闭嘴”，然后搂着他的腰回归了梦乡。这种姿势显然不怎么适合睡眠，虽然沈慎此刻睡得很熟，眼睛下面却有一道明显的黑眼圈。估计昨天他连头发都没来得及吹干就被凌晓熙搂着睡了，平常精心打造的拉风发型荡然无存，染成咖啡色的发丝有些杂乱地贴着脸颊和额头，竟然多了几分纯真无邪。地面上的半米阳光融出一屋子的温暖色调，把他脸颊上的褐色泪痣也映得发红，更像是一道无法愈合的伤痕。

凌晓熙望着他熟睡的模样，忍不住隔着空气描画着他的眉眼。

眉峰，眼睛，鼻梁，嘴唇，泪痣……还有……

她稍稍撑起身子，扯着他的衣领想看看那个被她狠狠咬出来的伤口。也许那个伤口是真的很痛，她才轻轻一碰，沈慎就醒了过来。

“大清早的扒我衣服打算干吗？”沈慎伸着懒腰舒展被压麻了的身体，慵懒得像一只打滚的大猫。

“谁要扒你的衣服？我只是想看看你的伤口。看看伤口……好点了没有。”凌晓熙又羞又恼，沈慎真是她命里的克星，明明他每次开口都让人恨不得揍他一顿，却偏偏忍不住要为他的无耻行径脸红心跳。

“你希望它好，我却希望它永远都别好。”

凌晓熙白了他一眼：“希望它永远都别好？你是自虐狂吗？”

“好了伤疤忘了疼，它永远都不好，我就会永远记得你曾经为我那么痛苦过。”

“呸，少贫嘴，让我看看伤口。”凌晓熙知道他是故意岔开话题，不依不饶地扯着他的衣领非要看那个伤口。沈慎拗不过她，最后只好乖乖地从了。

大概是因为昨天淋了太长时间的雨又没有好好消毒杀菌，那个伤口昨天明明已经愈合了，今天结的痂反而破口化脓，那一片皮肤全部红肿起来。

“你傻呀，我咬你，你就不会躲躲，非让我咬得那么结实？”凌晓熙拿酒和精棉花棒给他涂抹伤口，越涂就越火冒三丈。

沈慎一面疼得龇牙咧嘴，一面不知死活地回答：“我哪知道你有剧毒啊？”

凌晓熙一脸黑线：“那你不会求饶啊？”

“我要不让你发泄完怒气，你能好好听我说话吗？哎，被咬的是我，你发什么火呢？”

“你不是很能演戏吗？下次我再咬你，你就装作很疼很疼，那我就不会咬得那么狠了。弄成这个样子，还不是得我来收场？弄成这个样子，还不是得我来背黑锅？弄成这个样子……”凌晓熙气得真想再咬他一口，让他知道自己为什么会发火，可话到了嘴边，原本中气十足的声音变得越来越小，“我……我会心疼。”

沈慎一点没给她留面子，立刻笑出声来：“那我就更不能吱声了。”

凌晓熙怒道：“为什么？”

沈慎一脸坏笑地翻身过来揽着她的腰拖进怀里，用黄鼠狼给鸡拜年的表情轻轻吻着她的唇，觍着脸无耻地回答：“我想看你心疼我。”

凌晓熙的衣服昨晚换下来就扔在洗衣机边上。后来她睡了，沈慎也睡了，那套可怜的职业小西装就这么在地上躺了一宿，这会儿就跟坛子里的泡菜似的，根本没法穿上身了。凌晓熙这一晚一直套着沈慎的衬衫当家居服，这会儿才彻底傻眼了。

幸亏离上班时间还早，沈慎干脆开车直接把她送回公寓去换衣服。

“你快走吧，一会儿不是还要开会吗？”凌晓熙摸出花盆下的备用钥匙开了门，然后赶紧闪身进去，对沈慎下了逐客令。

“我辛辛苦苦送你一场，起码也要请我进去坐坐啊。”

“今天时间这么紧，改天再来呗。”这些日子，凌晓熙为了企划案忙得焦头烂额，根本没空理会自己的屋子，现在想到那一屋子的狼藉模样就忍不住汗颜，要是真让他进来看见了，自己一世英名不就全毁了吗？

“花前月下的时候叫人家小甜心，扭过头马上翻脸不认人，我真是苦命啊。”

“好啦，你的衬衫我会洗干净给你送回去。我得马上换衣服，否则上班就迟到了，赶紧给我滚！”凌晓熙无视了他的雷人神功，一脚把他送出了门。

她刚解了两颗扣子就听到有人摁门铃，想都不想就过去开了门：“沈慎你有完没……完……”

凌晓熙瞬间傻眼。

门口站着的人不是沈慎，而是周勤。

“周勤，你……”她想到自己刚解开的扣子，连忙伸手把胸口拉了个严实，“我……”

“我看到他的车了，昨晚你是在他家过夜的。”周勤的语气不是疑问，而是陈述，显然没有任何转圜的余地。

凌晓熙直接沉默，她身上还穿着沈慎的衬衫，现在就是有一百张嘴也说不清了。

“我不是来兴师问罪的，只是想确定你平安无事。”周勤努力装出无所谓的笑脸，可笑容说不出地苦涩，“晓熙，他对你好吗？”

“好。”凌晓熙不敢抬头看他的眼睛，心里“吐槽”沈慎总是惹得她又哭又笑，那算是哪门子的好啊？

“那……我祝你们幸福。下次如果他欺负你了，你就跟我说。”周勤并没有多余地拉扯，反倒相当豁达，“我替你骂他一顿出气。”

凌晓熙扑哧一声笑出来，周勤这么不善言辞的人遇上沈慎，还不得当场被他逼疯？

周勤居然红了脸：“你笑什么？”

“没什么，谢谢你能谅解我。”凌晓熙连忙正色道，“对了，我能不能问一下，为什么你……你一点都不生气？”

虽然一直都没有走得很近，但现在周勤和凌晓熙始终是情侣关系，她在众目睽睽之下被沈慎拖走又不明不白地消失了一夜，换成任何别的男人都会发火，他为什么这么痛快地接受了现实？

“哦，是我的错，一开始什么都不知道就缠着你。叶子姐都跟我说了，沈慎是你前夫。能破镜重圆也不容易，好好珍惜吧。”

凌晓熙顿时泪流满面：此前夫非彼前夫，叶子姐这擦边球打得也太高明了吧？

哪怕凌晓熙硬着头皮拒绝了参会要求，就跟鸵鸟似的缩回公司办公桌前窝了一整天，绯闻依然像长了翅膀传得人尽皆知。到了下班的时候，平素关系不错的同事纷纷过来问她什么时候派发喜帖，就是彼此看不惯的也凑过来冷嘲热讽，讨教要怎样嫁入豪门，凌晓熙就只剩下了哭笑不得的份儿。

晚上登录游戏，凌晓熙意外地发现整个世界频道都沸腾了。

信息一屏幕一屏幕地往上刷，她甚至来不及看清楚谁说了些什么，只知道信息大致分为三类，刷新婚祝福的，怒骂新郎负心薄幸不要脸的，怒骂新娘卑鄙无耻勾引有妇之夫的。

【帮会】浅醉微醺：什么情况？今天这是谁的婚礼，怎么这么热闹？

【帮会】魑魅：寻花问柳和咱们老大。

【帮会】浅醉微醺：什么？

浅醉微醺一路到了月老庙，里面早已经人山人海。她也不急着进去，纵身蹿上了门口的大树等着看热闹。

柠檬主动和寻花问柳离婚的时候显然吃准了他的性子，哪怕离了婚，他也不会再和其他人在一起。只要逼得寻花问柳走投无路，到时候她再打一巴掌，给个甜枣，寻花问柳自然还得乖乖地回到她身边。其实柠檬的如意算盘并没有打错，按寻花问柳的性子，他是绝对不可能妥协的，如今他爽快地答应娶洛无双，那显然是意外中的意外。于是那些劈头盖脸骂上门的，自然都是柠檬的人。

柠檬和寻花问柳其实都没有错，只是坚持各自的主张，不肯退让罢了。男女之间永远都是这样，要想过得长久，总得有一个人做出让步。如果做出了让步还是过不下去，那就不要再坚持了，因为那不是情深缘浅的问题，而是不可调和的三观分歧。

【私聊】寻花问柳对你说：浅浅，你趴在树上干什么？

浅醉微醺掉转视线，才看到寻花问柳站在树下开着高仰视角看她。她刚想礼貌地问个好，忽然觉出了一点不对劲的味道。寻花问柳见了她一贯是冷冰冰的，上次她提过条件之后，寻花问柳更是恨不得把她当仇人，哪会这么和颜悦色地和她说话？

【私聊】你对寻花问柳说：沈慎！

【私聊】寻花问柳对你说：这都被你认出来了，哪怕我披着别人的皮，也依然像黑暗中的萤火虫一样鲜明出众啊。

【私聊】你对寻花问柳说：为什么是你用花花的号娶双双，他本人呢？连婚礼都不来，真有这么忙？

【私聊】寻花问柳对你说：因为他还不知道这件事。

难怪寻花问柳会答应娶洛无双，因为那根本就不是寻花问柳脑子进水，而是替身明非夜闹鬼啊！

【私聊】你对寻花问柳说：你干这事，就不怕他回来宰了你？

【私聊】寻花问柳对你说：为什么要宰了我？你看现在柠檬暴跳如雷的模样，什么仇都报了。

【私聊】你对寻花问柳说：可是双双是无辜的，柠檬也很可怜。

【私聊】寻花问柳对你说：其他人的死活与我何干？

她还没来得及再说什么，寻花问柳却忽然掉线了。等到他再次出现，脑袋上没头没脑地冒出一句话。

【当前】寻花问柳：我的号为什么会在这里？

浅醉微醺大惊失色。

好戏还没上场，正主却忽然上线了。

【当前】寻花问柳：浅醉微醺，这到底是怎么回事？这么大的排场，难道是老明要和你成亲？怪了，他也没通知我上线啊！

寻花问柳在原地转圈，一头雾水。

浅醉微醺干脆白眼望天装死机。

半分钟之后寻花问柳再次掉线，当他的号再次出现在浅醉微醺面前的时候，已经换成了明非夜的口气。

【当前】寻花问柳：老花的号怎么老掉线？

【当前】浅醉微醺：不是掉线，是花花本人把你顶下线了。

【当前】寻花问柳：什么？

【当前】浅醉微醺：要不你还是老老实实对他承认吧，说两句好话认个错，他会原谅你的。

【当前】寻花问柳：你知道老花最大的特点是什么吗？

【当前】浅醉微醺：女性恐惧症？

【当前】寻花问柳：是钻牛角尖、认死理、死不开窍、不撞南墙不回头、不见棺材不掉泪啊。

话音刚落，寻花问柳就跟逃命似的蹿向了月老庙。

【当前】浅醉微醺：哎哎，你跑什么？

【当前】寻花问柳：赶紧把婚事办了，等到生米煮成熟饭，木已成舟，他也就懒得费劲去反抗了。

【当前】浅醉微醺：你根本就是老天派来整他的吧？

她这话音刚落，寻花问柳本人又顶掉了明非夜，怒气冲天地自行上线了。

【当前】寻花问柳：这不是普通的掉线，是有人在挤我！浅醉微醺，是不是你和老明在密谋什么缺德事？老实给我交代！

【当前】浅醉微醺：呃，其实也不能这么说……

正在这个时候，世界频道忽然刷出一片魑魅的大喇叭信息：恭喜老大终于得偿所愿，嫁得如意郎君，我代表全会上下对你致以最诚挚的祝福和最亲切的问候！

寻花问柳呆了一阵，脑袋上才悠悠地冒出几个字。

【当前】寻花问柳：洛无双要嫁人了？

【当前】浅醉微醺：嗯。

有那么一瞬间，浅醉微醺竟然从他身上看到了一丝怅然若失。

【当前】寻花问柳：她其实挺好的，只是个性太强太糙。女汉子也有女汉子的可爱，希望她嫁的那个人会好好待她。

【当前】浅醉微醺：喀喀，其实吧，她要嫁的人是你。

【当前】寻花问柳：什么？

随着他被雷劈傻了似的号叫，明非夜再一次无情无耻、无理取闹地顶飞了他。

【当前】寻花问柳：快走，赶在他反应过来之前去把婚礼办了，起码先求婚啊。

寻花问柳反身侧空翻利索地朝里冲，掉线。

【当前】寻花问柳：你倒是说清楚，她要嫁我是怎么回事？

寻花问柳跑回浅醉微醺身边，掉线。

【当前】寻花问柳：小样，我还降不住你了！

寻花问柳再次火速杀进月老庙，掉线。

【当前】寻花问柳：不把话说清楚，老子宁死不屈！

寻花问柳就这么在月老庙门口进进出出，来往观礼的宾客纷纷表示压力很大。

【世界】魑魅：新郎官这是怎么了？怎么老在门口进进出出，还分饰两角自问自答？

【世界】带你去纽约：老花！你今天是鬼上身还是脑袋被门挤了？

【世界】火火火：好像是传说中的精神分裂。

【世界】卢仁佳：还能不能愉快地玩耍了？不能咱们拉团刷副本去了啊！

看着寻花问柳跟没头苍蝇似的钻来钻去，浅醉微醺终于忍无可忍，抬手一记大毒加封脉，寻花问柳没带解毒剂，于是这一下居然直接把他放倒在地。

【私聊】你对寻花问柳说：够了！你还要闹到什么时候？双双一直都很喜欢你，她当年委托我替她表白，是我犹豫不决让柠檬抢了先。这些年柠檬对你有多好，双双也就对你有多好。我提那个条件，并不是为了为难你，而是想你给她一次机会。

【私聊】寻花问柳对你说：你的意思是……她喜欢我？

【私聊】你对寻花问柳说：你那震惊的语气是怎么回事？

【私聊】寻花问柳对你说：你还记得老明有很多小号吧？其中有一个正太外形的小药师，叫作叮铃铃。

【私聊】你对寻花问柳说：没什么印象，但是叮铃铃和双双有什么关系？

【私聊】寻花问柳对你说：最初我并没有打算玩太久，所以借用了叮铃铃去体验几天。那时候洛无双在外面带小号，正好有人无聊，便组团过来屠刷副本的小号。洛无双开了大风车以一敌众，死了又死却不肯抛下我们离开，愣是磨到那些人都没了兴致自行散伙。那时候我就觉得，这个人要不是个演技太逊的人妖就是个狂霸酷帅的女汉子。

【私聊】你对寻花问柳说：等等，我好像想起来了！叮铃铃，就是那个在桥上向双双送花的小药师啊！

【私聊】寻花问柳对你说：是的，我给她送了花，然后对她说“我敬你是条汉子”。

【私聊】你对寻花问柳说：那她说什么？

【私聊】寻花问柳对你说：滚。

有时候缘分就是这么奇怪的东西，在不经意间擦身而过，回头才明白自己错失了多么重要的东西。

白衣剑客从远处飞速靠近，一路连蹦带跳加侧翻落在浅醉微醺身边。

【当前】明非夜：老花，你到底是在闹哪样？

【当前】寻花问柳：你到底是在闹哪样才对！咱们还是不是兄弟？是兄弟，你就这么黑我？

【当前】明非夜：就因为是兄弟，所以才更不能看你那么憋屈。你从来都不喜欢柠檬，娶了洛无双就彻底解脱了。

【当前】寻花问柳：要娶也是我自己去娶，你替我娶算怎么回事？

寻花问柳换上了艳红的喜服，大步流星地朝月老庙里走去。

【当前】浅醉微醺：花花加油！认识那么久以来，你还是第一次那么像个爷们儿！

洛无双摆了个很奔放的姿势直接坐在家长椅上，衣服都没换，直到看见寻花问柳的时候才规规矩矩地站了起来。别看她平常吆五喝六、神经大条，这会儿却尴尬得不知道该做什么才好。

【当前】寻花问柳：连衣服都不换，太草率了吧？

【当前】洛无双：我以为你不会来了。

【当前】寻花问柳：既然觉得我不会来，何必坐在这里等我？

【当前】洛无双：哪怕只有万分之一的概率，我也想试试奇迹会不会发生。

寻花问柳走到前面，点了个互动主动握起了她的手，就像牵起了彼此错过的光阴。

【当前】寻花问柳：这就是我给你的奇迹。

【当前】洛无双：老天爷，你这是被明非夜附身了吗？不，一定是我在做梦，一定是！如果是梦，千万不要那么早醒过来啊！

等了那么久，新郎终于现身，不耐烦的围观群众纷纷催寻花问柳赶紧求婚，一时间整个世界频道都被这类信息覆盖，信息界面哗啦啦地向上翻，根本来不及看谁都说了些什么。寻花问柳牵着洛无双来到月老面前，应该是开始求婚程序了。

【地区】心如柠檬自然酸：寻花问柳，我们才分开几天，你就急吼吼地找备胎去了？

柠檬不请自来，就像兜头给这场婚礼泼了一盆冷水。虽然她说话那么不客气，但比起之前在世界频道闹腾的那群家伙已经客气多了。

台上两个人在月老面前回过头来，都没有吭声。洛无双默默地断了互动朝前走了两步，就像一尊实体化的女金刚，寻花问柳一脸黑线，迅速开了互动把她拽回自己身边。

【当前】寻花问柳：你就这么不信任我吗？我再怎么没用也用不着你来保护我。好好站在我背后。

【当前】洛无双：这个……那个……

【当前】寻花问柳：有事等会儿再说。

【当前】心如柠檬自然酸：寻花问柳，你回答我啊，我做错了什么，你真就连一步也不肯退吗？

【当前】寻花问柳：是你主动离婚的。不要再找人来闹，真要打，今天我奉陪到底。

柠檬发疯一样地直冲上台，开了技能就朝洛无双招呼过去，寻花问柳见状连忙切进战圈，愣是没让两个女人对上。其实柠檬的操作不弱，只不过她是传说中的生活玩家，平时动脑胜过动手，蹭副本度日够了，真的动手硬拼，别说是和寻花问柳动手，就是真的跟洛无双打也毫无胜算。

寻花问柳起手如此凌厉，招招嗜血，没给她留下半分余地。柠檬就这么站着，不喝血也不反击，只要有一点空隙就马上朝洛无双扑过去，自己的血条见红还是不依不饶。

寻花问柳终于停了手，还是把洛无双护在身后。

【当前】寻花问柳：你怎么不还手？

【当前】心如柠檬自然酸：我就想看看你是不是真的想杀了我。

【当前】寻花问柳：你到底想干什么？

【当前】心如柠檬自然酸：喜欢就是喜欢，哪怕你觉得我烦，我也要跟着你，你只记住我的名字也好。哪怕所有人都说不可能，我也偏要争出个答案来。

寻花问柳站在缤纷花雨当中，游戏里的人物表情始终不像现实里那么细微真实，任何人都看不出他有那么一刻动容。

【当前】寻花问柳：现在说这个还有意义吗？

【当前】心如柠檬自然酸：哪怕所有人都嘲笑我，我还是要争取一次。

【当前】寻花问柳：晚了。

寻花问柳通过月老求婚，这片地区的所有玩家都会看到整个求婚的进程。这也算是他给洛无双的补偿，她的第一场婚礼，总要办得风风光光。

寻花问柳走一步，柠檬就跟一步，他断了一次互动，柠檬就上去再牵一次他的手。

【系统】寻花问柳已经向洛无双发出求婚申请。

月老提示寻花问柳已经求婚的时候，柠檬就绝望地站在他们身边，像一座默默哭泣的雕像。

这一幕太过“狗血”，所有玩家都屏息等着看接下来的发展，于是全场上下鸦雀无声，实在诡异。

【系统】洛无双拒绝了寻花问柳的求婚申请。

月老庙内浓烟滚滚，一排椅子四脚朝天。

【当前】浅醉微醺：双双，你这是干什么？

【当前】洛无双：你们这么拖泥带水的烦不烦？老娘又不是真的没人要，何必去捡个二手男人？寻花问柳你给我记着，这次是我甩了你。

洛无双一下撤了喜服，扭头直接离开了月老庙。

【当前】明非夜：这算什么“神转折”啊？

【当前】浅醉微醺：我去追双双。

浅醉微醺迅速开了轻功一路朝外奔行，而洛无双显然失魂落魄，根本不知道该往哪里走，浅醉微醺追上她的时候，她已经茫然地停在了桃花坞的万丈桃花下。

【当前】浅醉微醺：双双？

洛无双动也不动，就这么傻站着。烟雨蒙蒙，那铺天盖地的桃花一层层地飞舞，如同水墨在画纸上渲染，飞落的花瓣在溪水畔氤氲不止，仿佛吹不散的哀愁。

【当前】洛无双：别理我，让我哭一会儿。

【当前】浅醉微醺：既然那么难过，你又何苦放开他？就因为柠檬在那儿卖惨？

【当前】洛无双：柠檬那个样子，我知道他也不好过。如果不是顾及我，他或许不会那么绝情。我希望他永远记住我，哪怕只记住了我的成全。

浅醉微醺站在她身边，也不知道该说什么才好。时光是最强大的魔法，哪怕最初让寻花问柳动心的是洛无双的英姿飒爽，可柠檬这些年的陪伴，或许已经成就了无法改变的习惯。

【当前】浅醉微醺：双双，其实……

【当前】洛无双：你到底想说什么？

【当前】浅醉微醺：没什么，我就是想劝你想开点。

【当前】洛无双：有什么好想不开的，他能永远记住我也是件好事。

即使告诉洛无双寻花问柳就是叮铃铃又能怎样呢？徒增伤感而已。

人们最初都是平行线，即使偶尔相交碰撞出美丽的火花，也不一定能就此纠缠着走到最后。错过了就是错过了，像旅途中遇上每一棵开着花的树，哪怕你回头去寻找，也无法倒回破碎在时光里的那一眼惊鸿。

【当前】浅醉微醺：啧啧，你都快成佛了！你放心吧，我绝对再也不提他了，以后见一次杀一双，替你报仇！

【当前】洛无双：算了，没必要给自己找不自在。不过你以前给明非夜烧的好剑还有剩吗？下次我也给他烧几把，他在那边使得惯。

浅醉微醺坐在河岸上发呆，不期而然，身边忽然多出一个黑色的影子。看着那熟悉的名字，她竟然有种恍如隔世的感觉。

【当前】浅醉微醺：最近你上线的次数好像少了很多啊。

【当前】孤独不苦：游戏始终是游戏，现实生活里还有许多事需要我去处理。以后大概你看见我的机会就更少了。

【当前】浅醉微醺：以后游戏里少了你，也许我会觉得寂寞的。

【当前】孤独不苦：其实你挺有趣的，如果不是我们的立场对立，或许我还能光明正大地追求你，明非夜也未必会赢得那么轻松。

【当前】浅醉微醺：作为炮灰，我到现在还没明白你们俩玩个游戏怎么玩出那么大的仇恨来了。你也不是那么小心眼的人啊！

【当前】孤独不苦：那只能说明你一点都不了解我。

【系统】孤独不苦温柔地拥抱着你。

【当前】孤独不苦：好了，明非夜来找你了。我还有事要忙，先走了。

【当前】浅醉微醺：喂，话还没说完呢！

孤独不苦一个翻身，人已经跳到了几丈开外。明非夜怒气冲冲地杀过来的时候，浅醉微醺的私聊界面才再次出现了孤独不苦的信息。

【私聊】孤独不苦对你说：你知道明非夜前女友的名字叫辛晚晴吧？我的名字叫辛晚臣，是她亲哥哥。我妹妹是因他而自杀，这笔账他得用一辈子来还。哪怕不能真的做点什么，给他找点不痛快也是好的。

【当前】明非夜：忽悠我，不准跟来，就是为了和老情人花前月下搂搂抱抱？呜呜呜，这日子没法过了！

看着明非夜一副妒夫的模样在树下抓狂，浅醉微醺忍不住笑得前仰后合。

【当前】浅醉微醺：我就喜欢左拥右抱，你管得着吗？

【当前】明非夜：我和孤独不苦同时掉进水里，你只能救一个，你会救谁？

【当前】浅醉微醺：孤独不苦啊。

【当前】明非夜：为什么？

【当前】浅醉微醺：老公如衣服，兄弟如手足！

【当前】明非夜：那你七手八脚地裸奔一次我看看？

【当前】浅醉微醺：好啊，那我问你，如果我和辛晚晴同时掉进水里，你只能救一个，你会救谁？

【当前】明非夜：晚晴。

【当前】浅醉微醺：岂有此理！为什么？

【当前】明非夜：我救她上岸，然后下来陪你一起死。

【系统】明非夜亲吻了你。

她的心脏猛然揪紧，像托着一层缥缈的虚无。

浓的影，淡的光，交错的云影在堆满落花的地面上投射下了两个紧密相拥的影子。

飘花浮枝错肩，仿佛美丽和哀愁交错孳生。

云蒸霞蔚，如火如荼，桃花万丈。

故事到这儿，对于凌晓熙来说已经是难得的圆满，然而她万万没想到，真正的麻烦还在后面。

沈慎毕竟已经独立出来自己打拼，每天光是折腾生意都忙活不过来，下了班还有各种应酬，两人即使已经在一起了也还是聚少离多。

难得的周末，凌晓熙照着菜谱烧了一大桌子菜，没想到菜热了凉，凉了再热，直到晚上九点还不见沈慎的影子，打电话过去，依旧听到那边絮絮叨叨开会的声音。

沈慎在那头叮嘱："你先吃饭，别饿着自己，我还不知道什么时候才能回来呢。"

凌晓熙望着面前的一大桌子菜："你不是老板吗？有什么事不能明天再说？"

"我倒是想休息，可老外合作商不肯啊。时间就是金钱，我的朋友。"

沈慎在那边怪腔怪调地学着，凌晓熙忍不住扑哧一声笑出来："那就算了吧，我把菜都带回去，算你没口福，哼！"

沈慎又低声叮嘱："时间太晚，你就住在我那儿吧，我保证不会去骚扰你。"

凌晓熙觍着脸回答："可我想骚扰你啊！"

沈慎那边直接笑崩，好半天才憋着笑回答："浅浅，别闹。"

他每次用这种宠溺的口气说话，凌晓熙浑身的免疫细胞总是毫无悬念地全体投降，直接无条件地败退了："我……我还是回去吧。你记得早点回家，我给你留点菜在冰箱里。"

晚上提着大包小包的菜出来，寒风迎面一吹，穿着紧身短裙的凌晓熙立刻打了个喷嚏。她一面走向公交车站一面擦着不争气的鼻涕，同时哀叹着包里的性感内衣始终没捞到出场机会。

手机忽然响起，无比兴奋的凌晓熙一看屏幕上闪动的名字，满心澎湃皆付于百无聊赖。

手机那头的程雪显然并没有意识到这一点，照例大着嗓门："晓熙，你上哪儿去了？我来找你啦！"

一个小时之后，两个人终于相聚在小公寓的餐桌前面。

程雪望着那一桌丰盛的菜色："啧啧，这么多菜，你是打算一次性把明非夜撑死吗？"

"你怎么知道我是做给他的？"凌晓熙十分惊诧。

程雪翻了个仪态万千的白眼："要不然你是打算把自己撑死吗？"

凌晓熙语塞。

"哎，样子还不错，你的手艺真是……"程雪夹了一块鸡蛋放进嘴里嚼了几下，立刻拍着脑门，一脸的生无可恋，"一点进步都没有啊！"

凌晓熙板着脸死撑："也没有那么差吧！"

程雪竖起大拇指："你要是把这菜给明非夜吃了，也算是为民除害了，我支持你！"

凌晓熙将信将疑地吃了一口爆炒鲜鱿，立刻狼狈地把菜全吐了出来："难道我是把醋当成料酒了？"

程雪一脸看热闹的表情，凌晓熙赶忙给沈慎打电话，电话才接通，她就连忙叮嘱："你可千万别吃冰箱里的菜啊！"

电话那头传来震耳欲聋的音乐声，然后是娇滴滴的女声："你找沈慎是吗？他跟客户还喝着呢，暂时不方便接电话，晚点再和他联系吧，拜拜。"

"喂！你谁啊？喂喂！"对方自顾自地挂了电话，凌晓熙始料未及。

程雪扬着眉："我说你们都确认关系了，那有没有突破性的进展？"

凌晓熙红了脸："什……什么突破性的进展？"

"有没有那个……那个啊？嗨，都不是小孩子了，你装什么纯真无邪啊！"程雪用筷子狠狠地捅穿了红烧肉。

凌晓熙简直无法直视这个画面：女英雄你这么狂放不羁就真的不怕嫁不出去吗？

"看你这表情，肯定是没有。你知不知道蓦然天晴暗恋明非夜？柠檬还故意为了这事支开你，挑动蓦然天晴主动来追求他。就为这事柠檬和寻花又吵翻了，这回看样子是和好无望了。"程雪又是一脸过来人的沧桑，"早就跟你说过了，这年头的男人帅的没钱，有钱的不帅，又帅又有钱的都是有问题的。沈慎这样的男人就像一条极品干鱼，好不容易到手了还不赶紧吃掉？哪怕他自己不动，外面也有无数的猫瞅着呢！"

凌晓熙愣了一会儿，忽然间杀气腾腾地打电话。

"又打过去干吗？"程雪问道。

凌晓熙怒吼："我让他一定要吃了冰箱里的菜，吃完！"

凌晓熙望着放在床头的"不要脸"，一夜辗转，难以入眠。等到上班时间再打电话，那边是关机状态，也不知道是又在开会还是宿醉未醒。

好不容易坚持到下班，凌晓熙早早跑到沈慎的住处，人照例不在，但沙发上扔着两件女人的衣服。

用一个词语来形容她此刻的心情，那就是"晴天霹雳"。

凌晓熙委屈得想哭，直奔酒柜找了一瓶伏特加，冰都没兑就朝喉咙里猛灌。浓烈的酒液烧灼着喉咙，她几次都差点吐出来，很快嘴巴和胃都被刺激得麻木了，身体里却翻沸起滚烫的火焰。

她顺手把那两件衣服扔到屋外的垃圾桶里，一头栽倒在沙发里。

也不知昏昏沉沉睡了多久，她忽然觉察到有人在摇晃自己，一睁眼就看到了沈慎，忽然间笑起来："你终于回来了？"

"浅浅，你什么时候来的？来也不和我说一声，我有重要的事情要和你说……"沈慎扶住她的腰，立刻闻到了扑面而来的酒精味，"你怎么喝成这样，出了什么事？"

醉意融合着灯光把眼前沈慎的脸氤氲得那么好看，连泪痣也越发清晰，像一场看得见摸不着的梦。

凌晓熙忽然爆发，狠狠地给了他一耳光："明非夜你这个浑蛋！"

"啊！浅浅你这是……"沈慎被她打得莫名其妙，还没反应过来就被一记熊扑摁倒在沙发上。

"天天在外面东跑西奔，我得验验这条二手干鱼有没有被其他的猫碰了！"凌晓熙恶狠狠地撕扯他的衣扣。

沈慎一脸黑线，这些年情场得意，可没一次是被女人霸王硬上弓的，更何况还是小猫咪一样的凌晓熙！

"浅浅，浅浅你醉了……"

"我没醉！你今天从也得从，不从也得从！"凌晓熙一声怒吼，然后声音越来越小，"我还专门买了超贵的性感内衣，不用好浪费……"

沈慎忽然笑出声来，仰起身子在她嘴唇上轻轻一吻："浅浅，别闹了。我们有得是时间，以后总有机会慢慢发掘情趣……"

他一温柔起来，凌晓熙就没辙，于是赶紧趁着酒劲吻上他的唇："不行，就今天！"

"浅浅，我还有事和你说……很重要的事……"凌晓熙的吻技实在很糟糕，那些乱七八糟的啃咬却还是引得沈慎跟着意乱情迷，他忽然一个翻身把她摁到了下面。凌晓熙这会儿出气的成分其实远高于和他亲热的冲动，于是烦躁地捶着他的胸口。沈慎吻她的时候，熟悉的甜蜜感觉撑着心脏就像要爆开。凌晓熙只觉得整个世界颠倒过来，精神完全脱离了躯体的控制，飘飘忽忽，落不到实处，捶打的胳膊也跟着没了力气。

她也分不清自己到底是酒醉还是被吻醉了，只知道整个脑袋都轰隆隆的，精神完全脱离了躯体的控制。

疯了，真是要疯了。

"浅浅，我也很想……但是今天不行……"沈慎的呼吸声变得粗沉，却总在崩溃边缘硬生生地扯回自己的理智。

"为什么？"一想到垃圾桶里那两件女人的衣服，凌晓熙心里就涌出了无尽的委屈，"你要照顾生意，你有无数的应酬，你可以随便带女人回家过夜！那我呢，我在你心里到底占据什么位置？"

沈慎愣了愣："你在说什么？"

凌晓熙的眼泪不争气地落下来："你要装傻到什么时候？我是不是真的那么笨，随便你骗随便你糊弄？沙发上那两件女人的衣服……"

话音未落，就听见外面那娇滴滴的女人声音："哎，谁把我的衣服扔到垃圾桶里了？"

那个穿旗袍的女人推开门，一眼就看到了在沙发上纠缠着的两个人，傻了几秒钟之后才尖声喊道："儿子！我说过多少遍了，我们家是基督徒，结婚之前不能跟异性亲热！只有在婚姻内的夫妻结合才是圣洁的！"

凌晓熙彻底傻了。

"这就是我要告诉你的事……"沈慎跟着苦笑，"我妈来看我了。"

秋风再次吹起的时候，沈慎和凌晓熙终于拿到了传说中的红本本，开始紧锣密鼓地敲定婚礼进程了。

程雪不止一次地感叹，一开始谁都不看好他俩的恋情，凌晓熙太单纯，而沈慎又那么抢手，哪怕凌晓熙真的抢到手了八成也守不住，更别提两个人之间杂七杂八的阻力了。

然而缘分就是这么奇妙，沈慎那么坚决，他家里也不得不妥协。老头子到底不能亏了独生子的婚姻大事，两个人的婚礼最终还是办得热火朝天。

凌晓熙终于修成正果，一只不上道的小奶猫到底还是把那条极品干鱼摁牢了。

这个世界就是这么奇幻。

婚礼那天，寻花问柳是伴郎，而程雪就是伴娘。

说实在的，寻花问柳实在算不上称职的伴郎。程雪马不停蹄地到处忙活，一路把新娘照顾得十分周到。到了婚宴那会儿，她又忙前忙后地帮着招呼来宾，配合司仪，每次回头，寻花问柳多半茫然地跟在沈慎身边，根本不知道自己该干什么。

当寻花问柳再一次拦住程雪的时候，她终于皱着眉吼道："你别杵着发愣了行吗？你这一天都干吗了？能帮忙就帮，帮不上就一边去，别挡着我！"

寻花问柳立刻反驳："你什么意思？我也跟着忙了一天，你没看见？"

"你有意见吗？"程雪顺手从桌上拿起一支红酒，提着酒瓶脖子掂了掂，“这瓶子抡起来也不知道称不称手……”

寻花问柳霎时撒丫子遁走。

后面那段时间，他就精确地计算着程雪的运行轨迹，来回闪避，试图把自己的存在感减到零。

凌晓熙看寻花问柳那个模样总觉得好笑：“寻花什么时候这么好说话了？”

“为了保住小命，必然好说话啊。”沈慎一针见血地指出了问题所在，“让他当一个安静的美男子吧。”

凌晓熙扑哧一声笑出来：“幸亏他俩没在一起，否则还不得天天打架啊？”

“那也不好说。”沈慎一本正经地回答，“你想想，那会儿你见着我就想把我撕了，现在还不是一样乖乖跟我过日子了吗？”

“你也不想想是因为什么。”

凌晓熙这边正等着沈慎夸她宽容大度呢，没想到那货思考了半晌，严肃地冒出一句：“因为我帅啊。”

程雪过来看见凌晓熙一脸凌乱的表情，忍不住好奇：“你俩又在说什么呢？可别在婚礼上闹掰了啊！上次在游戏就算了，这次可别折腾我的小心脏了！”

“没呢，只是沈慎刚刚发动了一下特殊技能。”

程雪好奇地追问：“什么技能？”

“一本正经地胡说八道，俗称不要脸。”

程雪拿了托盘之后一回头，正好拦住她去路的寻花问柳大惊失色，忙不迭地躲到了一边，就连她自己也忍不住乐了，她真有这么恐怖吗？

“来了来了，抛花球了，大家接好啊！”

程雪那会儿本来还在和司仪交代事情，压根不想去抢花球，然而身体自动自发地行动了。

程雪还没有男朋友，凌晓熙也就没打算往这边抛，然而在花球飞出去的瞬间，程雪瞬间蹬掉自己的小高跟，把小礼服的裙摆一撩就冲了出去。

扑通！咣当！叮咚！

花球划着抛物线准确地落进程雪怀里，然而她因为冲得太快，人已经收不住脚，一头撞在了最近的那张桌子上，把整张桌子都撞塌了，桌面翻了个底朝天。

在那一瞬间，凌晓熙心里几乎是崩溃的：

你根本用不到它，抢来干什么？你要花球你可以说啊，何苦抢得那么拼命？你这造型，以后还打不打算嫁人了？就是花球也拯救不了你一泻千里的人生啊！

“嘿，冲狠了……”程雪正摔在桌面上，幸亏那张桌子上放的是糖果、瓜子之类的杂物，桌子一翻，花花绿绿的东西被弹上半空，哗啦啦，下雨一样落了她一身。

程雪揉着摔痛了的胳膊肘爬起来，然后看到了自己怀里的花球，立刻站起来，在桌面上又蹦又跳：“晓熙！我抢到了！我抢到了！”

“女英雄……你……你先下来行吗？”桌子下面响起了痛苦的呻吟，“快压死我了！”

桌子下面居然还压着个人，程雪愣了愣，脚下猛地一个打滑，整个人摔了下去。

程雪只觉得自己先冲进了某人怀里，压得那人大叫一声。她连忙抬头，下一秒她的脸就撞上了什么东西，只感觉到嘴唇上一阵温热，就跟某人来了个亲密接触。

“啊！”程雪的心猛地狂跳起来，猛地把他推开，“浑蛋，怎么又是你！”

寻花问柳一脸无辜地擦拭着嘴唇上被撞出来的血：“明明是你自己冲过来的，怪我喽？”

程雪的心乱七八糟地跳着，可又前所未有觉得尴尬。虽然现在寻花问柳单身了，可这里不少人知道她曾经喜欢过他，明明只是一场巧合，看起来却像是在刻意地勾引。

程雪悔恨得好想给自己两拳，猛地一下站起来，结果砰的一声，第二次摔倒在寻花问柳怀里。

“啊……我的肋骨断了！”

“你！你给我滚！”程雪终于站了起来，满脸可疑的红晕，也不知道是怒气冲天还是恼羞成怒，光着脚狠狠地踹了寻花问柳一脚，扭头就跑出去了。

周围的人都看得傻眼了。

凌晓熙瞪着眼睛看了半晌，自言自语道："花球可真灵……大概不久之后，双双还真的用得到它了。"

外面淅淅沥沥地下着小雨，程雪光着脚低着头跑了一气儿，茫然抬头，才意识到自己来到了根本不认识的街区。

程雪停下来，动也不动地傻站着，烟雨蒙蒙，周围古老的白墙黑瓦就在那一片水汽中氤氲成了层层叠叠的水墨画。

过了十几分钟，她才感觉到自己的脚底痛得钻心。

扯着嘴角想笑，眼泪却先顺着脸颊滑了下来。

从小她就一直觉得眼泪是最无用的东西，只有坚强才是女人能给自己最牢靠的壁垒。

然而她的每一次哭泣都是因为那个男人。

在他面前，她所有的坚强外壳都变得不堪一击。

还记得那天洛无双阵亡了十多次，身上装备也爆掉了几件，明明就是绝对不可能胜利的争斗，可她就是咽不下这口气，一个人跟那团人不要命地死磕。

那就是她的脾气，哪怕赔掉一切也不能丢掉尊严。

就在这种悲情时刻，寻花问柳出现了。

一声怒吼，青峰在手，面对这种不知死活的挑衅，他表示非常不爽。

洛无双那时已经山穷水尽，即使帮不上忙，只要有一个人愿意站在她身边，于她来说也是一种莫大的精神动力——哪怕他只是被群殴波及了，单纯地跑出来教训那帮人，并没有要帮她的意思。

即使是这样，对她来说也足够了。

她在《三界 Online》里的外形，注定了她会遭到大多数人嫌弃，而在那个时候忽然降临的寻花问柳，就成了她心里永远也擦不掉的烙印。

这种没来由的好感，即使在被柠檬抢先之后也没有淡去。

程雪想了想，又忍不住笑了起来。

或许连她自己也说不清楚究竟喜欢寻花问柳哪一点，这个男人又有哪一点值得她喜欢。

筹备婚礼的这段时间，程雪几乎每天都能看到寻花问柳，即使没有多少交集，但只要能看到他，那一天她就觉得充实无比。气他、挤对他、威胁他，都不过是为了引起他注意，他笑、他吼、他生气，都成为了让她开心的理由。

“我希望他永远记住我，哪怕只记住了我的成全。”

那是以什么样的心情说出来的话？

那不是因为她看清了什么，而是因为她忽然恐惧。她怕他给自己的，不过是一瞬间的温情。不曾得到，也比得到之后再失去来得好些。

这根本就是自欺欺人吧。

她爱着这个男人，根本不在乎他懂不懂爱情。

她爱着这个男人，甚至不计较他是不是能陪在自己身边。

她爱着这个男人，不知不觉间让曾经小小的倾慕成了一株开满繁花的大树。

程雪坐在湿漉漉的屋檐下，把袜子脱了下来，把双脚伸到雨地里，让瓦片上流下来的水清洗着脚上的淤泥。

“怎么又是这么奔放的造型？你就真不怕嫁不出去吗？”

寻花问柳的声音让程雪一下站了起来。

他撑着伞站在雨里，一脸的嘲讽。

“嫁不出就嫁不出去，用不着你替我操心。”程雪冷着脸回答，心里却涌过一阵酸涩的味道。

寻花问柳瞪着她：“我就是要替你操心，你能把我怎么样？揍我啊？”

他忽然间爆发出的无赖气质让程雪了傻了眼，她还真的不能把他怎样，难不成还真的要和他打一架？

寻花问柳走到屋檐下面，把伞伸向程雪：“走吧，新娘子不放心你。都在等着呢。你不回去，婚礼都被耽误了。”

程雪心里满满都是歉疚：今天是凌晓熙的大日子，自己这是在闹什么呢！

她立刻站了起来，可这一站，不期然又凑到了寻花问柳面前。

两个人的距离那么近，连呼吸都掺杂了彼此的气息。

伞倾向前方，雨丝从后面飘过来，寻花问柳的肩头堆积起了一片亮晶晶的小水珠，而程雪还是站在原地，固执得不肯向他靠近。

还是寻花问柳先撑不住了：“你在想什么？”

程雪看着他嘴角的伤，忍不住低下了头：“你好歹也带两把伞来啊，这样……会让人误会的。”

“误会就让他们误会去，我又不是活给别人看的。”寻花问柳是个直来直去的人，没有沈慎那么多的手段，明明是可以缓解尴尬的好机会，却被他生硬地带回去了。

“算了，你自己打吧。”程雪下了台阶，在雨里大步前行。

“洛无双！程雪！”寻花问柳追在后面喊了半天也没得到回应，终于忍无可忍，拽住了她的胳膊，“有伞不用，你一个人朝前冲个什么劲？”

这么一来，程雪就像是被他抱在怀里。

她使劲地挣扎了一下，发现自己还是动弹不得，寻花问柳看起来那么瘦弱，想不到还是挺有力气的。

程雪故意冷下脸，却掩饰不了脸颊上的红晕：“放手！再不放我真揍你了！”

“你又不是仙人掌，何必那么坚强！”寻花问柳哭笑不得，慢慢转过身，“上来，我背你。”

还没习惯男女亲密相处模式的程雪连连摇手：“不用、不用！我自己能走！”

“你连鞋子都没穿，还怎么走？”寻花问柳不容分说就把她背了起来，“别磨叽了，撑好伞就是你现在的任务。”

程雪发了脾气：“别这么跟我套近乎，你又不喜欢我！”

“明明是你自己不要我！”寻花问柳把脸一冷，把牙咬得咯咯作响，“而且是两次！上来！再来第三次，我真要掐死你了！”

告白忽然到来，程雪憋红了脸，趴在他背上声若蚊蚋：“我以为你和柠檬……打算就这么走到最后……”

“我是那么随便的人吗？”寻花问柳冷了脸，“这是一辈子的事，绝对不能将就。”

“我出来的时候忘了带手机，要不要先打电话告诉他们一声？起码报个平安……”

寻花问柳答道：“不用，看见你之前我打过电话了。”

“打过了？”程雪追问道，“你都说些什么呢？”

“如果十分钟后还没回去，就是我被她揍了；如果半个小时后还没回去，就是我被她霸王硬上弓了；如果一个小时后还没回去，就不要找了，我肯定是被胁迫私奔了。”

程雪在他背后重重擂了一拳：“我哪有那么暴力！”

寻花问柳嘴角带着一丝不易察觉的微笑。

淅淅沥沥的雨飘满了天地，街边小店里飘浮着若有若无的音乐声。

你的暴烈太温柔
感情又痛又享受
如果我说不吻你不罢休
谁能逼我将就